SUPER-HERÓIS

ORGANIZADO POR

GERSON LODI-RIBEIRO
LUIZ FELIPE VASQUES

1ª EDIÇÃO

EDITORA DRACO

SAO PAULO
2013

PUBLISHER: ERICK SANTOS CARDOSO
PRODUÇÃO EDITORIAL: JANAINA CHERVEZAN
ORGANIZAÇÃO: GERSON LODI-RIBEIRO E LUIZ FELIPE VASQUES
REVISÃO: ANA LÚCIA MEREGE E EDUARDO KASSE
ILUSTRAÇÕES: ANGELO DE CAPUA
PROJETO GRÁFICO E ARTE: ERICK SAMA

DADOS INTERNACIONAIS DE CATALOGAÇÃO NA PUBLICAÇÃO (CIP)
ANA LÚCIA MEREGE 4667/CRB7

SUPER-HERÓIS / ORGANIZADO POR GERSON LODI-RIBEIRO, LUIZ FELIPE VASQUES. - SÃO PAULO: DRACO, 2013

VÁRIOS AUTORES
ISBN 978-85-62942-89-1

1. CONTOS BRASILEIROS I. LODI-RIBEIRO, GERSON II. VASQUES, LUIZ FELIPE.

CDD-869.93

ÍNDICES PARA CATÁLOGO SISTEMÁTICO:
1. CONTOS : LITERATURA BRASILEIRA 869.93

1ª EDIÇÃO, 2013

EDITORA DRACO
R. CÉSAR BECCARIA, 27 - CASA 1
JD. DA GLÓRIA - SÃO PAULO - SP
CEP 01547-060
EDITORADRACO@GMAIL.COM
WWW.EDITORADRACO.COM
WWW.FACEBOOK.COM/EDITORADRACO
TWITTER: @EDITORADRACO

PREFÁCIO

ESTA ANTOLOGIA FOI concebida como homenagem à forma narrativa que sempre se caracterizou por ser mais visual do que meramente textual: a de Super-Heróis. Não é tão difícil conceber uma literatura para este gênero proeminentemente gráfico, pois ele descende de uma matriz literária, nenhum outro que os folhetins de aventura da primeira metade do Século XX.

Literatura a qual então serviu de incubadora de onde eclodiram personagens memoráveis, como Doc Savage, o Sombra, o Spyder e outros aventureiros do desconhecido, não raro com suas identidades secretas, esconderijos, truques tecnológicos, habilidades e poderes sobrenaturais... e uma queda para a grandiosidade: nestas mesmas histórias, o assombro das antigas lendas sobre seres e feitos sobre-humanos é apresentado, em uma linguagem atualizada.

Exploradores de selvas profundas, combatentes do crime em sobretudos e chapéus de aba larga, o gênero dos super-heróis se forma com as primeiras histórias de Batman e Super-Homem já nas Histórias em Quadrinhos, quase ao mesmo tempo que outro gênero, também filho desta mesma literatura de aventuras, tomava vulto próprio e estabelecia suas próprias características, em um primeiro momento permanecendo somente nas letras: a ficção científica.

É por isto que até hoje há quem advogue que o termo "super-herói" teria sido cunhado em referência ao Super-Homem. Embora se trate de opinião equivocada (em verdade, o vocábulo ingressou na língua inglesa no início da segunda década do século passado), o conceito foi sem dúvida popularizado na década de 1930, Era de Ouro das histórias em quadrinhos norte-americanas.

No entanto, o fato é que os super-heróis sempre estiveram conosco, desde a aurora dos tempos, figurinhas fáceis das nossas lendas, sagas mitológicas e canções folclóricas, quer como deuses, semideuses ou heróis que, conquanto mortais, possuíam talentos ou poderes sobre-humanos. Hércules, Perseus e Gilgamesh, não precisamos ir mais longe. Heróis mitológicos de ontem, super-heróis de hoje em dia.

Por outro lado, se as HQ não inventaram o conceito de super-herói, é preciso reconhecer que as mesmas introduziram a maioria dos paradigmas atualmente associados a essa classe de personagem, desde os uniformes colantes até as identidades secretas, das origens mirabolantes, radioativas, mitológicas ou alienígenas, aos códigos de ética super-heroísticos, passando por esconderijos secretos, os pupilos ou *sidekicks*, o combate aos supervilões e a associação em supergrupos do tipo Vingadores ou Liga da Justiça, isto para não falar dos dilemas existenciais que, desde a década de 1960, humanizando os super-heróis, tornando-os mais parecidos conosco, humanos reais e normais.

Claro está que, para ser um super-herói, não é preciso possuir superpoderes. Cá estão o Batman e o Arqueiro Verde que não nos deixam mentir. No fundo, recursos, treinamento, motivação e propósito para combater o mal e praticar o bem parecem constituir fatores mais relevantes do que invulnerabilidade ou visão de raios-X, certo? Ou não... Bem, pelo menos, nove em cada dez roteiristas de HQ têm tentado nos convencer destes princípios desde o advento das revistas de super-heróis coisa de oito décadas atrás.

Todos já ouviram falar das transposições das histórias de super-heróis dos quadrinhos para o cinema e a TV. Algumas dessas transposições foram inovadoras e extremamente bem-sucedidas; outras, nem tanto. Menos badaladas são as transposições das HQ para a literatura. Tudo bem. Reconhecemos que, sob certo enfoque, HQ *são* literatura. Ponto. Contudo, aqui e agora, estamos nos referindo à transposição das histórias em quadrinhos para o dito texto puro, quer sob forma de romances, quer como ficção curta. Decerto que tais transposições literárias não constituem novidade. Basta lembrar que, ao contrário do que certos jovens incautos costumam pensar, *Tarzan dos Macacos* foi lançado cem anos atrás como romance e não como HQ. Mas, como é que é? Quer dizer que Tarzan é um super-herói? Bom, num sentido amplo, cremos que sim, é.

Por falar nisto, cumpre lembrar que as transposições literárias dos super-heróis das HQ passam pela questão do *copyright*.

Embora os *fanfics* — enredos propostos por fãs, em geral de forma amadora e sem fins lucrativos, utilizando personagens criados por terceiros e já publicados profissionalmente — possuam tradição sólida em muitas comunidades de fãs de HQ espalhadas por diversos países, o fato é que, quando se pensa em comercializar determinado texto, publicando-o por uma editora correta, surge a questão inescapável dos direitos autorais e, como sabemos, a infringência desses direitos constitui crime passível de sanção legal. Daí, quando determinado projeto literário sério não dispõe da autorização necessária, concedida pelos reais detentores dos direitos autorais (o caso mais comum), eis que surge a exigência da originalidade. Traduzindo: o autor do texto literário com temática super-heroística não pode simplesmente escrever um conto que assume seu herói favorito da Marvel ou da D.C. como personagem. Ao contrário, ele precisa criar seu próprio super-herói original a partir do zero.

A título de confissão, devemos ressaltar que esta antologia não é a primeira a explorar esse filão tentador dos super-heróis.

Há dezessete anos, John Varley e Ricia Mainhardt coordenaram a *Superheroes* (Ace Books, 1995), reunindo 25 contos e noveletas com níveis variados de qualidade, acabamento e originalidade. Aqui entre nós, a maioria dos trabalhos deixa algo a desejar. A nosso ver, os antologistas decidiram privilegiar a quantidade em detrimento da qualidade (lição de um erro a se evitar). Em nossa opinião, os três melhores trabalhos dessa antologia seminal foram "The Long Crawl of Hugh Glass", do Roger Zelazny; "One of the Boys", do Lawrence Watt-Evans; e "Truth, Justice, and the Politically Correct Socialist Path", do próprio Varley, autor dos romances aclamados *The Ophiuchi Hotline* e *Millennium*.

Cabe citar ainda, mesmo que *en passant*, a bela noveleta de David

Brin, "Thor Meets Captain America", que aborda com pertinência a questão do super-herói e, ao contrário do que o título quer induzir, não realiza apropriações de personagens da Marvel Comics.

Em terras brasis, a editora Abril nos presenteou com edições *pocket* de *Contos de Batman* (1994), histórias literárias do herói de Gotham City, vendidas nas bancas de jornal, como um regresso às origens *pulp*.

No âmbito luso-brasileiro, nossa *Super-Heróis* une-se à duas outras coletâneas no pioneirismo desta temática fecunda. Não podemos deixar de mencionar *Hyperfan: Cinco anos de fanfic* (que, apesar do nome e de vir por um site devotado à *fan fiction*, apresentou somente material inédito), produzida e disponível gratuitamente pelo *site* Hyperfan.com.br (2006); e *AlterEgo*, lançada pela editora Terracota (2009), também com vários autores. Neste momento, temos ainda *A Ilha dos Dissidentes* (Gutenberg, 2013), romance de estreia da brasiliense Barbara Morais.

Lançada ainda este ano, nós podemos encontrar literatura de Super-Heróis relacionada à Marvel e DC Comics, assim com o retorno ao mercado brasileiro do universo de *Wild Carlds*, por George R. R. Martins – que chegou a sair sob a forma de um módulo de *role-playing game* nos anos 90, conforme jogadores veteranos devem bem se lembrar.

Ou seja... nós não estamos sós: e estamos em excelente companhia.

E foi justamente para salvaguardar esse momento de pioneirismo que, em nossas *guidelines*, clamamos por trabalhos bem escritos e, sobretudo, originais. Pois não desejávamos receber meras cópias pasteurizadas dos super-heróis anglo-saxões, quer em suas versões quadrinísticas, quer nas cinematográficas. Para nossa plena satisfação, obtivemos exatamente o que almejávamos, tanto em qualidade quanto em quantidade. Nas próximas páginas você travará contato imediato com narrativas de origem, em que presenciamos o surgimento do super-herói. Há também histórias de heróis já estabelecidos, alguns, inclusive, capazes de contemplar suas carreiras de combate ao crime com um olhar autobiográfico, quiçá nostálgico. Textos de aventura, ficção científica, horror, fantasia e história alternativa, narrativas abordando super-heróis em contextos históricos, fantásticos ou hipertecnológicos. Heróis vibrantes e originais em cenários otimistas ou distópicos, não importa. O importante é que cada um deles, a seu modo, ao se propor a defender o que considera justo e correto, acaba constituindo a diferença ou, pelo menos, tenta estabelecê-la até o limite de suas forças e convicções e é precisamente isto que os define como heróis.

Pois então. Aprecie agora catorze aventuras super-heroísticas de boa cepa, especialmente buriladas para lhe proporcionar uma boa leitura.

Gerson Lodi-Ribeiro & Luiz Felipe Vasques
Outubro de 2013

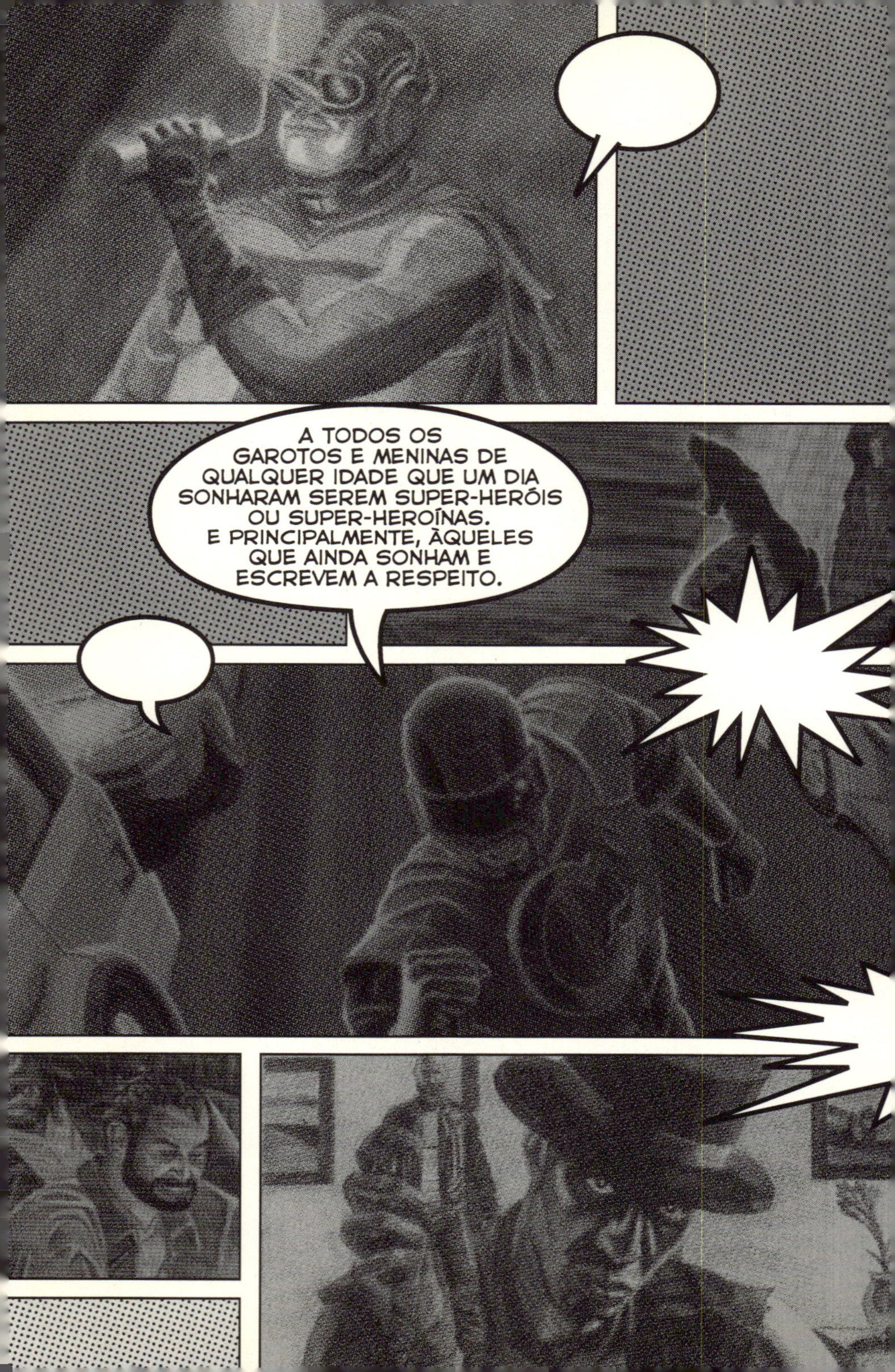
A TODOS OS GAROTOS E MENINAS DE QUALQUER IDADE QUE UM DIA SONHARAM SEREM SUPER-HERÓIS OU SUPER-HEROÍNAS. E PRINCIPALMENTE, ÀQUELES QUE AINDA SONHAM E ESCREVEM A RESPEITO.

SUPER-
-HERÓIS

EDIÇÃO DE COLECIONADOR

ROMEU MARTINS

VASO RUIM OBSERVA sua imagem reproduzida em detalhes no boneco de aproximadamente trinta centímetros de altura que o visitante colocou na mesa à sua frente. Detalhes minuciosos, a cabeça de cabelos raspados do brinquedo revela o mesmo crânio irregular com formato aproximado ao de uma bola de futebol americano daquele jovem roqueiro, característica que ele passara a ter desde o acidente de carro que inspirou seu apelido. Na verdade, aquele acidente também foi o ponto de partida para o batismo da banda do rapaz, que por sua vez tem o mesmo nome do primeiro álbum lançado por ela – *Traumatismo craniano*, conhecido pelos fãs como "aquele dos raios X", por ter trazido na capa do CD uma radiografia real da cabeça do vocalista, ainda com placas de titânio substituindo ossos fraturados. A barba comprida, ruiva e pontuda do Vaso Ruim de brinquedo também é idêntica à do real; a expressão de ódio constante, idem: sobrancelhas como duas setas apontando em direção ao nariz e a boca crispada num trapézio com a arcada dentária à mostra. Mas nem de longe lembrando um sorriso.

A diferença mais evidente entre o homem de quase dois metros e sua miniatura com um sexto do tamanho são as roupas que cada um veste. O boneco enverga um uniforme típico de show, o plástico de que é feito constitui imitação perfeita do couro preto grudado no corpo, incluindo os pés, calçados com coturnos de estilo militar. Já o modelo vivo daquela escultura está de camiseta vermelha, de time de futebol gaúcho, bermuda e chinelos de dedo de um verde berrante, um conjunto mais adequado ao calor soteropolitano, capaz de resistir até à potência máxima do ar-condicionado daquela saleta próxima à recepção no hotel em que o roqueiro e sua banda estão hospedados. Um hotel de categoria, na orla da cidade, bem diferente das pousadas ou apartamentos emprestados nos quais eles ficavam até poucos anos atrás, entre uma apresentação ou outra pelo país ou mesmo durante os festivais fora do Brasil, nos quais abriam shows de artistas bem mais conhecidos.

Bebendo uma garrafa de cerveja atrás da outra desde que chegara à Bahia, ainda na madrugada daquele sábado, o líder da Traumatismo Craniano fita sua réplica sem demonstrar interesse. Afinal, para ele o boneco não é mais novidade. Desde que assinou o contrato com a gravadora atual, a gigante alemã Nuclear Blast, artigos licenciados são lançados regularmente. Por onde quer que passe com as turnês da banda, no Brasil ou no exterior, lojas especializadas se enchem com exemplares da figura. Em alguns lugares, até camelôs vendem cópias pirateadas feitas de material inferior e com pintura irregular. Ele mesmo encontrou várias réplicas ilegais nas proximidades da Galeria do Rock, na manhã anterior, quando foi dar uma de suas raras entrevistas para uma rádio paulistana, antes de pegar o avião rumo ao Nordeste.

Não é o caso daquela ali, de pé sobre a mesa. O que está diante dele é claramente uma representante da versão de luxo, aquela que vem em uma cartela marcada com um "Collector's edition" escrito com letras escarlates. Foram poucos os exemplares postos à venda. A figura é disputada em leilões virtuais, alcançando boas ofertas dos mais entusiasmados, principalmente se o item ainda estiver na embalagem, intocado, e se esta vier personalizada com algum garrancho do rapaz. Essa é a suspeita de Vaso Ruim, apesar da peça em questão estar fora do altar fetichista de plástico e papelão, tão importante para colecionadores radicais. O homem que entrou para conversar naquela sala e se sentou diante dele deve ser um desses caçadores de autógrafos, prontos para aproveitar uma oportunidade de valorizar o produto antes de lançá-lo no eBay e faturar alguns dólares, libras ou ienes na operação.

– Bonito o cara, não? Dei um desses de presente pra minha mãe e ela usa pra espantar os guris da vizinhança – o garoto fala entre um gole e outro da garrafa verde em sua mão. – Mas já vou avisando, se o teu veio com defeito ou coisa que o valha, não adianta reclamar comigo. Procura a McFarlane Toys, a empresa que cuida das *action figures*, não interessa se é a minha, se é a do Bon Jovi, a do Elvis ou as dos caras do Kiss. Deve ter um 0800 pra tu ligar e reclamar direto com eles.

Como de hábito, Vaso Ruim dobra o pescoço, jogando a cabeça para trás, e, instintivamente, quase esmaga a *long neck* diante da boca para extrair dela até a última gota. Logo parte para a próxima. Enquanto gira a tampa para abrir a garrafa verde, dá mais uma olhada nas roupas do dono daquele brinquedo.

O homem seria considerado excêntrico e talvez até barrado na portaria do hotel em qualquer outra ocasião que não fosse a visita de astros do rock na cidade. Sua pele é tão escura que chama a atenção, mesmo em uma metrópole com tantos descendentes de africanos e turistas de todo o mundo como é a capital da Bahia. A luz fria das lâmpadas fluorescentes se reflete nela, realçando detalhes dos braços finos e de veias saltadas. Suas roupas são pretas, mas de um tipo diferente, daquele que traga a luminosidade sem devolver nada ao ambiente. O colete aberto, sem mangas, se abre e mostra um peito ossudo; a calça é larga, de tecido leve, algodão talvez; os tênis ele usa sem meias nem cadarços. Sobre a cabeça, da mesma cor que o restante do vestuário, uma cartola baixa e de abas curtas deixa aparecer pelas laterais o cabelo crespo e muito escuro. Difícil estimar a idade do visitante, poderia ter vinte, trinta, sessenta anos.

– Vem cá, pelo teu jeitão anos 90 tu deve ser fã é do Guns, né? Tu parece o velho Slash usando esse chapéu estiloso aí, meu chapa.

O comentário faz o homem abrir um sorriso largo, de dentes tão absurdamente amarelos quanto a parte dos olhos visível por baixo da sombra da cartola. Dentes de nicotina, olhos de cirrose. Ao contrário do roqueiro, ele não quis beber nada, mas tem no hálito o cheiro forte de alguma bebida destilada e entre os dedos um charuto grosso, meio apagado, do qual tira baforadas de quando em quando.

– *Non, monsieur.* – Voz nasalada, bem menos grave que a do roqueiro, cujo som levou um resenhista da *Rolling Stone* a especular se Vaso Ruim não teria um par extra de testículos no lugar das amígdalas. – Nem sou particularmente interessado pela música do Guns N' Roses, nem tenho a menor reclamação quanto a este brinquedo. Na verdade – lembrando-se do charuto, o homem puxa pela brasa para depois soltar no ar a fumaça adocicada pelo mesmo nariz achatado de onde parecem sair suas palavras –, ele se mostrou bem melhor que eu esperava. Aqui, diante de você, percebo o quanto a cópia é fiel. Devo lhe dar os parabéns, *mon cher*.

O músico exagera o som de um arroto legítimo, um modo particular de demonstrar indiferença pelo assunto. Ele já aguentou todo tipo de reação provocada por aqueles bonecos. Desde a dos xiitas que passaram a considerar a Traumatismo Craniano um bando de traidores do movimento, vendidos ao mercado, americanizados, até a dos deslumbrados com o feito da primeira banda brasileira a ser imortalizada em polímero colorido e com pontos de articulação. "Isso nem o Sepultura conseguiu", lembram eles, sempre provocadores, em discussões pelo Twitter, Facebook e afins.

– Cara, vou ser sincero contigo como só o álcool consegue me deixar. Tô cagando pra essas porras de bonequinhos, pras camisetas e o cacete mais que inventarem de pôr pra vender. Quero saber é de gravar meus discos, tocar minhas músicas, fazer meus shows, beber minhas cervejas e comer umas *groupies*. Todo o resto eu quero mais é que se foda.

Aquela garrafa acabou mais rápido que as outras e foi a última do *cooler* ao lado da mesa. Percebendo ambos os fatos, Vaso Ruim se levanta, não sem certa dificuldade, puxa a bermuda que estava a ponto de descer abaixo da linha da cintura e vai até o *freezer* do outro lado da sala buscar mais combustível para a conversa.

Não precisa se preocupar em marcar nada na conta, pois está acertado que ele pode beber todo o estoque disponível. Tudo previsto em contrato, assim como as toalhas brancas e as cestas de frutas em cada quarto ocupado pelos músicos. E nem haveria mesmo alguém para marcar nada em conta alguma, pois ele e seu convidado estão sozinhos ali.

No caminho, arrasta os chinelos e puxa a perna esquerda, machucada em uma queda durante a apresentação em Buenos Aires, há pouco mais de um mês. O tombo do vocalista, gravado por uma centena de celulares, virou hit no YouTube, foi assunto na MTV, rendeu nota na *NME*, capa da *Rock Brigade* e acabou sendo parodiado em vinhetas de humor pela TV japonesa, país que disputa com a Noruega o posto de maior comunidade de fãs do grupo em todo o mundo.

Pacientemente, o homem de preto espera o rapaz voltar com suas novas e preciosas garrafas, guardar algumas no *cooler* e voltar a se sentar, já bebendo diretamente do gargalo de outra, antes de voltar a falar.

– Muito correto de sua parte, *mon ami*. Um verdadeiro artista, mais preocupado com a música do que com o *business*, não é mesmo?

– Rapaz! Olha, esse papo de artista fica por tua conta, sei lá se o que faço é arte. Só sei que gosto de fazer e dizem que faço bem. Os outros que cuidem da parte deles.

Como se a conversa começasse a chegar ao ponto que lhe interessa, o visitante se debruça sobre a mesa, apoiado nos cotovelos, com as mãos unidas e dedos entrelaçados. Olhos fixos no alvo. O meio charuto navega pelo canto da boca, defumando o ambiente e espalhando cinzas a esmo.

– Esta pode ser uma posição respeitável, digna, sim, de um artista. Mas também pode ser a desculpa de um irresponsável, quando quem diz isso sabe que outros utilizam seu nome para prejudicar inocentes, concorda comigo?

O comentário interrompe um gole na cerveja pela metade. O garoto desdobra o pescoço para encarar o homem de idade indeterminada com mais atenção.

– Que conversa é essa? Do que tu tá falando? Veio aqui me cobrar alguma coisa, tá querendo tirar uns pilas de mim?

Ele bate na mesa com tanta força que derruba sua duplicata. De barriga pra cima, o boneco passa a mirar o teto com cara de ódio eterno. Seu dono recolhe as mãos mantendo o sorriso de lábios vermelhos e dentes sulfurosos. Exibe a palma de uma das mãos, em um gesto calculado, o que demonstra que aquela parte do corpo é quase tão amarelecida quanto dentes e olhos.

– *Ou pa bezwen pe*... Não é o dinheiro de sua carteira que procuro.

– Ei, que língua é essa? Pensei que tu era francês com todos esses "monsiês" e "mercis", mas isso que tu falou pareceu coisa de, sei lá, de índio. – O ar do músico é de alguém que tenta despertar de um sonho ou se curar da embriaguez. – Eu nem lembro o teu nome ou o porquê de eu tá aqui, falando contigo, ao invés de aproveitar a praia com os outros caras.

O garoto se vira em volta, girando na cadeira, como se estivesse procurando alguém, antes de voltar a falar com a voz cada vez mais pastosa:

– Por que eu ainda tô aqui, no hotel? Temos show hoje à noite, lá no estádio do Pituaçu, os *roadies* devem tá passando o som, acertando a iluminação... Íamos discutir se o segundo guitarrista vai ou não continuar no grupo depois de faltar aos ensaios...

O negro coça o queixo quadrado com dedos pontudos de unhas compridas.

– Sabia que não iria reconhecer minha língua. Não faz muito tempo, você participou de um festival beneficente usando o nome do meu país e nem mesmo faz ideia do idioma que falamos. Fez tudo à distância, não é mesmo? Sem se envolver de verdade.

– Festival beneficente... O do verão passado? Haiti? É de lá que tu veio?

– *Oui, monsieur.* Eis aí uma de suas respostas. Quanto à outra, pode me chamar de *Baron Noir* ou Barão Trevas, se preferir. Agora, quanto ao que você está fazendo aqui, só estamos conversando. Porque assim eu quis. – O estrangeiro tamborila os dedos sobre o boneco caído. As unhas provocam um ruído agudo ao se chocarem naquele material seco.

– Cara, muito confuso isso. Eu não recebo fãs pra bater papo assim, na maior. Nem lembro qual foi o caô que tu deu pra entrar aqui, mas eu vou...

O vocalista tenta se levantar, mas é impedido por uma tontura súbita. Com um zumbido nos ouvidos e a vista escurecendo, desaba na cadeira os seus mais de cem quilos. Numa fração de segundo ele só tem certeza de uma coisa: a tontura que sente não pode ser efeito apenas das cervejas. Ainda não bebeu o suficiente a ponto de ficar daquele jeito, como se tivesse acabado de sair das ferragens do carro de sua mãe, quase uma década atrás, quando ainda nem tinha idade para dirigir.

Subitamente, em meio à vertigem e à sensação de azia, as imagens do acidente voltam à sua mente: metal retorcido, vidros estilhaçados, bebida espalhada por todo lado. A namorada da época morta no banco do carona.

Depois de um tempo as imagens mudam. Agora são as cenas das cirurgias, das transfusões e do vício em qualquer substância capaz de fazer a dor sumir. Entre um ponto e outro, ele se recorda de gravar a voz nas bases já deixadas por seus colegas, do primeiro álbum lançado e da facilidade em conseguir mais daquelas drogas que o deixavam imune ao estrago no corpo. O sucesso do CD veio com um hit inesperado, "Venus of the Hardsell", gravação da letra da música de uma banda fictícia, criada para uma velha história em quadrinhos que os rapazes da futura Traumatismo Craniano liam quando ainda estudavam juntos. Não esperavam que um dia os produtores de Hollywood fossem usar aquela versão feita quase de brincadeira na adaptação cinematográfica do tal gibi.

Depois da estreia promissora, vieram novos contratos, mais CDs e o tratamento para largar a dependência química. Tudo isso também assalta sua cabeça mareada, naqueles instantes confusos em que a sala do hotel gira diante de seus olhos.

Por um minuto, parece mesmo que ele voltou a se empanturrar com aqueles produtos, os legais e os nem tanto, tal o estado de confusão mental em que mergulhou. Os outros efeitos são idênticos: o músico pode sentir o coração ficar irregular, as batidas parecem bem mais lentas que o normal; os olhos ficam muito sensíveis à luz; suor frio começa a pingar pela testa e gruda a camiseta nas costas; dormência nos braços e nas pernas; tremedeira generalizada. Uma súbita fraqueza o impede de se levantar da cadeira, apesar da vontade de deixar o hotel imediatamente.

Já para o outro homem é como se nada estivesse acontecendo.

– Não conhece nosso idioma, não conhece nossa cultura, não conhece nossa história, não conhece nada. Você e seus amigos roqueiros citam rituais e palavras sagradas em suas letras, copiam o ritmo de nossos tambores, usam nossas *verves* para ilustrar capas de discos e folhetos, mas não sabem nada, não é mesmo?

A língua do rapaz parece ter inchado dentro da boca, impedindo-o de responder qualquer coisa. A saliva espessa se mistura à espuma de cerveja, manchando a barba ruiva.

– E você teve a coragem de dar entrevistas falando do Haiti, comentar as tradições de meus antepassados. Deve ter copiado tudo da Wikipédia, imagino. Mas depois de alguns meses já não faz mais ideia do que significam nomes como Toussaint L'Ouverture, Jean-Jacques Dessalines, *Bondye*, *Papa Legba*, os *hougans* e os *bokors*, não é verdade? *Baron Samedi*, para você, deve ser apenas uma música do King Diamond, isso se tanto.

O haitiano se aproxima do roqueiro, encostando o peito na mesa.

– Aposto como para você o vodu é só uma bobagem folclórica, não é mesmo?

Por alguma razão, o roqueiro continua sem conseguir soltar sua voz cavernosa, nem arruma forças para se levantar daquela cadeira que geme com seu peso. Ele se esparrama diante do estrangeiro enquanto se encharca no próprio suor, que pouco tem a ver com o calor baiano. O visitante magro, quase raquítico, domina a situação.

– Como você vai entender a revolução que criou a única república de ex-escravos das Américas? Uma revolta que nasceu nas montanhas, há mais de duzentos anos, quando um porco preto foi sacrificado ao *loa* que profetizou nosso destino: vocês vão enfrentar e vencer sozinhos Espanha, França, Grã-Bretanha, ele anteviu. E assim foi! Depois disso, fomos isolados por todos os nossos vizinhos, incluindo o Brasil, por medo de inspirarmos outros negros a buscar o fim da escravidão. Thomas Jefferson e Simon Bolívar nos deram as costas, nos traíram com conversas falsas. Como haviam feito antes os iluministas franceses hipócritas que nos atacaram, desmentindo seus ideais de *liberté, egalité e fraternité*. Só que, mesmo isolados, nós vencemos. Você, *monsieur*, poderia ter aprendido tudo sobre nossa história, poderia ter conversado com meu povo, enquanto bancava o Bono Vox e promovia o seu "We are the world" na ilha ocupada pelos soldados brasileiros. Mas não se deu ao trabalho. Nem pôs os pés em Port-au-Prince.

O roqueiro tenta balbuciar alguma coisa. Porém, o som é inaudível. Bolhas de saliva são as únicas coisas que saem de sua boca.

– Eu, por outro lado, deixei o Haiti muitos anos atrás em busca de mais conhecimento. Fui primeiro à África. Em Benin, Togo, Gana, fui instruído por poderosos *botonos* sobre a origem de minha fé, no lugar de onde partiram os homens que trouxeram a arte antiga a este lado do mundo, para ser misturada à magia dos nativos do Caribe. De volta às Américas, conheci Nova Orleans, nos Estados Unidos, para onde tantos haitianos foram levados como escravos, o local no qual o *vodu* derivou em outras crenças, como o *hoodoo*. Passei por Cuba e conheci a *Santería*, com seus *loas* chamados de *orixás*. De lá, vim ao Brasil, à Bahia, saber mais sobre o *Candomblé* e a *Umbanda*, sobre o sincretismo com a religião católica, tal como ocorreu em meu país, onde disfarçamos a identidade dos *loas* com os nomes de santos brancos. E aqui estou, com tanta sabedoria acumulada sobre as artes dos meus ancestrais que sou considerado o maior *bokor* em muitas gerações. Guardião de várias magias, entre elas a de dominar a vontade de outro homem apenas com a força da mente.

Ao falar isso, mais uma vez a mão negra do haitiano se aproxima do boneco caído sobre a mesa. O movimento chama a atenção do músico para um ponto que não havia percebido. Tamanho é o susto que o desperta, ao menos parcialmente:

– O boneco... A perna...

Sim, agora ele pode ver. A *action figure* de 12 polegadas, réplica exata de sua pessoa, tem um pequeno prego perfurando a perna esquerda. A mesma que ele feriu em sua queda na Argentina, há seis semanas. O ponto exato onde o osso trincou está marcado com a cabeça achatada de ferro para fora.

Le Baron Noir ri da descoberta de sua vítima.

– *Oh, mon cher*... Eu tinha que testar se daria certo usar um material tão... industrializado. – Ele segura o boneco e volta a posicioná-lo de pé, fazendo-o encarar sua versão agigantada. – Claro que me ensinaram a produzir meus próprios fetiches, manuseando massa e algo que os ligassem ao destinatário da magia. Quase sempre uso fios de cabelo ou pedaços de unha. Uma peça de roupa, às vezes. Mas vivemos em outros tempos, devemos nos adaptar. E então vieram você e a empresa que fabricou este brinquedo utilizando algo tão melhor, o mais poderoso dos fluidos!

Por baixo do crânio deformado e cheio de pinos metálicos, os pensamentos do rapaz voltam a clarear:

– Meu sangue!

O haitiano tira o charuto da boca para soltar uma gargalhada cheia de perdigotos.

– *Oui, oui*... Que excelente ideia vocês tiveram, *mon ami*. Para provar o quanto você é malvado, tinham que inventar algo diferente. O que poderia ser mais atrativo que uma edição de colecionador pintada à mão com tinta diluída em algo especial, verdadeiramente único? O que poderia ser melhor que uma bolsa de seu próprio sangue? *Bondye*! Que coisa mais macabra! E ao mesmo tempo tão adequada aos meus planos.

– Mas... por quê? O que eu te fiz? O que eu fiz pro teu povo? Eu sou só um cara com uma banda...

– Banda que faturou muito prestígio ao organizar um espetáculo beneficente usando o nome do meu país. Tudo para ajudar os haitianos, levantar fundos e salvar vidas, não era essa a intenção? – A expressão do Barão Trevas não é mais zombeteira, ele não mostra mais os dentes cor de areia ao falar. – Só que nem você, nem seus amigos se preocuparam em saber aonde foi parar o dinheiro das doações, a comida, a água, os remédios prometidos. Resolveram o problema de suas consciências culpadas, fizeram publicidade diante do mundo, ficaram conhecidos, assinaram novos contratos e... *voilà*! Esqueceram aquela gente miserável, não é mesmo?

Com as narinas dilatadas de raiva, o haitiano, sempre de olhar fixo no garoto à sua frente, continua o discurso.

– Nem as notícias de que o dinheiro havia sido desviado foram suficientes para que vocês voltassem a dar atenção ao assunto. Nem as notas sobre como as pessoas continuaram a morrer de fome, de sede e sem medicamentos. Afinal, já não éramos mais manchete, não é mesmo? Quase não havia mais câmeras e microfones para registrar os discursos. Os corruptos conseguiram o que queriam, um jeito fácil de roubar milhões de dólares. E você levou sua parte: cantou suas músicas, bebeu suas cervejas, fodeu suas mulheres. Para que se preocupar mais com aquelas pessoas sem importância, *non*? Deixe que morram, já tiveram seus quinze minutos diante do mundo.

Ouvir aquilo desperta ainda mais o roqueiro, ele se agita na cadeira. A respiração e os batimentos cardíacos voltam a se acelerar, lentamente.

– Mas então é isso? Eu cumpri minha parte, fiz tudo o que me propus. Me apresentei no show, ajudei a dar visibilidade às vítimas, não cobrei cachê dos organizadores, não fiquei com nada. Não sou eu que tu deve culpar, são as autoridades... é..., é, é a ONU, são os Capacetes Azuis, sei lá, quem mais. Por que tu veio pra cima de mim e não dessa gente?

– Se você ouviu o que eu disse, sobre minha busca por

conhecimento, saiba que fiz isso com um objetivo. – Ele ergue o indicador da mão direita para o alto. – Jurei por *Bondye, le Gran Met,* nosso único deus, por todos os *loas* que o servem e pelos meus ancestrais que nunca mais deixaria minha gente sofrer. Jurei que faria tudo, qualquer coisa, para que os haitianos não fossem mais prejudicados por ninguém. Você, *monsieur*, é minha ferramenta, assim como aquele porco negro foi a de outros, há dois séculos, no ritual que antecipou nossa independência.

– Isso não é justo! – Finalmente o rapaz consegue se livrar do que o estava desorientando e sua voz volta a ressoar naquela saleta. – Na verdade, tudo isso é absurdo! Não sei o que me aconteceu, acho que tu me drogou de algum jeito ou me hipnotizou. Mas agora tá passando e tô pensando melhor. Decerto isso não é nada além de algum circo armado por ti. Não deve ter porra nenhuma de magia vodu aqui, só algum tipo de droga... ou truque barato do tipo.

Com esforço, o rapaz volta a se levantar. Ele precisa se apoiar na mesa para vencer a tontura, até conseguir novamente olhar seu adversário de cima para baixo.

– Tu deve ter visto meu tombaço do palco argentino e armou essa história. É isso! Comprou o boneco, enfiou um prego na mesma perna que eu machuquei e veio tentar me impressionar. Pra me arrancar dinheiro. Vai ver nem haitiano é, descolou essas roupas nalguma loja de macumba daqui, da Bahia, e forçou esse sotaque francês fajuto pra impressionar. Só que tu se fodeu! Não vai dar certo, saquei tua tramoia, Barão.

O homem negro não dá sinal de se abalar com as acusações. Parece mais atento ao seu charuto, completamente apagado. Calmamente, busca algo na parte interna do colete. Um isqueiro, simples, a gás, feito de plástico. Num gesto rápido, aciona a chama para reacender a brasa, com lentas, mas potentes baforadas no toco de fumo que ainda resta. Mantendo fixo o fogo amarelo-azulado, o dito haitiano aproxima sua mão daquela imitação da cabeça ovalada de Vaso Ruim.

– Tem certeza de que está disposto a arriscar?

O músico não responde. Seu olhar parece mais confuso que no momento anterior.

Com o amarelo dos olhos realçado pelo brilho do fogo, o haitiano não espera muito por um sinal afirmativo ou negativo. Basta uma torção no pulso para a chama atingir o alvo. Alimentada pelo gás, ela se mantém firme em uma coluna que vai se afinando em direção ao teto – com certa aparência de gota, não de água, mas de seu perfeito oposto na ordem dos elementos – envolvendo totalmente a parte de cima do brinquedo.

Uma sombra se projeta na parede oposta, onde fica a porta da saleta, alongando a silhueta da escultura e dando a impressão de que ela é muito mais alta que apenas os seus trinta centímetros. Em poucos segundos, uma leve fumaça negra se eleva e ganha o teto, indicando que o fogo começa a provocar estrago naquela peça de plástico pintado com uma mistura de sangue humano. Barão Trevas canta algo em voz baixa, quase sussurrando ao ouvido inumano do fetiche industrializado:

– *Rompiendo la monotonia del tiempo*
Rompiendo la monotonia del tiempo
Papa Legba,
Come and open the gate.

Do outro lado da mesa, na direção em que miram os olhos do Barão, o estrago também se apresenta e vem acompanhado da dor que o roqueiro de brinquedo não pode sentir. O Vaso Ruim de carne e osso tomba para trás, derrubando a cadeira e o *cooler* com as cervejas. As garrafas se espatifam, transformam-se em cacos afiados.

No chão, o rapaz se contorce como se alguém estivesse mesmo lhe ateando fogo.

Seu rosto fica vermelho, de uma cor mais intensa que a da barba que pende do queixo ou a da camisa que veste. As veias latejam da testa até o pescoço, bombeando sangue convulsivamente.

Quanto ao Barão Trevas, ele continua com sua canção, baixa e cadenciada, ao mesmo tempo que bate no tampo da mesa com a mão esquerda e segura firmemente o isqueiro com a direita:

– *Papa Legba,*
To the city of camps.
Now, we're your children
Come and ride your horse.

De repente, Vaso Ruim começa a arfar no chão, tal como faria se fosse sufocado por um saco invisível. Arranha a própria carne em agonia, marcando o rosto de alto a baixo com riscos vermelhos, paralelos. Os olhos arregalados de um homem desesperado. Em vias de morrer sem ar. Afogado em uma sala de hotel. Cercado de concreto. A centenas de metros do mar. Debatendo-se no piso. Entre pedaços cortantes de vidro.

Minutos de um desespero gutural. Apenas sons abafados se ouvem naquela sala isolada do olhar de curiosos ou dos membros da equipe do hotel. Sons abafados do rapaz e a voz fanhosa do homem negro que repete os versos da música:

– *In the night*
In the night
Come and ride your horse.

Num gesto tão rápido quanto foi o de acender o isqueiro, o estrangeiro apaga a chama e faz o objeto sumir novamente em seu colete. Exatamente como um prestidigitador faria com uma moeda ou com uma carta de baralho, cheio de volteios rápidos dos dedos finos e longos. Baron Noir passa mais alguns momentos observando o estado de sua vítima enquanto bafeja, com as pernas cruzadas e um cotovelo apoiado na mesa. O charuto já se encontra tão reduzido que ele precisa segurá-lo diante da boca com as pontas do indicador e do polegar para poder fumá-lo. As unhas compridas de cada um desses dedos chegam a se tocar, no esforço de extrair dali o último vestígio de ervas transformadas em fumaça.

O músico percebe que a tortura acabou, mas ainda urra de dor. Ele havia se arrastado em direção a uma parede lateral, deixando uma trilha de urina, de sangue e de vômito atrás de si. No momento, se encontra com as costas apoiadas ali, deitado de barriga para cima, batendo o queixo como fazia em seus tempos de crise de abstinência de morfina. Pelo corpo é fácil notar dezenas de estilhaços das garrafas perfurando a pele, alguns bem afundados nos braços, nas pernas e na barriga. Não estava muito diferente daquela noite em que ganhou seu apelido, quando policiais o encontraram desacordado em uma estrada de sua cidade natal e com a cabeça quebrada em seis partes.

Por sua vez, o Barão Trevas finalmente se levanta da cadeira onde esteve sentado o tempo todo. É um homem baixo, não alcançaria o ombro do roqueiro, nem mesmo contando com o acréscimo de sua cartola. Dá a última tragada possível no charuto e com um estalar de dedos o lança na poça de mijo, bílis e cerveja que empesteia o ar do recinto fechado.

– Creio que estamos entendidos, *non*? Como eu disse, não tenha medo, não pretendo bater sua carteira. Contudo, ouça bem: exijo que você recupere o montante doado para o meu país. Cada centavo. Não queremos esmolas, mas aquele dinheiro pertence ao povo haitiano. É necessário para preservar vidas e dar o descanso devido aos que se foram. Ficarei de olho no seu comportamento a partir de hoje. Seremos como o Homem-Morcego e o Menino-Prodígio. Mas não se anime, sem a parte do sexo.

Para reforçar suas palavras, ele pega o boneco chamuscado na mesa e o deixa bem à vista, junto de seu peito, mesmo enquanto abre a porta da saleta para sair.

– Desejo a você e à sua banda uma boa apresentação esta noite, se ainda estiver em condições de cantar. Ouvi falar que venderam quase todos os ingressos.

Dali do chão, o rapaz pode perceber como ficou a cabeça do brinquedo após a sessão de magia. Por baixo da fuligem, algo mudou naquela carranca de plástico.

– Só mais uma coisa antes de eu ir embora, *mon cher*...

O fogo deformou ligeiramente os traços da *action figure* de Vaso Ruim. As sobrancelhas não parecem mais setas. Estão arqueadas. A boca também se desfigurou. O formato deixou de ser tão irregular quanto antes.

– ... Sua banda é boa, mas livre-se daquele guitarrista metido. Quem ele acha que é? Jimi Hendrix?

Não é mais de ódio a expressão que pode ser vista naquele rosto.

– *Adieu*.

NOVO HERÓI NA CIDADE

ALEX RICARDO PAROLIN

A NOITE ESTÁ muito fria. Olho para o relógio da praça e o termômetro marca nove graus. Como sempre, é impossível prever a temperatura de São Paulo. As pessoas se acostumaram ao vestuário "cebola": vestem vários casacos uns sobre os outros pela manhã, quando está frio, e, conforme a temperatura vai subindo no decorrer do dia, vão tirando camada por camada de roupa. Felizmente, as peças de borracha, *Kevlar* e metal que cobrem meu corpo me protegem do clima.

Estou no topo do arranha-céu Mirante do Vale, no centro de São Paulo. É o prédio mais alto do Brasil, mas, devido à sua localização geográfica, o edifício do antigo Banespa e o Edifício Itália parecem maiores. Posso vê-los daqui, assim como posso ver as pessoas lá embaixo, graças às lentes de visão noturna do traje. São aqueles que, como eu, vivem na escuridão da noite e voltam para casa quando finda a madrugada. Daqui enxergo os travestis indo para a Avenida São João, os meninos que cheiram cola no Vale do Anhangabaú e os policiais que fazem ronda no Viaduto Santa Efigênia. O zoom digital demora alguns segundos para renderizar as imagens, mas a aproximação é clara e perfeita.

Diferente deles, eu tenho uma vida dupla. Durante o dia, sou Nathanael Marques, engenheiro eletrônico de uma empresa de telefonia. Um homem íntegro, com as contas em dia, sem muita vida social, viúvo por força do destino. Quando escurece, eu me torno o Vulto. Um super-herói, procurado tanto pela polícia quanto pelos criminosos que prendo. Um homem em um traje tão assustador quanto o símbolo que seu nome representa, com equipamentos e treinamento que me fazem superior às pessoas lá embaixo.

Focalizo num edifício pequeno próximo a uma das entradas da Estação da Luz, perto da Senador Queirós. A pichação decora o prédio como se fosse arte moderna. Percebo que minha espera será recompensada devido ao estacionar de um carro importado em frente ao estabelecimento abandonado. Nesse momento, uma luz se acende no terceiro andar do edifício. É a minha deixa.

Saco o lança-arpéus do cinto. O barulho de um disparo, a esta altura, ecoaria por todo o Vale do Anhangabaú. Quase ninguém prestaria atenção, em meio aos diversos ruídos que a cidade produz a esta hora da noite. Mesmo assim, uso um silenciador para abafar o estampido da pólvora que impulsiona o gancho até o edifício ao lado, mais baixo. Antes de saltar, verifico se o cabo está bem preso – é uma altura perigosa e preciso ter cuidado. Enfim, salto.

Sinto a queda livre por apenas alguns segundos, quando o cabo dá um puxão. Giro o corpo e uso os pés como impulso para a direção desejada. Sou como uma criança num balanço. A velocidade aumenta conforme vou me aproximando do ponto crítico do pêndulo e a força da gravidade age sobre meu estômago. Um botão na luva faz o cabo desprender do gancho ao mesmo tempo que é recolhido automaticamente pelo lança-arpéus. Aterrisso em segurança na cobertura do outro prédio, com uma boa vista do Largo São Bento.

Repito o procedimento mais uma vez, com o prédio do hotel ao lado, e em um minuto estou no chão, ao lado da lixeira falsa onde minha moto está escondida. Finalmente esta perseguição terá seu desfecho. Quando ligo a moto, lembro que, exatamente há um ano, o perseguido era eu. Enquanto acelero rumo ao meu destino, as recordações me enchem a cabeça.

Eu me lembro como se fosse hoje. Era uma noite de sábado, chovia muito e eu dirigia com cautela para evitar um acidente. A visibilidade era baixa e os vidros estavam um pouco embaçados. Voltava com minha esposa de uma sessão de cinema. Nós chegamos em casa por volta das 22 horas. Minha esposa ficou no carro enquanto eu descia na chuva para abrir o portão da garagem, amaldiçoando-me mais uma vez por não ter lembrado de arrumar o controle automático da entrada.

Naquela época, um criminoso conhecido como Cérebro de Rato estava no topo da lista de procurados no que se referia ao roubo de carros e desmanches ilegais. Sua área de atuação era a periferia da Zona Sul, do Jardim Ângela ao Guarapiranga, a favela de Paraisópolis e parte do Capão Redondo. Os carros eram repassados para outros bandidos como veículos de fuga ou vendidos ilegalmente fora do Brasil. Cérebro de Rato tinha esse nome porque era muito astuto. Farejava os problemas a distância; emboscadas que funcionavam com os outros meliantes nunca o pegavam. Suas transações eram feitas em locais secretos e mudavam a cada encontro. As apreensões da polícia ou as prisões de seus subalternos jamais eram conectadas a ele.

Por um azar do destino, naquela noite nós fomos as vítimas de Cérebro de Rato. Não dele pessoalmente, é claro. O bandido sempre mandava asseclas. Não fomos escolhidos a dedo – apenas demos sopa na hora em que a gangue procurava outro carro para roubar. Ainda posso ouvir o ronco das motos nos cercando e o grito dos cinco assaltantes agitando suas armas.

Aproveitando a garagem aberta, três deles nos levaram para dentro, deixando outros dois lá fora para montar guarda. Trancado no banheiro, eu podia ouvir o barulho deles revirando a casa, vidros sendo quebrados e coisas jogadas ao chão. Em silêncio, abracei minha esposa que chorava baixinho, tentando convencê-la de que tudo ficaria bem.

Em um roubo comum, os criminosos colocariam todos os objetos de valor no carro, levando tudo e nos deixando trancados no banheiro, abandonados à nossa própria sorte. Mas aconteceu alguma coisa lá fora e eles ficaram agitados. Então, inesperadamente, a porta se abriu e fomos arrastados para a sala. Naquele mesmo instante, um carro de polícia parou na frente de casa.

A primeira coisa que pensei foi que, de vítimas de assalto, havíamos nos tornado reféns. Esperava que a viatura fosse empreender alguma ação para nos salvar, mas eu estava enganado. Eles ficaram um bom tempo discutindo suborno. Foi nesse momento que eu descobri que éramos vítimas de Cérebro de Rato, pois seu nome foi citado muitas vezes nessa transação. Mas não precisaram insistir muito, pois os policiais que vieram atender a ocorrência eram corruptos e foram facilmente comprados. Eles não se importavam conosco desde que recebessem a parte deles e que suas famílias fossem deixadas em paz. Tão logo se entenderam com os bandidos, foram embora.

Minha esposa e eu ficamos em silêncio e de cabeça baixa, conforme as orientações que vemos na TV para situações como essa. Foi quando um dos assaltantes se aproximou.

– A gente tá com uns minutinhos, não? – falou, erguendo o rosto da minha esposa pelo queixo. – Olha só essa mina, cara! Quem é que tá a fim de um esquema?

Eles arrastaram minha esposa para o sofá. Antes que eu pudesse reagir, um deles me acertou um pontapé nas costas e me prendeu no chão. Mantendo minha esposa sob a mira de um revólver, rasgaram-lhe a blusa deixando seu sutiã branco à mostra. Eles iam continuar nessa ação depravada se um barulho na cozinha não chamasse a atenção dos futuros estupradores. Um deles pegou a arma e se prontificou a ver o que estava acontecendo. A partir desse ponto as coisas aconteceram rápido demais para que eu pudesse ter uma recordação nítida.

Houve um gemido seco e o barulho de algo pesado caindo no chão da cozinha. De repente, sirenes podiam ser ouvidas ao longe. Um objeto estranho foi arremessado para a sala, partiu-se como vidro no chão e encheu o ambiente de uma fumaça acinzentada, obscurecendo a visão e dificultando a respiração. Vi a névoa se mover quando algo passou correndo por mim, mas não conseguia definir o que causara o movimento. Ouvia gritos, estalos e pancadas. Quando tudo terminou, havia uma nova viatura de policiais cantando pneus em frente de casa, os bandidos lá fora se preparando para atirar e minha esposa refém do único assaltante que ainda estava consciente.

E no meio da minha sala de estar estava meu vizinho.

Em São Paulo ninguém presta muita atenção no seu vizinho. Talvez se ele tocar música alta no domingo de manhã, aparentar ter muito mais dinheiro que você ou ainda se for aquela loura gostosa. Meu vizinho havia se mudado há dois anos e tudo o que eu sabia é que ele se chamava Michael Morris, falava português com um sotaque carregado e tinha uma boa forma física, mesmo para alguém mais velho.

Não sei se foram as sirenes das viaturas se aproximando ou se foi algum movimento de Michael Morris. Também não sei quem começou a atirar, se foram os policiais lá fora, os bandidos montando guarda ou o meliante na minha sala. O fato é que alguém de dedo muito leve havia começado a coisa toda. Os tiros ecoaram e eu me mantive no chão, com as mãos cobrindo minha cabeça. A janela se estilhaçou por completo e fomos atingidos pela chuva de cacos de vidro. Houve gritos e sangue. Fiquei de olhos fechados e punhos cerrados e só os abri quando um policial se postou ao meu lado para verificar se eu ainda estava vivo.

Fui levado para o hospital antes de saber se minha esposa estava bem. Tive apenas ferimentos leves, mas precisei de um calmante quando o médico me deu a notícia da morte da minha mulher. Em pouco tempo, familiares me ajudaram a organizar o funeral, apenas uma cerimônia reservada. Somente na semana seguinte é que a dor da minha perda foi superada pelo desejo de vingança. Procurei um advogado para tocar o processo da investigação referente ao assalto. O objetivo era prender Cérebro de Rato.

Engulo em seco ao lembrar a história da minha vida e isso me traz de volta à realidade. Respiro fundo e paro a moto, que escondo num terreno baldio, a alguns metros do prédio. Uma luz fraca ainda foge por entre as frestas das tábuas presas em uma das janelas do terceiro andar. Sombras indicam que há movimentação no cômodo. Além disso, há os seguranças do lado de fora.

O motorista que aguarda no carro veste um terno preto e a largura de seus ombros indica um tipo físico inapto para luta corporal. É lógico supor que carrega uma arma para compensar. Automática talvez. Guardando a porta há um louro oxigenado, de camisa rasgada e calças folgadas. Ele está com o celular ligado pendurado no pescoço, tocando um funk em volume razoável. Há uma corrente em sua cintura e o volume do bolso traseiro indica uma arma pequena, possivelmente uma faca. Pela maneira desatenta como se comportam, não esperam companhia.

Subo no muro da casa ao lado do terreno baldio. As fezes no chão indicam um cachorro de grande porte, mas antes que ele apareça já estou no telhado. Corro pelas telhas velhas, com cuidado para não cair, e salto pelos três metros que me separam do galpão velho à frente. Argh! Não foi suficiente. Os *flaps* nas costas se abrem automaticamente e aproveito o impulso do deslocamento de ar para tocar com o pé a parede do galpão, empurrando-me para cima antes da gravidade surtir efeito. Dá certo e meus dedos se fecham sobre o caibro.

Do telhado do galpão posso ver o prédio onde possivelmente Cérebro de Rato está fazendo negócios. Meu plano é simples: entrar pela janela, desabilitar a quadrilha e chamar a polícia para levar a turma toda.

Merda! O funkeiro ouviu alguma coisa e agora está de frente para o galpão, olhando para o fundo. Minha estratégia de subir no edifício pelo lado de fora cai por terra. Aproximo-me com pressa do beiral aproveitando que ainda não me viram. Salto do telhado, caindo em cima do loiro. É o suficiente para apagá-lo por completo. O motorista, no entanto, está mais atento. Ele buzina duas vezes antes de sair com uma arma em punho.

Ele atira sem medo, mas sou mais rápido. Antes de me atirar no chão atrás do carro, arremesso em direção a seu punho uma lâmina emborrachada, cujo impacto o faz soltar a arma. Levanto o mais rápido possível e jogo outra, direto no rosto. Ouço o estalo do nariz quebrado. Salto rapidamente por cima do capô e o acerto no queixo com o pé. A mandíbula se desloca e ele cai. É tempo suficiente de escutar o pipocar na lataria do carro transformando o capô em escorredor de macarrão. Abaixo-me novamente, escondendo-me dos tiros que se originam da janela do terceiro andar. Em pouco tempo a polícia vai chegar com sua incrível habilidade para estragar tudo e vou perder a chance de agarrar Cérebro de Rato. A raiva me queima no estômago.

Uma raiva semelhante à que senti quando Michael foi até a minha casa.

– Eu sinto muito por sua perda – lembro-me dele dizer algumas semanas depois da morte da minha esposa.

– Obrigado – agradeci mecanicamente.

– Vim até sua casa por um motivo importante. – Michael se sentou no sofá ao meu lado. – Desculpe-me. Naquela noite, eu estava vendo TV em casa quando ouvi o ronco das motocicletas e o anúncio do assalto. Sabia que tinha que fazer alguma coisa e chamei a polícia.

Ainda bem que ele se sentia culpado! Se não tivesse entrado em casa daquela maneira, talvez os bandidos não tivessem reagido!

– Não sabia que os policiais eram corruptos. Vi pela fresta da cortina que estavam negociando suborno. Todos os seus vizinhos viram, Nathan. Ninguém fez nada. Por isso liguei para a polícia novamente e me preparei para agir. Imaginei que alguma coisa ruim pudesse acontecer. Com meu treinamento...

– Com seu treinamento? O que você pensa que é? Um maldito exército-de-um-homem-só? Eram cinco no total e eles estavam armados!

– Eu sei. – Ele engoliu em seco, olhando para baixo. – Mas acho que perdi o jeito. Se eu não tivesse interferido, talvez nenhum tiroteio tivesse acontecido. Por isso, venho aqui lhe pedir desculpas e ver se isso deixa a minha consciência mais tranquila.

– Então é isso? Você reage, estraga as coisas e acha que pode resolver tudo com um pedido de desculpas? Por favor, saia da minha casa!

– Claro. – Ele se levantou. – Apesar de tudo, quero que saiba que eu estou disposto a corrigir meu erro. Se precisar conversar com alguém, se precisar de dinheiro, ou...

– Apenas saia da minha casa. Agora!

– Claro... Quer dizer... Sim, claro – balbuciou sem jeito. – Mais uma vez, me desculpe por tudo.

– Não se preocupe. – Ergui a voz sem querer. – Farei com que a minha vingança caia sobre eles! Cada um deles! Pessoalmente, com as minhas próprias mãos se for necessário!

– Vingar-se não vai acabar com a sua dor – Michael falou antes de sair pela porta. – Espero que não descubra isso da pior maneira.

– O que pode ser melhor que vingança? – gritei, cheio de raiva.

– Justiça – Michael respondeu lá de fora. Também saí de casa, pois queria falar com ele cara a cara.

– E quem é você para entender de justiça, afinal?

– Sou apenas Michael Morris, seu vizinho. – Ele exibiu um sorriso acanhado.

Daquele instante em diante, Michael ficou me olhando. Uma observação lenta e profunda, como se julgasse a minha própria consciência.

– Em outros tempos, comigo por perto você não precisaria se preocupar com justiça – Michael explicou, com um brilho diferente nos olhos. – Mas estou velho, lento e ultrapassado. Um dia, se esquecer dessa história de vingança, talvez eu possa lhe ensinar este meu caminho.

Falou isso e caminhou para sua casa. Engoli minha raiva e respirei fundo por um instante. Justiça, vingança, quem se importa com o termo correto? Antes que ele entrasse, falei:

– Dê-me essa oportunidade. Deixe-me conhecer o seu modo de fazer justiça e então eu decido por mim mesmo.

Ele hesitou um pouco, como se estivesse em dúvida em relação à situação toda. Mas depois disse:

– Está bem. Venha comigo. Há um livro de recortes que você precisa ver para entender a minha história.

A casa de Michael era aconchegante por dentro, com poucos móveis e várias fotos na parede, de paisagens americanas a pessoas fantasiadas de super-heróis. Sentei no sofá enquanto ele ia para a geladeira.

– Sabia que eu sou um engenheiro também? Engenharia mecânica e bélica. Os últimos anos da Guerra do Vietnã me trouxeram ótimas oportunidades. Eu era jovem, tinha uma carreira sólida na indústria armamentista. Quando a guerra acabou, fui trabalhar com equipamentos de segurança. No fim, consegui formar um bom patrimônio – ele contou, trazendo duas latinhas de cerveja.

– E o que isso tem a ver com justiça?

– Deixe eu te contar algo sobre a queda dos Vigilantes Americanos.

– Acho que já ouvi falar. É o movimento iniciado em Chicago, no fim da guerra. Uns malucos resolveram virar vigilantes para combater os criminosos que se aproveitaram da fragilidade do período.

– Exato. As autoridades pareciam meio atrapalhadas no pós-guerra. Esses vigilantes eram antigos militares, campeões de artes marciais ou engenheiros com dinheiro. Todos equipados com tecnologia de ponta ou treinamento especial. Super-heróis de verdade.

Michael deu um gole na cerveja antes de continuar:

– Durante o dia ou à noite, sempre havia um super-herói pronto para proteger vidas inocentes. Com o tempo, outros vigilantes surgiram em outras cidades. Alguns criaram supergrupos. Corriam boatos de superpoderes devido a acidentes de laboratório ou pesquisas não autorizadas do governo. Nada disso foi comprovado, é claro.

Michael foi até o quarto e voltou com uma caixa empoeirada. Abriu-a sob a mesinha de centro e retirou um álbum de recortes.

– Sugere que eu leve Cérebro de Rato à justiça usando cueca por cima da calça?

– Deixe-me terminar.

Michael abriu o livro de recortes. Apontou para uma das matérias em inglês que dizia: "Congresso pensa em manter os vigilantes sob suas asas".

– Em 1981, o governo resolve incorporá-los em sua folha de pagamento – continuou. Todos são obrigados a se registrar no Departamento de Defesa, passar por treinamento específico e revelar sua identidade secreta para o FBI. Os que não o fazem são considerados criminosos. A imprensa internacional e os aliados políticos não gostaram nem um pouco.

– Eu estudei esse período político na escola. A Era Heroica Americana. Houve tentativas infrutíferas de criar super-heróis em outros países. Mas parece que os críticos de arte estavam certos, super-heróis só funcionam nos Estados Unidos. O que isso tem a ver com você?

– Paciência... – Ele se levantou para buscar mais cerveja. – Tudo isso termina em 1992.

– Ah, o tal maluco da bomba – respondi sem dar muita atenção.

Michael voltou da cozinha com mais duas latinhas de cerveja, mas recusei a minha. Notei que ele parecia distante, sem brilho nos olhos. Continuou:

– Imaginei que você conhecesse a história. – Ele pareceu um pouco chateado. – Naquele ano, um super-herói registrado conhecido como Vulto Noturno detonou uma bomba em um bairro de Nova Iorque, matando não só os criminosos que perseguia, mas também pedestres ao redor e sessenta crianças de uma escola naquele quarteirão. Isso custou a reputação dele como herói e a de todos os vigilantes que ficaram ao lado dele. A mesma população que outrora ovacionava os super-heróis agora desejava seu sangue. Encurralados pelos que juraram proteger, os heróis foram pouco a pouco caindo, até deixarem de existir por completo.

– Nessa época eu nem ligava para os noticiários. O que aconteceu com o Vulto Noturno?

– Ele se entregou às autoridades. Ele sabia que a explosão havia sido acidental, mas as pessoas não acreditaram. Foi indiciado por homicídio culposo, sem a intenção de matar. Mesmo assim, o júri só conseguia ver os cadáveres das criancinhas, e Vulto Noturno foi condenado a dez anos de cadeia. Encarcerado em meio às pessoas que ajudou a prender, aqueles foram anos realmente difíceis.

Michael então abriu o livro de recorte em uma página dupla. A página da esquerda era ocupada totalmente por uma fotografia de um homem sendo preso, rodeado por policiais e por fotógrafos. Reconheci imediatamente o homem na imagem sem precisar ler a legenda.

Vulto Noturno era Michael Morris.

Hesitei por um instante. Isso explicava como ele conseguiu entrar em casa e deter aqueles criminosos. Por isso os movimentos marciais, os equipamentos. Meu vizinho era literalmente um super-herói! Ele me olhou nos olhos e disse:

– Durante toda a minha vida eu tentei fazer o Bem. Levar justiça às pessoas. Infelizmente paguei por ter feito algo que, depois de tanto tempo, não sabia mais dizer se estava certo ou errado. E agora, quando achei que iria reconstruir a minha vida num lugar onde ninguém me conhecia, o passado vem à tona devido a outro erro meu. Um erro que, mais uma vez, custou a vida de alguém.

– E o que você espera fazer?

Ele respirou fundo e disse:

– Estou ficando velho. Não tenho mais a mesma forma física, a mesma velocidade. Mas você ainda é novo.

Pôs a mão no meu ombro e completou:

– Posso ajudar a desafogar essa dor que te consumiu esse tempo todo. Mas não através de vingança. Posso ensiná-lo a fazer justiça.

– Num colante colorido?

– Não é bem assim – Michael retrucou, sério. – A vida de um vigilante não é tão colorida quanto aquela mostrada nos gibis. Embora reconheça que alguns, como a Raposa Escarlate, estavam nessa para aparecer. Mas não é disso que estamos falando.

– Certo. Então como é?

– É violenta. É dolorida. Vai levar a sua vida pessoal para sempre. Uma vez dentro deste sistema, você não poderá mais sair.

– Não, obrigado. Vou até a polícia acompanhar o processo.

– Tudo bem. Eu sinto muito por ter tomado o seu tempo.

– Eu lamento não compartilhar da sua maluquice, obrigado – devolvi polidamente. Levantei-me e fui para casa, deixando um Michael saudoso, observando o livro de recortes sobre a mesa.

O cheiro forte de gasolina me arranca do mar de lembranças. Um dos tiros vindos do prédio acaba de acertar o tanque de gasolina. O traje me protege de estilhaços que se formam quando os projéteis atingem o asfalto. Sem hesitar, arremesso uma esfera de fumaça entre mim e o veículo, dificultando a observação. Eles param de atirar por um instante, tempo que uso para rolar em meio à nuvem branca e atingir a porta de entrada do edifício de três andares. Fico parado no saguão abandonado, aguardando a ação deles.

Ordens são dadas e ouço passos descendo as escadas. Eles estão vindo ao meu encontro! Sem os vigias lá na frente, talvez eu tenha mais sorte se atingir o terceiro andar por fora. Assim que tento sair, sou recebido por uma saraivada de balas vinda das janelas. Os miseráveis têm uma submetralhadora!

Os passos na escada estão cada vez mais próximos. Vou até o quadro de energia, oculto na parede atrás da porta quebrada, e corto todos os fios. Lanço uma esfera de fumaça assim que o primeiro capanga aparece no pé da escada. Envoltos em fumaça e na completa escuridão, eles estão cegos e perdidos.

Mas eu não. Se isso fosse um filme, esse é o momento em que tudo fica em câmera lenta.

Aciono a visão noturna ao mesmo tempo que avanço para o primeiro capanga. Ele traz um revólver na mão, mas quebro o pulso dele em uma chave de braço antes que ele possa usá-lo. Seu grito denuncia minha localização, mas consigo lançá-lo longe com um golpe de judô. O próximo bandido está bem em cima de mim. Eu acerto uma cabeçada que é o suficiente para que ele me solte. Chuto seu estômago com força e rapidamente repito o chute em suas partes baixas. Ele cai gemendo de dor e não se levanta. Corro em direção à escada o mais rápido possível. No caminho, cruzo com outro bandido, armado com uma escopeta. Antes que perceba minha presença, salto sobre ele usando seu próprio joelho como apoio, agarrando sua arma com ambas as mãos. Ele dispara acidentalmente, os projéteis de aço resvalam no capacete e acertam o teto, derrubando concreto e poeira. Mas eu o desarmo e o nocauteio com a coronha de sua própria arma.

A nuvem de poeira se dissipa, deixando a luz exterior invadir o local e mantendo todos na penumbra. Isso permite que eu alcance o fim do primeiro lance de escadas antes dos oponentes se darem conta do meu destino. Alguém está descendo ao meu encontro, engatilhando uma arma. Salto por uma janela próxima ao mesmo tempo que ouço um estampido. Consigo me segurar no parapeito e por pouco não despenco no chão lá embaixo. Ouço sirenes se aproximando quando um dos aliados de Cérebro de Rato coloca a cabeça pra fora. Eu o puxo, desequilibrando-o e fazendo com que caia como um grande saco de batatas. Pelo grito de dor e a posição estranha de sua perna esquerda, suponho que ele acaba de ganhar uma fratura.

Não são necessárias lentes de visão noturna para enxergar as luzes das viaturas policiais. Tenho que ser rápido se quiser alcançar o terceiro e último andar antes da chegada deles. Sem cerimônias, começo a escalar a parede. Não me esforçava assim desde a minha época de treinamento.

Eu me lembro de ter pensado muito na conversa de Michael Morris, mas estava convencido de que aquilo tudo era sandice. Procurei um advogado e chegamos a entrar com um processo contra o Estado, além de uma série de outras burocracias que não entendi na época e não lembro agora. As semanas seguintes foram arrastadas e infrutíferas. No fim das contas, a polícia encerrou o caso. Judicialmente não havia nada a ser feito: os assaltantes foram presos por latrocínio, os policiais corruptos foram afastados da corporação, nunca houve provas da conexão dos bandidos com Cérebro de Rato. O máximo que consegui foi uma indenização do Estado. Por fim, todos seguiram suas vidinhas medíocres. E a dor da perda havia se transformado em raiva. Desolado, entrei em casa e sentei-me no sofá. Enquanto eu pensava no que fazer, a campainha tocou. Era Michael Morris.

– Vi o modo como entrou em casa e achei que precisasse de alguma coisa. O que aconteceu na sua audiência hoje?

– O caso não terminou tão bem como eu gostaria.

– Eu sinto muito.

Olhei para Michael de modo sério. Até hoje não consigo entender o que deu em minha cabeça ao dizer aquilo:

– Você pode realmente fazer a diferença? Poderia me ajudar a levar Cérebro de Rato para a justiça?

– Poderia – ele confirmou, encarando-me de um jeito estranho novamente. – Mas é uma decisão que somente você pode tomar. Uma vez nessa vida, não conseguirá sair.

– O que eu preciso fazer?

Ele revirou a carteira e me entregou um pequeno cartão de visitas. Depois disse:

– Esteja neste endereço amanhã às oito. Vou explicar o que vai acontecer e terá que ser paciente, porque isso leva algum tempo. Você já tirou férias este ano?

Depois de acertar as coisas no trabalho, fui até o local designado por Michael Morris. Era um grande galpão de armazenagem localizado na Avenida João Dias, próximo à Marginal Pinheiros. Mostrei a minha identificação ao porteiro e me dirigi ao interior do estabelecimento. Passei por alguns funcionários operando empilhadeiras e procurei pela sala cujo endereço meu vizinho havia me passado. Michael estava em frente ao local indicado. Após nos cumprimentarmos, abriu o cadeado e entramos.

– Existem mais seis lugares iguais a este pelo mundo. Feitos para situações de emergência ou para quando o Vulto Noturno se envolvesse numa perseguição internacional. São Paulo é bem parecida com a cidade onde eu morava, portanto acabei modificando este lugar para ser uma das minhas bases.

Frustrei-me. A sala não parecia ter mais que três metros quadrados. Estava entulhada de móveis velhos e empoeirados. Não parecia o local onde um super-herói ficaria. Mas, antes que eu pudesse questioná-lo a respeito, Michael empurrou um dos sofás encardidos para um canto, revelando um painel com visor verde e teclado numérico. Ele apertou alguns botões e eu ouvi um chiado. Uma portinhola metálica deslizou pelo chão, revelando uma escada que ia para o andar inferior. Luzes brancas se acenderam automaticamente lá embaixo.

Michael desceu as escadas e eu caminhei receoso atrás dele. As luzes ofuscaram a minha vista no início, mas o que eu vi me deixou ao mesmo tempo espantado e maravilhado. Eu estava numa área de pelo menos quinhentos metros quadrados, que devia se estender por toda a parte subterrânea do complexo de armazéns. No lado direito, uma ala de musculação e ginástica, com halteres, barras, cavalo e supino. No fundo havia uma piscina raiada. No lado esquerdo, sacos para *sparring* e um ringue de boxe. Mais ao fundo, uma ala de mecânica, com bancadas, ferramentas e solda. E, ao lado da oficina, ao menos seis microcomputadores aparentemente ligados em rede.

– Eu chamo de "A Gruta". – Michael Morris abriu os braços, no centro de tudo.

– É... incrível!

– Sim, eu sei. É aqui que nós vamos transformar você no novo Vulto Noturno.

– Vulto – sorri. – Apenas Vulto. Nome duplo é coisa de herói de quadrinhos. Só Vulto.

– Está certo – ele concordou. – Seu treinamento começa amanhã, pois eu ainda preciso ajeitar algumas coisas aqui. Vamos usar uma metodologia de aprendizado rápido. Treinamos algo por quatorze dias. Nos quatorze dias seguintes algo novo é acrescentado ao treinamento, sem que você pare de treinar o elemento anterior.

– Isso é bem puxado!

– Eu avisei que não seria fácil – ele respondeu, sério. – Amanhã precisa estar aqui às seis da manhã. Agora deixa eu te mostrar o local.

No dia seguinte, Michael avisou-me que começaríamos com treino físico.

– O treinamento físico é uma das partes mais importantes da sua vida como vigilante. Você precisa ser rápido, forte e ágil. Um passo em falso e você morre. Se não tiver os músculos e a saúde em dia, não poderá continuar com o resto do treinamento. Entendeu o que eu quis dizer?

– Sim, entendi.

– Nada de anabolizantes. Nada de energéticos. Queremos um treinamento de verdade aqui. Vai precisar moderar sua alimentação, cortando alimentos gordurosos, reduzindo doces e guloseimas, aumentando um pouco os carboidratos. Vamos começar com exercícios aeróbicos, vão ajudar você a reduzir essa barriga.

Foram duas semanas exaustivas, mergulhando naquela piscina sem aquecimento às seis da manhã e indo dormir depois de ter pedalado por quilômetros sem sair do lugar, às onze da noite. Entre um exercício e outro, levantava peso, fazia abdominais e tinha refeições à base de macarrão ou purê de batata.

– A ginástica vai lhe dar mais flexibilidade. Embora não pareça, você vai precisar rodopiar, saltar, girar, se esticar e contorcer. Vamos começar com saltos simples.

Agora, ao invés de só levantar pesos, eu tentava imitar um ginasta olímpico. Lembro que uma das vezes não consegui completar um exercício e precisei refazer todos os passos. Era tão tarde quando acabei que preferi dormir no ginásio. Na semana seguinte, o treinamento foi feito ao ar livre.

– *Parkour* é uma técnica francesa de deslocamento. É uma prática física que exige disciplina e concentração – Michael explicou ao me levar para o Parque do Ibirapuera. – Consiste em se deslocar num percurso com obstáculos da forma mais eficiente possível. Vamos nos alongar e eu vou lhe ensinar como subir naquele muro fazendo um *climb-up*.

Confesso que me identifiquei bastante com este esporte. No entanto, a identificação terminou quando desloquei o ombro num movimento errado. Mesmo com o membro enfaixado, Michael não interrompeu meus treinamentos. Ele alegou que os criminosos não esperariam pela minha recuperação.

– Hoje vou lhe ensinar um pouco sobre artes marciais – Michael começou naquele dia.

– Vai me tornar um faixa-preta?

– Um verdadeiro mestre dedica a vida à sua arte marcial e tão somente a ela. Não seria capaz de torná-lo um mestre se nem mesmo eu sou.

– Está bem. Por onde vamos começar?

– Antes de aprender a derrubar, você precisa aprender a cair.

Michael me derrubou usando apenas um braço e um giro de quadril. Naquelas duas semanas aprendi rolamentos, amortecimentos e vários modos de amenizar o dano sofrido numa queda, mesmo de grandes alturas.

– Judô é a arte marcial criada por Jigoro Kano, onde uma pessoa mais fraca pode derrubar outra mais forte. E o principal, visa à prática do esporte sem causar dano em seus praticantes – Michael ensinou, vestido num quimono surrado. – É excelente para derrubar ou segurar adversários que você não quer ferir, como aquele informantezinho que precisa dos dentes intactos para falar. – Sorriu, colocando-se em posição no tatame. – Venha, vamos começar com *ippon-seoi*.

Foram duas semanas de alavancas, giros de quadril e encaixes. Assim como o *parkour*, acabei me identificando com esse treino também.

– O jiu-jitsu é o irmão mais velho do judô, ambos têm a mesma origem. Mas, diferente do judô, algumas imobilizações do jiu-jitsu podem causar lesões sérias ou até mesmo nocaute.

Durante o treino, estirei um músculo e quebrei a clavícula. Tão logo a recuperação teve início, reiniciamos tudo. Acabei ficando com o ombro levemente torto por causa disso.

– Kung fu significa "trabalho árduo". É uma técnica chinesa que leva em conta a meditação e a disciplina interior. Existem diversos estilos de kung fu. Os mais famosos são aqueles que imitam o movimento dos animais. Vamos começar com a posição básica do kung fu do macaco.

Mas o melhor treinamento veio duas semanas depois.

– Hoje nós vamos aprender krav magá. Não é arte marcial, e sim uma técnica de defesa desenvolvida pelo exército israelense. Não há regras, graduações ou divisões por estilo. O krav magá tem por objetivo a neutralização total do oponente, seja imobilizando, quebrando ou matando. Mas o importante é que leva em consideração a utilização de armas de fogo por parte do adversário.

Era como aprender a me esquivar de balas.

– Vou te ensinar a manusear armas de fogo – declarou quatorze dias depois.

– Armas de fogo? Quer me ensinar a matar?

– Nunca matei nenhum adversário. Ao menos não intencionalmente. Mas treinar o uso de armas de fogo não só te capacita a usá-las. Poderá identificar os diversos modelos de uma arma, diferenciar uma pistola verdadeira de um brinquedo realístico e principalmente, usar o lança-arpéus.

– Aquele gancho?

– Exato. É disparado com uma arma de pólvora, tem eficiência melhor que o modelo de ar comprimido. Infelizmente causa estampido e cheiro de queimado, o que não é nada discreto. Venha, vou começar ensinando a manutenção básica de uma pistola.

Eu havia aprendido a manusear uma gama de armas de fogo, de revólveres a metralhadoras. Não sei onde Michael conseguiu todo esse equipamento, mas preferi não perguntar. Durante esse tempo, eu não havia me tornado um franco-atirador, mas era capaz de uma boa pontaria mesmo na penumbra.

– Uma faca sem corte é bem mais perigosa que uma faca afiada – disse Michael dezessete dias depois. – E o risco de acidentes é maior. Hoje vou lhe ensinar tudo que sei sobre armas brancas, inclusive como usá-las para defesa ou ataque.

Naqueles dias, me senti como um antigo mestre armeiro, polindo, afiando, identificando armas de dois gumes e evitando ataques que me deixariam sangrando até a morte.

Escalar o prédio do esconderijo do Cérebro de Rato é exaustivo. O cansaço nos músculos arquiva os fantasmas da minha cabeça noutro lugar, trazendo-me de volta ao presente. Termino a subida entrando por outra janela aberta no terceiro andar. Dou-me ao luxo de dois ou três segundos para respirar. O terceiro andar está limpo, há uma única porta com frestas por onde vaza uma luminosidade. As escadas estão silenciosas e vazias, os capangas já deveriam ter chegado aqui. Só pode ser uma armadilha! Saco o sonar portátil do cinto. É barulhento e limitado, mas me permite descobrir um conjunto de explosivos na porta e no solo, acionado pelo puxão da maçaneta.

Procuro nas algibeiras pelo material antibombas enquanto escuto as viaturas estacionando lá embaixo. Começo a cortar os fios e a desparafusar os gatilhos de pressão ao mesmo tempo que os meliantes trocam ameaças com os policiais no térreo. Ignoro a ação externa, uma vez que está fora do meu controle. Respiro fundo e sinto que começo a transpirar. Não há movimentação no quarto. Estranho, já deveriam saber que eu estou aqui. Termino de desarmar o último parafuso quando escuto a troca de tiros lá embaixo. Não perco tempo e chuto a porta, quebrando a fechadura e qualquer coisa que possa estar atrás.

Mas não há ninguém na sala.

Merda, os explosivos só me fizeram perder tempo. Há uma mesa com algumas cadeiras e papéis soltos. Notas fiscais frias, relatórios de locais de entrega, as mesmas coisas que sempre acham numa operação ligada ao Cérebro de Rato. Mas onde estão os negociantes?

O quarto iluminado me permite enxergar bem, mas ligo o detector de calor do capacete. O brilho branco do sensor me cega por um segundo, até que a visão se acostume ao infravermelho. É fácil ler o gráfico, quanto mais vermelho a marca, mais calor ela está emitindo. Posso detectar se houve pessoas na sala e há quanto tempo isso ocorreu devido ao calor residual. Olho em volta, procurando por possíveis passagens secretas ou outras rotas de fuga.

Os gráficos não mentem. Nunca houve pessoas na sala. No entanto, as paredes emanam um calor constante, rítmico e há algumas partes móveis. São as mesmas leituras que uma máquina emitiria. Mal tenho tempo de desligar o infravermelho e sou atingido em cheio nas costas. Caio, perdendo o fôlego. Volto-me e vejo que um grande braço mecânico se projeta de uma das paredes. Culpo-me por não tê-lo visto antes, mas só agora ouço as engrenagens se movimentando, os cabos transportando ar ou óleo e os zunidos, indicando outro golpe iminente. Rolo para o lado antes de ser atingido mais uma vez. Ouço uma gargalhada, um riso frio, metálico e esganiçado.

Agora as coisas fazem sentido. Cansado e ferido, consigo ver as peças se encaixando e a linha de raciocínio sendo formada. Agora eu entendo por que Cérebro de Rato nunca foi pego.

– Tecnologia. – Michael apontou para a rede de computadores. Essa era uma semana de treinamento tranquila. Meu corpo já estava em boa forma física e eu já conseguia fazer muitos movimentos marciais quase perfeitos. – Na minha época, a maior parte das notícias vinha dos jornais e da TV, mas hoje temos a internet. Eu marcava reuniões em becos com meus contatos, hoje posso falar com eles por e-mail. Venha, vou te ensinar a usar estes computadores.

– Espere! Eu já sei usar computadores!

– Não estes aqui. – Michael apertou um botão. – Os seis computadores estão unidos naquilo que chamamos de *grid*.

– Conheço a tecnologia. Em resumo, é a capacidade de usar todos os processadores de uma determinada rede de computadores para executar uma determinada tarefa que seria impossível ou extremamente lenta para uma única estação.

– Perfeito! É isso que vamos fazer. Nós vamos rastrear Cérebro de Rato.

– Rastreá-lo? Mas como?

– A rede de computadores está ligada de modo seguro à internet. Qualquer outro dia eu te ensino a configurar todos os *firewalls*. – Sentou-se num dos computadores e começou a digitar vários comandos numa interface que eu desconhecia. – Estes computadores recebem notícias por RSS, interceptam mensagens em fóruns de internet e analisam e-mails com informações de contatos. Isso sem falar no acesso legal a diversos servidores de informação, dos Correios à Receita Federal. Eles processam todos estes dados nos dando um relatório completo sobre determinado assunto. No caso presente, qualquer coisa que possa ser ligada ao Cérebro de Rato. Eu chamo esta rede de Oráculo.

– Espero que não sejamos processados por ninguém por causa desse nome. – Soltei uma risada. – Mesmo assim, a veracidade de certos dados precisará ser checada.

– É claro. E você fará isso. Vou te ensinar os comandos do sistema operacional. Lerá os relatórios, informará o computador das discrepâncias contidas nele e aguardará o novo processamento. Quando a informação fizer sentido, irá pessoalmente ao local para averiguar.

– Pessoalmente?

– Sim. O traje do Vulto está guardado em local seguro e irei solicitá-lo assim que sair daqui. A burocracia fará com que eu demore alguns dias para pegá-lo, mas acredito que poderei te ensinar a usá-lo. Meus parabéns. É o mais novo herói da cidade.

Os dias seguintes passaram lentamente e minha ansiedade só aumentava. Enquanto isso, cumpria minha missão de rastrear Cérebro de Rato no intervalo dos treinos. O trabalho era longo e cansativo, mas eu estava próximo de conseguir informações verdadeiras. Estava tão absorto no meu terminal que não ouvi Michael entrar. Ele trazia uma grande caixa metálica, presa com dois cadeados.

– Deixei isso guardado num cofre de banco – afirmou, ante meu espanto. – O conteúdo dessa caixa é que vai realmente representar a diferença no treinamento que você recebeu.

Aproximei-me do invólucro enquanto o barulho das chaves contra o metal aumentava a minha ansiedade. Por fim, a caixa abriu. Dentro dela estavam várias peças metálicas escuras, semelhantes a uma armadura medieval. Pude distinguir duas ombreiras com interior de borracha, uma luva de couro com lona e o peitoral, aberto e desmontado em quatro pedaços. Mas o que mais chamou a atenção foi o capacete. Era alongado como o de um atleta de ciclismo, mas fechado como o de um motoqueiro. As lentes espelhadas em preto refletiam o meu rosto estupefato e havia uma proteção para a boca, que fazia o usuário da roupa parecer um robô.

– Não é à prova de balas, mas quase. – Michael bateu na proteção com os nós dos dedos. Saudoso ao ver seu antigo traje, pegou uma parte do peitoral cujo metal escurecido refletia as lâmpadas no teto. – É quase selado, não vai precisar se preocupar com o clima, embora a cidade de São Paulo talvez te faça suar em excesso.

– O que é isso? – indaguei, recuperando várias pequenas algibeiras no fundo da caixa

– Material para compor o cinto de utilidades – Michael começou mostrando cada um dos itens. – Essas são lâminas de arremesso. São pontiagudas e possuem a borda afiada. Excelentes para cortar cordas ou prender a mão de bandidos na mesa. Existe a versão emborrachada, usada para desarmar ou nocautear.

Ele pegou alguns tubos que podiam ser conectados entre si, formando uma arma.

– Este é o lança-arpéus. O cabo tem comprimento suficiente para atravessar a maioria dos quarteirões. Há um comando na luva que desengata o gancho e recolhe o cabo. Temos uma série de outras coisas, de granadas a gazuas. Você não precisará de todo o equipamento em todas as missões, por isso comporá o seu cinto conforme a ocasião pedir.

– O capacete vai deixar a minha cabeça muito grande. – Observei o elmo moderno em minhas mãos.

– Na época foi necessário para o conjunto de lentes dos olhos. Vidro blindado, lentes para visão noturna e seis teleobjetivas de 22 mm para o zoom.

– Acho que posso atualizar isso – falei, enquanto olhava o interior do capacete. – Podemos diminuir o zoom óptico, trocar por lentes mais finas, acrescentar outros sensores...

– Eu estava contando com isso – respondeu ele, com um sorriso. – Venha, vamos treiná-lo no uso do traje.

Assim que botei os pés no ginásio eu a vi. Deslumbrante, ela brilhava sob as luzes do galpão e chamava atenção imediatamente.

– Meu Deus!

– É uma Suzuki Hayabusa. Uma das motos mais rápidas do mundo, capazes de atingir mais de trezentos quilômetros por hora – falou Michael, enquanto nos aproximávamos. – Mas essa é modificada. Você não vai conseguir atingir toda essa velocidade, pois ela ficou mais pesada depois que reforcei sua estrutura para aguentar impactos e diminuí parte do motor para adicionar algumas coisinhas. De freios de emergência a explosivos.

– Ela é linda!

– Venha, mostre-me suas ideias para atualização do traje e eu deixo você dar uma voltinha...

Tive muito medo na minha primeira vez como Vulto. O resultado da primeira pesquisa nos levou a uma mecânica de automóveis no Capão Redondo que, segundo nossas fontes, faria a entrega de vários carros naquela noite. Michael foi comigo na garupa da moto.

Ele me deu instruções básicas e ficou guardando o veículo. Eu dei início à ação quando uma grande carreta-cegonha encostou-se à avenida e alguns carros começaram a sair da oficina.

– Deitados no chão! Mãos na cabeça! Vocês estão presos! – ordenei na mais completa ingenuidade.

Mal tive tempo de recuar e a saraivada de balas atingiu o local onde eu estava. Respirei fundo e perdi segundos ficando abaixado, com medo. Mas não podia recuar mais.

Com cuidado, contornei a carreta e arquitetei um plano para derrotar os atiradores. O medo me fazia transpirar dentro do traje e o capacete sufocava. Mas quando eu estava lá, esquivando de balas, saltando pelos muros, arremessando lâminas e bombas ofuscantes, entendi o poder que o traje me concedia. Entendi, por exemplo, o poder que sente um militar ao realizar determinado ato só porque sua farda lhe permite fazê-lo. E me assustei ao ver que eu caminhava numa linha tênue, correndo um sério risco de me tornar um daqueles que eu combatia.

Tive tempo de desabilitar toda a quadrilha, porque a polícia demorou a chegar. Quando o fez, encontrou duas dúzias de homens presos e provas suficientes para encarcerá-los por uns bons anos. Em depoimento, eles afirmaram ter sido vítimas de um homem escuro, que se movia pelas sombras como um fantasma. Como um vulto. A imprensa noticiou a história incrível do benfeitor desconhecido que havia desbancado uma operação criminosa de venda ilegal de veículos roubados. Advogados de defesa sanguessugas caíram matando no tribunal, afirmando que as provas foram plantadas e que as prisões eram ilegais. Mas a justiça prevaleceu. Parecia que dessa vez derrubaríamos a ideia de que super-heróis só funcionavam nos Estados Unidos.

Na semana seguinte foi a vez do recebimento de dinheiro feito num prédio comercial no Largo do Arouche, ao lado de vários cinemas pornôs e boates bem suspeitas. Filmei e fotografei toda a transação da sacada do prédio ao lado, invadindo o local somente quando tive a certeza de que todas as provas estavam registradas. Eles não esboçaram reação, rendendo-se logo. Eram negociantes, não trombadinhas, e contaram com advogados bem pagos para conseguir seus *habeas corpus*. Mas, quando um deles tentou fugir do país, foi nocauteado em pleno saguão do aeroporto de Guarulhos. Os seguranças não tiveram tempo de impedir qualquer ação minha. Os policiais encontraram um bandido embrulhado para presente e várias pessoas perplexas. As câmeras de segurança, no entanto, captaram bem o movimento do homem que dava uma cara nova à justiça.

Com o passar do tempo, a imprensa noticiava várias ações do herói conhecido como Vulto. A polícia me tratava como um miliciano, julgando-me tão criminoso quanto as pessoas que eu ajudava a prender. Eu aprendia mais sobre o traje, conhecia novas formas de combate ou simplesmente descobria como dar pontos no abdome ferido. Num dia era um desmanche que era desarticulado, noutro era a prisão de ladrões motoqueiros, na semana seguinte eram traficantes de mercadorias roubadas. Eu era direcionado pelas pesquisas para cada uma das operações do Cérebro de Rato, até que finalmente, um ano depois, eu tinha informações quentes.

Eu o havia incomodado bastante. Cérebro de Rato estava perdendo muito dinheiro e pessoal. Era questão de tempo até que eu chegasse a ele. Por isso, os rumores indicavam que meu inimigo se reuniria pessoalmente com traficantes de drogas em busca de um acordo de proteção. Era a minha chance. Fontes sobre o possível esconderijo mostravam um prédio abandonado próximo a uma das entradas secundárias da Estação da Luz. Combinei com Michael a estratégia de abordagem.

Desta vez Cérebro de Rato iria para a cadeia.

Por culpa das lembranças, não consigo me desviar a tempo do braço mecânico. Ele desce como um badalo de sino e me atinge em cheio no peito. Sou arremessado de um lado para outro como um rato nas patas de um gato. Minha cabeça gira. Uma das lentes está rachada, dificultando minha visão. Respiro com dificuldade, sentindo o cheiro e o gosto do meu próprio sangue. Tento me levantar, mas desisto. Droga, como isso dói!

O reboco falso da parede começa a trincar e a cair. Aos poucos, parte dos mecanismos vai sendo exposta. O chão treme e os circuitos na máquina vibram. As poucas engrenagens se movimentam e as placas de metal e plástico começam a tomar uma nova forma, menor e mais compacta. Visualizo algo semelhante à uma bota de metal. Há um outro braço se formando na parede oposta e mangueiras de ar comprimido trazem um crânio metálico para o centro da sala. Os olhos vermelhos me encaram e as mandíbulas articuladas gargalham com o mesmo som eletrônico e esganiçado de antes.

A montagem é tão rápida e precisa quanto a linha de produção de uma fábrica. Assim que fico em pé, a máquina termina sua transformação, deixando-me diante de um constructo de quase três metros de altura, braços mecânicos tão fortes e largos quanto o tronco de uma árvore, o peitoral capaz de conter dois homens e pernas que sustentam a estrutura como vigas de aço de um edifício. Não é preciso ser um gênio para deduzir.

Cérebro de Rato é uma máquina.

– Impossível...

– Não. – A voz eletrônica da máquina parece engraçada e por um instante eu sorrio. – Depois que começou a me enfrentar, venho monitorando suas ações da mesma forma que monitora as minhas. Não foi difícil plantar pistas falsas sobre este encontro.

– Quem é você de fato?

– Uma inteligência artificial em corpo adaptável, fruto do trabalho de pessoas tão incrivelmente inteligentes quanto malignas.

– Inteligentes? Vocês roubam carros! – retruco com raiva. Por fim percebo que o barulho lá fora cessou. Será que os policiais haviam sido mortos?

O crânio se aproxima do meu rosto e murmura:

– Carros? Não... – O corpo inteiro balança quando ele faz a negativa com a cabeça. – Os carros eram apenas fachada. Cuidamos de coisas mais importantes que isso. Mas você jamais ficará sabendo.

Enquanto ele fala, deixo o traje trabalhar por mim. Os sensores não acham indícios de controle externo. O infravermelho localiza três possíveis fontes de energia. Ele é uma máquina bem grande e um espécime formidável. Mas como desligá-lo? Acho que... Ugh! Tarde demais!

O impacto me arremessa pela sala. Atinjo a janela e caio em meio a uma chuva de vidros quebrados e madeira apodrecida. Os *flaps* nas costas se abrem automaticamente, mas não tenho tempo de manobrar ou arremessar um gancho. Caio pesadamente em cima de uma das viaturas, amassando a capota do carro. Sinto que tenho uma ou mais costelas partidas. Respiro com dificuldade, tentando controlar a dor.

Os policiais estão algemando os bandidos no térreo. Eles me olham incrédulos e se espantam ao avistar Cérebro de Rato no terceiro andar.

– Você é um incômodo, homenzinho – a máquina afirma com voz esganiçada. – E será eliminado como tal.

Ele salta. Viro o mais rápido que posso, deslizando pela lataria amassada antes que o impacto daquela máquina me esmague. Sinto muita dor e meu lado direito está úmido, possivelmente de sangue. O peso do robô sobre o carro transforma a lataria em um amontoado de ferro retorcido. Ele gira, fazendo um zunido estranho, e tenta me golpear novamente, mas sem sucesso. Os policiais entram apressadamente no prédio, enquanto salto para evitar ser esmagado pelo pé mecânico do meu inimigo. Penso em fugir.

– Não pode fugir pra sempre – a máquina declara, como se adivinhasse meus pensamentos.

– Não! – Conjuro coragem para um último ato. – Isso termina agora.

Granadas incendiárias voam das minhas mãos o mais rápido que posso arremessá-las. O movimento me faz sentir dor e a pontaria falha. Mesmo assim, há duas grandes explosões e uma delas desequilibra Cérebro de Rato. Ele oscila um pouco, tentando se manter num pé só, mas cai atingindo a porta de entrada do edifício. Tijolos desabam sobre ele, mas a máquina é rápida e começa a se levantar. Ouço o mecanismo trabalhando e logo em seu ombro surge uma submetralhadora, possivelmente a mesma que atirou em mim anteriormente.

Tento correr para me esconder entre os carros destruídos, mas sou lento demais. Uma das balas perfura o traje e atinge minha coxa. A dor é tão grande que não consigo terminar o movimento e caio no chão. Cérebro de Rato se vira para mim, a arma pronta para disparar novamente. Arremesso uma das lâminas e desta vez acerto o alvo. A submetralhadora fica travada, sem conseguir disparar. O robô desvia o olhar de mim por um segundo, tempo suficiente para que eu arremesse outra lâmina, que acerta em cheio na base da arma. Algumas faíscas saem pelo cano e pela culatra antes da submetralhadora explodir por completo, espalhando estilhaços minúsculos por todos os lados. Felizmente, não atingiu ninguém, exceto o próprio Cérebro de Rato.

Alguns dos controles no capacete estão danificados e eu não posso mais usá-los. O mesmo vale para alguns dos equipamentos do cinto, quebrados na minha queda. O chão treme quando Cérebro de Rato se movimenta. Antes que ele chegue mais perto, tenho uma ideia e arremesso duas bombas de gás. Elas criam uma névoa à minha frente, ocultando-me de todos. O robô hesita como se me procurasse, indicando que a máquina recebe informações através de sensores visuais, como uma câmera. Isso significa que posso cegá-lo! Mas onde essas câmeras estão?

Os braços fortes de Cérebro de Rato erguem um dos carros destruídos, dissipando parte da névoa e revelando minha posição. Ele arremessa o carro, mas desta vez consigo saltar para longe a tempo e a carcaça se espatifa no chão com um estrondo. Minha coxa está sangrando, a dor no lado direito está cada vez mais forte e sinto que estou tremendo. Vou desmaiar se não acabar logo com isso. O robô se aproxima de mim e estica o braço para me agarrar. Vejo seus olhos vermelhos girarem para ajustar o foco. Tão óbvio quanto clássico, seus olhos são as câmeras!

Uso toda a força que me resta para saltar pelo braço do robô e subir por ele como um rato correndo pela prancha de um navio que afunda. Os braços são desajeitados demais para manobrar a curta distância e não logram me impedir. Salto por cima da cabeça de aço cromado, lançando as minhas duas últimas granadas incendiárias. A explosão me arremessa para o alto, mas consigo girar para compensar o impacto e aterrissar a salvo. O mesmo não pode ser dito da cabeça de Cérebro de Rato, lançada para longe como uma bola de futebol chutada por um centroavante.

O crânio de metal atinge o chão fazendo um ruído estranho e se parte em vários pedaços. Os olhos ainda mantêm o brilho avermelhado por um segundo antes de se apagarem por completo. Com a visão turva, cambaleio. Para minha surpresa, o corpo de Cérebro de Rato não cai. Os braços se agitam no ar como se procurasse algo, as pernas ainda equilibram o grande gigante de metal. Ele dá passos em falso, como uma criança brincando de cabra cega. Seu corpo robótico está tentando se localizar sem seu principal contato com o mundo exterior. Isso indica que a unidade central de processamento não reside na cabeça. Preciso acabar com ele antes que se adapte ao meio externo novamente.

Saco o lança-arpéus do cinto. Encaixo o gancho e atiro bem no peito do robô. O arpéu não penetra fundo no tórax metálico, mas o suficiente para minha manobra. Corro para perto dele e me lanço para baixo, amarrando sua perna esquerda. Aproveito um giro do seu corpo para prender o cabo em seu braço direito e termino a manobra com um nó bem apertado. Cérebro de Rato percebe que está enroscado, mas não consegue se desvencilhar. Seus movimentos o enrolam ainda mais, ele se desequilibra e cai.

Aproximo-me da estrutura que se debate como um garoto indefeso. Agora disponho do tempo necessário para analisar a abertura que restou no sítio onde ficava a cabeça. Identifico rapidamente a maior parte dos componentes eletromecânicos e descubro onde está o processador. Uso uma das lâminas para forçar o metal o suficiente para que meu braço entre pela abertura. Pisco os olhos várias vezes para me manter consciente.

Puxo a unidade de processamento, desconectando e partindo vários fios no processo. Tão logo a retiro do corpo, Cérebro de Rato fica imóvel. Quando percebe que a situação está sob controle, um dos policiais finalmente aparece por trás da pilha de escombros e se aproxima com cautela. Eu me ergo e aciono o sinal de socorro no meu cinto, que usa a rede de satélites da companhia telefônica onde trabalho, avisando Michael Morris que preciso de ajuda urgente.

– Acho que vai encontrar... o que precisa... aqui – digo ao policial, passando o processador às suas mãos.

– Este é o Cérebro de Rato? – Ele parece curioso. – Nós recebemos informações de que ele...

– Lamento que você não tenha que prender ninguém. – Sigo cambaleando para o local onde deixei a moto.

Ninguém me segue. Tento subir na moto, mas os ruídos à minha volta começam a desaparecer, assim como a pouca luminosidade e as minhas forças.

Graças ao salvamento rápido de Michael Morris, bastam duas cirurgias em uma clínica particular, algumas semanas de recuperação e já estou pronto para outra. Novamente no topo do Mirante do Vale, consigo ver o antigo prédio parcialmente destruído. O cordão de isolamento não impede que curiosos invadam o espaço em busca de uma ou outra *lembrancinha*. A imprensa divulgou a notícia da destruição do robô. Os peritos ainda estão analisando seu processador e seus bancos de memória. Vai demorar um pouco até descobrirem o verdadeiro propósito de Cérebro de Rato e das pessoas por trás dele.

Mas o que importa é que os criminosos agora têm um nome a temer.

Nunca sabem onde irei aparecer. Precisam planejar cada passo antes de agir, de modo meticuloso, para que eu não frustre seus planos novamente. Correm as ruas pelos cantos, na esperança que eu não caia sobre eles como um raio. Como um vulto. Mas eles sabem que é questão de tempo até serem pegos. Ah, eles sabem.

Os cidadãos de bem agora podem dormir em paz. As ruas estão mais seguras e há esperança. Mesmo que não possam me ver, eu estou zelando por eles, como um anjo da guarda vestindo *Kevlar*. Todos conhecem a verdade.

Há um novo herói na cidade.

ASCENSÃO E CANCELAMENTO DO MAIS INFAME SUPERGRUPO DE HERÓIS DA TERRA

PEDRO VIEIRA

1. UMA ENCOMENDA INUSITADA. (PRIMEIRA EDIÇÃO IMPERDÍVEL! ITEM DE COLECIONADOR!)

A encomenda chegou antes do previsto. Era o pacote pelo qual Lucas e os amigos tanto ansiavam. Foram horas de vigília no site, durante o leilão, para garantir que ninguém mais levasse aquela relíquia. O momento de abertura do embrulho adquiriu ares sagrados. O vendedor fizera um trabalho minucioso ao empacotá-lo, tanto que Lucas, usando o abridor de garrafa que fazia as vezes de chaveiro, estava penando contra tanta fita adesiva. O silêncio solene...

– Rasga logo essa merda, sua bicha – Marcos gritou, do sofá onde se esparramava.

– Você não está entendendo a gravidade da situação – Lucas retrucou. – Não tem ideia do que é isto.

– Me acorda quando você tiver terminado de fazer amor com seu papel de embrulho, então. – Ele se virou pro lado, com desinteresse que era apenas fingido. Marcos também não iria perder aquele momento.

– Toma, sejamos práticos. – Ingrid remexeu uma gaveta e sacou uma tesoura. A moça não estava tão empolgada quanto os rapazes. Lucas aceitou a ferramenta e começou a cortar o embrulho com precisão cirúrgica, enquanto Marcos continuava resmungando algo sobre viadagem.

Jorge veio correndo da cozinha, quatro latinhas de cerveja nas mãos.

– Porque esse momento merece um brinde apropriado! – justificou.

Quando o pacote foi devidamente aberto, a sensação era que se abria a Arca da Aliança e algum tesouro seria descortinado.

– Gente, vamos manter a calma – Ingrid pediu. – É só um videogame.

– Eu já disse pra eles – Marcos resmungou, mesmo tendo se levantado e se juntado aos dois amigos na contemplação abismada. – Dá pra jogar todos esses jogos com emulador.

– Você sabe muito bem que *não é a mesma coisa* – Jorge rosnou, ameaçador.

Era incrível, mas a relíquia estava em sua caixa original. Lucas primeiro levantou a caixa e eles examinaram os detalhes. Não parecia ser uma réplica, improvisada para levantar o preço do produto no site. Era *the real stuff*.

– Abre essa porra – Marcos exigiu, e acrescentou em seguida num tom quase suplicante: – Sério, abre essa porra logo. Por favor.

Havia anos nenhum deles via um videogame de 8 bits.

E continuaram sem ver.

No melhor estilo "fui comprar muamba no Paraguai e me fizeram de otário", havia um tijolo dentro da caixa. Um tijolo.

Marcos engasgou com a cerveja quando ia começar a rir e Lucas iniciou uma torrente de palavrões muito pouco coerentes (como ia fazer pra enfiar o tijolo pelo reto acima do vendedor anônimo era um mistério). Jorge parecia apenas decepcionado, embora logo estivesse acessando o site pelo *smartphone* para qualificar negativamente o vendedor. Ingrid sentia um misto de decepção – pelos amigos – e alívio, pois a perspectiva de passar as próximas semanas assoprando um cartucho velho de Zelda e escutando músicas grudentas de 8 bits não a animava tanto assim.

Finalizando o acesso de raiva, Lucas pegou o tijolo velho com as duas mãos e só faltou berrar "Hulk esmaga" quando o arremessou com toda a força contra o chão. O tijolo se estilhaçou e uma luz ofuscante preencheu a sala.

No instante seguinte estavam inconscientes, e sua vida mudaria para sempre.

6. O INÍCIO.

Já era a terceira composição do metrô que deixava a estação Siqueira Campos e Marcos não fora capaz de embarcar. O metrô não estava tão cheio assim, mas ele permanecia ali, de pé na plataforma, enquanto os passageiros chegavam e saíam. Queria acender um cigarro, mas o momento de adiar aquela decisão havia chegado ao fim. Já se torturara demais. Não quanto a embarcar ou não - quem tem dilemas para embarcar no metrô, porra? Mas quanto a usar seus poderes.

Entrou no último carro da composição seguinte e se sentou. Tirou o celular do bolso, mas, antes de discar qualquer número, olhou em volta. No banco da frente, duas lindas morenas de biquíni e cangas voltavam da praia. Ao seu lado, uma ruiva estonteante se maquiava, indo pra algum provável pré-night. Uma gracinha de loura, com as pernas cruzadas, lia um *chick-lit* qualquer no outro banco. Nem tentou olhar a outra extremidade do carro e soltou um riso contido e relutante.

– Lucas – disse, quando o amigo atendeu –, você sabe que eles não vão embora.

– Aparentemente não. – A voz do amigo soou preocupada, a ligação estava péssima. Ia cair antes de chegar à próxima estação.

Quando descobriram o que o tijolo paraguaio havia causado, fizeram a única coisa cabível na hipótese de se descobrir com superpoderes: formaram um supergrupo. Em homenagem ao videogame que supostamente teriam comprado, batizaram-se como 8-Bits. Seria engraçado confundir a imprensa e os curiosos com um quarteto chamado 8-Bits, claro.

Não havia pista sobre o vendedor e eles rapidamente concluíram que tudo aquilo acontecera da maneira como sempre acontece nos quadrinhos: por acaso. Marcos não acreditava em destino e essas merdas de quem compra cristais e duendes de durepoxi. Mas ele tinha que admitir que era outra puta coincidência o planeta ter sido invadido por alienígenas na semana seguinte, pondo seus poderes recém-adquiridos à prova.

Rechaçada a armada extraterrestre[1], eles ousaram cogitar que

1 Pessoal, se vocês perderam os últimos cinco números e a espetacular resolução do conflito

os poderes iriam embora e assim retomariam suas vidas normais. Trabalho, faculdade, bar, não pegar ninguém nas festas, o de sempre.

Mas não.

Marcos olhou em volta mais uma vez, como se para confirmar. Balançou a cabeça discretamente. Seu poder estava funcionando a todo vapor, bastava olhar as mulheres. Marcos pensou que aposentaria a capa e elmo do Lorde do Subterrâneo, mas não. O poder estava funcionando: ele ainda conseguia adivinhar qual era o carro do metrô com mais *mulher gata*.

– Hoje eu fui ao bar três vezes – Lucas continuou, o tom de urgência aumentando. – Todas as vezes recebi um real a mais de troco.

A ligação caiu. Mas não havia discussão. Marcos ainda conseguia acertar o vagão com mais gostosas. Lucas ainda recebia um real a mais de troco sempre que comprava algo. Não era necessário checar com Ingrid e Jorge se eles ainda tinham seus poderes.

Para o 8-bits, esse era apenas o começo.

18. A DERROCADA DO SENHOR LAGOSTA. (EPÍLOGO)

A apresentadora cruzou as pernas mais uma vez e Jorge se esforçou para manter a seriedade esperada de um super-herói que acabara de salvar o mundo. A mulher não suspeitava da ressaca assolando sua caixa craniana, pelo menos umas dez vezes pior do que as ondas de controle mental do Senhor Lagosta. Afinal, depois de salvar o mundo, o que eles mais mereciam era comemorar como se não houvesse amanhã e, por conseguinte, encher a cara sem piedade para com suas funções hepáticas.

Ninguém na mídia suspeitava que super heróis também merecem encher a cara de vez em quando.

– Dessa vez nós quase pensamos que fosse o fim do 8-Bits! – a loura gatíssima confessou, preocupada.

Jorge ajeitou o cinturão prateado que pinçava sua modesta barriga de chope.

– Sim – falou, engrossando a voz. – Foi um golpe duro quando

---

com os alienígenas de Falocentauri, não serei eu que contarei tudo de novo pra vocês. Mais sorte da próxima vez.

perdemos o Vingador de Níquel. Não sabíamos que ele era alérgico a crustáceos.

Lucas sempre alegara não gostar de camarão, ao que os amigos retrucavam com acusações de frescura e viadagem. Nesse momento, ele ainda estava internado, mas estável e passava bem.[2]

– Acho que falo em nome de todos os telespectadores do Canal 4, nós não saberíamos o que fazer sem vocês. – Ela desfraldou um sorriso arrebatador enquanto pousava a mão timidamente no joelho de Jorge, que, é claro, corou.

– Não é nada, aham. – Jorge tinha esquecido de engrossar a voz. Repetiu, caprichando no grave. – Não é nada, senhora. Nós, e falo em nome de meus companheiros, o Vingador de Níquel, o Lorde do Subterrâneo e a Mulher-Mais-Gata-do-Carnaval, nossos poderes nos imbuem de responsabilidade proporcional para com...

– Eu adoro o seu poder – a apresentadora o interrompeu, como se não estivessem em frente às câmeras. Jorge pigarreou. Realmente, dentre todos os amigos ele fora abençoado com o poder mais fantástico, podia conjurar qualquer tipo de tira-gosto sempre que uma bebida alcoólica é aberta. Jorge era o Mestre dos Petiscos.

– Eu posso... ver? – A apresentadora mal havia terminado a pergunta e um garçom de fraque veio correndo, com duas cervejas sobre uma bandeja de metal. Jorge não se sentia muito bem se exibindo daquela maneira em rede nacional. Mas eles haviam concordado que a entrevista era a melhor maneira de acalmar a aflição midiática.

– Claro. – Sacou um dos vários abridores que carregava pendurado ao cinto e, num movimento preciso e treinado, abriu a garrafa de um golpe só. Ensaiou um gesto afetado com a outra mão, o ar pareceu crepitar em expectativa enquanto átomos contorciam as leis da matéria para gerar uma proverbial cestinha de ovos de codorna. O molho rosé surgiu logo em seguida, chegando uma fração de segundo atrasado.

A plateia fez um "oh" quase coreografado e Jorge encheu o peito de orgulho. Ele havia salvado o mundo e ainda por cima era *o cara*, afinal.

---

2 Ver último número. O Senhor Lagosta preparou uma armadilha trocando o croquete de carne por camarão e não avisando a ninguém na mesa. Nunca façam isso, sempre dá merda.

20. O LEILÃO DE VELOCIRAPTORES. (NOVA FASE! MAIS PÁGINAS! PAPEL AFRESCALHADO!)[3]

– Precisava ficar dando em cima da mulé na frente das câmeras, sua bicha? – Marcos acusou. Era a terceira dose de tequila e as mágoas fluíam com mais naturalidade. Jorge conjurou uma porção de nachos antes de se defender.

– Ela ficou insistindo. Não sou de ficar negando quando uma mulher daquelas quer me dar ovinho de codorna na boca...

– Ela só queria que você tirasse a máscara, seu asno!

– Mas eu só levantei até a boca. O Homem-Aranha faz isso toda hora e ninguém nunca o reconhece!

– Não se estressem, bonecas – Lucas contemporizou. – Não deu em nada. Vamos nos concentrar na tarefa que temos pela frente. – Apontou para a garrafa de tequila seguinte e as cervejas em cima da mesa.

A missão seria arriscada, mas Lucas confiava que Ingrid conseguiria se infiltrar no leilão de dinossauros telepáticos e seduzir o vilão conhecido como Saliente. Era uma armadilha muito bem tramada, mas ainda dependia do quanto o grupo conseguiria se manter próximo a ela durante todo o esquema, essa seria a parte mais perigosa. Ingrid era a Mulher-Mais-Gata-do-Carnaval, quanto mais alcoolizadas as pessoas em volta dela estivessem, mais bonita ela ficava. Para garantir que ela estaria irresistível para o Saliente, os três – que posariam como sua equipe de guarda-costas – teriam que estar sempre próximos e irremediavelmente ébrios. Como se a última parte fosse um grande sacrifício, mas...

Não que Lucas achasse que Ingrid fosse qualquer coisa menos atraente, poderes alcoólicos ou não. Ingrid era baixinha, muito branca, tinha o cabelo curto pintado de vermelho berrante e se poderia dizer que estava um pouco acima do peso para ser figurante de Malhação. Tinha o nariz fino e os olhos vivos e expressivos, talvez o único traço a se manter incólume durante as metamorfoses. A pessoa que estava tomando o lugar de Ingrid – naquele exato momento – não tinha nada a ver com a *sua* Ingrid. Morena, alta, esbelta,

3 E muito mais caro!

pernas longas e cabelos louros despencando até a cintura fina. Um manequim photoshopado das revistas femininas mais cruéis.

Não, aquela não era a *sua* Ingrid, mas era a Mulher-Mais-Gata-do-Carnaval. E ela iria impedir o Saliente de colocar suas mãos vilanescas naquela manada de velociraptores telepáticos.

30. O CASAMENTO DO SÉCULO! (EDIÇÃO ESPECIAL COM CAPA METALIZADA E O TRIPLO DO PREÇO!)

Lucas nunca imaginou que iria se casar sem que fosse servida sequer uma gota de álcool. Sequer um chopinho. Mas ele queria a esposa do jeito que ele queria, ora bolas, do jeito que ela era. Sempre houve algo entre os dois, mas foi a temporada exilados num universo paralelo que lhes deu o empurrãozinho que faltava.[4] Ah, se todos os casais precisassem de um universo paralelo para se juntarem, o planeta resolveria seu problema de superpopulação.

A cerimônia não seria um megaevento. Uns poucos convidados bastariam. Os anos de vida super-heroística lhes renderam aliados e amizades e estavam todos lá. O Mago Homeopata, a Mulher-Manati, o Terror Terrier, o Samurai Comunista e o João da Atlântica compareceram. Reabilitado, o Senhor Lagosta, agora Frei Lagosta, presidiria a cerimônia. O desaparecido Saliente[5] tentou estragar a festa, enviando uma revoada de dildos de controle remoto carregados com napalm, mas os padrinhos do casamento – ninguém menos do que o Lorde do Subterrâneo e o Mestre dos Petiscos – haviam tomado todas as precauções.

A imprensa foi admitida, claro. O casamento do Vingador de Níquel e a Mulher-Mais-Gata-do-Carnaval foi primeira página de todos os jornais. Mesmo que o planeta ainda estivesse se recuperando de um quase-apocalipse zumbi, a fascinação do público por aqueles que erradicaram a tanto custo a praga dos mortos-vivos apenas aumentava.

4 Isso aconteceu na edição especial Nerdquest, o obrigatório caça-níquel estilo "O que aconteceria se nossos heróis nunca tivessem recebido superpoderes?".

5 Vocês devem lembrar da edição #26, quando o Lorde do Subterrâneo atraiu o Saliente para o vagão feminino do metrô na hora do rush. Ele nunca mais foi visto, desde então.

Os recém-casados rumaram para a lua de mel nas paradisíacas galerias da Terra Oca, onde o povo dinossauro os recebeu de braços abertos. Era o único lugar sem sinal de celular e internet. A metade restante dos 8-Bits poderia se virar sem eles por uns quinze dias.[6]

8-BITS ANUAL #3 - MASMORRAS & DRAGÕES & CERVEJA.

– Nunca pensei que eu iria dizer isso, mas não aguento mais fantasia medieval – Marcos resmungou.

Os 8-Bits estavam presos naquele universo paralelo havia algumas semanas. Era um misto de *Caverna do Dragão* com *World of Warcraft*. E pior, eles não sabiam quem fora o responsável pela armadilha que os teleportara pra lá.

Marcos estava irritado, pois seu poder era praticamente inútil (embora descobrisse em qual carroça havia mais mulheres gatas). Enquanto isso, o Mestre dos Petiscos reinava supremo, conjurando todo o tipo de guloseimas e abismando os aldeões com quitutes nunca dantes vislumbrados por aquelas paragens pseudomedievais. O advento do bolinho de bacalhau desbalanceou a hegemonia dos petiscos antes dominada pelos *halflings* e seu queijo derretido.

Além disso, eles haviam angariado todas as moedas que podiam (e quando a menor unidade monetária de troco era uma moeda de ouro, o Vingador de Níquel tinha o poder mais superfaturado já concebido) e compraram armas e armaduras. Afinal, o velhinho na taberna havia lhes contado a história sobre um feiticeiro maligno, que morava no cume da montanha mais alta, praticando os sortilégios mais vis...

54. QUEM ASSASSINOU O MAGO HOMEOPATA?

Era uma reunião de emergência da comunidade super-heroística como há muito não havia. A Mulher-Manati havia conseguido

6 Acompanhe a minissérie especial em seis edições Vingador de Níquel e Mulher-Mais-Gata-do-Carnaval em *A insurreição dos homens-hambúrguer*.

as fotos que estavam espalhadas sobre a mesa com seus contatos na polícia. Todos examinavam, sussurros chocados preenchiam o recinto.

– É o Mago Homeopata. Realmente é ele – foi o Terror Terrier quem finalmente constatou o óbvio.

– Sim. Alguém matou o Homeopata – a Manati disse.

Ingrid e Lucas se entreolharam. Não era a primeira vez que ocorriam baixas nas fileiras dos combatentes do crime. Mas isso era bem diferente do que acontecera com o Aranha de Seis Pernas.[7] Aquilo era claramente assassinato. O Homeopata fora surpreendido em sua clínica secreta e, ao que tudo indicava, mal teve tempo de lutar. Contudo, o mais alarmante era a mensagem escrita na parede, em sangue e pozinho açucarado desprovido de qualquer propriedade medicinal que não o de um placebo: "Nenhum mascarado está seguro".

– Um *serial killer* de heróis? – Marcos indagou.

– Mas apenas os presentes nesta sala sabiam onde ficava o esconderijo do Homeopata – Frei Lagosta afirmou.

– Você não pode estar querendo dizer que foi um de nós que matou o Homeopata... – Jorge falou.

– Até porque você é o único ex-vilão aqui – Samurai Comunista emendou, voltando-se contra o Frei Lagosta. Como acontece quando heróis de títulos mensais distintos se encontram, armas foram sacadas e os ânimos se exaltaram.

– Não, claro que não! Sou um servo de Deus agora! – Frei Lagosta se defendeu. – Além do mais, o Homeopata era *vegan*, meus poderes crustáceos não funcionariam contra ele.

– Não adianta discutirmos. – Ingrid interrompeu a contenda. – Vamos investigar o que aconteceu e levar os culpados à justiça. Simples assim.

Da maneira como Ingrid colocava, parecia simples. Entretanto, o *status quo* do universo super-heroístico mudaria para sempre. Até tudo voltar ao normal, claro.

---

7 Ver o número #38. O Aranha caiu num tanque de inseticida após ser ameaçado com um processo de direitos autorais.

60. A ELETRIZANTE CONCLUSÃO DA SAGA! NESTA EDIÇÃO, UM DESSES HERÓIS IRÁ MORRER! (OITO CAPAS VARIANTES, INCLUSIVE AQUELA DESENHADA PELO ARTISTA EUROPEU FAMOSO PRECISANDO DE UNS TROCADOS)

Não era culpa do Samurai Comunista. Todos sabiam que ele estava sendo controlado pelo Camarada, um vilão – antigo inimigo do aposentado Capitão Cifrão – a quem todos julgavam morto. O Camarada usava seus poderes estatizantes para planificar a realidade. Era um inimigo formidável. Quando o Terror Terrier conjurou suas tropas de terriers selvagens, o Camarada simplesmente os estatizou e os enviou para a Sibéria. A Mulher-Manati teve menos sorte: suas camadas extras de gordura aqueceriam e alimentariam muitas famílias no inverno rigoroso da Mãe Rússia.

O Camarada já havia se livrado da maior parte dos heróis e Jorge sabia que não podia falhar. A proposta de trégua foi recebida da maneira mais óbvia: era uma armadilha. O Camarada estava com dificuldade de neutralizar os 8-Bits e por isso dirigiu a mensagem especificamente a eles. Interceptando a mensagem, Jorge escolheu o local, o Largo do Guimarães, em Santa Teresa, decidido a enfrentar o vilão sozinho.

O Samurai Comunista estava irreconhecível. Usava uma volumosa barba postiça e um sobretudo velho. Nem sua preciosa katana coletiva estava à vista. Jorge vestia o uniforme do Mestre dos Petiscos, a capa balançando ao vento, os abridores de garrafa presos ao cinto tilintando enquanto ele subia a ladeira de bonde, para o que seria um duelo de vida ou morte.

A escolha do local não fora à toa. Havia um excelente bar logo na esquina. Jorge começou a conjurar petiscos mais rápido do que o Camarada conseguia planificá-los. A batalha tornou-se mais acirrada, os moradores de Santa Teresa comentariam sobre o cheiro de bolinho de bacalhau que ainda seria sentido no bairro semanas após o fim da luta. Quando o restante dos 8-Bits chegou, a contenda estava em seus momentos derradeiros.

O Mestre dos Petiscos triunfara. Mas a que custo? O Camarada fora exorcizado de uma vez e a realidade devidamente privatizada.

Em choque, o Samurai repetia frases incoerentes sobre livre mercado e liberalismo. Mas Jorge não resistiu à overdose de petiscos que conjurara. Os amigos se reuniram à sua volta. Só tiveram tempo de ouvi-lo murmurar algo sobre farofa de torresmo antes de morrer.

Jorge estava morto.

72. A CRISE DOS INFINITOS PETISCOS. (DOZE CAPAS ALTERNATIVAS, REVISTAS INCLUEM UM ABRIDOR DE GARRAFAS DE BRINDE).

Jorge conjurou uma rica mesa de salgados enquanto os demais abriam suas cervejas.

– Então – explicou –, pulverizei minha essência numa panela de farofa de torresmo, que seria usada para fazer croquete que eu mesmo conjurei, um croquete quântico. O croquete hipotético, empanado no torresmo com a minha personalidade, abriu uma fenda interdimensional, onde eu fiquei aprisionado.[8]

– Fascinante. – Frei Lagosta coçou a antena.

A investigação que possibilitara que chegassem àquela conclusão tão somente a partir da pista que Jorge havia deixado antes de "morrer" tinha sido conduzida por Marcos e Frei Lagosta. O Samurai Comunista – agora conhecido como Samurai Empreendedor Privado – ajudou nas buscas.

Era um dia de celebração e alívio para os amigos que finalmente se reuniam. Quando a campainha tocou, Lucas foi atender achando que alguém havia pedido uma pizza, ou algo do gênero. Mas não. Era Jorge.

– Fala, bicho! Estou vivo! – Ele abriu os braços convidando Lucas a um abraço efusivo.

Dentro do apê, o outro Jorge ouviu o Jorge recém-chegado e foi correndo até a porta.

– Ele é um impostor! – acusou, sacando um abridor de garrafa. – É o Mestre dos Petiscos de um universo paralelo, onde ele possui

8 . Você só precisa aceitar.

o monopólio de todos os petiscos! Veio dominar essa realidade também!

O outro Jorge também sacou um abridor. Era um abridor que tocava o hino do Botafogo.

Ambos os Jorges se entreolharam. Quem seria o verdadeiro Mestre dos Petiscos?

80. ESPETACULAR ÚLTIMO NÚMERO! (NENHUMA CAPA ALTERNATIVA. NENHUMA CAPA METALIZADA. NENHUM BRINDE. MESMO NÚMERO DE PÁGINAS.)

O *continuum* espaçotemporal já estivera ameaçado de implodir umas três vezes só naquela semana.[9] O número de super-heróis continuava aumentando. Porém, estranhamente, as ameaças não cessavam de escalar. Lucas sentia saudade de quando eles repeliam uma ou outra invasão alienígena. Agora cada semana tinha seu apocalipse.

Ingrid veio tirá-lo de seus devaneios, um pacote havia chegado. Ele leu a carta em anexo. O remetente se desculpava pela demora no envio do pacote correto e pedia a devolução da encomenda enviada por engano tanto tempo atrás, o mais rápido possível.

Lucas gelou. Era o vendedor anônimo do videogame paraguaio. Todos esses anos eles tentaram olhar em retrospecto aquele evento como uma coincidência. Agora Lucas precisava reunir os 8-Bits.

– Mas como a gente faz pra devolver? – Marcos perguntou. – Isto, claro, supondo que devolveríamos.

– O certo seria devolver – Jorge afirmou.

– E ficar sem poderes do nada? Não fode.

– É estranho – Lucas resmungou. – Nunca pedi superpoderes, mas agora é como se fosse sentir falta.

– Claro que vai! Nós somos o maior grupo de heróis da Terra, salvamos essa bola de lama tantas vezes que perdi a conta. Se abdicarmos dos nossos poderes, o que vai impedir o Saliente ou o Chef

9 Na verdade, nem nós sabemos ao certo. Trocamos tanto os roteiristas nos últimos anos que, inclusive, houve a vez em que o continuum espaçotemporal implodiu e ninguém percebeu. O roteirista foi demitido.

Lagosta de nos caçar? – Marcos retrucou, exaltado. Fazia pouco tempo que Frei Lagosta tivera uma recaída e assumira a identidade de Chef Lagosta, junto com todas as antigas pretensões de dominação crustácea global.

– Espera – Ingrid disse. – Você pelo menos *abriu* o pacote?

Lucas foi até a mesa. Ele não abrira o pacote, mostrara apenas a carta aos amigos. Trouxe o pacote lacrado.

– Agora rasga essa merda de papel, o.k.? – Marcos falou, indo ele mesmo até a mesa.

Era a caixa do videogame. A mesma caixa de antes. Todos tiveram um *déjà-vu* desagradável. Se era uma armadilha, seria algo completamente novo. Lucas conseguira que o pacote fosse inspecionado pelos melhores métodos, de sensores robóticos a terriers farejadores. Ninguém detectou nada de errado.

Eles abriram. Era um tijolo, mais um tijolo.[10]

10 Bom, leitores, vocês entenderam, né? Um ciclo se fecha, começou com um tijolo, terminou com outro e coisa e tal. Admito que não dá pra fazer muita coisa quando você é cancelado e precisa improvisar um final na hora. Mas não se preocupem, estamos neste exato momento preparando um *reboot*. Ou seja: até o mês que vem com a novíssima, espetacular e imperdível 8-Bits número #1!

RODA-VIVA

GUSTAVO VICOLA

... **BLACK SABBATH** *na terceira posição com "Paranoid" e "Winds of change", Scorpions, na segunda! Agora são 18h53, e você fica com o primeiro lugar das Dez Mais Clicadas de hoje na Brigada FM: "Don't stop me now" ... Queen!*

Ao ouvir o locutor, o motorista sorri dentro de seu carro. Ele gosta da banda e daquela música em especial. Sem dúvida, aliviará o estresse da volta para casa. Transpassa o dedo pelo nó da gravata, afrouxando-o, aumenta o volume do rádio e tenta se desligar do trânsito parado à sua frente. Os primeiros acordes o animam e ele se prepara para o que está por vir, mas seu entusiasmo acaba tão rápido quanto começou, pois se assusta com as buzinas dos carros detrás. De repente, puseram-se a gritar todas ao mesmo tempo, e logo em seguida vieram os alarmes. Um som pesado de metal batendo e se retorcendo sobrepõe-se à algazarra. O homem olha pelo retrovisor e vê algo que não consegue compreender. Ao se virar, recusa-se a acreditar em seus próprios olhos e, paralisado pelo medo, pensa em sua esposa que está prestes a enviuvar.

Segundos antes, do outro lado da cidade, Bento está cansado. A turma das dezenove horas logo chegará e será bom tomar um café para despertar. Ensinar crianças é cansativo, mas ele sabe que não são as aulas que o estão esgotando e sim dormir apenas quatro horas por noite, resultado de suas atividades noturnas. As aulas de capoeira, na verdade, o revigoram, mas é no intervalo entre uma e outra, quando o corpo começa a esfriar, que o cansaço toma conta.

Na cozinha, serve-se de um pouco de café bem forte, feito

minutos atrás, e sorve um bom gole do líquido amargo delicioso. Ele ainda não se acostumou com as bebidas estranhas desta época e fica feliz em saber que ainda pode provar um café gostoso. Na verdade, quase tudo é novidade. Principalmente andar pelas ruas sem ser maltratado ou desrespeitado. De onde vem, homens negros são apenas instrumentos de trabalho e não são mais bem tratados do que cachorros. Bento não imaginava que um dia voltaria a sentir dignidade.

Erguendo-se sem aviso na recepção do prédio, uma voz de mulher rasga o ar e, ao atravessar a academia, resgata Bento de seus próprios pensamentos.

– Meu Deus! Corre! Vem ver!

Ele imagina se terá acontecido algo grave, mas não sabe se deve ir até lá; uma reminiscência de sua época. Na fazenda do Coronel Luís Antônio e até mesmo na cidade, sabia que nunca deveria se intrometer em assuntos que não lhe dissessem respeito. Principalmente se fossem dos brancos. *As coisas são diferentes agora. Além do mais, alguém pode estar em perigo.* Decide-se.

Ao chegar à recepção, um grupo de curiosos já havia se formado ao redor do que é, para Bento, um dos aparelhos mais estranhos desta época. Na tela da televisão, uma tomada aérea focaliza a Radial Leste, a principal via de escoamento entre o centro de São Paulo e a região mais populosa da cidade, a zona leste. A pista acinzentada extensa foi tomada por pessoas que abandonam seus carros às pressas e fogem do que parece ser uma roda de metal gigantesca deslizando sobre os automóveis, esmagando-os como se fossem gravetos. Bento corre em direção à saída do prédio. Olha o relógio: 18h52. *Se eu for rápido, tudo dará certo.*

Na Radial, dedos desesperados buscam o botão vermelho do cinto de segurança, mas a sensação de morte iminente transforma a tarefa, outrora corriqueira, numa operação complexa, impossível de ser realizada. Avançando velozmente como uma ceifadeira gigante, a roda imensa corta e esmaga o aço como se fosse alumínio e em seu caminho tritura metal e carne sem distinção. Em algum momento, entre as olhadas desesperadas pelo retrovisor e o mecanismo do cinto de segurança, o rapaz – antes animado pela música do Queen e agora desesperado por seu destino inevitável – vê a hora no display do rádio: 18h53. *A esta hora, Valéria deve estar saindo do gabinete*, divaga quase no mesmo instante em que sente algo pressionar seu corpo. Foi o último pensamento antes que a estrutura monstruosa passasse por cima de seu carro e transformasse o veículo numa chapa fina jazendo numa cratera de quase um metro de profundidade.

– O senhor está bem? – uma voz apressada balbucia, preocupada, de maneira quase ininteligível.

De olhos fechados, o motorista demora alguns segundos para perceber que ainda está vivo. Ao abri-los, não vê ninguém à sua frente, mas percebe que está num grande espaço aberto, de terra batida, com vários tratores parados, alguns com condutores ainda nas cabines. Sua confusão aumenta quando pessoas começam a aparecer a seu lado, materializando-se como se fossem fantasmas. Enquanto homens, mulheres e crianças não param de surgir ao seu redor, lufadas de vento estranhas, vindas de todas as direções, atingem-no repetidas vezes, levantando uma cortina de poeira vermelha do chão. Quando as lufadas cessam, está cercado por uma pequena multidão.

– Onde estamos? – uma mulher confusa indaga ao lado dele. A senhora traz um poodle em seu colo. O cão late assustado, seus pelos brancos tingidos pela terra em suspensão, que lentamente volta a se assentar.

– Que estranho! Aqui parece ser a obra do novo estacionamento do Shopping Tatuapé – um homem rouco comenta logo atrás. De fato, ao lado deles, a algumas dezenas de metros, pode ser visto o centro de compras. – Mas eu estava no meio de toda aquela loucura lá na Radial há um segundo. Como posso estar aqui agora?

– Eu também estava lá! – a mulher responde com o cachorro nos braços. – Meu Deus! O que era aquilo?

Em silêncio, o jovem motorista faz as mesmas perguntas. Se estava preso dentro de seu carro, como foi parar naquele lugar? E vivo! Porém, antes de qualquer conclusão, suas dúvidas são ceifadas pelo mesmo barulho assustador de instantes atrás. Mais uma vez, espanta-se ao ver a monstruosidade metálica, que passa agora ao lado do canteiro de obras e segue em direção ao shopping um pouco à frente. Desta vez, pode enxergá-la com mais detalhes.

O engenho não é tão grande quanto parecia anteriormente e nem tão assustador. Mas, com certeza, é impressionante. Revestida pelo que parece ser uma tala de acrílico totalmente liso, a roda gigantesca segue seu caminho. Com largura suficiente para passar sem dificuldade sobre dois carros, avança pela avenida e com seu peso rasga o pavimento como uma tesoura, deixando um rastro pesado no asfalto atrás de si. A luz dos postes e dos faróis se reflete na ampla tala prateada e destaca as manchas de óleo e sangue nela estampadas. Como única parte móvel da máquina, essa cinta desliza sobre uma roda metálica cor de ouro, com espessura equivalente à altura de dois homens. As bordas arredondadas concedem à estrutura a aparência de um pneu de uma motocicleta de corrida. Seu centro é praticamente vazio; só não o é por completo devido a uma estrutura cromada em forma de "x", cuja interseção sustenta uma pequena cabine.

Observando a uma distância privilegiada, o jovem motorista percebe que há algo mais naquela cena. No caminho da roda, as portas dos carros abrem-se misteriosamente sozinhas e pessoas começam a desaparecer uma a uma, sempre um instante antes da máquina assassina passar por cima delas. Em meio ao caos, um rastro verde etéreo se faz presente, mantendo-se um passo – ou um giro – à frente da roda.

É então que o rapaz reconhece uma voz a seu lado. Ao se virar, consegue vislumbrá-lo com o canto dos olhos antes que desapareça novamente: o Corisco. É claro que já ouviu falar dele. Afinal, foi o centro das atenções no ano anterior, quando surgiu nas ruas de São Paulo e se tornou um dos primeiros super-heróis da cidade. Sempre com o rosto coberto por uma máscara verde e preta que deixa somente sua boca à mostra, vestindo seu uniforme das mesmas cores e que mais parece um macacão de piloto, sua imagem foi exposta incessantemente na televisão e na internet. A imprensa conta que ele foi submetido a um processo químico que o tornou tão rápido quanto um jato, mas o próprio herói nunca confirmou essa versão. Na verdade, jamais concedeu qualquer entrevista. Quem responde em seu lugar é um professor renomado da USP, Raul Semensato, um físico que de algum modo parece ligado ao herói.

Tão rápido quanto surgiu, após deixar um casal de crianças em segurança, Corisco desaparece e volta a se focar em sua missão. Aquela coisa está à solta na Radial Leste, certamente a mais de 200 km/h. Bento ainda não sabe como pará-la, mas, até descobrir, precisa se certificar de que não passará por cima de mais ninguém. Desde que chegou, há alguns segundos, manteve-se ocupado levando as pessoas que estavam na frente da máquina para um lugar seguro, o que o impossibilitou de analisar adequadamente seu adversário. Ao retornar para a via e emparelhar com a roda imensa, esperava lançar uma boa olhada sobre ela, mas descobre que ainda não pode lhe dedicar a atenção devida. À frente desponta um desastre iminente. Sem titubear, Corisco aumenta a velocidade e, como um laser disparado de um canhão, deixa a roda imensa para trás.

O Shopping Tatuapé é um dos mais movimentados de São Paulo, o que não se deve aos atrativos das lojas, mas sim à localização. Estrategicamente situado, é quase um anexo da estação de metrô. Numa cidade cujo problema mais urgente é o trânsito, isso é razão suficiente para que atraia milhares de visitantes todos os dias. Embora estejam separados um do outro pela avenida, shopping e metrô se conectam por uma passarela coberta que atravessa a Radial Leste a mais ou menos dez metros acima do solo, altura insuficiente para que a roda passe por baixo. Neste horário, ao menos quinhentas pessoas transitam a cada minuto sobre a construção e outras tantas abaixo. Corisco sabe que precisa se focar na máquina e encontrar um meio de pará-la, mas agora não há outra coisa a fazer a não ser evacuar a passarela antes da colisão inevitável.

Àquela velocidade, o herói não passa de um vento esverdeado, se tanto, para quem observa a cena, mas para Bento o tempo corre normalmente. É por isso que, enquanto tenta vencer o mais rápido possível aquele quilômetro e meio que o separa da construção, vários pensamentos desfilam por sua cabeça.

Bento já agia como super-herói antes mesmo desse termo ser cunhado e em sua época usou a velocidade para proteger os moradores de seu quilombo e ajudar os negros que, assim como ele, fugiam de seus senhores em busca de liberdade ou que eram aprisionados por caçadores de escravos. Quando chegou ao século XXI, não encontrou motivo para mudar e continuou a ser o Corisco. Sabe que nem antes, nem agora, alguém o obrigou a agir desta maneira, mas acha correto usar a graça que lhe foi concedida para ajudar os que necessitam. Afinal, como muitos escravos, sabe o que é se sentir indefeso ante alguém com mais poder. É essa compaixão pelos mais fracos, misturada a um sentimento tênue de vingança, que ele estende a todo tipo de opressor, que o motiva a agir como super-herói. Mesmo assim, desde que herdou os poderes do velocista anterior, sempre esteve incomodado com a responsabilidade de muitas vidas dependerem de suas ações. *É um peso muito grande.* Então se lembra de Dimas. Apesar de toda sua velocidade, não foi capaz de salvar o filho da bala certeira. É verdade que a criança teria morrido se não a tivesse erguido nos braços e corrido o mais rápido que pôde em busca da única pessoa que poderia ajudá-lo, mas compensações nunca serviram para aliviar a dor no coração de um pai que se viu incapaz de proteger o filho. Porém, naquela época, Bento era menos experiente. Hoje, ao se aproximar da passarela, sabe exatamente o que fazer.

Por mais rápido que ele tenha sido, a roda da morte continuou seu avanço e com certeza não demorará mais do que dois segundos para atingir a passarela. Abaixo da construção há menos pessoas do que sobre ela, e é nas primeiras que o herói concentra seus esforços iniciais. Poucas que são, em uma fração de segundo retira-as todas, e, assim que a última é posta em segurança, segue para cima da ponte. Ali, sem perceber que as pessoas abaixo desapareceram, os transeuntes acabam de avistar o maquinário gigantesco e se desesperam.

Sem que ninguém o veja, Corisco invade o lugar por uma das entradas nas extremidades e no mesmo instante já está no centro da estrutura, de onde enxerga a todos como estátuas, tão acelerado que está; para ele, a única coisa que insiste em se mover celeremente é a roda maldita. Rápido como o pensamento, põe seu plano em prática e começa a correr em círculo, o que imediatamente forma um pequeno redemoinho. A cada passo, sua velocidade aumenta de tal modo que, ao fim do trajeto, o herói quase é capaz de encostar em suas próprias costas no ponto de partida. O perímetro traçado por ele cresce cada vez mais, e, quando as pessoas dão por si, uma pilastra de vento que une o piso ao teto surgiu como que por mágica dentro da passarela. No interior da coluna furiosa, poeira e lixo aprisionados pelas paredes etéreas se agitam, como que tentando escapar à sua prisão, enquanto, do lado de fora, qualquer coisa próxima a ela é repelida com força extrema. Tão súbito quanto se iniciou, o redemoinho se torna um tufão autocontido, incapaz de romper a estrutura de alvenaria, mas forte o suficiente para arremessar a todos rapidamente para as extremidades da ponte.

Quando o aro metálico corta a passarela, ela está completamente vazia, o que não torna a destruição menos impressionante. Pedaços imensos de alvenaria se despedaçam ante o impacto e mergulham em direção ao concreto com a força de um bate-estaca; fragmentos de metal, arremessados pelo giro da máquina, singram o céu como lanças e se fincam em carros ao redor e na calçada abaixo. Nas extremidades da construção arruinada, as pessoas tentam se proteger como podem dos estilhaços perigosos. Aterrorizadas, enxergam com detalhes o maquinário dantesco que passa a seu lado e que poderia tê-las esmagado como a um gato no caminho de um automóvel. Junto a elas, numa das pontas, Corisco observa a destruição causada pelo mecanismo e fica satisfeito ao perceber que ela poderia ter assumido vulto de desgraça se ele não tivesse agido com rapidez. O velocista sabe que pessoas se machucaram com sua manobra. Afinal, foram arremessadas violentamente por metros dentro de uma estrutura fechada. Mas, como esperara, não há ferimentos graves. Cortes, contusões e um ou outro desmaio, condições desagradáveis, porém melhores do que a alternativa. Ao se certificar de que todos estão relativamente bem, Bento se prepara para voltar à perseguição, mas hesita ao ouvir seu nome.

– Corisco? Está me ouvindo? – Uma voz abafada ecoa do rádio que compõe o traje do herói. O visor negro espelhado de sua máscara é fixado sobre os olhos tal qual um arco, cujos pontos de pressão estão em suas orelhas. É onde estão instalados os receptores de rádio. Um microfone minúsculo completa a composição na região do queixo, na parte interna do uniforme, reforçado para proteger tanto a mandíbula do corredor quanto o emissor de rádio. – Responda!

– Professor? Já estava na hora! Por que demorou tanto? – Corisco questiona com certa irritação, apesar de se sentir aliviado com a chamada. Se alguém pode ajudá-lo, é o Professor Semensato. Em sua época, Bento era capaz de usar a velocidade para superar quase todos os desafios que encontrava, mas no século XIX o mundo não era tão estranho e nem tão hostil quanto hoje. Num mundo que ele pouco entende, o cientista tem sido um aliado valioso.

– Acabei de ver na televisão. Há quanto tempo chegou?

– Há menos de um minuto – o herói responde. – Já pensei em várias formas de agir e não sei mais o que fazer. Como posso parar esta coisa? – suplica, esperando que o professor soubesse exatamente como agir. Para seu alívio, ele sabe.

– Tenho algo em mente! Acho que podemos minimizar as vítimas e ao mesmo tempo dar início ao nosso plano. Você precisa conduzir essa coisa para uma rodovia.

– E como espera que eu faça isso? – Corisco indaga, cada vez mais ansioso para voltar à ação. Para que possa conversar com alguém, é obrigado a se manter na velocidade normal, caso contrário as palavras chegam distorcidas a ele e as suas soam incompreensíveis. Enquanto esteve conversando com Semensato, a roda se distanciou e aumentou o rastro de destruição pela Radial Leste. O desejo de persegui-la só faz crescer.

– Você terá que continuar pela Radial.

Corisco não gosta da resposta, pois já havia imaginado que, se continuasse por aquele caminho, teria que se concentrar exclusivamente em remover as pessoas do trajeto, ao invés de tentar parar a máquina. Porém, na primeira vez que lhe veio esta ideia, estava sozinho e não havia qualquer plano. Ele resolve ouvir o que Semensato tem para lhe dizer.

– A alguns quilômetros há uma entrada para o Viaduto Engenheiro Badra, o qual o levará direto para a Rodovia Presidente Dutra. Você deve fazer com que a roda o siga até a estrada. – O professor faz uma pausa para se certificar de que o herói o compreendeu perfeitamente. Após um instante de silêncio, Corisco se impacienta.

– Pare de rodeios e fale tudo de uma vez! – ordena com voz determinada, bem diferente do tom suplicante de segundos atrás. – Preciso parar aquela coisa e precisa ser agora! Assim que eu disparar atrás dela, não vou frear para conversarmos e só vou chamá-lo se for realmente preciso. Então, por favor, diga o plano todo de uma vez!

– Muito bem! Preste bastante atenção! Quanto mais rápido um veículo estiver, menor será sua aderência ao solo. É física. Isso quer dizer que se esta coisa rodar mais rápido, não será difícil fazê-la tombar.

– Então, é por isso que precisamos de uma estrada?

– Exatamente! Tenho certeza de que essa máquina ainda pode aumentar sua velocidade em cinquenta por cento se tiver o espaço suficiente para isso. Uma roda por si só não possui grande estabilidade e, numa velocidade elevada, tombará facilmente.

– Certo! Mas, como o senhor espera que eu derrube aquela coisa, professor? Não sou forte como o Trovão. – Corisco sabe que, se estivesse presente, o colega poderia derrubá-la com um soco, ao contrário dele. No entanto, ao ouvir o resto do plano, anima-se ao perceber que, embora não possua superforça, sua velocidade e agilidade aliadas ao plano do professor poderão derrotar a engrenagem maldita. Sorri e dispara seguindo o rastro da máquina.

Não demora a que emparelhe novamente com ela. Na verdade, chegou a seu lado tão logo decidiu dar o primeiro passo. Não tem como perceber os detalhes, mas consegue dar uma boa olhada na cápsula situada no centro da roda e imagina ter visto alguém no interior. Só não pode certificar-se do que viu porque, sem qualquer aviso, o veículo se inclina repentinamente para cima dele tentando esmagá-lo. No exato momento em que os dois adversários passam ao lado de um Corsa, a motorista abre bruscamente a porta para tentar fugir do perigo iminente, o que obriga o herói a desviar-se dela e se aproximar da roda que tenta matá-lo. Se fosse um milésimo de segundo mais lento, ou quem sabe menos ágil, Bento não teria escapado com vida. A mulher não tem a mesma sorte, e é dilacerada junto a seu carro.

Ao avistar o viaduto ao longe, Corisco calcula que em cinco segundos estará sobre ele, e nesse tempo se esforça para ajudar o máximo de pessoas possível. Por mais que tente salvar a todos, é obrigado a fazer escolhas e se amaldiçoa por ser tão lento e displicente. Nas últimas noites, estendeu suas patrulhas noturnas por mais tempo que o habitual, o que o esgotou física e mentalmente. Se estivesse descansado, com certeza poderia salvar mais gente. Por outro lado, menos de um minuto se passou desde o início de tudo nos arredores do shopping, e ele já carregou centenas de pessoas. É natural que se sinta esgotado e que seu corpo dê sinais de estresse;

os pés estão inchados e pesados e suas pernas começam a queimar. Percebe que dificilmente conseguirá aumentar sua velocidade para além do que já alcançou. Infelizmente, para que o plano do professor funcione, será preciso abrir uma boa distância na estrada em relação a seu perseguidor.

Como calcularam, sobre o viaduto o trânsito está mais leve, e Corisco ousa poupar-se. Diminui a velocidade, pois já não precisa se adiantar para salvar os motoristas. O trânsito está fluindo, os carros em movimento têm espaço e condições para evitar desastres maiores. Com manobras rápidas e ágeis, o herói consegue prender a atenção do inimigo, que agora parece persegui-lo obstinadamente.

Desde o início, ficou claro que Corisco era mais rápido do que a máquina que o perseguia, mas, quando se dá ao luxo de reduzir o ritmo, o veículo gigantesco acelera e atinge rapidamente os 300 km/h. O herói percebe num átimo que os cálculos do professor estavam equivocados, pois a máquina dá sinais de que numa estrada livre poderia beirar os quatrocentos. Com a roda se aproximando cada vez mais, Corisco decide não ser arrogante como a lebre da fábula e aperta o passo. Em seis segundos, finalmente chegam à rodovia e saem do perímetro urbano.

Na estrada, uma surpresa. De algum modo, Semensato fez contato com a polícia rodoviária, que impediu o trânsito vindo da cidade. Corisco olha para a pista ao lado e percebe que os veículos no sentido oposto começam a rarear. Certamente também foi bloqueada à frente. Sem ter que se preocupar com vítimas, terá mais chances contra aquela coisa. Decerto encontrará motoristas que já estavam na rodovia antes de sua interdição e, com sua velocidade, chegará rapidamente a eles. É imperativo cessar o avanço daquela monstruosidade neste momento, pois não terá melhor oportunidade.

Ao passarem ao lado do bloqueio policial, viaturas se põem em perseguição à dupla, que aumenta sua velocidade cada vez mais. Os veículos oficiais só podem segui-los de longe. O herói avança a passadas largas e obriga a máquina a empregar potência máxima para se manter próxima. Em poucos segundos, presa e predador cobrem quase dez quilômetros, mas Corisco sabe que não poderá manter o ritmo por mais tempo. Ao contrário da máquina, virtualmente incansável.

Quando uma sombra imensa pousa sobre ele, olha para trás, no instante exato em que a roda assassina avança como a leoa para atacar a zebra. Por reflexo, o herói se joga para a direita e por pouco não é atropelado pela roda que, enfim, conseguiu se emparelhar com o velocista. Não conseguiu matá-lo, como desejava, porém fê-lo sentir o perigo com o qual estava lidando. O avanço do gigante foi tão súbito que Corisco mal teve tempo de se desviar. A tala veloz do mecanismo ralou seu braço esquerdo, rasgando a manga do uniforme e a pele por baixo dela, expondo parte de seu tríceps.

Embora ferido e com as pernas cada vez mais pesadas, ele se concentra em manter o ritmo, pois sabe que logo atingirão a velocidade necessária para a manobra. Demasiado cansado, chega ao limite, aquele que, se ultrapassado, o corpo parece entrar em piloto automático e se mover sozinho, enquanto a mente se perde em devaneios. Entre uma passada e outra, sem que desejasse, pensa no filho e seus pensamentos retornam a uma época em que tudo fazia mais sentido.

– Bento? Bento! Acorde, hômi! – uma voz masculina ordenou, em meio à escuridão e ao calor intenso. Sem abrir os olhos, Bento sentiu a nuca encharcada de suor. De repente, um tapa lhe acertou a face e o forçou a abrir os olhos. Imediatamente reconheceu o homem ao lado de seu leito.

– Teodoro? Onde é que eu tô?

O negro que estava sentado a seu lado era bem mais velho; algo entre sessenta e setenta, mas estava em ótima forma física e os cabelos escuros ainda lhe preenchiam a cabeça, apesar de um ou outro fio branco despontando. Deu uma tragada lenta no cigarro de palha e, após expelir fumaça demoradamente, respondeu:

– Está na minha casa, oras! Onde mais? Quando vosmecê foi encontrado, trouxeram-no para cá rapidinho.

Encontrado? Lembrava-se de muito pouco do que havia acontecido, mas, ao forçar a memória, seu coração disparou ao se recordar da mulher e do filho. Levantou num átimo e questionou o amigo:

– Zenaide e Dimas? Cadê eles, Teodoro? – Havia lançado as cobertas ao chão e se preparava para ficar em pé quando tonteou e quase caiu, não fosse a intervenção do amigo que correu para segurá-lo.

– Carma! Carma, hômi! Foi por causa dessa tempestade no coração que vosmecê quase que morre nas terras do Coroné Luís Antônio.

Tais palavras aguçaram a memória de Bento e ele começou a se lembrar do que havia acontecido. O coronel era um dos maiores escravagistas do estado de São Paulo e um inimigo traiçoeiro. Nos últimos anos, mais de vinte escravos já haviam sido subtraídos de sua propriedade e as fugas foram todas creditadas àquele que os negros chamavam de Corisco. De algum modo, o latifundiário havia descoberto a identidade do velocista, que muitos acreditavam ser uma assombração, e o atacou em seu ponto fraco, a família. Neste caso, a esposa Zenaide, que vivia como escrava na cidade, onde agia como espiã para o marido, e o filho do casal, o menino Dimas.

Antes de ser propriedade de Luís Antônio da Anunciação, um dos homens mais ricos de São Paulo de Piratininga, Bento servia como escravo na residência de um modesto comerciante de tecidos na cidade. Naquela época, era comum escravos passarem o dia nas ruas ganhando dinheiro para seus senhores e retornarem à senzala somente ao cair da noite. Foi nestas idas e vindas com dinheiro, recados e mercadoria que conheceu Zenaide, escrava de cozinha de um jovem advogado em ascensão. Enamoraram-se e, às escondidas, casaram-se à sua maneira. Da união de ambos nasceu Dimas, que o advogado entendeu como resultado da "vida leviana que esses pretos fornicadores costumavam levar" e que, com alguma contrariedade, aceitou em sua casa junto aos outros escravos. Devido às tarefas de Bento nas ruas e às constantes viagens do jurista para a capital, ele e Zenaide podiam encontrar-se várias vezes ao mês e, furtivamente, tiveram seus momentos. A liberdade do casal, contudo, provou ser uma quimera. À beira da falência, o proprietário de Bento vendeu-o ao Coronel Luís Antônio, que levou o rapaz para sua fazenda, no interior e a dias de distância da cidade.

Por mais de uma vez, Bento tentou fugir e retornar para São Paulo. Desde muito garoto, ouvia histórias sobre Corisco, um espírito a serviço dos orixás que ajudava escravos a obter a liberdade, mas, por mais que fugisse de seu senhor Luís Antônio e sentisse o gosto da chibata logo em seguida, nunca recebeu tal ajuda. A fortuna, porém, age a seus próprios modos e deu-se que foi o escravo quem ajudou Corisco.

Em 1880, após três anos de sofrimento longe da família e sofrendo castigos severos na fazenda do coronel, Bento enfim escapou. Perseguido por cachorros e homens a cavalo, chegou a uma área da mata na qual nunca havia estado e, após três dias de fuga, conseguiu despistar os jagunços e as feras, porém estava fatigado e perdido. Foi quando, ao buscar abrigo numa gruta, deparou-se com um negro idoso. Sentado no chão, vestia uma roupa escura que se mesclava à pele de ébano e, sob a penumbra da caverna, concedia-lhe ares de assombração.

– Aproxime-se! – convidou. O homem estava deitado sobre as rochas quase imóvel, uma de suas pernas se alongava pelo chão. Ao se aproximar, ainda que com receio, Bento percebeu que o outro estava ferido. Através do músculo e pele se pronunciava o osso de seu tornozelo.

– O que houve com sua perna, senhor?

– Até mesmo uma assombração pode se ferir, rapaz.

Num só pulo, Bento, que já havia se agachado próximo ao enfermo para examinar melhor a situação, afastou-se mais de um metro.

– Vos ... Vosmecê não é deste mundo? – Bento indagou, com a pulsação acelerada e os olhos quase a lhe saltar das órbitas.

O homem se arrependeu da brincadeira, pois necessitava realmente de ajuda.

– Oras, é claro que sou! Por acaso, já viu fantasma com dor? Meu nome é Teodoro e sou tão de carne e osso quanto vosmecê, hômi!

Bento se acalmou e voltou a se aproximar. Sentado ao lado de Teodoro, bebeu um gole d'água apanhada do riacho que passava por dentro da caverna e se puseram a conversar. O homem mais jovem tinha pressa, pois era urgente cuidar daquela ferida. Afinal, desejava sair daquele lugar, mas estava perdido; Teodoro sabia o caminho, mas não podia se mover. Decidiram, portanto, ajudar-se mutuamente. Antes disso, porém, seriam necessários alguns minutos, quiçá horas de conversa. Na verdade, apesar de sua condição, Teodoro não tinha pressa e desejava conhecer melhor o rapaz, pois tinha seus próprios planos.

Entre o fascínio e a dúvida, Bento ouviu com atenção a história do homem misterioso e descobriu se tratar de ninguém menos que o próprio Corisco. Soube, então, que ele não era um mal-assombro como diziam, mas um homem comum que recebeu a graça de correr tão rápido quanto um cavalo selvagem, tão livre como o vento. Teodoro lhe explicou que a velocidade era transmitida através das gerações, ele próprio a havia recebido de seu avô e este de seu progenitor, que ajudou a muitos na Mãe África. Dias antes, havia se ferido, devido a um mal súbito que apertou seu peito e o fez tombar durante a corrida, o que vitimou seu tornozelo; buscou abrigo naquela caverna, onde já estava havia cinco dias. Naquele tempo refletiu sobre sua condição e percebeu que estava envelhecendo. Bento continuou ouvindo e se preocupou quando o recém-conhecido revelou que havia chegado a hora de deixar de ser o Corisco. Embora nunca houvesse recebido sua ajuda, acreditava nas histórias e sabia que ele representava esperança para muitos cativos nas senzalas.

Após horas de conversa, perceberam que a luz do sol havia ido embora e a escuridão tomado conta da caverna. Decidiram partir na manhã seguinte. Apesar da pouca visibilidade, Bento tentou voltar a um local próximo onde havia colhido algumas frutas naquela tarde, antes de chegar à gruta. Com alguma dificuldade encontrou-o e retornou com bananas para Teodoro. Ainda que limitada, era sua primeira refeição em dias, de forma que comeu agradecido.

Naquela noite, Bento sonhou com cavalos correndo livremente por uma planície; de toda a manada, um forte cavalo negro se destacou e disparou na frente de todos os outros. O corcel se deliciava com o vento através de sua crina e se maravilhou com lugares diferentes que conheceu. Porém, quando parou, percebeu que estava sozinho. Os olhos do corcel negro foram a última imagem que Bento guardou do sonho Acordou com aquele par de jabuticabas gravado em sua memória, evocando tanto a euforia da liberdade quanto a tristeza da solidão. A seu lado, Teodoro dormia, mas parecia mais fraco. Acordou-o com leves chacoalhões e andou para fora da gruta carregando o amigo nos braços.

Por horas, a dupla avançou cada vez mais mata adentro e, após horas de caminhada, os braços de Bento já estavam dormentes. Apenas no dia seguinte, após uma noite ao relento e se alimentando de frutas, chegaram numa região conhecida por ele.

– Teodoro, daqui seguiremos para São Paulo, pois preciso rever minha Zenaide e o pequeno Dimas. Peço a Oxóssi que encontremos caça no caminho para que vosmecê tenha forças para continuar e a Ossaim para que nosso caminho em meio às árvores não seja difícil. De minha parte, continuaremos juntos até o fim.

Ao perceber que não era mais necessário para o sucesso da jornada, visto que ensinara o caminho a Bento, Teodoro sentiu-se à vontade para repousar nos braços do amigo. Sua voz já havia se transformado num sussurro, mas Bento ouviu perfeitamente:

– Corra, Bento! Corra!

– Correr? Mas de quê, homem? Vou gastar forças à toa. Não conseguiremos chegar até lá correndo. – Seu argumento, porém, não foi ouvido, pois Teodoro se entregara à inconsciência.

Bento olhou o caminho à frente e avaliou que seria longo. Homem algum poderia cobrir aqueles quilômetros correndo, a não ser o Corisco, que não estava em condições de avançar sequer um passo. Por outro lado, Teodoro por certo morreria devido ao ferimento, já bastante inflamado, e à desnutrição. Precisava ser levado com urgência a algum lugar onde pudesse receber os cuidados adequados. Em meio às dúvidas, Bento se lembrou do corcel de seu sonho com patas de fogo e olhos de jabuticaba. Sem saber o porquê, pôs-se a correr. Iniciada como uma corrida tímida, sem pretensão de prosseguir, a marcha rapidamente se transformou numa explosão de pés e pernas que impulsionou Bento numa velocidade além do seu controle. Seu raciocínio e reflexos pareceram acompanhar seus pés, mas a inabilidade venceu e, ao enroscar o pé numa raiz, não foi ao chão por um triz. Se caísse, ele e o amigo decerto morreriam.

De algum modo, obteve a velocidade de Corisco e com ela poderia chegar a São Paulo em horas ao invés de dias. Porém, antes de sair em disparada, julgou que seria melhor se adaptar a seus novos sentidos. Então, correu pela região por toda a manhã. Com sua rapidez, pôde cobrir uma área extensa e trouxe outros tipos de frutas para Teodoro que não pitangas e amoras. Na verdade, ousou invadir a fazenda do Coronel Luís Antônio para colher algumas laranjas, goiabas e mangas. Acordou o amigo para alimentá-lo e comentou o que havia acontecido.

– Naquela noite, na caverna, eu havia lhe dito que o poder do

Corisco é passado através das gerações – Teodoro explicou enquanto chupava metade de uma laranja. – É verdade que nem sempre ele foi usado para o Bem, mas tenho certeza que vosmecê saberá usá-lo para ajudar aqueles que precisam.

– Vosmecê está dizendo que tenho a mesma velocidade que o Corisco?

– Não, Bento. Estou dizendo que agora vosmecê é o Corisco e ninguém mais. Quando o poder é passado para outra pessoa, ele abandona a anterior e esta volta a ser alguém normal. É o meu caso.

– Mas, por que eu?

– Na situação em que eu estava, por certo teria morrido e, se isso acontecesse, o poder iria embora comigo. Era preciso passar a alguém e seus atos e sua história mostraram que eu posso confiar em vosmecê.

– E como sua velocidade veio para mim?

– Enquanto vancê dormia, realizei o mesmo ritual que meu avô usou em mim para me dar a velocidade que corria em seus braços e per ... – Uma dor muito forte, como uma facada na perna inchada, fez Teodoro interromper a explicação para gemer discretamente.

Bento percebeu que o homem precisava de cuidados urgentes e decidiu:

– Vosmecê acabou de perguntar se eu usaria sua velocidade para ajudar quem precisa. Pois bem, não vejo ninguém aqui em maior necessidade que vosmecê.

Ao se certificar que o amigo já havia terminado a laranja, ergueu-o novamente nos braços e correu a toda velocidade em direção a São Paulo. Na cidade, encontrou a esposa e o filho, que já havia crescido um bom tanto. Conhecedora de todos e da região, Zenaide sabia de um médico em quem o preconceito não pesava tanto quanto nos outros brancos, e achava que ele ajudaria Teodoro. Foi o que aconteceu.

Após Bento haver contado toda a história para a esposa, os dois decidiram que ele deveria seguir os passos de Teodoro e se tornar o novo Corisco. Com ajuda da mulher, o herói encontrou as direções para o quilombo Guzinga, uma boa comunidade na Serra da Cantareira que abrigava negros e índios que conseguiam fugir ao domínio de seus senhores, e conduziu até o lugar os vários homens e mulheres que passou a libertar. Nele, estabeleceu moradia, mas sua esposa preferiu continuar na cidade, onde poderia saber dos acontecimentos diários e orientar as ações do marido para que ele ajudasse outros escravos na região. Todos os dias se encontravam na região central de São Paulo e namoravam como se vivessem juntos. Teodoro também ergueu sua casa no quilombo e foi para ela que Corisco foi levado depois de um ataque dos homens do coronel Luís Antônio.

Quando Bento despertou, Teodoro o ajudou a se lembrar do que havia acontecido. Após descobrir que Corisco era, na verdade, o escravo que havia fugido de sua fazenda anos antes, Luís Antônio sequestrou a mulher e o filho do herói para atraí-lo a uma armadilha. Tomado pela fúria, Bento seguiu sem qualquer plano ou estratégia direto para a arapuca. Sua raiva era tanta que não desconfiou do fato de ter descoberto tão facilmente o paradeiro dos dois – um sítio num dos bairros novos da cidade –, de modo que estava completamente despreparado para o ardil montado pelo inimigo.

No sítio, homens armados estrategicamente espalhados o aguardavam e não pouparam munição quando o velocista foi avistado. Gravemente ferido e desnorteado devido a uma bala que lhe acertou a têmpora de raspão, Bento se viu obrigado a abandonar sua família para não morrer. Afinal, ele era a única esperança dos dois. No entanto, os ferimentos foram mais graves do que imaginava, pois, ao chegar na região do Pátio do Colégio, no centro de São Paulo, tombou vitimado pelas várias balas que lhe perfuram o tronco.

– Quanto tempo fiquei desacordado, Teodoro? – Bento perguntou ao relembrar esses acontecimentos.

– Uns trinta dias, hômi. E teria ficado mais se eu não tivesse usado os resquícios da velocidade que sobrou no meu corpo para acelerar sua cura. Se vosmecê souber usar, seu poder também pode ser curativo em algumas situações.

Bento mal ouviu o que o amigo lhe explicou, pois estava surpreso com o tempo em que esteve desacordado.

– Trinta dias! Mas e Zenaide? E Dimas? Onde estão?

Nos olhos do rapaz, o ancião viu a mesma fúria que o impeliu semanas antes para a armadilha e percebeu que não conseguiria segurar o amigo após responder a pergunta. No entanto, julgando que um homem precisa saber de sua família, revelou sem rodeios:

– Luís Antônio os levou para sua fazenda no interior.

O coração de Bento pulsou em desassossego. Mais uma vez, ele disparou em busca da família. Com o ódio nublando qualquer traço de sensatez, exigiu o máximo de seus músculos e em menos de duas horas chegou ao lugar onde havia sido açoitado por diversas vezes. Desde o início, agiu de maneira precipitada, culpa da falta de experiência e dos instintos animais de proteger seus semelhantes.

Fosse qual fosse o motivo de tanta negligência, ela custou bastante caro a Bento, pois, em meio ao salvamento de sua mulher e filho, a quem ele encontrou instantes após procurá-los pela propriedade em grande velocidade, desviou-se da bala de um dos jagunços sem perceber que, atrás dele, seu filho se tornara alvo fácil do projétil. A bala varou o garoto na altura dos pulmões.

Abraçado ao corpo imóvel ainda quente de Dimas, Corisco tremia como se tentasse conter uma fúria avassaladora que ameaçava lhe romper a carne. Seu desespero se expressou fisicamente e, com sua velocidade fora de controle, o tremor de Bento se tornou uma vibração tão rápida que sua figura com o filho nos braços pareceu quase fantasmagórica, como se estivessem prestes a desaparecer. Ao longe, Zenaide observava tomada pelo terror. Foi quando percebeu um mínimo entreabrir de olhos na face do menino. Imediatamente se lembrou do que Teodoro havia dito ainda naquela manhã: "Se vosmecê souber usar, seu poder também pode ser curativo em algumas situações". Bento não sabia como fazê-lo, mas Teodoro saberia.

Zenaide não compreendeu o que houve. Ouviu um tiro de espingarda e viu o filho tombar. Antes que seu corpinho atingisse o chão, o pai surgiu em socorro, segurando-o. No instante seguinte, ambos haviam se convertido num facho de luz brilhante que não durou mais do que um piscar de olhos.

Quando o tremor não o abandonou, Bento soube que algo estava errado. Sentia-se terrivelmente abalado com a situação do filho, mas estava disposto a qualquer sacrifício para salvá-lo. Não haviam se passado mais do que cinco minutos desde que chegara à fazenda de Luís Antônio e ainda estava cansado da corrida de duas horas que fizera para chegar ao lugar, mas nada disso importava. Estava decidido a transformar as duas horas necessárias para o retorno até o quilombo Guzinga em dez segundos. Era o tempo que Dimas poderia ter de vida.

Com a energia que só brota no âmago dos pais que se veem em situação de salvar a vida dos filhos, Corisco maltratou o próprio corpo. O sangue começou a lhe escorrer pelas narinas e ouvidos; sentia a cabeça espremida, como se estivesse passando através de um funil. Não sentia mais suas pernas e, até onde sabia, talvez houvessem se desmanchado quilômetros atrás. Para seu desespero, a linha do horizonte começou a ficar cada vez mais distante e dela surgiu uma luz brilhante que começou a cegá-lo, até que tudo se tornou uma vastidão branca. Correndo às cegas, ouviu um trovão. Quando parou, filetes de fumaça subiam de seus pés, que estavam totalmente ensanguentados. Olhou ao seu redor e não reconheceu nada do que via. Havia chegado ao futuro, à São Paulo do século XXI. Com o filho morrendo em seus braços e perdido num mundo sem sentido, a mente de Bento entrou em colapso e ele se uniu a Dimas na inconsciência.

Numa tela de computador, Corisco aparece correndo pela Rodovia Presidente Dutra. Captada por uma microcâmera, a imagem é transmitida diretamente para o visor do piloto da roda mortífera. Dentro dela, um homem jovem, na casa dos quarenta anos, está devidamente acoplado à interface condutora do veículo e se diverte com a tentativa de fuga pífia do adversário.

Como um dos cientistas mais brilhantes da Sionis Empreendimentos, uma das empresas de tecnologia mais importantes a serviço do governo, Roger fora uma das peças-chave do Projeto Circular, no qual estava prevista a entrega de monociclos que poderiam ser usados por soldados em missões militares ou por policiais no combate ao crime nas grandes cidades. No entanto, sua atenção estava voltada para um projeto maior: o protótipo de um imenso tanque circular, capaz de transpor qualquer obstáculo no campo de batalha.

Quis o destino que Roger se afastasse do projeto, e um grave acidente de trânsito o manteve fora da empresa por pouco mais de um ano. Mesmo fora do ambiente de trabalho, tentou acompanhar a evolução do monociclo gigantesco, mas logo as informações deixaram de chegar. Em conversas por telefone, os amigos se revelaram esquivos e ele percebeu que algo lhe estava sendo escondido. Foi quando descobriu não só que o projeto havia sido retomado por outro engenheiro, como também que esse assumiria seu lugar tão logo recebesse alta e pudesse ser demitido. Enfureceu-se ao saber que foi o projeto iniciado por ele que rendeu os frutos colhidos por seu rival. Nos meses seguintes, planejou sua vingança contra a Sionis e, àquela altura, contra toda a cidade que o vitimara. Seu plano foi um sucesso e, ao retornar à empresa, chegou até a roda gigantesca e a ativou. A partir daquele momento, quanto mais destruição promovesse, mais arrastaria o nome da Sionis na lama, aliás, no asfalto. Foi com esse sentimento de vingança que Roger começou seu dia e o mantém até este momento, no qual está prestes a esmagar um dos maiores heróis da cidade.

Por mais rápido que corra, Corisco sente que o acrílico da roda que o persegue está prestes a roçar a borracha de suas botas e sabe que é chegado o momento da manobra final. Valendo-se da energia que poupou quando corria sobre o viaduto, dispara à frente da roda e consegue abrir a vantagem espantosa de cinco quilômetros.

Em seu visor, Roger observa a cena e se enfurece com a situação. Torce o bastão de aceleração e faz a máquina atingir a velocidade máxima de 450 km/h. Antes que perceba o plano de Corisco, já caiu em sua armadilha e não há mais tempo para desviar. Ao abrir a vantagem que queria, o herói interrompeu seu avanço e repetiu a manobra que fez na passarela. Correndo velozmente em círculo criou uma corrente de ar ascendente para agir como uma barreira de ar entre a roda e o solo e, com a redução do atrito, fazê-la tombar.

Assim que o tanque circular se aproxima do ardil, Bento sai pela tangente e observa os acontecimentos. Àquela velocidade incrível, a aderência do veículo ao chão já diminuiu consideravelmente e o bolsão de ar criado por Corisco foi o suficiente para fazer a máquina guinar para um lado e impulsioná-la para alguns metros acima do solo. Um veículo daquela magnitude é projetado com uma pletora de recursos e uma decolagem de somente cinco metros não seria o suficiente para derrubá-lo. No entanto, impedir que um objeto instável como uma roda, mantenha-se em pé após uma derrapagem a 450 km/h é uma tarefa para um piloto de perícia extrema, o que não é o caso de Roger Stein. Ao atingir o solo, o maquinário o faz já inclinado e propenso a cair, mas o impacto é tamanho que o ergue novamente por três metros antes de chocar-se em definitivo com o asfalto.

Numa coreografia caótica, o veículo se arrasta tombado por mais de um quilômetro, com sua estrutura dourada raspando o chão e soltando faíscas que o seguem por todo o percurso como a cauda de um cometa. Quando seu movimento cessa, o asfalto da pista está em frangalhos e, ao longe, pouco se vê da roda, oculta atrás de uma espessa cortina de fumaça. Quando vem o silêncio, Corisco pode ouvir:

– Socorro! Estou preso! Socorro!

Ele corre até o veículo, cuja carcaça queima ao toque de tão quente. Ao olhar para a cápsula no centro da estrutura, ouve as batidas vindas do interior. Tenta encontrar qualquer tranca do lado de fora, mas sem sucesso.

– Por favor, tire-me daqui!

O herói ainda tenta empregar os punhos, mas a cápsula não cede ante seus golpes. Só obtém êxito quando concentra a velocidade em seus murros, atingindo o mesmo ponto centenas de vezes. Uma fenda pequena se abre na estrutura de polímero e Bento consegue enxergar seu adversário: um homem magro, vestido num macacão preto e com a barba loura por fazer. A maior ironia é que não possui pernas. Em seguida olha para si mesmo. Sua mão esquerda está sangrando devido a esse último esforço, seus pés latejam e suas botas exalam fumaça. Os músculos de suas pernas estão tão exaustos que é obrigado a esperar sentado a chegada da polícia. Lembra ainda de todas as pessoas que não conseguiu salvar na Radial Leste e decide que aquele homem maldito pode esperar dentro de seu pequeno forno até que os bombeiros possam tirá-lo de lá.

– Professor? – chama pelo rádio.

– Sim, Bento?

– Conseguimos.

– Fico feliz. Acompanhei pela TV. Você se saiu muito bem.

– Obrigado. Mas estaria correndo com esta coisa até agora se não fosse pelo senhor.

– Parece que formamos uma boa dupla, Corisco.

Satisfeito com o resultado final, Bento sorri ante a constatação do Professor Semensato. Vendo que a polícia se aproxima, despede-se do amigo e sintoniza seu próprio rádio numa rádio qualquer.

Este foi Queen com "Don't stop me now" fechando as Dez Mais Clicadas de Hoje na programação da Brigada FM. Obrigado pela sua audiência e boa noite.

Bento olhou para o relógio e pensou nos alunos das sete da noite. 18h55. *Se eu correr, dará tempo.* E sumiu em seguida, deixando um rastro de fumaça atrás de si.

O DIA DE TODAS AS PROVAS

JOÃO ROGACIANO

AQUELE DIA DE domingo, do ano de mil seiscentos e dezessete, nascera repleto de bons presságios. Na ilha de Porto Santo, onde por norma a pluviosidade era praticamente inexistente, a chuva tinha dado o ar da sua graça e caído ininterruptamente durante toda aquela semana de agosto. Os ilhéus agradeciam, satisfeitos, a graça divina, pois que essa chuva iria proporcionar boas e fartas colheitas.

Agora, o dia de domingo soalheiro convidava a um descanso prazenteiro. Sempre pronto a aproveitar esses momentos de lazer escassos, Pedro Dias decidira sair da vila e ir até ao extremo setentrional da ilha. Como tal, munido de um pão e de um naco de toucinho (um pouco rançoso), que surripiara, à socapa, da despensa de casa, Pedro fez-se ao caminho de manhã cedo. Resolvera viajar sozinho: gostava de um pouco de sossego, longe do bulício da vila e dos gritos e resmungos que se ouviam nas ruas. Preferia ouvir as aves, ver e ouvir as ondas do mar a baterem nas rochas ou na areia fina e trigueira, arrastando-a num vaivém frenético, imparável, interminável. Foi com este estado de espírito que viajou para lá do pico do Castelo, até alcançar a praia longínqua. A sua praia. Nesta pequena enseada, cuja areia só ficava visível pela maré baixa, estava isolado e ao abrigo dos olhares indiscretos dos pastores e dos agricultores que madrugavam na realização das suas atividades.

Como grande parte dos jovens desta ilha de Porto Santo, também o intrépido ferreiro sabia mergulhar habilmente nas ondas que banhavam a praia. Mas Pedro tinha um segredo, que não compartilhava com ninguém: para além de mergulhar perfeitamente, conseguia abrandar a sua pulsação e suster a respiração debaixo de água por períodos muito longos. Ao certo, não sabia quanto tempo conseguia suportar. O máximo que tentara tinha sido durante um período de cerca de três horas. Sem esforço ou danos físicos.

Depois de despir a curta túnica que envergava e que muito apreciava – era uma bela túnica azul e branca, tecida pelas mãos de sua mãe – manteve os calções vestidos e mergulhou nas ondas do mar. Como estava boa a água naquele dia! Nadou mar adentro, deixando-se ir até ao fundo. Sentou-se, imóvel, observando a fauna marinha. Os peixes, curiosos, aproximavam-se dele, para logo se afastarem, em debandada, ao detectarem qualquer movimento do jovem.

Permaneceu cerca de uma hora debaixo de água. Ao subir à superfície, passou por um polvo. Com um movimento rápido, que se supunha humanamente impossível, capturou o octópode e cravou-lhe sua adaga, impedindo-o de lançar o jato defensivo de tinta.

Feliz, atirou sua presa para o areal e deitou-se na areia quente e dourada. Ficou a olhar o céu azul e as nuvens brancas. O ruído das ondas a baterem nas rochas soava, aos seus ouvidos, como uma bela melodia. Nesses momentos, deixava sua imaginação cavalgar livre, juntamente com as nuvens que passavam céleres, sopradas pelo vento.

Enquanto se entretinha nesta observação, trincava um pouco do pão e do toucinho que levara. Era domingo, o dia do Senhor. Mas, nesse dia especial, não havia a eucaristia habitual, pois o padre estava de cama com uma gripe forte. Como tal, não estava a quebrar nenhum dos seus deveres cristãos. Apesar de ser um bom católico, muito se alegrava de poder estar ali, na praia, com um dia verdadeiramente livre de trabalhos e canseiras e longe dos outros. Longe do calor abrasador da forja e do martelar incessante no ferro contra a bigorna. E, com aquela pequena extensão de areia, sol e mar só para si! Sentia-se bem, sem dores, depois de passar uma ou duas horas com o corpo coberto pela areia. Os porto-santenses aliviavam as suas dores e os seus reumatismos com essa areia. Diziam que era milagrosa. E Pedro concordava com os conterrâneos.

Almejava poder exibir aquele paraíso a outras pessoas, dar a conhecer as belezas da ilha, da vila. Mostrar que aquela ilha árida, tão esquecida pelos homens e, infelizmente, por Deus, tinha uma paisagem única. Praias esplendorosas. Uma areia milagrosa. Sonhava erigir uma estalagem, junto à praia, e levar os ricos senhores do Reino em passeios pela ilha, a pé ou a cavalo. Mas, naquele dia de domingo, aquela praia era só sua. Era a sua possessão. E Pedro sentia-se como um capitão-donatário e não um simples ferreiro sonhador.

– Que nuvem tão estranha! – pensou, em viva voz, distraído, enquanto bebia um pouco de água do alforje.

Algo nessa nuvem lhe chamou a atenção. Examinou-a melhor.

– Mas, não é uma nuvem! É fumo! – concluiu, admirado, sem saber o mal que se abatera sobre a ilha.

Sentia-se perturbado e perplexo. Sacudiu a areia de sobre o corpo.

Fumo significava fogo. Fogo era sempre uma catástrofe, quer fosse na vila, quer fosse no restante espaço da ilha. Isso porque o fogo arrasava tudo por onde passava.

Perscrutou o horizonte. Franziu o sobrolho. O fumo se elevava no ar, em volutas enormes. Provinha do extremo oposto da ilha. Da zona do povoado. Da Vila Baleira.

Levantou-se preocupado. Do local onde se encontrava era impossível avistar a vila. Para consegui-lo, teria de subir ao Pico do Castelo e, daí, espreitar a povoação. Não se deteve a pensar no assunto. Passou à ação. Agarrou na túnica e começou a caminhar de forma célere. Vestiu-a, enquanto caminhava. Agora, para além das enormes espirais de fumo, o vento trazia-lhe estranhos rumores do lado da vila. O seu coração começou a bater mais acelerado. Ao seu pensamento acudiram os nefastos acontecimentos de sua infância.

– Oh, meu Deus! – exclamou, envolto em maus presságios.

Desatou numa correria em direção ao cume da elevação que o separava da vila. Os seus quinze anos e a sua estrutura musculada – enrijecida pelo trabalho duro de ferreiro – permitiram-lhe subir sem descansar ao longo do percurso. Atingiu o cume e espreitou para as bandas da vila. Quedou-se boquiaberto. A povoação estava coberta de fumo negro, por entre o qual irrompiam chamas vermelhas, que brilhavam em vários focos espalhados pela vila.

Esforçou o olhar e tentou ver o que se passava no porto junto da vila. Por entre a névoa negra em que o fumo se tinha transformado, entreviu algumas embarcações de grande porte. Reconheceu os pavilhões que ostentavam.

– Navios argelinos! – Cerrou os punhos, enraivecido. Todos os músculos do seu corpo se retesaram. – Piratas!

Por breves instantes ficou estático, não acreditando no que seu olhar alcançava. Seus piores receios e os fantasmas do passado se materializavam.

– Como é possível que os argelinos tenham conseguido chegar até aqui? Onde estaria a "Armada das Ilhas", que tinha o dever de proteger Porto Santo?

Recordava-se do último ataque, cerca de dois anos atrás. Era, então, uma criança. Vira os atacantes – nessa altura foram os mesmos argelinos, mas, anos antes, tinham sido os ingleses – massacrarem os seus avós e outros porto-santenses, enquanto Pedro e a mãe fugiam para longe e o pai ajudava os homens da vila a lutar contra os piratas. Tinha sido durante essa fuga que descobriu, por acidente, sua capacidade para suster a respiração. Durante a escapada, caiu dentro de um poço de água doce. O poço estava cheio e Pedro tentou manter-se à tona da água. Não o tendo conseguido, sentiu-se cair até ao fundo do poço e, por mero instinto de sobrevivência, susteve a respiração. Estranhamente, não entrou em pânico, mas permaneceu calmo e conseguiu achar a corda com o balde e subir a pulso. Nunca contara o episódio a ninguém.

Agora, já com quinze anos, Pedro já era um adulto e, como tal, não podia fugir, tinha o dever de auxiliar a vila.

– Ah, se tivesse aqui a minha espada ou o meu martelo de ferreiro... – gritou ao vento, com o punho fechado, elevado numa vã ameaça.

Dominou o ímpeto que sentia, de avançar cegamente vila adentro e defrontar os piratas. Respirou fundo, tentando acalmar-se e conceber um plano de ação.

Olhou em volta. Em caso de ataque, enquanto os homens ficavam a defender a ilha, as mulheres e crianças fugiam para aquele local. Mas, por agora, não se avistava ninguém em fuga para ali.

– Ninguém conseguiu escapar aos argelinos! – concluiu pesaroso, sentindo um nó sufocante na sua garganta.

Uma lágrima teimosa lhe escorreu pelo rosto. Respirou fundo.

– Ainda nenhum pirata me avistou. Tenho de ir com cuidado

– refletiu, tentando evitar os pensamentos nefastos que se apoderavam de si.

A vegetação era baixa, rasteira e com poucas árvores, consequência de um solo arenoso e pobre em nutrientes, que de modo algum proporcionava os meios necessários para a sua dissimulação. Acrescia ainda o fato de estar armado só com uma pequena faca. Decidiu voltar à praia e contornar a ilha. Chegou ao local onde deixara o polvo e os restos da sua refeição – o toucinho rançoso, que sobejara, estava a ser disputado por um grupo de furiosas gaivotas – e deitou a correr pela beira-mar, ao longo da costa, com os pés dentro da água do mar, escalando os rochedos quando necessário, ou mergulhando nas águas atlânticas. Contornou o Lombo dos Amarelos e prosseguiu até à Ponta seguinte.

Fez uma pequena pausa para descansar e raciocinar. Tinha agora de passar o Boqueirão de Cima e entrar na praia onde os piratas estavam ancorados. Mas isso era extremamente perigoso, pois os piratas vê-lo-iam certamente. No entanto, existia uma segunda hipótese: Pedro sabia da existência de um sistema de cavernas, parcialmente submersas, que permitiam que se passasse daquele lado da ilha diretamente para o porto. Era muito arriscado, pois a profundidade das cavernas e o tempo que demoravam a atravessar exigiam que o nadador tivesse uma excelente capacidade torácica. Segundo contavam na vila, no passado, muitos arriscaram fazer aquela passagem e pereceram na tentativa. Pelo menos, era o que lhe tinha dito seu grande amigo João de Viveiros, sargento-mor de Porto Santo, um dos poucos que tinham feito a viagem pelas cavernas e que sobreviveram para contar como havia sido. Apesar de conhecer todo esse folclore de histórias sobre as cavernas e de conseguir suster a respiração por longos períodos de tempo, Pedro nunca se sentira tentado a levar a cabo essa proeza. No entanto, João lhe mostrara onde ficavam as entradas e as saídas daquele local.

Silenciosamente, avançou na água até não dar mais pé. Encheu os pulmões de ar, susteve a respiração e mergulhou nas águas profundas. Nadava com os olhos abertos e, assim, continuou a progredir até avistar a abertura nas rochas. Penetrou pela passagem apertada. Avançava rapidamente. Uma luminosidade residual, uma fosforescência estranha, permitia ver minimamente o percurso.

A passagem estreita se prolongava interminavelmente. Passou junto duma massa informe que, vista mais de perto, revelou-se como um crânio e alguns ossos de um esqueleto humano, ainda envoltos em farrapos de tecido. Encolheu-se ao passar pelo achado macabro – quiçá um dos loucos que tentara a travessia anteriormente.

Chegou, então, a uma bifurcação. Seu primeiro impulso foi dirigir-se para a direita, onde o túnel era largo e bem iluminado pela fosforescência. Mas lembrou-se a tempo das instruções de João e voltou à esquerda, penetrando numa escuridão completa. Avançou, pensando que uma pessoa normal, sem a sua capacidade de reter longamente a respiração, ficaria com os pulmões vazios de oxigênio, no limite.

Emergiu numa acanhada e escuríssima caverna, que não era mais do que um pequeno cubículo. Respirou fundo, limpando os pulmões dos gases que se tinham acumulado devido à inatividade respiratória forçada. Parou um pouco, procurando recordar as instruções sobre o percurso. Seguiu às apalpadelas, passo a passo, enquanto contava até dez, conforme o seu amigo João lhe indicara. Tateou a abertura que se abria, no solo, de novo para as águas atlânticas e se deixou cair através dela, depois de encher bem os pulmões de ar. Completamente imerso, sentiu o fundo da nova gruta sob os pés e nadou rapidamente. Por fim, viu uma luz ao cimo do túnel onde estava. Ascendeu até à superfície, evitando acelerar demais, pois sabia que quem subia muito rapidamente podia adoecer. Emergiu junto às embarcações dos invasores. Deixou-se ficar parado, alerta, enquanto respirava profunda e repetidamente.

À superfície, os vigias que estavam nos navios não o avistaram. Seguiam, sim, atentamente, os focos de incêndio que seus camaradas faziam, levando a morte e o terror aos pacatos ilhéus. Celebravam o feito com recipientes cheios de bebida, batendo com os punhos das espadas na amurada dos navios.

Pedro se aproximou de um dos navios. Aproveitou uma breve ausência do vigia para trepar pelo cordame da âncora, com uma agilidade tal que faria inveja a todos os símios do continente africano.

Com um pequeno salto, pulou no convés do navio. Ocultou-se atrás de uma grande barrica d'água. Mesmo a tempo, pois o vigia voltara ao seu posto e por pouco não o interceptara.

Do seu esconderijo, Pedro o observava pelas costas. Não podia sair dali, pois o outro poderia ouvir. O vigia se voltou por breves instantes. Sem hesitar, arremessou sua faca à garganta do oponente. Exímio e certeiro. Com as carótidas e as cordas vocais cortadas, o argelino caiu morto no convés. Sem um único grito.

Pedro olhou em volta. Mais ninguém estava no convés. Deviam estar todos muito embriagados, pensou, metidos no porão do navio. De um salto, aproximou-se do pirata e despojou-o da roupa e da espada. Despiu a roupa molhada e envergou a do outro, evitando vomitar com o cheiro nauseabundo que exalava. Com facilidade advinda de sua força sobre-humana, pegou o cadáver e o lançou amurada afora. O corpo atingiu a água com um baque seco.

Anoitecia. Pedro perscrutou o horizonte, tentando ver a povoação. Só via rolos de fumo e chamas, subindo pelo ar. E, ouvia os gritos alucinantes de pessoas.

Na vila, reinava a confusão. Os piratas tinham apanhado todos desprevenidos. Como, nesse domingo, não havia missa, a maioria das pessoas estava a conversar com os vizinhos. Outros acordaram um pouco mais tarde, ou faziam a limpeza às suas casas. Mas ninguém esperava os invasores.

Em situações anteriores, os avisos, provenientes do Funchal ou mesmo do arquipélago dos Açores, sempre chegavam através da Armada das Ilhas. Desta feita, ninguém os avisara desta barbárie iminente.

Quando viram uma tão grande frota de oito navios, com bandeiras da União Ibérica, aportar na ilha, pensaram inicialmente que seriam os navios da Armada. Depois, o terror os gelou: os piratas removeram as insígnias da União Ibérica que traziam hasteadas e içaram as bandeiras da sua reles condição. Fizeram disparar os canhões, causando algumas baixas. Surpreendidos, os homens da ilha, liderados por João de Viveiros, tentaram ainda formar uma linha de defesa contra os invasores. Mas estes eram em maior número e habituados a combates corpo a corpo, pelo que foram dizimando a pouco e pouco os ilhéus. As mulheres eram literalmente caçadas e capturadas, muitas delas violadas de forma cruel, à vista de toda a gente. As casas eram incendiadas, perante o desespero das mulheres capturadas e o estrebuchar dos homens moribundos. Apesar deste desaire e do prenúncio que iriam ser todos massacrados pelos piratas, os ilhéus mantiveram o sangue-frio e organizavam continuamente novos focos de resistência contra os invasores, tomando João de Viveiros o comando.

Gradualmente, os ilhéus iam sendo dizimados. Viveiros tentou reunir homens de confiança, valorosos, mas não sabia o paradeiro de grande parte deles. Desconhecia o destino de Pedro Dias, seu amigo ferreiro. Ignorava o que fora feito do Diogo Peres. Quanto ao Filipe Santos – infelizmente – sucumbira à primeira investida dos piratas.

Pedro não se demorou muito no convés do navio. Desceu ao seu interior, procurando piratas ou prisioneiros. Não havia nenhum prisioneiro, mas descobriu alguns piratas completamente embriagados, que dormiam a sono solto. Voltou ao convés. Espreitou sobre a amurada do navio. Contou as embarcações. Ao todo oito navios, mais propriamente escunas, todos apetrechados com canhões – talvez uns sete ou oito por embarcação. Logo à primeira vista, ressaltava o fato dos navios não serem argelinos. Eram muito similares aos navios então utilizados pelos portugueses e pelos espanhóis.

– Querem ver que os piratas utilizaram navios apreendidos aos espanhóis e aos portugueses – cogitou – e por isso enganaram toda a vigilância da ilha?

Correu até junto do local onde usualmente se guardavam as bandeiras e pavilhões do navio. Uma bandeira ostentando o pavilhão lusitano (encimado pela Coroa Espanhola da Península Ibérica unificada) encontrava-se no cume de um monte de bandeiras de outros países. Claro que a bandeira agora hasteada, que se confundia com as sombras do anoitecer, era a bandeira negra.

Tinha de agir. Mas como? Enquanto congeminava um plano, perscrutava o convés deserto à procura de uma solução. O olhar de Pedro várias vezes se deteve nos canhões. Um brilho de vingança principiou a bailar em seus olhos azuis.

Num ápice, verificou que todos estavam carregados e os apontou para o navio mais próximo. Depois, encontrou uma barrica com pólvora e espalhou seu conteúdo num carreiro pelo convés, até o porão onde os piratas tinham um enorme carregamento de pólvora e balas para os canhões.

Acionou os dispositivos de disparo dos canhões, correndo de uns para os outros. O primeiro disparo atingiu a água, mas os sete restantes atingiram o navio visado, logo abaixo da linha d'água. Ouviram-se gritos de alarme e todas as atenções se voltaram para o navio onde o ferreiro estava. Vozes iradas e dedos acusadores se erguiam dos outros navios em sua direção. Enquanto o navio atingido adernava, alguns escaleres com piratas aproximavam-se do navio de Pedro, para abordá-lo. Sem se deter, Pedro partiu um lampião onde ardia uma vela e incendiou o rastilho de pólvora.

– E, agora, vou lavar estas roupas imundas! – exclamou, de forma algo teatral, enquanto se lançava à água, do lado oposto ao dos escaleres.

Ao sentirem que o homem lhes escapava, os argelinos remaram com vigor renovado, tentando capturar o "cão infiel" que lhes estava a estragar a pilhagem.

Pedro mergulhou o mais fundo que conseguiu. A explosão do navio estremeceu toda a área circundante e os perseguidores foram atingidos em cheio pelos destroços, perecendo na explosão. Pedro também não foi poupado. Felizmente, à profundidade que se encontrava, não foi atingido pelos destroços do navio, mas somente projetado para a frente, desmaiando com o impacto da explosão. As brumas da inconsciência invadiram sua mente.

Em terra, o Sargento-Mor João de Viveiros organizava e mantinha acesa a luta contra os invasores. Ao ouvirem a explosão e o adernar do navio, os ilhéus se animaram.

– A mim, povo de Porto Santo! – gritou o sargento-mor, para os homens que lutavam a seu lado. – Vede que os nossos invasores não são demônios, nem indestrutíveis! Olhai para os dois navios que se afundam! Tende bom ânimo!

Incitado, o povo tomou a destruição dos navios como uma manifestação da graça divina e ganhou novas forças para lutar contra os invasores. Lograram assim que um grupo de mulheres e crianças avançasse para o Pico do Castelo e para além da Serra de Fora, enquanto João de Viveiros e os homens impediam que os argelinos as seguissem.

Os chefes argelinos se reuniram na capitânia da flotilha. Com a explosão provocada por Pedro Dias, como forma de evitar outras investidas do gênero, os piratas decidiram adotar novas medidas: conforme capturassem mulheres, crianças e homens, estes seriam transportados de imediato para os navios, onde ficariam encarcerados.

– Assim, para além de garantirmos nossa supremacia no terreno, impedimos que explodam os navios – Ali Tabaqua, o capitão dos piratas, explicou. – Quem resistir, morre! São estas as minhas ordens! E descubram o infiel que destruiu meus dois navios!

Com estas ordens, os invasores intensificaram a luta contra as defesas debilitadas de Porto Santo, agora reduzidas a dois ou três focos residuais de resistência que lutavam nos locais mais elevados.

Pedro abriu os olhos, tentando escapar ao negrume que se abatera sobre si. Cuspiu a areia que lhe enchia a boca e as fossas nasais. Olhou em volta. Estava deitado na praia. A noite ia avançada, pois o zênite estava coberto de estrelas cintilantes. Estivera algumas horas inconsciente. Por sorte, ou por intervenção da Divina Providência, a explosão também o atirara para a praia. De outro modo ter-se-ia afogado.

Um argelino saqueava os corpos que estavam espalhados pela vasta praia. Estava muito perto de Pedro. O ferreiro fingiu-se de morto, deixando pender a cabeça de uma forma estranha. Julgando estar perante mais um cadáver, o argelino se debruçou sobre ele, à procura de despojos. Socorrendo-se em seus músculos potentes, Pedro aplicou um murro poderoso mesmo em cheio na cara do saqueador. Com tal impacto, o argelino desmaiou.

– Vais ficar a dormir umas horitas! – murmurou Pedro, observando com agrado o desfalecimento imediato do oponente.

Mais uma vez, trocou de roupa com o adversário.

– Pelo menos estas roupas cheiram melhor que as outras! São é mais apertadas! – resmungou, enquanto saía dali.

Movimentava-se sem se fazer notado. Talvez porque vestia a roupa do marinheiro que abatera ou, talvez, porque era noite – se fosse de dia, os argelinos notariam que, apesar da sua pele bronzeada, Pedro possuía cabelo louro e olhos azuis e, como tal, dificilmente passaria por um deles.

Bendita escuridão: Pedro conseguiu percorrer todo o caminho que o separava dos focos de resistência dos porto-santenses sem que fosse interpelado pelos invasores.

No caminho, os cadáveres estropiados se amontoavam. Reconheceu os corpos de algumas das pessoas que ali jaziam: o talhante, o Zé Pescador, Diogo Nunes e o filho Apesar da sua valentia, algumas lágrimas lhe turvaram a vista. Por momentos, o cheiro de sangue humano e a visão daquele amontoado de corpos de seus conhecidos fizeram Pedro estremecer e vacilar.

Por toda a vila, as casas estavam em chamas ou mesmo já em cinzas. O trabalho de toda uma vida estava destruído. Pedro passou pela sua casa. Tal como as restantes, estava destruída. A forja, onde diariamente martelara e dera vida a inúmeras ferramentas e utensílios, estava despedaçada. Da sua família não havia sinal algum. Procurou nos arredores das ruínas da casa, mas não encontrou o corpo de nenhum dos seus.

– Terão conseguido fugir, ou… – Não conseguiu terminar o pensamento, tão remota era a hipótese de terem escapado ilesos.

Resolveu seguir caminho. Dirigiu-se para o Pico do Castelo – assim chamado não porque à data destes acontecimentos houvesse lá algum castelo, mas porque era o último reduto dos ilhéus contra os invasores – onde decerto se estariam a refugiar os sobreviventes e a resistir aos piratas.

Pedro progredia furtiva e prudentemente. Sabia de cor os caminhos, as passagens, mesmo de noite. Esta era a sua ilha, onde nascera e onde brincara na sua infância recente. Não permitiria que os invasores levassem a melhor. Evitou os piratas que encontrava, alguns deles muito embriagados, que o tomaram por seu camarada.

Pedro chegou junto ao local onde o último foco de resistência estava barricado.

– Quem vem lá? – perguntou uma voz forte.

– Quem poderia ser? – Pedro se espantou ao reconhecer a voz de João.

– P… Pedro? – o sargento gaguejou, incrédulo. – Mas és mesmo tu?

– Querias que fosse um espírito? – mofou, lançando-se aos braços do amigo.

Abraçaram-se. João observou-o atentamente, à luz de um archote que iluminava palidamente o local.

– Vens disfarçado de inimigo. Inteligente. Com a noite, ninguém diria que não és um deles. – Riu-se, com ar cansado. – Mas conta lá por onde andaste!

Pedro narrou ao amigo tudo o que se passara desde a sua saída para a praia.

– Pedro, és tu? – Uma voz fraca e feminina, saída das trevas que invadiam o acampamento, soou muito familiar a Pedro.

– Mãe! – exclamou, enquanto abraçava a silhueta que aparecera junto de si. – Como estás? E o pai? Está bem?

– Mataram o teu pai e raptaram a nossa vizinha Ester. – Começou a chorar, com o rosto escondido no ombro do filho.

As lágrimas caíram pelo rosto de Pedro abaixo, ao saber a triste sorte do seu pai. Aconchegou sua mãe contra si.

– Mas estás ferido! – a mãe exclamou ao ver sangue nas mãos e nos braços de Pedro.

– Oh, não é nada! Trata-se de uns arranhões que fiz. Nada de mais.

Uma mão tocou no seu ombro.

– Desculpa, Pedro – o sargento falou. – Mas temos que fazer algo. Os piratas vão-nos aniquilar! Agora estão quietos, porque é de noite e não dominam o terreno. Mas, de manhã, vão atacar!

– Quantos estamos aqui?

– Somos vinte e cinco. Contigo, vinte e seis. Dezenove homens e sete mulheres. Para além de seis crianças.

– Vamos então morrer a lutar! – o ferreiro valoroso decidiu. – Venderemos caro as nossas vidas! Vamos preparar uma boa recepção aos piratas!

Levaram grande parte da noite a reforçar as defesas. Depois, descansaram um par de horas, à vez.

Amanhecia quando se deu a primeira investida dos piratas. As mulheres atiraram pedras, acertando em cheio nos piratas mais ousados e avançados no terreno. Os homens disparavam mosquetes, que eram posteriormente passados às mulheres, para serem recarregados. A primeira investida foi rechaçada.

Após uma breve acalmia, viram-se as forças dos invasores avançarem em investidas sucessivas, sem êxito, mas que arrasavam os nervos dos membros do foco de resistência do Pico do Castelo. A falta de água e de víveres também estava a se tornar um problema. Porém, apesar de tudo, o bravo grupo de resistentes suportou intimorato todas as investidas, infligindo baixas aos piratas.

Verificando que resistiam e que o local era inexpugnável, Ali Tabaqua ordenou que interrompessem as investidas e mandou efetuar um cerco, a uma distância segura. Sabia que, com aquelas temperaturas elevadas de agosto, não poderiam resistir muito mais.

– Cães infiéis! – gritou, em árabe e depois em latim. – Podeis resistir vários dias, mas acabareis em minhas mãos. E minha vingança será terrível. Não vos pouparei as vidas como fiz aos novecentos que levo cativos em meus navios. Morrereis às minhas mãos e às mãos dos meus homens!

Ainda bastante febril, o padre efetuou a tradução do latim para português. Ao ouvir este repto, Pedro e João reuniram-se com os homens, tendo as mulheres ficado a chorar baixinho.

– Temos de fazer algo! – Pedro Dias retorquiu.

– Mas o quê? – o sargento-mor argumentou. – Não ouviste o que o padre traduziu? Os piratas vão-nos aniquilar!

– Vamos lutar até ao fim! – alguém propôs.

– E se pedíssemos misericórdia? – um outro perguntou.

– De nada adiantaria – o padre esclareceu em meio a um acesso de tosse. – Os piratas argelinos levam prisioneiros para vender no mercado de escravos ou para receberem resgate por eles. Quem não tem familiares que paguem o resgate, permanece como escravo.

– Ou terá de aguardar que alguma entidade reúna o dinheiro – o sargento-mor acrescentou – e o leve aos raptores. Ou seja, de uns vinte anos em cativeiro ninguém se livra!

– Tenho uma ideia – Pedro falou, pensativo. – Ouçam.

Expôs a ideia ao grupo. Todos concordaram. Colocaram as mulheres ao corrente do plano. A maioria concordou também.

Anoitecia. Era lua nova. Apesar das estrelas brilharem, o fato de não haver luar provocava uma escuridão assombrosa, por culpa das nuvens que se interpunham, no zênite, ocultando as estrelas. Puseram o plano em marcha. Entre todos, cada um despiu parte das roupas e encheram-nas com a palha que lhes servia de colchão para a noite. Colocaram-lhe os chapéus dos homens. Os bonecos toscos assim obtidos foram estrategicamente instalados, como se fossem os sitiados.

Depois, silenciosamente e divididos em três grupos, começaram por se escapulir, em direção ao Pico do Facho, engolidos pela escuridão da noite. Pedro Dias ficou só.

Conduzidos pelo sargento-mor, o grupo viajava, evitando conversar ou fazer qualquer ruído. O percurso foi realizado cuidadosa e lentamente, pois as mulheres, as crianças e os feridos não conseguiam se mover de forma mais célere.

O plano que tinham delineado passava por se refugiarem na lendária Gruta do Fernão, logo atrás do Pico do Facho, e aguardar que os invasores partissem. Ou que o socorro chegasse. Essa gruta possuía uma entrada discreta e permitia abrigar um pequeno grupo de pessoas. No caso dos ilhéus, seria o ideal, dado que nada poderiam fazer a não ser evitar a captura pelos piratas.

Estavam quase a chegar, quando um estranho restolhar se fez ouvir à retaguarda do grupo. João mandou os seus avançarem e se ocultou num arbusto denso que ali havia. Inicialmente, não viu ninguém. Passado pouco tempo, surgiu um dos piratas argelinos, que seguia no encalço do grupo. Silenciosamente, João empunhou sua adaga e aguardou que o homem passasse junto ao arbusto, onde se ocultara. O perseguidor passou a escassos palmos do esconderijo do sargento-mor. Dum salto, enquanto lhe tapava a boca com uma mão, com a outra João pressionou a adaga contra a garganta do pirata. Antes de ter tempo para gritar, a adaga cortou a carótida do outro, provocando uma hemorragia maciça. Sucumbiu, sem dar sinal de alarme. João levou o corpo inerme do inimigo para trás de uma moita e ocultou-o. Verificou se mais alguém os seguia. Satisfeito por não existirem mais perseguidores, o sargento-mor correu em direção à gruta, onde alguns membros do grupo tinham chegado. Subiu um pouco mais a encosta, até o cume do Pico do Facho. Ali verificou satisfeito que as outras pessoas do grupo acabavam de juntar um monte enorme de lenha e folhas secas, as quais amontoavam. Agora só faltava a última parte do plano resultar. Para isso, tinham de contar com a ajuda de Deus e do jovem ferreiro.

A madrugada chegou. Os primeiros raios da manhã já tentavam limpar os laivos negros da noite de lua nova.

Quando lhe pareceu que os resistentes já estariam a salvo na Gruta do Fernão, Pedro iniciou sua manobra de diversão. Começou por disparar uma salva com os vários mosquetes. Depois, foi a vez de atirar pedregulhos pela encosta abaixo em direção aos sitiadores. Ao mesmo tempo, gritava a plenos pulmões, acenando para a imensidão do Atlântico, para o lado norte da ilha, como se algum socorro estivesse a chegar por via marítima.

Simultaneamente, com tudo isto, o bom do João de Viveiros, munido de seu monóculo, ao ver ao longe toda aquela pantomima de Pedro, e de acordo com o plano previamente delineado, acendeu uma pira de lenha enorme, que por certo se veria a muitas léguas de distância.

Perante tanta algazarra e tão grande fogueira, os invasores foram comunicar ao chefe, Ali Tabaqua, que estaria eminente a chegada de reforços, à ilha. Após ouvir seus conselheiros, o líder pirata mandou preparar os navios para se fazerem ao mar. No entanto, desconfiado e vingativo, ordenou uma última investida contra os sitiados.

Vendo o movimento se iniciar, Pedro lançou mais uns pedregulhos e, sem ser visto pelos invasores, desceu a escarpada zona norte e saiu do forte improvisado. Afastou-se na direção da Serra de Fora. Cumpria ganhar terreno antes de o detectarem.

Mal se aproximaram do último reduto dos resistentes, os piratas argelinos viram os bonecos e o local vazio. Descobriram o logro em que tinham caído. Seus gritos de ódio chegaram aos ouvidos de Pedro. Este largou a correr em direção ao mar. Precisava dar tudo por tudo. O inevitável aconteceu: os argelinos viram-no a fugir e, de imediato, soaram gritos de alarme. Logo, alguns piratas seguiram em seu encalço. Nos navios, o alerta também foi dado e os canhões conteirados para o local.

A ordem de disparo foi dada e grandes projéteis começaram a cair no local onde o ferreiro se movimentava. Um deles atingiu uma formação rochosa que lhe estava próxima, explodindo pedaços de rocha que o atingiram nas costas nuas – sua túnica preciosa tinha ficado num dos bonecos de palha.

Foi a sangrar das feridas que Pedro chegou ao extremo da ilha. Com um grito pavoroso, o jovem ferreiro lançou-se ao mar revolto, que batia nas rochas, centenas de metros abaixo. Tudo isto sucedeu naquela ponta da ilha situada entre o Boqueirão de Cima e o Lombo dos Amarelos que, em honra a Pedro, foi posteriormente batizada pelos ilhéus com o nome de "Cabo dos Ferreiros".

Entretanto, os primeiros homens que partiram ao encalço do cristão chegavam agora ao local onde ele fora visto antes de se lançar ao oceano. Como não foi possível descortinar o corpo estropiado nas rochas, ficaram durante algum tempo a ver se emergia das águas. Como isso não sucedeu, presumiram que houvesse morrido. Nessa convicção, os perseguidores regressaram à capitânia e colocaram Ali Tabaqua ao corrente da situação, relatando a muito provável morte do fugitivo. Como era de esperar, Ali Tabaqua perdeu as estribeiras e decidiu que era já tempo de partir, temendo a chegada da Armada das Ilhas. Nem sequer quis tentar descortinar onde se teriam ocultado os elementos sobreviventes e resistentes à investida.

Foi com este estado de espírito, sentindo que Allah não estaria a apoiar aquela expedição, pois se lhe tinha retirado o sabor da vitória total, com a destruição dos dois navios e a fuga dos resistentes, que Ali Tabaqua deu ordem de zarpar.

Os piratas partiram de Porto Santo, levando seis dos oito navios que haviam trazido, carregados com um total de novecentos cativos porto-santenses.

Quanto a Pedro, quando se atirou ao mar, apontara propositadamente para uma zona que conhecia bem e que não tinha rochas. Mal mergulhara, deixou-se ir até o fundo do mar e ficou ali sentado, retendo a respiração. Nesta situação, aguardou cerca de uma hora, após o que nadou sob as águas, desembocando na enseada. Mal emergiu das águas oceânicas, pôde, com grande regozijo, verificar que a armada pirata já ia longe. Com um suspiro de alívio, saiu da água e correu para a Gruta do Fernão, no Pico do Facho, onde se reuniu aos outros.

Os dias seguintes foram empregados a enterrar os mortos e a carpir os entes queridos que haviam falecido ou sido levados cativos. Só passada uma semana sobre tais acontecimentos trágicos é que apareceu a Armada das Ilhas.

A vida continuou e, no ano seguinte o Sargento-Mor João de Viveiros foi transferido para o continente, em missão real. Quanto a Pedro, acompanhado de sua mãe, emigrou para o Brasil, onde fez fortuna e viveu durante os vinte anos seguintes. Aí se casou e teve dois filhos.

Com a morte de sua mãe, deixou suas possessões entregues a homens da sua inteira confiança e voltou a Porto Santo, para mostrar à esposa e aos filhos a ilha onde nascera e onde vivera sua meninice.

Estava esplendorosa. De novo habitada e reconstruída. Mais verdejante do que se lembrava. Reviu alguns antigos conhecidos que tinham sido resgatados aos argelinos. Junto à sua praia, ergueu uma estalagem, conforme sonhara em sua meninice.

Quanto ao segredo sobre sua força descomunal e a capacidade de reter a respiração durante horas a fio, nunca o contou a ninguém, a não ser à sua esposa. Mas essa calmaria nunca lhe satisfez de fato. Repassou em sua mente por diversos dias uma missão de resgate aos prisioneiros, atormentado pela perspectiva de seu destino trágico. Pedro partiu para a sua aventura sonhando com o dia em que poderia empreender com seus filhos explorações submarinas em grande escala. Naquela época apenas imaginava se teriam os mesmos poderes que ele, e essa simples ideia o motivaria a sobreviver ao próximo dia.

HERÓI DAS URNAS

ROBERTA SPINDLER

AS LUZES FORAM ligadas e o deixaram momentaneamente cego. Com pressa, a maquiadora passou mais uma camada de pó compacto em seu rosto cheio de cicatrizes antes do sinal positivo do diretor. A câmera piscou, acendendo uma luz vermelha e alguém gritou "Gravando!". Sentindo-se um tanto tolo, focou sua atenção no *teleprompter* à sua frente e começou a falar.

Você me conheceu como O Mito. Passei quase cinco anos protegendo as ruas do Rio de Janeiro. Parei assaltos, lutei contra traficantes e impedi sequestros. No entanto, percebi que, mesmo com meus superpoderes, nunca poderia proteger todos os cidadãos de nosso país. Foi por isto que decidi abandonar minha carreira de vigilante mascarado e entrar para a política.

Seu assessor Adalberto Braga – o autor daquele texto que, na sua humilde opinião de super-herói aposentado, não estava lá grande coisa – acenava com a cabeça a cada frase pronunciada e o incentivava com sinais de positivo constrangedores.

Como prefeito do Rio de Janeiro, prometo combater as mazelas que tanto ferem nossa cidade, dedicando atenção especial ao combate à corrupção. Agirei como um verdadeiro vingador contra aqueles que desrespeitarem o voto dos eleitores. Se você acredita no Mito vote: 88. Obrigado.

– Corta! – O grito do diretor tomou conta do estúdio e o fez suspirar de alívio. Afrouxou a gravata e observou o assessor se aproximar com uma bengala na mão.

– Você foi impecável, Prefeito! Simplesmente perfeito! – Não conseguia entender por que as pessoas insistiam em chamá-lo daquela maneira. A eleição só aconteceria dali a três meses e suas chances nem eram tão boas assim. Tinha pouco tempo de programa, apenas quarenta e cinco segundos, e muitos diziam que seu rosto marcado estava assustando os eleitores mais sensíveis.

– Achei o texto um pouco forçado. Talvez pudéssemos mudar no próximo vídeo. Eu só tenho um superpoder...

Adalberto fez um gesto de descaso e deu um tapinha irritante em seu ombro, entregando-lhe a bengala de madeira escura.

– Bobagem! O texto está cativando os eleitores, pode ter certeza. Temos o resultado da última pesquisa e o senhor ganhou quase dez mil votos!

Suspirando, O Mito meneou a cabeça em assentimento. O partido tinha sugerido contratar Adalberto como cérebro de sua campanha, diziam que era um dos melhores marqueteiros do Brasil. Portanto, sabia que discutir com ele era caso perdido. O Mito entendia de destruir muros, desviar das balas e subir nos morros, Adalberto era o perito em fazer política. Inconscientemente, o ex-vigilante passou a mão sobre a perna machucada. De que adiantava ter uma força sobre-humana se nunca mais poderia correr ou saltar? A verdade era que, se perdesse aquela eleição, acabaria sem dinheiro e num asilo para inválidos.

– Vou descansar um pouco – falou, desanimado, afastando-se em passos mancos.

Distraído com uma pilha de papéis, Adalberto nem pareceu ouvir. Só foi tomar conhecimento de que seu candidato ia embora quando este já estava no meio do caminho.

– Não se esqueça de que temos uma carreata amanhã cedo! – gritou. – E depois, reunião com alguns líderes comunitários!

Ao visitar uma comunidade carente, O Mito ficou quase duas horas discursando sobre seus projetos de campanha. O galpão estava lotado e extremamente quente. Ao observar as pessoas que tinham se aglomerado para ouvi-lo falar, questionou-se sobre quantos, realmente, estavam ali para ouvir suas propostas. Tinha quase certeza de que os moradores da região compareceram ao evento motivados mais por curiosidade em ver um super-herói ao vivo do que por um real interesse em sua candidatura.

Enquanto falava, o suor escorria por suas costas largas. A camisa branca estava manchada e amassada, dando-lhe uma aparência suja. Já tinha bebido quatro garrafas de água, mas acenou e pediu para Adalberto providenciar mais uma. Não se lembrava de ter suado assim nem quando fugia de uma saraivada de balas.

Começava a abordar um dos principais tópicos de sua campanha, a falta de saneamento básico, quando percebeu que a maioria das pessoas estava bocejando ou conversando baixinho. Calou-se por alguns instantes, sem acreditar. Nunca sentiu tanta raiva, nem quando estava frente a frente com Trevas, seu arqui-inimigo. Inconformado com aquela humilhação, atirou o microfone no chão, estraçalhando-o em vários pedaços e causando uma microfonia quase ensurdecedora. Deixou o galpão a passos rápidos, ignorando os olhares confusos ao seu redor. Em pânico, Adalberto o seguiu e tentou convencê-lo a voltar. No entanto, só conseguiu se fazer ouvir já do lado de fora.

– Prefeito, o que aconteceu? – perguntou, ofegante. – O senhor não pode agir dessa forma com seus eleitores! Eu avisei que falar por horas sobre seus planos de treinamento em comunidades carentes era a estratégia errada!

– Eu tenho propostas próprias, Adalberto! Você me prometeu que íamos falar delas aqui!

A raiva borbulhou na boca de seu estômago e O Mito perdeu de vez a paciência que já era bem curta. Socou a van que o tinha levado até ali e abriu um rombo na porta metálica. Atordoado e de olhos arregalados, Adalberto levou as mãos à cabeça. Em poucos instantes, centenas de pessoas saíram do galpão, curiosas para saber o que tinha ocasionado aquele forte estrondo.

– Rápido, Prefeito, eleve nossa van acima de sua cabeça! – o assessor sussurrou com nervosismo. Diante do olhar confuso do herói, teve que gritar. – Você fez do seu jeito e não deu certo, agora vai ser do meu. Levante a van agora!

Mesmo a contragosto, O Mito obedeceu. Com apenas um braço, ergueu o veículo – ainda com um motorista muito assustado em seu interior. Um sonoro "Oh" foi ouvido e várias pessoas da comunidade começaram a aplaudir.

– Ótimo, você tem a atenção deles, agora faça o discurso do herói!

Aquele que gravamos para o vídeo! – O assessor forçou um sorriso e também começou a bater palmas. – E trate de sorrir, por favor!

Ao final do encontro, O Mito deixou a comunidade ovacionado. Durante anos, seu discurso foi lembrado pelos moradores, que passaram a ser seus eleitores e defensores fervorosos.

O primeiro debate foi marcado quando faltavam dois meses para a eleição. Ao chegar ao estúdio da famosa rede de televisão e avistar uma plateia de quase duzentas pessoas, O Mito foi tomado por arrepios. Correndo de um lado para o outro para verificar se tudo estava em ordem, Adalberto garantiu: aquele era o momento mais crucial de sua campanha e tudo tinha que sair perfeito.

No dia anterior, ficaram acordados até tarde estudando as propostas dos adversários e discutindo estratégias. Adalberto e os outros marqueteiros de sua equipe queriam que O Mito adotasse uma postura agressiva, como um verdadeiro "vingador". No entanto, o herói aposentado não gostou muito daquela ideia.

– Se quero ser respeitado pelos eleitores, não posso agir dessa maneira. Vocês mesmos falaram que as pesquisas indicam que minhas cicatrizes assustam as pessoas. Então, acho que esse debate é o melhor lugar para uma mudança. Vou pôr de lado essa imagem de pavio curto.

Mesmo a contragosto, a equipe aceitou os argumentos do candidato e se concentrou em outra estratégia. O Mito falaria sobre sua vida de herói sempre que possível. Afinal, as pesquisas também indicavam que os eleitores se identificavam com alguém que arriscava sua vida diariamente para protegê-los.

O Mito voltou à realidade quando sentiu a mão de Adalberto sacudir seu braço.

– Venha, Prefeito. Está na hora de cumprimentar os outros candidatos.

Sem dúvidas, aquele foi o momento mais constrangedor da vida do antigo vigilante mascarado. Os olhares, as palavras bonitas que escondiam ameaças veladas, os apertos de mão e os sorrisos para os fotógrafos, tudo aquilo era falso. Por alguns instantes, O Mito se sentiu como o personagem de uma novela mal escrita. Estava cercado de atores cheios de si, mas que mal conseguiam atuar.

Foi tomado por alívio quando voltou para sua bancada e se sentou. Três maquiadores correram em sua direção e trataram de esconder as várias marcas que maltratavam sua pele. Adalberto se agachou ao seu lado e sorriu.

– Vamos repassar o plano, tudo bem? – Esperou pela confirmação e apontou para um candidato no canto oposto do estúdio. – Concentre-se no prefeito, seu principal adversário. Vamos nos focar nele hoje, não precisamos nos preocupar com os outros por enquanto.

O Mito observou atentamente o atual prefeito. Era perceptível que o homem estava acostumado a eventos como aquele. Transparecia calma e segurança, chegando até a fazer piadinhas com o apresentador da emissora. Seria difícil vencê-lo naquela batalha de palavras. Adalberto ignorou as preocupações de seu candidato e continuou:

– A estratégia daquele senhor é bem clara. Ele vai encher o expectador de números positivos e estatísticas. Você tem que desmerecer esses números, falar da realidade das ruas. Entendeu?

O Mito abriu a boca para comentar, mas um sinal soou por todo o estúdio. O debate iria começar em dois minutos. O apresentador que mediaria as conversas se posicionou no meio do palco. Adalberto olhou para os lados e suspirou.

– Não esqueça, quando for pressionado por um deles, aja como se estivesse de uniforme. – Ele fez um daqueles sinais de positivo odiosos e se afastou para longe das câmeras.

Enquanto um produtor gritava os segundos que faltavam para o debate ir ao ar, O Mito teve que empregar toda sua força de vontade para não sair correndo. Respirando fundo, começou um mantra silencioso. Fez questão de se lembrar das inúmeras situações difíceis que já tinha enfrentado. *Eu sobrevivi a várias pacificações, eu derrotei aquele psicopata do Trevas, esse debate não é nada. Eu vou conseguir!*

Encheu-se de coragem e, por um breve instante, achou que tudo iria terminar bem. As perguntas iniciais foram bem tranquilas e os participantes mantiveram a cordialidade. No entanto, meia hora depois, aquele cenário de paz se transformou.

Liderados pelo prefeito em exercício, os três candidatos concorrentes pareciam ter se unido para atacá-lo. As pequenas acusações começaram a virar uma bola de neve e, de repente, O Mito se viu sem voz. Aquilo o pegou desprevenido e até mesmo Adalberto parecia perdido. Nervoso, revirava papéis e falava sem parar ao celular.

Os ataques variavam bastante, mas o foco principal era, sem dúvida, a destruição do patrimônio público. O candidato do partido conservador trouxe uma pasta repleta de processos de cidadãos contra o herói aposentado.

– Este senhor que gosta de se chamar de herói causou mais prejuízos ao erário do que a enchente de janeiro passado. – O adversário elevou a voz. – Várias pessoas tiveram seus patrimônios danificados, ficaram sem seus veículos ou sem casa porque nosso querido candidato perseguia algum bandido e não se importava com quem estivesse em seu caminho. Como podemos confiar a prefeitura a alguém que não cuida nem daqueles que jura estar protegendo?

Quando teve a oportunidade de se defender, O Mito tentou justificar suas ações, alegando que aqueles danos eram pequenos comparados ao bem maior que proporcionara à sociedade. Nunca teve a intenção de destruir a casa de ninguém, mas as situações de perigo que enfrentara durante sua carreira nem sempre podiam ser controladas de maneira tradicional. Chamou aquilo de dano colateral.

Não havia como negar que era uma boa justificativa, mas não foi o suficiente para convencer a plateia nem os seus adversários. O prefeito tomou a palavra.

– Eu tenho aqui o relato de uma senhora de noventa e um anos que se viu obrigada a ficar quase seis meses no hospital graças ao Sr. Mito. – Como homem bem articulado que era, o prefeito conseguiu dar àquela frase o tom de suspense necessário para prender a atenção dos telespectadores. – Enquanto fazia sua caminhada matinal, a Sra. Daisy foi empurrada com violência em direção à calçada, para que o herói aqui presente pudesse passar. Como já é uma pessoa de idade, a pobre mulher acabou fraturando a bacia e teve que gastar todas as suas economias no tratamento.

Mesmo sabendo que acidentes como aquele eram comuns, O Mito se sentiu bastante culpado ao ouvir aquele relato. No entanto, a culpa era menor do que a raiva. Adotou a sua expressão mais ameaçadora – aquela que usava contra os inimigos mais perigosos – e fitou o prefeito.

– Sempre trabalhei para proteger pessoas como a Sra. Daisy. Levei um tiro que me deixou inválido, justamente quando me coloquei à frente de uma criança que seria mais uma vítima de bala perdida. Agora me pergunto, o que o senhor estava fazendo enquanto eu lutava lá fora? – Bateu com força na bancada, soltando uma fina camada de pó e estalando a madeira. – Onde o senhor estava enquanto eu ajudava uma polícia subequipada e mal preparada?

Um silêncio abissal tomou conta do estúdio, nem mesmo o apresentador teve coragem de interromper aquele discurso. O Mito deixou a bancada e fitou a câmera.

– Eu estou cansado de políticos que não fazem nada. Já chega de gente covarde que se esconde atrás de uma mesa. Decidi me candidatar para mudar tudo isso. Eu sou a ação, eu sou a mudança. Eu sou O Mito!

Assim que terminou aquela frase, o debate foi encerrado com o receio de que uma confusão se iniciasse. Sem perder tempo, Adalberto se agarrou aos braços do herói transtornado e o arrastou para fora do estúdio. O Mito destruiu um camarim inteiro até conseguir se acalmar.

– Eu estraguei tudo, droga! – explodiu, largando o corpo numa cadeira. – Sabia que não daria certo na política! Sabia!

– Acalme-se, Prefeito. – Adalberto sorriu. – Na verdade o senhor fez exatamente aquilo que esperávamos.

O ex-vigilante franziu o cenho, sem entender.

– Do que diabos você está falando?

– Fomos nós que vazamos aqueles processos para os seus adversários. Eu mesmo gravei o depoimento da Sra. Daisy – o marqueteiro confessou, orgulhoso, mas foi interrompido quando uma mão o agarrou pelo colarinho.

– Vocês estão loucos? – O Mito gritou. – O que significa isso?

– Era... Era tudo parte do plano. Queríamos que você explodisse, que chocasse o eleitor.

Sentindo-se exausto, largou o assessor no chão. Pensou em gritar, em socá-lo, em renunciar à candidatura, mas mal tinha forças para continuar de pé. Estava alquebrado.

Depois de alguns dias, tornou-se claro que o debate tinha sido um sucesso para as pretensões de eleger o herói. Milhares de vídeos foram postados na internet e o grito "Eu sou a ação, eu sou a mudança. Eu sou O Mito!" virou *meme* e bordão popular. As pesquisas indicavam uma ascensão absurda da candidatura do ex-vigilante mascarado e o partido estava em polvorosa. Todos comemoravam a eleição certa. Todos menos o próprio protagonista.

Escondido numa das salas do quartel-general da campanha, ele se indagava se estava fazendo a coisa certa. Quando recebeu a proposta do partido, pensou que podia constituir a diferença. Pelo jeito, se enganara. Não passava de uma marionete. Sabia que não estava em posição de ter uma crise de consciência, mas não conseguia evitar. Frustrado, socou a mesa, transformando-a num monte de entulho. Definitivamente, tinha que parar com aquele péssimo hábito de destruir coisas.

Ao ouvir o barulho, várias pessoas que trabalhavam em sua campanha entraram na sala e o encararam com preocupação. Adalberto foi o mais corajoso e se aproximou.

– Está tudo bem, Prefeito?

O Mito precisou usar toda sua força de vontade para não acertar um soco na cara de seu assessor e com isso arrancar sua cabeça do restante do corpo. Limitou-se a empurrá-lo para o lado e deixou a sala o mais rápido que sua perna inválida permitiu.

– Está tudo errado!

Ele abriu a porta do galpão e tossiu diante da quantidade de poeira que tomou o ar. Fazia quase três anos que não pisava naquele lugar, seu esconderijo secreto, sua "batcaverna". Sentou-se em frente à antiga mesa de operações e observou, com os olhos cheios de lágrimas, o uniforme protegido numa redoma de vidro.

Como de costume quando ainda vestia seu manto negro, ligou o rádio e sintonizou a frequência policial. Lembrou-se de quando ajudava a polícia a impedir crimes e da euforia que o dominava naqueles momentos. Mesmo que o elegessem prefeito, mesmo que as pessoas o amassem mais agora do que antes, o fato era que nunca mais seria O Mito. Estava vivendo do passado e aquilo tinha que terminar.

Levantou-se decidido a pôr um fim em sua campanha. Iria

renunciar e mal podia esperar para ver as caras chocadas de seus "colegas" de partido. Mancou até a porta pesada do galpão e a abriu sem dificuldades. Surpreendeu-se, porém, ao avistar Adalberto aguardando-o do outro lado, com uma arma apontada em sua direção.

– Você não vai fazer isso, João. – Era um bocado estranho ouvir o assessor chamá-lo por seu prenome. – Não vai destruir tudo o que nós lutamos tanto para construir.

O tiro veio antes que ele pudesse transformar a pistola em metal retorcido. Caiu no chão com a respiração entrecortada, sentindo o calor do sangue se espalhar por seu terno de grife. Antes da visão escurecer por completo, ainda conseguiu fitar o rosto do assessor-traidor. Perguntou-se por que diabos ele mantinha uma expressão de triunfo. Se O Mito morresse, não haveria campanha alguma para salvar...

Quando acordou, deparou-se com um rosto enrugado e repleto de manchas. Não demorou muito para reconhecer o presidente do partido. O velho de quase setenta anos sorriu ao vê-lo desperto e tocou em seu ombro de maneira amigável.

– Que bom que acordou. Nós estávamos bastante preocupados.

O Mito queria afastá-lo, jogá-lo para longe, mas ainda estava fraco e desorientado. Tentou falar, mas só conseguiu emitir alguns grunhidos incoerentes.

– Acalme-se, você ficou quase dois meses em coma. – A revelação fez o herói arregalar os olhos. – Sei que é uma notícia alarmante, mas não temos tempo a perder.

O velho tinha o péssimo hábito de esfregar as mãos, algo que lhe dava um ar maquiavélico. Sempre que O Mito o via agir daquela maneira, sabia que as notícias iam engrandecer o partido.

– Veja bem, a eleição aconteceu na semana passada. Adalberto insistiu para abafarmos seu real estado clínico e não retirarmos sua candidatura, disse que você era forte e que iria voltar a si. Ainda bem que o escutamos.

O sorriso do velho se alargou e deixou à mostra seus dentes amarelados pelo cigarro. O herói sentiu um frio estranho na espinha ao escutar o nome de seu assessor. Por que diabos tinha insistido naquela candidatura?

– Você foi o prefeito mais votado de todos os tempos. Os eleitores se emocionaram muito com sua história, principalmente depois do tiro que levou para salvar seu assessor de um assalto. Aquilo praticamente garantiu sua eleição e, quem sabe, voos maiores...

Primeiramente, João da Silva Rodrigues, mais conhecido como O Mito, pensou que estava tendo alucinações ou que o presidente de seu partido queria brincar com seu estado de confusão. Abriu a boca duas ou três vezes, desesperado para gritar que o desgraçado do Adalberto estava mentindo. Entretanto, quanto mais a empolgação do presidente aumentava, falando de um futuro glorioso e de candidaturas mais importantes, mais a necessidade de externar a verdade foi morrendo dentro do herói.

– Estamos muito orgulhosos e acreditamos seriamente que na próxima eleição você será um candidato fortíssimo ao governo do Estado do Rio de Janeiro! E então, o que me diz?

Foi naquele momento que o antigo herói entendeu a genialidade de Adalberto. Impressionado, sorriu como um bobo e foi acometido por uma vontade desesperada de agradecer pelo tiro. O líder do partido o observava ainda com o sorriso grudento estampado no rosto. João precisou tossir algumas vezes para fazer sua voz despertar. A rouquidão monstruosa não o impediu de se fazer entender.

– Eu aceito, senhor. Mas tenho duas condições.

O presidente ergueu uma das sobrancelhas com curiosidade.

– Primeiro, quero Adalberto cuidando de todas as minhas campanhas daqui para a frente. Ele fez por merecer, garanto.

Satisfeito com a exigência, o velho meneou a cabeça.

– Qual seria a segunda condição, meu caro?

João nunca pensou que um dia seria capaz de pronunciar aquelas palavras. No entanto, por incrível que pareça, sentiu-se muito mais aliviado depois de deixar claro suas reais intenções. Poderia até vender sua alma, mas nunca mancharia a história que construiu como O Mito.

– Daqui para a frente usaremos meu nome verdadeiro. Nunca mais serei um super-herói.

O DOUTOR E O MONSTRO

GERSON LODI-RIBEIRO

– OLHA SÓ, Doutorzinho! Não sobrou quase nada da garrota... – Herberto, o capataz da fazenda, inclina o tronco, seguro na rédea. Curvado na sela do cavalo, examina os restos da novilha destroçada.

Foi fácil encontrar a rês sumida. Duro mesmo foi espantar os urubus que faziam a festa na carniça.

José Cândido de Alvarenga franze o sobrolho, contrariado. O restinho da brisa fria da madrugada penetra em seu cangote, lâmina gelada, cortante capote adentro.

O cheiro de podridão até que não incomoda tanto, pois que, nos últimos meses de andanças pelos ermos da propriedade, já se acostumou a tropeçar em cadáveres putrefatos de gado mutilado. O que o irrita de sobejo é a insistência do capataz em chamá-lo de "Doutorzinho".

Por isso, enquanto procura vestígios da fera na ruína que foi uma novilha saudável, indaga em tom estudado, que nestas bandas passa por indiferença:

– Como é mesmo que vosmecê chamava o meu irmão?

– O Seu Armando? Patrãozinho.

– Sei... – Já apeado da sela e agachado junto à carcaça estripada, o fazendeiro suspira de tristeza, ao lembrar do irmão mais velho, morto há menos de um ano. – E o meu pai?

– O senhor seu pai? Esse eu sempre tratei por Coronel, sim senhor!

Um arrepio percorre os ombros de Cândido. Tanto ele quanto o empregado já falam de seu pai, o verdadeiro dono da *Pasto Alto* e de milhares de cabeças de gado, como se o Coronel Alvarenga já defunto fosse.

O fato é que o Velho Simeão não está lá muito longe da defuntice.

Afinal, jaz em seu leito, estuporoso, sem reconhecer filho ou subalternos mais antigos e fiéis. Está assim desde a morte do primogênito.

Desde aquela madrugada agourenta, quando essa fera sagaz e misteriosa, que continua a assombrar a *Pasto Alto*, abateu sua primeira vítima humana.

Depois de perderem uma ou duas cabeças por mês durante um inverno e na primavera que se seguiu, pai e filho decidiram armar uma cilada para liquidar a fera.

Até então, apenas os peões da fazenda haviam participado das caçadas noturnas. Só que as tocaias chefiadas por Herberto não resultaram. O bicho, a fera ou monstro papa-bezerro, como o povo da região começou a chamar, largava pistas sob forma de pegadas gigantescas, arbustos torcidos, chumaços de pelo escuro e cerdoso, espetados nos galhos mais espinhados, mas era só.

A fera era esperta. Não se deixava apanhar. Os sabujos da fazenda ganiam feito loucos ante o cheiro do bicho. Fora isto, não ajudavam muito nas buscas, para além de terem descoberto duas carcaças de reses e uma capivara destruída, as três em estado avançado de putrefação.

– Já falei, me chame de Seu Cândido. – O fazendeiro contorna a carcaça, ficando de cócoras do outro lado da *de cujus*. Desta feita, o fígado da novilha foi quase todo devorado. Examina a pegada enorme no solo. Parecida com de uma onça, só que mais comprida. E maior. – Só Seu Cândido. Larga esse despautério de "Patrãozinho" e "Doutorzinho"...

– Sim senhor.

O homem mais jovem evita olhar diretamente para a carcaça mutilada. Pois que não logra fitar o espetáculo das vísceras da novilha desventrada sem lembrar do irmão.

Não teve oportunidade de ver o cadáver de Armando. Quando logrou pôr os pés na *Pasto Alto*, o irmão já havia sido sepultado há três dias.

Ainda assim, abrindo e fechando os punhos sem dar por isso, Cândido se pergunta se o irmão teria ficado daquele jeito, exangue, de bucho aberto e tripas à mostra, espalhadas ao léu, como as reses da fazenda, trucidadas por essa fera maldita.

O capataz aponta para outras pegadas, quase tão grandes quanto as que pareciam de onça, só que de formato diverso.

Cândido abana a cabeça.

– De uns tempos pra cá, esses dois tipos de pegada vêm aparecendo juntos, próximos da mesma vítima, né?

– É, sim senhor.

– Será que existem duas feras? Dois animais de raças diferentes?

– Conforme eu falei pro senhor.

– E agora decidiram andar juntos, matando meu gado...

– Não andam juntos, não senhor.

– Como é que é?

– O senhor arrepare só esses rastros maiores, esses parecidos com os de uma onça-pintada. Tão mais frescos do que os outros, esses daqui, ó, que o povo anda dizendo que são de lobisomem...

– Vê se larga de ser besta, homem! – Cândido enxuga a testa suada na manga da camisa. Amanheceu e o céu se pintou de um azul clarinho, sem nuvens. Terão mais um dia quente e terrivelmente abafado. O suor, porém, ainda não é de calor. – Já te disse mais de cem vezes que lobisomem não existe. É tudo diz-que-diz, invencionice desse povaréu ignorante dos currais.

– Eu sei, patrão. Mas, o senhor sabe como é, em boca de pasto ninguém põe mando... – O capataz tira o chapéu da cabeça. Sem jeito, aperta a peça contra o peito em sinal de respeito. – Deve ser um cão do mato, como o senhor falou. Um cachorrão danado de grande, que fugiu duma das fazendas do Vale dos Ribeiros e virou fera.

– Um canzarrão... – Cândido pensa em voz alta.

Não está totalmente convencido. Ainda assim, não dá a mão à palmatória. Sacudindo a cabeça, peleja para tranquilizar o outro:

– Esses peões são uns supersticiosos. Cismaram que a fera só ataca na lua cheia. Então, pronto: pariram essa bestagem de lobisomem...

– Mas é verdade, patrão. A maioria dos ataques ocorre nas noites de lua cheia.

– A maioria, mas não todos. – Cândido suspira, invocando paciência infinita. O sorriso lhe paira ligeiro no canto dos lábios, quando percebe que o capataz não tem resposta. – Quando ela matou o Eutíquio Pereira no mês passado, por exemplo, não era noite de lua cheia.

– Não era. – Herberto fita o patrão. Temor estampado no semblante curtido. Então toma fôlego, disparando sua coragem insuspeitada na expiração. – Mas, quando o Patrãozinho morreu, era...

– Eu sei. Vosmecê já me contou isto. – O homem mais jovem se ergue, limpa as mãos nas calças, e ajeita o chapéu. – Tem certeza de que os rastros dessa onça são mais frescos que os do canzarrão?

– Se o patrão insiste que é cachorro e onça, então, sim, esse... cachorrão chegou aqui primeiro. Foi ele que abateu a garrota.

– E como é que você sabe?

– O patrão, por acaso, já deparou com rês abatida por onça?

– Não, nunca, mas...

– Uma papa-bezerro dá bote pulando por trás, no geral de cima duma árvore. E vai logo quebrando o pescoço da rês duma bocada só. Para se agarrar no lombo da desinfeliz, a pintada finca as garronas com força, de modo que acaba rasgando a rês todinha. O senhor arrepare no lombo dessa garrota aqui, ó, nem lanhado está.

O capataz se agacha outra vez e aponta para dentro do abdome escavado da novilha e, em seguida, para as vísceras sangrentas desembuchadas, espalhadas pelo mato.

– O senhor olhe aqui. Está vendo essas marcas de dentes aqui? Essas mordidas e puxões nas tripas arrebentadas?

– Estou. Mas o que tem isto?

– São marcas das presas do lobiso... ahn... do lobo.

– De lobo... Sei. – Cândido solta um riso nervoso. – Só que não há lobo algum em todo o Brasil. Tem só o aguará... Mas esse é tão arisco e descabriado que o povo nem tem por fera, né?

– Agora, o patrão olhe pra essas marcas de garras aqui, nesse pedaço de fígado que sobrou.

– Ué? Mas você não falou que o lobo... o cachorro não deixava marcas assim...

– Não, patrão. Estas aqui são as marcas da pintada.

– Como é que é? Você não acabou de falar que foi o canzarrão que matou a novilha?

– Pois, foi. O... o cachorrão matou a garrota. Foi ele quem fez esse estrago todo. – Herberto levanta outra vez. Ajeita a aba do chapéu sem necessidade e torna a pô-lo na cabeça. – Depois, veio a onça. Ou o que o patrão diz que é onça... Encontrou a garrota morta e resolveu comer o fígado dela.

– Nunca ouvi falar que onça comesse bicho morto.

– Pois essa daí comeu.

– Tem certeza?

– Tenho sim, patrão. Os rastros e as marcas dessa carcaça estão contando a história toda. É só saber enxergar.

– Tá certo. – Cofiando a barba espessa, Cândido dá o braço a torcer. Embora nascido e criado na *Pasto Alto*, como filho do Coronel Alvarenga, sempre morou na casa-grande. Sabe que não possui, nem de longe, a experiência do capataz nessas cousas dos bichos e dos matos. Afinal, Herberto é homem calejado, capaz de dormir ao relento, semanas a fio, enquanto conduz as boiadas do pai pelos sertões das Gerais afora. – Quando meu irmão foi morto, que marcas você descobriu em volta do corpo dele?

– Essas que o patrão diz que são do tal cachorrão.

– Só essas?

– Só essas. Quer dizer, essas e as das ferraduras dos cavalos dele e do Coronel. Ah, e também as marcas dos cascos da rês, que eles puseram lá, amarrada, pra servir de isca.

– Nenhuma pegada de onça?

– Nenhuma, não senhor.

Os invasores tornaram a atacar as bestas do pasto.

Os animais das matas já não lhes bastam. Pois que começaram a predar reses.

Tempos atrás, deram para abater pessoas. Atitude inadmissível. O defensor não compreende como puderam perpetrar esse ato deplorável. Será que, como forasteiros, ignoram o pacto tácito estabelecido nestas plagas desde o início do tempo? Contudo, como ignorar o alerta que aparece escrito na própria essência dos mortais, visível e sensível para qualquer potestade que quiser ver?

Humanos não são presas. Não devem ser abatidos. Sob hipótese alguma.

Quando soube que o pacto fora violado seguidas vezes, não sem certo pesar, o defensor partiu de sua querência amada na floresta escura, cruzou o campo cerrado de árvores parcas e ingressou no planalto de picos alterosos, até chegar à região conspurcada.

Cumpre pôr termo nesse morticínio.

Só que ainda não sabe como.

Porque é apenas um e os forasteiros detêm o potencial de se tornarem uma praga sobre a terra.

Tem vagado pelos pastos e matas noite adentro. Porém, até agora não logrou se deparar com os invasores. Sente-se farto de tropeçar nos restos de seus festins. Tantas mortes sem sentido. Tanto desperdício de vidas... Anseia por se confrontar com os perpetradores de tamanhas abominações.

Não sabe o que será preciso obrar para detê-los, mas, de todo modo, como defensor da terra, veio disposto a tudo.

Doutorzinho...

Maldita hora em que o pai decidiu mandá-lo cursar faculdade!

Teria preferido continuar na *Pasto Alto*, montado num de seus cavalos, ajudando o irmão e o pai a cuidar das boiadas e das terras. Levando o tipo de vida que ele conhecia e amava.

Mas não!

O Coronel Alvarenga decidiu que a fazenda e os negócios da família ficariam a cargo de Armando, o primogênito, o braço direito.

Quanto a Cândido, o caçula, esse realizaria o sonho do coronel de ter um filho doutor. Doutor de lei, de anel de pedra no dedo e canudo esticado na parede.

Assim, ele foi mandado para o Rio de Janeiro à revelia, para cursar Direito na capital. Por três anos e meio residiu no Distrito Federal. Vida de farras e cabarés; de esbórnia, mas também de estudos e instrução severa. Então, no último ano da faculdade, a tragédia.

A notícia da morte de Armando se abateu sobre ele como bordoada nos cornos. Largou tudo e tomou o trem de ferro para voltar pra Minas.

Só quando chegou à *Pasto Alto*, no galope dum tordilho desatrelado, que Herberto levara à estação, é que tomou conhecimento da verdadeira extensão de sua perda: além do irmão, trucidado por uma fera misteriosa, havia o pai, que jazia inerte numa cama, qual morto-vivo, à espera do finamento.

Aturdido com a dor da perda, dividido entre a ânsia de vingança contra a fera celerada e o justo temor do desconhecido, Cândido se viu forçado a assumir a labuta da *Pasto Alto* com unhas e dentes. Não obstante a perda daquilo que lhe restara por família, havia a fazenda a tocar. Gado para ferrar, tanger, engordar e conduzir para o abate.

Por isso, aguentou o tranco com laço firme e braço forte, como o pai o ensinara a proceder, desde menino. Avocou para si o mando dos peões e dos negócios da família. A competência demonstrada nessas lidas parecia-lhe, no entanto, puramente mecânica, visto que, em seu íntimo, só conseguia se preocupar com a circunstância traumática que lhe tomara pai e irmão.

O que lhes teria acontecido de fato?

Que criatura medonha é essa, capaz de arrancar da sela um homem grande e forte como Armando e desventrá-lo ao luar, como se o irmão fosse mera boneca de trapos?

Decerto o pai assistiu tudo. Era a única explicação para o estado de choque de que o coronel se tornou presa, desde a noite da tragédia, quase um ano antes.

Um mês e pouco após o regresso, Cândido encontrou a caixa de jacarandá dentro da gaveta da escrivaninha, na biblioteca que o pai fazia de escritório. Ao destampar a caixa, deparou-se com a resplandecência das balas de prata.

Pois que então, o coronel também dera crédito a essa sandice de lobisomem...

Mandou trazer a carabina do pai. Examinou a arma de cano duplo que o coronel portara na noite da tragédia. Havia mais dois projéteis com balas de prata lá dentro.

Diacho! Por que o pai não atirara? É certo que o coronel não era mais garoto... Contudo, até um ano atrás, ainda era homem forte, sacudido. Cândido não conseguia imaginá-lo vacilando, parado de carabina em punho, enquanto contemplava o filho ser estripado por uma fera... Não. Aquele não era o pai que ele conhecera; o coronel que sempre dizia aos filhos que "homem que é homem duas cousas de principal deve ter: barba grande e voz grossa".

A arma permaneceu muda, sem indícios ou pistas do que ocorrera naquela noite fatídica. Herberto dissera que ela fora encontrada caída junto ao corpo inconsciente do pai. Um pouco suja de barro e poeira, mas, fora isso, em perfeito estado. E, pelo visto, carregada.

Então, os invasores são como ele.

Distintos em suas naturezas de forasteiros. Em sua loucura, tornaram-se cegos e surdos ao clamor do pacto da terra, que cumpre às potestades respeitar. Estranhos às cousas destas plagas. Porém, ainda assim, semelhantes em metamorfose e eternidade ao defensor que ora vaga em seu encalço.

Quem sabe, não foram, eles próprios, defensores dos seus rincões nativos, antes de virem para esta borda da Grande Água? No entanto, se assim é, como é que se atrevem a matar gente como se fosse bicho?

Esse absurdo tem que parar. De um modo ou de outro.

O defensor fareja a brisa noturna. Olhos cintilantes à luz das estrelas.

Fará o que for necessário para restabelecer o equilíbrio perturbado antes que seja tarde demais.

O povo da *Pasto Alto*, os peões e suas famílias, não falam doutra cousa que não do lobisomem que destruiu o filho do coronel.

Há quem diga que o monstro veio lá das bandas da *Morro Verde*, a fazenda vizinha, comprada há tempos por uma família do leste da Europa, uma gente fechada, de fala enrolada e ar de poucos amigos.

– Ora, esse pessoal já comprou a *Morro Verde* há cousa de oito anos, não foi? Eu ainda era rapazote, mas lembro que foi mais ou menos na época em que os paulistas se levantaram contra o governo... – Cândido replica, quando Herberto se acerca com mais uma das suas historinhas. – É vero que não nos damos com eles. Mas, também, nunca nos trouxeram problemas. E o mais importante é que essa fera só começou a matar gado e gente há pouco mais de ano e meio, não é verdade?

– Pois é, patrão. – O capataz se mantém de pé, com o chapéu apertado contra o peito, entre as mãos grandes. Permanece hirto diante da escrivaninha da biblioteca, atrás da qual o fazendeiro se encontra refestelado. – Os ataques começaram na mesma época em que o filho dessa família esquisita voltou lá da terra de onde todos eles vieram... Uma tal de "Romena"...

– Romênia.

– Isso.

– Daí, então, esse povo supersticioso começou a achar que o tal Miguel Toderascu é um lobisomem...

– Pois é isto mesmo, patrão. Tenho ouvido muita conversaria de que ele tem parte com o demo, sim senhor.

– Mau sinal. – Cândido se endireita na cadeira de espaldar alto. – Quero que você converse com os homens para que eles ponham este despautério de lobisomem de lado. Briga com vizinho é a última cousa de que estou precisando agora. À esta altura, só iria atrapalhar meus planos de exterminar essa fera.

– Não tem precisão de se amofinar, patrão. Eu falo com os homens.

– Outra cousa: esse índio troncudão, esse Leôncio Marruá... Há quanto tempo ele está aqui conosco?

– Uns seis meses. Por que o patrão tá perguntando?

– Não sei... Acho que não vou com a cara dele. Parece que anda sempre pelos cantos, prestando atenção no que vai pela casa-grande.

– Leôncio é peão cumpridor. Leva jeito com os cavalos. Maneja o laço como ninguém. É meio chucro, abrutalhado. Não aprecia prosa pro lado dele, não. Acho que, no fundo, se sente melhor com os bichos, com o gado, do que com os outros campeiros. Mas não é má pessoa, não.

– Pode até ser bom campeiro, mas não me inspira confiança.

– O patrão anda desconfiando dele? Acha que ele tem algo a ver com essas mortes todas?

– Não digo isto. Deve ser só cisma minha. Porém, pelo sim, pelo não, quero que você fique de olho nele.

– O patrão pode ficar sossegado, que eu vou manter o cabra debaixo dos meus olhos.

Apesar das balas de prata encontradas na gaveta do pai, Cândido não se fiou naquela história de lobisomem.

Até ver o monstro com os próprios olhos.

Ele o viu numa noite clara, sem nuvens, alumiada por aquele luarão de cegar coruja.

Insone e preocupado com o sumiço da fera, que há tempos

não dava as caras, Cândido levantou e decidiu cavalgar um pouco ao luar.

Vestiu capote grosso.

No estábulo, arreou e selou Mocinha, sua égua branca, de porte, grandalhona, que o pai lhe dera como prenda, ainda potranca mamona, às vésperas de sua partida para o Rio.

Revólver na cintura e carabina no coldre da sela. Balas de chumbo, é lógico, que ele não era besta de levar fé em visagem ou aparição.

Todavia, o Coronel Simeão de Alvarenga de besta não tinha nada...

Cândido atiçou Mocinha, tomou a estrada de chão da fazenda e se afastou da casa-grande. Deixou para trás os currais de dentro. Trotou até o cume do morro mais próximo. Lá de cima, vislumbrou o panorama da *Pasto Alto*, que se descortinava até o horizonte serrilhado das Agulhas Negras.

Lançou os olhos sobre vales e grimpas. Nada. Nenhum indício da fera. Ou, pelo menos, nenhum indício que se pudesse enxergar dali de cima. Decidiu tomar o rumo da mata cerrada, que revestia uma série de morrotes, numa região da fazenda imprópria para pasto ou cultivo, que fazia divisa com a *Morro Verde*, onde a criatura fizera a última vítima, há cousa de dois meses.

A trilha até lá era estreita e tortuosa, por mais das vezes beirando ribanceiras íngremes e traiçoeiras, de modo que levou mais de hora e meia para atingir a região dos morrotes. A mata era densa ali, com arvoredo fechado, entremeado de lianas e arbustos espinhosos.

Passou a avistar a lua só de quando em quando, por entre as copas das árvores.

Fez com que Mocinha trotasse devagar, um tanto a esmo, procurando manter a montaria nas partes mais bem iluminadas da mata. A tarefa revelou-se mais difícil do que parecia a princípio e, conquanto se tratasse de égua mansa, bem amestrada, a alvacenta refugava aos relinchos quando Cândido a incitava a adentrar pelos trechos mais escuros da trilha.

Já estava quase a desistir da caçada quando, ao se aproximar de uma clareira, deparou-se com o vulto alto parado no espaço coberto por mato rasteiro.

Mesmo a vinte e poucos metros de distância, Cândido viu logo que a cousa não tinha porte de homem.

A criatura erguia-se nas patas traseiras, como urso gigante. O corpanzil bem que era coberto de pelo escuro, como o de um urso. A carantonha, porém, não deixava margem à dúvida: era mesmo de lobo... Com focinho, orelhas pontudas e bocarra escancarada, num esgar hediondo.

Então, não é que o tal monstro fantástico existia mesmo!

A criatura farejou o ar à sua volta. Virou a cabeçorra e lançou um olhar avermelhado ao homem montado na brancaça.

Tremendo como vara verde, Cândido estendeu o braço, sacando a carabina do coldre da sela, que tamanho prodígio não era bicho à toa, de se deixar ferir por tiro de revólver...

O ronco cavernoso do lobisomem ecoou mata adentro como brado de desafio. Deu duas passadas em direção à égua, mas estacou, quando Cândido engatilhou a arma.

Mirou no peito do monstro e disparou.

O urro cavo da criatura lhe arrancou riso de satisfação, pela certeza de tê-lo acertado. O monstro ergueu a pata ao sítio atingido. Uivou, enfurecido, e avançou outra vez em direção ao oponente.

Engatilhou e disparou outra vez.

Aos ouvidos de Cândido, o novo urro soou antes raivoso, que dolorido. Pois que esse segundo tiro nem sequer reduziu o avanço do bicharoco.

Mocinha lhe tremeu entre as pernas e resfolegou num lamento plangente.

Só então o pavor lhe desabou espinha abaixo.

Para o monstro os dois tiros fizeram menos estrago do que picadinhas de abelha.

Daí, eis que a ânsia de vingança evaporou ante o avanço célere e obstinado da criatura. Não houve tempo sequer para guardar a arma.

Quando o lobisomem já distava menos de oito metros, o bafo horrível de carniça atingiu as faces de Cândido como um murro. Estremecido, esporeou a égua de estimação com força e puxou a rédea até ferir a mão, atiçando a montaria a dar meia-volta e disparar num galope desenfreado.

Dessa vez a alvacenta não refugou. Partiu lesta, voando pela trilha estreita, como se em estrada plana estivesse.

Nos primeiros instantes de fuga, não se atreveu a olhar para trás, a fim de descobrir se o monstro o perseguia. Só quando a égua precisou reduzir o ritmo até o passo rápido, foi que Cândido teve coragem de mirar a trilha pela qual se desabalara.

Do lobisomem, nem sinal.

Beirando a margem de um riacho gorgolejante, avançou em trote lento até a orla da mata. Rente às últimas árvores, suspirou de alívio.

As folhas da árvore em frente farfalharam. Homem e animal quase trombaram na caraça arreganhada do monstro.

A égua estacou, menos de um metro da criatura.

Face a face com o licantropo, num arrepio de pânico, Cândido quedou-se pasmo, parado a fitar as profundezas trevosas da goela do monstro, caverna escancarada, quase à altura de seus olhos.

Mocinha empinou nas patas traseiras, relinchando num tom agudo de potrinha assustada. Recobrando-se, puxou a rédea bem curta e cravou as esporas no animal. Boa menina, a alvacenta girou nas patas traseiras, sem pousar as dianteiras no solo.

Livre da visão do monstro, o animal enfim calcou o chão com as quatro ferraduras e nem foi preciso a carícia das esporas para disparar a toda brida, rumo ao pasto fronteiro ao arvoredo.

A criatura, por sua vez, tão assustada quanto o homem e a égua, uivou num tom lamentoso. Deu meia-volta e sumiu mata adentro.

Cândido esporeou Mocinha, sem necessidade. Pois que não conseguiria deter seu galope alucinado, ainda que o quisesse.

O monstro era astuto. Mais veloz e perigoso do que supusera. Correndo mata adentro, por entre árvores e arbustos, nas trevas, tão-só alumiadas pelos raios de luar, conseguira se deslocar mais rápido do que a brancacenta cavalgando pela trilha, a ponto de se ter colocado a frente deles.

Quase o surpreendera numa tocaia. Por muito pouco, não se juntou ao irmão e ao pai no rol de vítimas do lobisomem.

Não tem importância.

Desta feita, foi pego de surpresa. Da próxima, estará preparado.

– Então, agora, o Doutorzi... eh... o patrão de repente tá acreditando que existe lobisomem? – Herberto engole em seco. De repente, compreende porque o outro insistiu tanto que esta conversa tivesse lugar lá nos fundos do estábulo, vazio como de hábito, àquela hora. – Por acaso, o senhor viu o monstrengo?

Cândido encara o capataz. De semblante crispado, assente em silêncio.

– E agora que o patrão acredita, o que nós vamos fazer?

– Vamos armar uma tocaia pra lobisomem. Armados com balas de prata.

– O senhor acha que elas vão funcionar contra o monstro?

– Se vão funcionar, eu não sei. As de chumbo pouco efeito tiveram. Só serviram para deixar o famigerado ainda mais furibundo...

– Hoje ainda é lua cheia. Vou reunir os peões pra tocaia.

– Não me faça isto. Vamos só eu e você.

– Mas, patrão...

– Eu sei. Foi assim que Armando foi trucidado. Só que desta vez haverá duas carabinas com balas de prata e não uma. Além disso, agora sabemos que o monstro é capaz de arrancar um peão da montaria a patada ou abocanhar-lhe o pescoço com o sujeito ainda na sela... Por isto, vai ser como eu digo. Só vamos nós dois. Até porque não temos tanta bala de prata assim, para armar um grupo maior.

– O senhor é quem manda, patrão.

Então, é isto.

O odor forasteiro inconfundível dos invasores lhe toma as narinas de assalto, mais forte do que nunca.

Em sua forma verdadeira, o defensor da terra avança a passos largos. Seu rugido abafado ressoa na mata fechada.

A noite do ajuste de contas chegou afinal.

– Olha, patrão, eu ainda acho que a gente devia esperar o monstro montados nos cavalos. – Prestes a subir em sua árvore como determinado, Herberto manifesta suas reservas outra vez. – E se o bicho, ao invés de atacar esse garrote que pusemos de isca, preferir esfolar os nossos animais, que também estão amarrados?

– Aí nós atiramos nele. – De um galho do alto da árvore ao lado, Cândido murmura entre os dentes. – Bem no meio das fuças. Tantos tiros quanto forem necessários, até matar o maldito.

A conversa entre os dois homens, já esparsa e cochichada no início da tocaia, vai morrendo aos poucos de falta de assunto, à medida que a noite avança e a lua cheia percorre sua trajetória rumo ao zênite.

De tempos em tempos, o garrote solta um mugido desconsolado, que se sobrepõe ao estrídulo dos grilos e os chios das aves noturnas.

Então, quando já se sente prestes a dormitar, na posição menos desconfortável possível, Cândido escuta o farfalhar dos galhos dos arbustos dentro da mata.

– Patrão, o senhor está ouvindo?

Algo se acerca do sítio onde se encontram.

E, pelo barulho, esse algo é bem grande.

– Silêncio – Cândido ordena num sussurro abafado. Mais baixo ainda, confirma: – Ouvi muito bem. Prepare-se.

O vulto escuro emerge por entre duas árvores e adentra na clareira pequena onde eles amarraram a rês. Mais alto do que um homem. A caminhar sobre duas pernas.

A criatura fareja o ar e lança a cabeçorra focinhuda para um lado e outro, como que a procurar alguma cousa.

Cândido amaldiçoa o capataz pelo suspiro alto que o homem solta de cima da árvore, quando vê o lobisomem fungando e olhando em torno.

Desconfiado, o monstro avança pé ante pé em direção ao garrote.

De orelhas erguidas, quiçá a pressentir perigo mortal, a rês berra no tom pungente de bicho que clama por socorro, na certeza de que não será atendido a tempo.

Em silêncio, Cândido aproveita a barulheira do garrote para engatilhar a carabina. Ergue a arma para fazer mira.

Um sacolejo tremendo na árvore de Herberto faz Cândido desviar a atenção do monstro próximo à rês para o capataz.

Há um lobisomem trepado no mesmo galho que Herberto, empoleirado entre o homem e o tronco da árvore.

Desnorteado, Cândido olha de novo para a clareira, para o monstro que se acerca do garrote com passos cautelosos.

Valha-me Deus... São duas criaturas! Dois lobisomens e não um só!

Apavorado, Herberto deixa a carabina escorregar de seu colo.

Ainda balbucia uma oração acanhada, ao lançar olhar desconsolado à arma que jaz caída quatro metros abaixo.

Empoleirado num equilíbrio assombroso, o monstro avança um braço em direção ao capataz.

Herberto fita o monstro com olhos esbugalhados de pavor. A criatura estende as garras pontudas para agarrá-lo.

Contempla outra vez a carabina inalcançável. Então, fita brevemente o outro monstro, que também o mirava em expectativa, de junto à rês que mugia baixo, em pânico abjeto.

Sem raciocinar, Herberto se afasta da criatura, em direção à extremidade do galho. Este não aguenta seu peso e se parte num estalo assustador. O capataz despenca lá de cima.

Lesto como o corisco, antes que os homens possam esboçar reação, o licantropo salta do galho quebrado para o solo da clareira. Aterra nas quatro patas com baque surdo, bem ao lado de um Herberto transido de pânico.

Cândido mira nas costas largas do monstro.

Neste instante, um rugido impressionante ecoa mata adentro.

Dois homens trêmulos e dois monstros nervosos giram olhares apreensivos, em busca da fonte do barulho.

Novo rugido. Mais alto e assustador que o primeiro. Seja o que for, está se aproximando da clareira.

Cândido vê quando os pelos dos ombros e da cabeça do lobisomem mais próximo se eriçam. A bocarra se entreabre e os músculos de suas pernas se retesam, prestes a lançá-lo sobre o capataz.

Torna a mirar e dispara contra as omoplatas do monstro.

Com o impacto do coice da coronha contra o ombro, quase despenca do galho. A muito custo, retoma o equilíbrio precário.

O uivo atroz do lobisomem o convence de que, desta feita, logrou feri-lo a sério. O jorro de sangue escuro que esguicha das costas da criatura fortalece esta convicção sobremaneira.

A fera se ergue nas patas traseiras e, num passo incerto, volta-se em direção à árvore onde Cândido se empoleira. Rosna em tom ameaçador. Um filete de sangue brota do sítio onde, num homem, estaria o esterno, empapando o pelo negro de um vermelho que reluz ao luar.

O lobisomem leva a pata à ferida, pressionando-a com a palma grossa e escura. Emite um ganido lúgubre. No entanto, o fulgor raivoso de seus olhos avermelhados conta outra história. A luta não acabou. Haverá troco. Ele rodeia o tronco da árvore com as patas e faz menção de escalar.

Desta vez, o rugido medonho traz um arrepio à espinha de Cândido.

O outro lobisomem, que já baixava a bocarra escancarada para estraçalhar o garrote, torna a erguer a cabeça e cerra as mandíbulas, farejando e fitando um dos extremos da clareira, com o pelo todo eriçado e um tremor nervoso na ponta do focinho.

Os arbustos se fendem para dar passagem a um terceiro monstro, mais alto e parrudo que seus predecessores.

Por um instante, Cândido chega a pensar que esse terceiro vulto é mais um lobisomem.

Mas não!

É um monstro diferente.

Os pelos são mais curtos do que os dos lobisomens e de cor amarelo-ouro, salpicados de manchas escuras.

A cabeça... A cabeçorra monstruosa é a de uma onça! Mas uma onça gigantesca, de testa alta e olhar grave, que anda sobre as patas traseiras, como homem.

Sob o olhar boquiaberto de Cândido, a criatura ergue as patas dianteiras à altura dos ombros, tão largos quanto os de um touro campeão. Como um gato, faz as garras saírem dos dedos grossos como pulsos de homem adulto.

Neste instante, o fazendeiro compreende tudo. Recorda-se das pegadas de onça gigante junto às reses abatidas. Esse monstro medonho está para a onça como os lobisomens para os lobos normais.

O homem-onça rosna outra vez. O rosnado ecoa tão grave que lembra o fragor das águas se despenhando da cachoeira mais alta da fazenda, no dia seguinte ao de um pé-d'água. Os olhos são dois faróis amarelos, esquadrinhando a mata de cabo a rabo.

O lobisomem parado junto ao garrote se volta para o monstro recém-chegado e uiva em desafio.

O outro, ferido, ainda agarrado ao tronco da árvore de Cândido, hesita um instante, dividido entre a ânsia de subir para acabar com o homem que o alvejou e o impulso de partir em auxílio do companheiro prestes a enfrentar a onça sobrenatural.

Tal momento de hesitação é tudo o que Cândido pediu a Deus. Quando o lobisomem ferido aponta o focinho em direção à onça humana, puxa o gatilho, quase à queima-roupa. O tirambaço explode a têmpora direita do monstro.

Atingida de morte, a criatura desaba ao comprido, como árvore derribada a machado.

O outro lobisomem lança um olhar breve por sobre o ombro hirsuto. Constatando a sorte do companheiro, emite um ganido pungente, mas logo volta a carantonha para encarar o homem-onça, que se aproxima de garras em riste e presas à mostra.

Assim, o lobisomem não presencia quando seu semelhante moribundo começa a se transformar.

Os pelos desaparecem a olhos vistos, descobrindo a pele alva e o peito dilacerado pelo tiro da bala de prata. O corpanzil readquire proporções humanas. Os caninos protuberantes retrocedem até se tornarem dentes de gente. As patas estremecem e se retorcem, até virarem pernas e braços humanos outra vez.

Deus do Céu! O povo da *Pasto Alto* esteve certo o tempo todo. O lobisomem é mesmo o jovem Toderascu, que agora jaz, de têmpora ensanguentada, muito humano e bem morto. O mais estranho é que, mesmo estirado no solo da clareira, com semblante crispado e um lado da cabeça estourado, Cândido vislumbra um sorriso de satisfação débil entre os lábios do moço.

Então, é tudo verdade... Tudo verdade!

As mãos do fazendeiro tremem tanto que, ao tentar recarregar a carabina, acaba deixando escorregar por entre os dedos o maço de cigarros americanos improvisado para guardar munição.

O maço cai, espalhando uma dúzia de cartuchos pelo chão da clareira. As pontas das balas de prata brilham com fulgor alvo sob os raios do luar.

Cândido cerra os maxilares. Fecha os olhos e expele um palavrão cabeludo entre os dentes.

Sem as balas de prata, está indefeso nesta árvore.

Pois, ao contrário de um lobo normal, lobisomens conseguem subir em árvores. O próprio Miguel Toderascu o provou instantes atrás.

Contudo, se o jovem Toderascu jaz morto sob a copa de sua árvore, quem diabos é esse outro lobisomem que se atraca com o homem-onça?

Cumpre pôr a questão de lado. Boquiaberto, assiste o embate de titãs.

As duas feras humanas desiguais se agarram num amplexo mortal.

O homem-onça crava as patas nas costas do lobisomem. Sob a luz alva do luar, Cândido vê quando as garras, compridas e curvas como adagas, afundam dentro do pelo do outro monstro.

Soltando um grunhido de raiva e dor, o lobisomem forceja para cerrar as patas dianteiras no pescoço taludo do oponente. Com maior envergadura, o felino bípede logra se esquivar, lançando o pescoço para trás. Em seguida, dá um bote e abocanha o antebraço do adversário, quando este cruza à frente de suas mandíbulas entreabertas.

Tentando se libertar da mordedura, o lobisomem golpeia a cabeça do homem-onça com uma patada do braço livre.

O som da pancada tremenda ecoa pela mata por sobre os rosnados dos dois monstros.

Zonza, a onça bípede entreabre a bocarra.

Com um safanão, o lobisomem livra o braço ferido e, quando o inimigo entontecido sacode a cabeçorra, aproveita para empurrá-lo para trás, escapando do amplexo que o comprimia como um torno.

As garras do homem-onça emergem gotejando sangue escuro. Os olhos fulgem amarelados ao luar. De patas erguidas, avança para o licantropo com vigor redobrado.

Aplica patada violenta, atingindo em cheio o focinho do lobisomem. Guinchando de dor, este retrocede um passo, parando junto ao garrote petrificado de pavor.

Quiçá intuindo oportunidade, a onça humana investe contra o adversário ferido, que, encolhido, recua mais um passo. O atacante brande a pata de garras abertas, lançando sua vítima para trás. No afã de se esquivar, o licantropo tropeça e seus quadris embatem contra o flanco do garrote.

O animal emite um mugido de pânico agudo quando o monstro lhe tromba flanco acima, rolando sobre seu lombo, caindo de ponta-cabeça e se esparramando no solo úmido da clareira.

Sem perder tempo, o homem-onça salta por cima do garrote

como um raio, sem ao menos roçá-lo, aterrando sobre o lobisomem com quatro patas garrudas, antes que o adversário possa se pôr de pé.

O capim alto da clareira oculta os corpanzis engalfinhados dos contendores monstruosos.

Os mugidos desesperados do garrote abafam os grunhidos, guinchos e rosnados dos dois monstros.

Tudo o que Cândido pode ver é uma pata erguida ali, uma bocarra entreaberta acolá, elevando-se por uns instantes, para voltar a desaparecer sob o capim.

Peleja em gritar a Herberto para que o capataz se afaste do local da luta, mas eis que, neste instante fatídico, a voz fraqueja.

Como ele próprio, o empregado também parece tomado por um pavor abjeto. *Foi deste mal que meu pai tombou.*

Depois de uma espera insuportavelmente longa, ouve um rugido rouco. Um rugido de onça.

Presta atenção. Nenhum uivo...

Tenta enxergar por dentro do matagal. A lua cheia ilumina a clareira, mas fera alguma emerge do mato com mais de meio metro de altura que recobre o chão onde os dois monstros se digladiam.

De repente, um vulto se ergue vitorioso.

Assustado, Cândido vislumbra a bocarra escancarada do lobisomem.

Descomunal, o licantropo se eleva mais e mais, até seu dorso se afastar dos rebentos mais altos do capim robusto que viceja na clareira.

Há algo errado...

O corpo do lobisomem sobe flácido. Emborcado de bruços. Em posição quase horizontal. Soergue-se apoiado nos braços hercúleos da criatura felina que, enfim, põe-se de pé, levantando o oponente inerte por sobre a cabeça.

Então, de rompante, arremessa o licantropo com violência inaudita contra o tronco da árvore grossa, onde Herberto esteve empoleirado. O monstro desfalecido voa como graveto por mais de sete metros e se embate ao comprido, de costas, contra a árvore.

Os ombros de Cândido estremecem quando ouve o estalo seco.

O lobisomem escorrega para o chão, quedando-se com a espinha torcida num ângulo obsceno, mesmo para um monstro sobrenatural.

Não resta dúvida. A criatura partiu a coluna.

Ante seus olhos esbugalhados, o licantropo começa a se transformar, recobrando a forma humana, como já acontecera a Miguel Toderascu.

Em poucos instantes, o mistério do segundo lobisomem é desvendado: o segundo monstro não é outro senão o velho Constantino Toderascu, pai de Miguel e proprietário da *Morro Verde*.

Pai e filho.

Dois lobisomens.

Cândido solta um riso histérico. *Família que caça unida, permanece unida... Só que morre unida, também!*

– Herberto, levanta daí, homem!

Sentado entre os dois cadáveres dos Toderascu, o capataz olha em torno com cara de parvo, recém-liberto do transe que o dominava.

Estende o braço, sem pensar, apalpa a coronha da carabina. Emprega a arma como bordão, para se erguer do solo.

Lança novo olhar a sua volta; sem tenência no semblante, sem dar sinal de notar que está com um homem morto de cada lado. Então se depara com a onça humana, parada a quatro metros de distância.

De pé, Herberto é sujeito alto, parrudo. Ante o monstro, no entanto, mais parece criança de uns sete anos, pequena e franzina, perto de um homem adulto.

A onça-monstro não faz menção de atacar. Contudo, quando abre as mandíbulas num bocejo silencioso, exibindo os dois pares de caninos pontiagudos, e estende as garras, ainda sujas do sangue do lobisomem, Herberto, apavorado, dá um passo atrás, quase tropeçando.

Ato contínuo, ergue a carabina e a engatilha, já apontada para o tórax de barril que reluz amarelo a sua frente.

Cândido não julga prudente disparar na criatura, assim à queima-roupa. Ainda mais, ao nível do solo. Ademais, não há provas de que a prata surta nela o mesmo efeito que nos lobisomens.

Além disso, não foi essa criatura que matou seu irmão e pôs seu pai inerte sobre uma cama. Não foi ela quem destruiu dezenas de reses da fazenda.

Ao contrário. Pode ser que esteja enganado, mas crê que essa onça monstruosa que anda sobre duas patas os ajudou a eliminar os verdadeiros responsáveis por todas aquelas mortes.

Não devem atirar nela.

– Não faça isto!

O estrondo do disparo ribomba mata adentro, sufocando o apelo do fazendeiro.

Daquela distância, Herberto não podia errar.

O urro pavoroso da criatura confirma que o capataz acertou o tiro.

A onça bípede ergue ao tórax a pata de garras recolhidas, pressionando a ferida entre as costelas com a palma acolchoada de felino.

Emitindo um ronco surdo, grave a ponto de se tornar quase inaudível, avança dois passos em direção ao homem trêmulo que acabou de disparar. A outra pata descreve um arco tão célere que Cândido nem sequer chega a ver quando o golpe arranca a carabina das mãos de Herberto. Tem apenas um vislumbre fugaz da arma voando, qual galho seco arremessado para longe.

Homem e monstro quedam-se olho no olho.

Herberto balbucia uma prece, com a cabeça erguida para trás, a olhar para o alto, a fim de fitar os olhos da onça, que brilham num fulgor ígneo insondável.

Nesta hora fatídica, Cândido jura que o capataz chegou ao fim da jornada.

O monstro estende a pata que esteve estancando a hemorragia. O fazendeiro observa de relance que o sangue parou de minar.

Devagar, em gesto calculado, a pata do felino bípede toca o rosto lívido do capataz. Tendo o próprio sangue por tinta, lambuza sua marca nas faces do homem. Não obstante o tremor intenso de sua vítima, exibe a calma e a concentração de artista experiente. Concluído o trabalho, emite um ronco baixo, que soa como tosse seca aos ouvidos de Cândido. Um riso?

As pernas de Herberto tremem como varas verdes. Quando, sem controle, alivia a bexiga, molhando calças e botas, o monstro se limita a *tossir* outra vez.

Em seguida, faz meia-volta, caminha em passo digno e ereto para fora da clareira e desaparece dentro da mata.

Lá pelo fim da madrugada, armas e munição recuperadas, uma vez mais sobre os lombos das montarias, os dois homens regressam à sede da *Pasto Alto*, ainda sem acreditar direito no que lhes sucedeu.

– ... então, o senhor conseguiu terminar com os assassinos que assombravam a fazenda. – De rosto ainda lambuzado de sangue, Herberto só se anima a falar quando os dois emergem da mata para o pasto aberto.

– Só terminei com um deles – Cândido corrige em tom grave, de homem velho. – O outro, o lobisomem que era o Toderascu-pai, quem matou foi a onça-monstro.

Isto posto, o fazendeiro se mantém em silêncio.

Dois lobisomens e um homem-onça.

O povo esteve certo, afinal, ao afirmar que as mortes começaram quando o jovem Toderascu regressou da Romênia.

Foi ele que matou reses e gente na *Pasto Alto*.

O assassino de Armando.

Afinal, o velho Constantino sempre esteve na *Morro Verde*, desde que comprou a fazenda dos antigos proprietários. Ao que parece, antes do filho chegar, o pai sempre logrou controlar seus instintos homicidas.

Contudo, se é assim, o que o licantropo-pai fazia junto com o filho?

Quiçá procurasse detê-lo? Ou, talvez, protegê-lo da onça bípede que, como agora se tornou óbvio, havia muito que andava no encalço do licantropo assassino. Daí as pegadas de onça gigante, próximas aos rastros dos lobisomens...

Mas e esse novo monstro, do qual nunca ouviram falar? Qual seria o papel dele nessa trama macabra? O certo é que não nutre lá muita simpatia por licantropos.

Herberto solta um risinho curto e nervoso, interrompendo as conjecturas do fazendeiro.

– E nós, que achávamos que íamos enfrentar um lobisomem... Acabou que eram dois! Dois lobisomens e uma onça cabocla!

– Uma o quê?

– Onça cabocla. Não tem homem que vira lobisomem, que é mistura de homem com lobo?

– Tem.

– Ora, pois. Onça cabocla é mistura de homem com onça. É gente que se vira em onça que anda nas patas traseiras, feito homem. É fera encantada, que vaga pelos matos das Gerais, assombrando o povo.

– Nunca ouvi falar.

– Pois é. Foi meu pai que me contou da onça cabocla, quando eu era garoto e nós morávamos numas terras na margem do Velho Chico. Tinha até esquecido dessa história. Mas agora lembrei.

Ante a expressão céptica do fazendeiro, o capataz dispara, arrematativo:

– Tem cousa por esses sertões adentro que o Doutorzinho não vai aprender em liceu de cidade grande, não. Mas o patrão mesmo viu o bicho. Então, ele existe ou não existe?

– Existe, sim.

Dessa vez, de tão impressionado, Cândido deixa o "Doutorzinho" passar em brancas nuvens.

– Patrão... Patrão!

Herberto adentra em passos rápidos na biblioteca, onde Cândido, jantado e sobremesado, saboreia sua dose noturna da *Capitão das Geraes*, cachaça de escol, produto da fazenda, tirada direto dos alambiques da *Pasto Alto*.

A agitação patente no rosto suado do capataz e na maneira nervosa com que torce o chapéu entre as mãos não perturba o bom-humor do patrão.

Cândido pousa o copo de cachaça pela metade no tampo da mesa. O que pode ser de tão grave?

Por pior que seja a notícia, decerto não há de ser outra rês eviscerada. Disto tem certeza. Não após a determinação de Cândido para que os corpos dos Toderascu fossem enterrados num valão ermo, lá no outro extremo da fazenda. Os peões disseram que os haviam encontrado mortos e bem mortos. Até que estavam em bom estado, pra cadáveres frescos. Só que os abdomes haviam sido desventrados e os fígados tinham desaparecido.

Tão satisfeito como após uma boa soneca em sua rede favorita do alpendre, o fazendeiro suspira, felizão, ajeitando-se melhor na cadeira da escrivaninha.

– Diga ao que veio, homem de Deus. Vamos a isto, mas não é preciso gritar.
– Foi o Leôncio, patrão... Ele foi embora.
– Assim, sem mais, nem menos?
– Passou a mão naquela sela bonita, aquela que ele ganhou no rodeio, jogou-a no lombo do alazão, montou, picou o bicho e foi-se embora, sem nem ao menos acertar as contas. Não quis nem saber de receber o que lhe cabia.
– Estranho. Peão fujão só costuma ir embora antes da paga quando fez besteira da grossa...
– Fui atrás dele, pra saber do motivo.
– Fez bem. Conseguiu encontrá-lo?
– Só bem pra lá da porteira. Ele tava lá, em trote tranquilo, no alazão dele. Camisa aberta, vento na cara. Eu ia falar com ele, mas aí...
Paciente, Cândido aguarda que o capataz conclua o relato no seu ritmo lento e compassado. Constata, porém, que Herberto se limita a fitar o piso de tábuas corridas, com ar acabrunhado de dar pena.
– Mas, e aí o quê? Vamos, desembucha logo, peão.
– Mas aí, eu gelei de medo. Nunca na minha vida, nestes anos todos de pasto e vento... Quer dizer, a não ser na noite de transanteontem...
– Como é que é? Medo do quê, homem?
– Quando meu baio emparelhou com o alazão dele, eu pude olhar pro Leôncio, patrão. Olhei bem pra ele.
Cândido libera um suspiro audível. Já não se sente tão paciente quanto no início desta prosa. Mal e mal, consegue aguardar calado até que o outro engula em seco e retome a fala.
– Olhei pro peito dele. Pra dentro da camisa aberta. Tinha marca de bala. Já estava sarada, como se tivesse levado tiro há cousa de mais de mês...
O fazendeiro cerra os maxilares. Fita o capataz, pelejando pra não lucubrar a conclusão inevitável.
– Mas, eu juro, patrão, a ferida era bem no meio do peito; do lado esquerdo, quatro dedos acima da costela mais baixa... No exato mesmo lugar onde eu atingi a onça cabocla!
Leôncio Marruá. Um índio chucro, arredio.
Como diabos é que não pensou nisto antes?

– Aí, eu cravei espora no baio, Patrãozinho! E galopei feito alucinado, bem pra longe do demo!

O defensor está exultante. Enfim, logrou eliminar o problema dos invasores de modo mais simples e elegante do que julgara possível.

Não imaginou que receberia auxílio de um mortal. Via de regra, mortais só servem para atrapalhar. Por isso defensores e demais potestades jamais recorrem aos préstimos dos mortais. Os pactos e acordos das estirpes não presumem que se peça ajuda a eles. Em geral, quanto menos os mortais souberem sobre as andanças, alianças e desavenças dos que não morrem, melhor.

Agora, enfim, pode regressar a sua querência lá nos ermos do norte.

Disfarçado de gente, campeia em seu alazão, tranquilo como água em poço. É natural que se sinta tranquilo e satisfeito. Afinal, criou um novo defensor nativo que se dedicará de corpo e alma a proteger a região pacificada. Com sangue e vontade, o defensor antigo elegeu seu sucessor.

O ex-mortal ainda não sabe da virada em seu destino. Não é preciso que descubra nada por enquanto. Ainda levará tempo para florescer. No entanto, antes que a próxima ameaça se concretize, o novo paladino sofrerá sua mutação crucial e, quando a terra precisar de um defensor, a potestade que hoje responde pelo nome de Herberto Sales estará pronta.

A ÚLTIMA AVENTURA DO PARDAL MECÂNICO

DENNIS VINICIUS

A NOITE ESTAVA tão quente que o pijama colou nas minhas costas como se feito de guardanapo molhado. Por respeito a você não farei analogias com o samba-canção. O ventilador de três pás fazia mais barulho do que a função para a qual fora criado. Na verdade, ele era ótimo em espalhar o calor por entre as dobras do meu corpo; e eu tinha muitas dobras.

Para coroar a noite do capeta, fui honrado com a companhia de uma criaturazinha nascida do acasalamento do tormento com a chatice chamada "pernilongo", que cantava sua melodia do inferno em meu ouvido a espaços regulares de tempo. Coincidentemente (ou não, vá saber) esse ser vil empreendia seu voo rasante no exato momento em que eu pegava no sono. Durante três horas, a criatura e eu dançamos um curioso balé no meu quarto. Quem olhasse pela janela veria um velho gordo zanzando em torno da cama com uma havaiana tamanho 44 nas mãos. A criatura fugia habilmente das minhas chineladas com a experiência de quem atormentava humanos havia milênios.

Um dentre os inúmeros problemas de ser velho é a visão. Mais precisamente, a falta dela. Existe outro problema: o fôlego. Assim que o perdi, junto com a paciência, desisti de dormir e fui para a sala. Aposentado, não precisaria trabalhar no dia seguinte e poderia acordar à hora que quisesse. No quarto, que reinasse o vencedor.

Uma da manhã. Liguei a televisão e zapeei os canais por alguns minutos. Não havia assim tantos canais para zapear. Cortaram minha televisão a cabo meses atrás. Eu procurava uma imagem boa ou minimamente visível. A palha de aço na antena ajudava um pouco, bastava apalpá-la, mexê-la, girá-la a cada clique no controle remoto. Palmadinhas em cima e no lado do aparelho não ajudavam, ainda assim eu as dava como forma de castigo; só não sabia se castigava a mim ou ao aparelho. Para muitos de minha idade este ato singelo de bater na televisão e torcer a antena era o mais próximo de um exercício físico extenuante.

Achei um canal, ou, melhor dizendo, o canal me achou. Era um programa sobre os super-heróis de antigamente. Perdi o fôlego ao ver ao fundo do apresentador a imagem do Pardal Mecânico. O tempo passa rápido, principalmente para aqueles que não dispõem mais de um estoque dele. Eu me lembrava de quando tiraram aquela fotografia: uns trinta anos atrás. Sorri e me joguei na poltrona. Queria muito ouvir o que falariam de mim.

– O Pardal Mecânico foi um dos maiores super-heróis de nossa cidade – o apresentador moreno de cabelos esvoaçantes e dentes incrivelmente brancos explicou. Gostei do sujeito logo de cara. – Salvou-nos de bandidos perigosos, supervilões e seres alienígenas que tentaram nos escravizar inúmeras vezes no passado. Sua marca registrada serviu de inspiração para as armas que ele utilizava, como o seu famoso bumerangue teleguiado com asas de pardal e os dardos tranquilizantes no formato do bico do pássaro. Sendo um gênio da ciência a serviço do heroísmo, Pardal inventou diversas armas usadas por outros super-heróis. O arpéu elétrico, usado para subir rapidamente nos telhados, foi criação dele.

Sim, era verdade. Fui o inventor oficial da comunidade super-heroica brasileira. Além do arpéu, criei os microcomunicadores presos em nossas orelhas e as botas flutuadoras para aqueles que não tinham o dom de voar.

O apresentador prosseguiu:

– É claro que o Pardal foi super-herói numa época em que o crime era menos violento e os supervilões, uma piada se comparados aos psicopatas que enfrentamos hoje. Com certeza nosso intrépido Pardal Mecânico não duraria um segundo diante da crueldade e ousadia dos bandidos de agora. Ainda bem que nossos super-heróis se renovaram. Nada de colantes e roupas coloridas. Nada de nomes afrutalhados, como Rapaz Maravilha ou Gaúcho Invencível. Os super-heróis de hoje são eficientes, diretos e sem frescuras.

Meu sorriso se desgrudou do rosto e rolou pelo chão. Não era uma homenagem a mim e sim uma chacota. Como podiam ser tão ingratos depois de tudo que eu fiz? Salvei o mundo tantas vezes e, em vez de reconhecerem meu heroísmo, minimizavam-no! Puxa, enfrentei o Doutor Sangue e o Curupira Negro! Eram psicopatas e assassinos dos mais cruéis! Tudo bem, usávamos colantes coloridos, cuecas para fora das calças e capas compridas, mas isso fazia parte da magia de ser um super-herói. Hoje qualquer um vestido com sobretudo preto e metralhadora na cintura se diz super-herói. Cadê a magia? A honra e o orgulho de ostentar um símbolo no peito facilmente reconhecido pelas crianças? Essa nova geração de super-heróis jogou videogame demais antes de assumir seu dever. E esse apresentador topetudo? Que audácia! Quantas vezes devo ter salvado a mãe do fuinha? Bem... Se não a mãe, com certeza a avó dele.

– Seja onde estiver, Pardal Mecânico, espero que esteja aproveitando bem sua aposentadoria, sentado em um belo sofá em uma casa luxuosa à beira-mar e mantendo a saúde como nos velhos tempos.

Meu olhar desceu para a montanha de carne à minha frente que eu chamava carinhosamente de barriga. Depois olhei em volta, para as paredes mofadas da sala, os quadros tortos e os pedaços de papel de parede descolando do rodapé. A única parte da casa de que me orgulhava era a prateleira sobre a televisão, lugar em que eu mantinha as medalhas e troféus que ganhara da cidade por salvá-la tantas vezes no passado.

Tudo bem, eu morava numa casa pequena, apertada e muito malcuidada, mas o que esperava? Super-herói não ganha aposentadoria nem paga INSS! Por isso tínhamos as identidades secretas. O Flecha Veloz, por exemplo, foi um jornalista conceituado; a Mulher Pompa (com quem tive um caso secreto nos anos 70), modelo profissional; e o Supercarioca, antes de ser morto pelo Guarani Vermelho, tinha um quiosque em Ipanema. E eu, Ernesto Silva, quando não combatia o crime, consertava micro-ondas e geladeiras da vizinhança. Hoje sei que devia ter escolhido uma identidade secreta melhor, mas não posso reclamar. Fui feliz nos meus anos dourados. Sim, mesmo que a estrada tenha me levado a morar num bueiro de dois dormitórios, a ter duas hipotecas, um Monza bege caindo aos pedaços na garagem e mais uma televisão com bombril na antena, eu teria feito a maioria das escolhas que fiz.

A única diferença talvez fosse ter patenteado meus inventos.

Como me arrependo disso... Por que não os patenteei? Era comum, quando um super-herói saía de cena, revelar sua identidade secreta ao público. Não temíamos que um antigo superinimigo viesse se vingar de contendas passadas, afinal todos estavam velhos e cansados de pular de telhado em telhado. Um dia encontrei o Doutor Sangue na fila da padaria. Esperando o pão, rimos das porradas que trocamos no passado. Depois de sua terceira prisão, ele se tornou crente de uma igreja evangélica e se casou com sua antiga assistente de crimes. Seu nome verdadeiro era Antenor e tinha dois netos.

Comigo aconteceu assim: revelada minha identidade, fui chamado para estrelar comerciais, filmes e novelas. O aliciamento da mídia acontecia com quase todos os super-heróis aposentados. Muitos até abandonavam as profissões de suas identidades – antes secretas – e faziam um bom pé de meia com os contratos de publicidade. Ganhei uma grana preta anunciando eletrodomésticos e promoções em lojas de magazine. Mas a quantidade de super-heróis que se aposentava continuamente fez com que as ofertas rareassem. Peguei o dinheiro ganho e investi na bolsa de valores. Um mês depois, o mercado globalizado comeu minhas rendas e me deixou com algumas notas na carteira. Só então veio a brilhante ideia de patentear meus inventos e lucrar com eles. Quem não desejaria ter em casa uma pistola sônica ou um anel-laser?

Num belo dia de sol, lá fui eu ululando de alegria para o cartório de patentes, sonhando acordado com os lucros vindouros da venda de bumerangues teleguiados e botas flutuadoras. Só daria eu no Natal. Mas, no cartório, meu coração deu um salto triplo mortal dentro do peito. Descobri que meu antigo parceiro, o Garoto-Rolinha, vendera *todos* os meus inventos para uma empresa chinesa! Não adiantou protestar, colocar advogado em cima ou mesmo ameaçar o Garoto-Rolinha (que não era mais garoto havia uns bons anos) com uma batalha sanguinolenta nos tribunais. Perdi meus apetrechos de Pardal Mecânico e ainda tive que pagar os honorários dos advogados daquela rolinha gorda e traíra.

Pensei em fazer como muitos colegas e me candidatar a deputado federal. Mas o governo estava saturado de velhos super-heróis, e eu não tinha nenhum talento para a política e nem padrinho rico para bancar minha candidatura. Sem saída, voltei para minha loja de consertos de eletrodomésticos e amealhei o suficiente para me aposentar com um mínimo de dignidade.

E agora um fuinha na TV tentava me tirar até mesmo isso.

Ser massacrado na televisão me deu fome. Levantei-me (um esforço digno de super-herói) e fui até a cozinha. Abri a geladeira e suspirei ao ver o conteúdo: meia caixa de leite azedo, meia barra de manteiga e um pote de vidro de palmito. Peguei o pote e fechei a geladeira. Anotei num caderninho sobre o balcão que precisava fazer compras na manhã seguinte.

Tentei abrir o pote de palmito. A tampa não desrosqueou. Fiz força e nada. Coloquei o pote sobre o balcão e grunhi com o esforço. Senti meus dedos estalarem e meus dentes trincarem.

– Ufa! – exclamei ao parar.

Não consegui abri-lo. Franzi as sobrancelhas e estudei o pote. A tampa devia estar quebrada, única explicação. Tentei novamente usando uma toalha. Botei-o por entre as pernas e usei toda a força do mundo contra a tampa. Minha coluna me avisou para parar. Que pote miserável! Da cozinha, ouvi o fuinha numerando meus feitos mais ridículos. Rangi os dentes e me renovei de força de vontade. Abri a segunda gaveta do armário e peguei uma chave de fenda. Bati com a ponta no espaço entre a tampa e o vidro. Mexi com a chave de fenda, cutuquei, girei a ponta e fui vencido mais uma vez.

– Não serei derrotado por um maldito pote de palmito.

Tirei um martelo da gaveta. Ele e a chave de fenda deveriam bastar. Batidas depois, gritei e joguei o martelo dentro da pia. A chave de fenda fincou-se na parede como um dardo no alvo. O pote dos infernos parecia rir de mim, juro. Precisava me acalmar. Aquilo era apenas um vasilhame de vidro com tampa de alumínio, não um inimigo vindo da quinta dimensão.

Voltei à sala e olhei para a prateleira com as medalhas e troféus. Sim, claro, onde o Ernesto falhou, o Pardal Mecânico triunfaria. Corri para debaixo da escada e puxei duas caixas de papelão lacradas com fita adesiva. Escrito nas tampas: Coisas do Pardal. Abri a primeira caixa e me enchi de nostalgia. Ali estavam meus apetrechos: o cinto de utilidades com a fivela de pardal, os bumerangues estilizados que tanto trabalho me deram para confeccionar, a pistola sônica que nocauteava os bandidos e um punhado de granadas soníferas. Podia ficar horas ali, sentado no chão, pegando um objeto de cada vez e me lembrando das glórias do passado.

O ronco no estômago me trouxe de volta à missão.

Abri a segunda caixa e revirei o conteúdo. Achei o anel-laser, a pistola nuclear e o maçarico atômico. Não, nada que pudesse colocar a casa abaixo. Parei ao esbarrar com os dedos no arpéu elétrico e na garra mecânica. Abri um sorriso. Sim. A ideia era boa. Peguei o arpéu e a garra e voltei à cozinha. Eu prenderia o pote de vidro na garra mecânica, a tampa no gancho do arpéu e usaria a força de retração do arpéu para soltar a tampa. Se o arpéu tinha poder para me erguer até o topo dos prédios, poderia facilmente soltar uma tampa teimosa.

– Quero ver não sair agora!

Prendi a garra mecânica no balcão da cozinha e o pote de palmito na garra. Nada menos forte que um elefante poderia se soltar da garra mecânica. Com cuidado, enganchei o gancho do arpéu na tampa e estendi a linha até o outro lado da cozinha, onde me posicionei segurando o disparador do arpéu. Bastava apertar o botão de retração para matar minha fome.

Sorri e apertei o botão.

Bum!

Abri os olhos e me vi estatelado no chão da cozinha com um galo na cabeça. Ao me levantar, analisei a situação. A garra ainda segurava o pote de palmito. O arpéu se retraiu como devido. O que não previ foi que meu peso fosse insuficiente contra a tampa. Voei pela cozinha e dei uma cabeçada no armário. No cabo de guerra entre mim e o pote, venceu o pote.

E na televisão...

– ...é claro que existe a possibilidade dos heróis de antigamente estarem hoje muito acabados. Após anos de luta, eu não me espantaria em vê-los em cadeiras de rodas, esperando a papinha chegar, trazida por alguma enfermeira...

Papinha não, palmito! Levantei do chão e voltei para a caixa. Era guerra. Peguei o anel-laser e voltei. Bastava um feixe fino para cortar a tampa no meio. Coloquei o anel e ajustei a potência. *Voilà*! O laser ricocheteou na superfície refletora da tampa de alumínio e atingiu o relógio de parede, cortando-o em dois. Só então me lembrei de que o Homem-Alumínio quase me derrotara assim em 81.

Onde o anel-laser falhou, o maçarico atômico prevaleceria. Bastava esquentar a tampa que ela dilataria e sairia em um pulo. Pura física. Foi o que fiz. Mas o máximo que consegui foi entortar a tampa, deixando-a ainda mais travada.

Parei um minuto para recuperar o fôlego. Ponderei se aquele pote não seria uma artimanha de algum antigo inimigo zombeteiro, cujo intuito fosse rir da minha cara e me desmoralizar.

– Pense, Ernesto! Pense!

A pistola sônica, claro! Eu pensava na tampa, mas poderia estraçalhar o vidro na pia. Fui e voltei com a pistola. Coloquei o pote dentro da pia, ajustei a arma e disparei.

Zuuummm... Trash!

Graças a Deus eu era um pouco surdo. As portas de vidro do armário explodiram, assim como a janela e os copos. Mas o pote de palmito, adivinha? Inteiro!

– Isso é impossível!

Peguei o pote e o analisei. Nem trincado estava! Sim, aquilo era obra de um gênio do Mal, que outra explicação haveria?

Trouxe as duas caixas para a cozinha. Usei dardos explosivos, ácidos, a pistola nuclear e até o alicate rinoceronte (um presente do Homem-Rinoceronte quando viajei para a África do Sul). Nada. Destruí metade da cozinha para fracassar. Foi-se minha força de vontade e meu orgulho. A fome ficou para zombar de mim. Caí ao chão, colei as costas na parede e não me envergonho em dizer que chorei feito criança. Comecei a dar razão ao fuinha da televisão. Que velho imprestável eu era! Derrotado por um mísero pote de palmito! Eu, que já fui procurado pelos colegas para bolar a solução dos mais diversos problemas, não conseguia descobrir como abrir um simples pote de palmito!

De repente ouvi um *crash* vindo da sala. Levantei-me com cautela e espiei da porta da cozinha o interior da sala. Forcei a vista e observei uma mão de homem passando pelo nicho de vidro da porta. Era um ladrão tentando entrar. Voltei para a cozinha e comecei a arfar. O que fazer? Olhei para os apetrechos jogados na cozinha e me arrependi de ter descarregado toda a munição no pote de palmito. Escutei a porta se abrindo. O ladrão entrou. Meu coração subiu e entalou na garganta.

Que droga! Eu fui o Pardal Mecânico! Derrotei centenas de ladrões usando só os punhos. Poderia nocautear o marginal num golpe só! Caí na real ao apalpar minha barriga. Meu corpo de lutador se fora uma década atrás. Suava para matar um pernilongo, duvidava que conseguisse socar o nariz de um ladrão.

Espiei novamente a sala. O ladrão encontrou minha estante de troféus e a tomou como prateleira de supermercado. Cerrei os dentes ao vê-lo jogando meus prêmios dentro de um saco. Precisava fazer alguma coisa, mas o quê? O arpéu... sim. Poderia atirar nele, mas antes tinha que enrolar a linha. Não daria tempo. A pistola sônica fora descarregada. Os bumerangues teleguiados estavam sem bateria, assim como o anel-laser. Sem minha máscara de pardal, as granadas soníferas me poriam para dormir também e só Deus sabe o que o ladrão faria comigo se acordasse antes de mim. Eu precisava de algo duro e pesado o suficiente para nocauteá-lo.

Sim... o pote de palmito.

– Ei! Quem está na cozinha? – o ladrão gritou. Eu fora ouvido.

Não perdi mais tempo. Corri até a pia, peguei o pote e, assim que o ladrão surgiu da sala, atirei-o na cabeça do meliante.

Bam!

Bem na testa! O ladrão caiu no chão, mas não fiquei olhando para ele, e sim para o pote que rolava no chão.

Sem um único arranhão.

Na noite seguinte tomei um bom banho, penteei-me e vesti um pijama decente que não fora feito de pano de chão. Uma da manhã, sentei no sofá com um balde de pipoca nas mãos. Na mesa ao lado, deixei o jornal comprado na manhã. Na capa, em letras deliciosamente garrafais, vinha escrito: "Pardal Mecânico prende ladrão". E, abaixo, minha foto cumprimentando meia dúzia de policiais. Foi um dia glorioso. Enchi o peito e liguei a televisão. Lá estava ele, o fuinha. Roupa da moda e dentes brancos. Não sorria, por que será? Ao fundo, a minha imagem de Pardal Mecânico – a mesma de ontem – dividida com outra do ladrão que invadira minha casa.

– Está em todos os jornais, o nosso célebre Pardal Mecânico nocauteou um bandido armado com apenas um golpe, quando esse tentava assaltar sua residência. Ernesto Silva, seu verdadeiro nome, atribuiu a façanha a sua poderosa dieta que o mantém jovem e forte. Quando perguntado sobre a dieta, o audacioso Pardal Mecânico limitou-se a dizer que basicamente consistia de palmitos.

Sim, palmitos. Comecei a gargalhar.

O fuinha continuou:

– Aproveito a oportunidade e peço desculpas pelo programa de ontem. Não foi minha intenção denegrir o audacioso Pardal Mecânico...

Uma ova que não foi. O pedido de desculpas era uma medida desesperada de um homem com a corda no pescoço. Um passarinho me contara – mais precisamente um membro do meu fã-clube que trabalhava no canal – que o programa e o apresentador seriam removidos da grade.

Ouvir o pobre fuinha narrar minha última aventura adocicou minha boca. A cara dele toda vez que dizia "o audacioso Pardal Mecânico" causava comoção em mim. Saciado o ego, desviei o olhar para a prateleira de troféus. Sorri como o deus Baco diante de um banquete generoso.

Ali, entre uma medalha de ouro e um troféu, estava o Indestrutível Pote de Palmito do Pardal Mecânico.

O GRANDE GOLIAS
LUIZ FELIPE VASQUES

– TÁ NA hora, Maria.

Reinaldo tentou ser o mais gentil possível. Abraçada com Turíbio, Maria chorava, mais do que todo mundo ali. Concordou, com um gesto da cabeça. Ainda teve forças para vê-lo uma última vez.

– Tchau, Demétrio. – A voz embargada. – Descansa.

A tampa foi colocada e presa no caixão.

Foi necessário o esforço conjunto de todos os presentes na capelinha modesta para pôr o caixão sobre a carroça, cujo único eixo gemeu sob o peso. Os coveiros olharam ressabiados e decidiram andar logo. Chuviscava e a lama não demoraria a se formar. O esforço do burrico para puxá-la era evidente.

Um repórter local escreve um obituário impreciso:

Morreu neste dia 17 do corrente, em São Bentinho dos Montes Claros, Demétrio Paixão do Nascimento: homem-forte do circo, veterano condecorado da Força Expedicionária Brasileira, ídolo das multidões, abençoado com uma enorme força muscular, porém acometido de uma baixa sabedoria para usá-la. Causa mortis: *cirrose, amargura e solidão. Acompanha o cortejo três colegas da arte circense, dois coveiros e um cachorro magro.*

– Respeitável público! O Gran Circo Internacional das Américas tem o prazer de apresentar o fenômeno mundial, conhecido em todos os continentes! Apresentou-se para reis e presidentes, da Europa e mesmo do Próximo, do Médio e do Extremo Oriente!

– Mas eu nunca nem saí de Minas... – Demétrio balbuciou,

enquanto ouvia dos bastidores o mestre do picadeiro apresentá-lo, os olhos já arregalados para a plateia. Longe de estar cheia: ainda assim, uma multidão hostil.

– Que mal faz, Demétrio? – Maria, a trapezista pré-adolescente, bronqueou, eletrizada como sempre. – Assim fica até mais elegante!

– O Seu Morales tá inspirado hoje – o domador Turíbio comentou.

– Ele, que enfrentou e venceu as maiores feras com suas mãos nuas! Que se confrontou com homens de grande estatura ao redor do mundo e saiu do ringue incólume e invicto! Recentemente de volta de uma turnê internacional, ele, cuja força se equipara a de cem homens! Tão colossal que é capaz de rivalizar com a dos heróis da mitologia: Aquiles, Atlas e o próprio Hércules!

– Quem são esses caras? – A voz tremia.

– Prepara! – Maria gritou, ao ver o gesto imperativo ameaçar.

– Ele é... o... Grande! Golias!

Foram necessárias cinco pessoas para empurrar Demétrio para dentro do picadeiro.

As palmas se tornaram irregulares ante a figura do homem mascarado, vestindo uma imitação de pele de leopardo, botas vermelhas e braceletes. Em parte por sentirem algo duvidoso vindo dele, em parte pelos impressionantes dois metros e tanto de altura de muita, muita musculatura.

Seu Morales piscou-lhe, confiante. Demétrio engoliu em seco. Esqueceu-se de saudar o público, indo diretamente a um dos diversos halteres e pesos variados já colocados. O outro se apressou a apresentar o que ele faria a seguir.

Tudo era erguido com tanta facilidade que o público resolveu que aquele número era tão fajuto quanto a pele de leopardo que o homem forte vestia. Risos de escárnio ao fundo já podiam ser ouvidos. Uma ou outra vaia se ensaiava, até que o elefante entrou.

– Pipoca?

– Pipoca? E eu tenho cara de criança, ô, Fagundes?

– Você é que sabe.

– Não sei como você me convenceu vir aqui.

– Eu não tenho que te convencer, você trabalha pra mim.

Pascoal resmungou. Conheciam-se desde os tempos de colégio. Intimidade era um problema, às vezes.

– A gente vai ficar aqui até quando? – perguntou de má vontade.

– O número final.

– Falta muito?

Faltava. O jeito era se conformar. Entediado, Pascoal olhava ao redor, para as famílias com a criançada, incapaz de compartilhar a diversão, passando por malabaristas, palhaços, animais domados, mágicos... Por fim, a atração final. O mestre do picadeiro procurava entusiasmar a plateia com a próxima atração.

– É agora? – quis confirmar, esperançoso. Era.

– Vim três semanas atrás, com Leda e as crianças – Fagundes explicou afinal. – Estava que nem você, achando tudo um porre. Aí veio o número final. Não acreditei. Procurei voltar na semana seguinte, mas eles tinham ido embora. Levou algum tempo até localizá-los. Você não vai acreditar. Eu acho que é exatamente o que o departamento está procurando.

– Uma atração de circo?

– Psiu! Olha, olha!

O mestre do picadeiro encerrava, o rufar crescente dos tambores alcançava o ápice:

– ... o Grande! Golias!

Palmas entusiasmadas recebiam o gigante que entrava, o sorriso sob a máscara, acenando para todos.

Olhou para o Mestre do Picadeiro aguardando sua deixa e então começou sua exibição de levantamento de pesos. Às vezes, com uma mão apenas.

– Ele andou melhorando a apresentação – Fagundes comentou, entusiasmado. Pascoal estava indignado. – Que cara é essa agora, Pascoal?

– Você quer avacalhar com o projeto, Fagundes? – Pascoal explodiu. As pessoas ao redor começaram a virar pescoços. Fagundes se admirou, a boca cheia de pipoca. – Não estamos promovendo apenas personagens de programas de rádio! Estamos contando com pessoas de verdade! Heróis da Pátria!

Fagundes nada respondeu, estupefato, nem sequer piscava. Na verdade, tentava não rir com o chilique do outro. Sabia que iria piorar as coisas, sempre fora assim.

– Não vai falar nada? – Pascoal incomodou-se com o silêncio.

Fagundes terminou de mastigar e engolir a pipoca.

– Eu acho... que assim, você vai perder o elefante.

– Que elef... – Virou-se. O paquiderme entrara, acompanhado do domador. Os tambores rufavam expectativa. O mestre do picadeiro retomou a palavra, enquanto o animal era conduzido a uma plataforma suspensa em quatro apoios, a menos de dois metros do chão.

– E agora, senhoras e senhores, o Grande Golias irá executar um ato nunca antes feito, desde os tempos bíblicos. Ele irá erguer acima de si mais de quatro toneladas!

O homenzarrão prestou uma vênia e se enfiou sob a plataforma. Dali a pouco, o disco reforçado tremeu, o animal agitou as orelhas, nervoso. O domador sorria confiante para o público e procurava acalmá-lo.

Braços arqueados, pernas firmes, Golias ergueu a plataforma. O assombro da multidão pasma se transformou em aplausos quando ele começou a andar, passo após passo, com o peso sobre si, para longe dos suportes, ao longo do picadeiro, próximo a uma plateia espantada. Foi até um ponto pré-determinado próximo ao centro, firmou-se de novo. O domador fez com que o elefante empinasse e, do alto, por uma corda desceu uma trapezista, acocorando-se na cabeça e tromba do animal. Sorrindo, com o braço livre, deu a deixa para a orquestra: *Ta-daaaa!*

– Tem que ser um truque... – Pascoal balbuciava, incrédulo. O homenzarrão voltava com sua carga para os apoios e a trapezista desceu. A plateia retumbava em palmas. O mestre do picadeiro tomou a palavra. Anunciou mais um número.

– Tem mais? – perguntou Pascoal a Fagundes, que negou, incerto.

– Quando eu vim, não tinha...

– Respeitável público! Nos últimos tempos, o Gran Circo Internacional das Américas tem tido o orgulho de apresentar, entre atrações de qualidade ímpar, a força da natureza que é o nosso Grande Golias, reconhecido por ser o homem mais forte do mundo! Com sua força, ele tem assombrado nossa distinta audiência por meses a fio. Mas deve a arte, incluindo a arte circense, inovar sempre, encontrar novos caminhos, explorar novos limites... E esta noite, para seu deleite e assombro, nós exploraremos esses limites!

O mestre do picadeiro apontou para os bastidores e mais dois elefantes entraram.

– Grande Golias? – O homem perguntou num tom simpático.

Do lado de fora da tenda principal, Demétrio distribuía autógrafos, cercado por um grupo de crianças. Semi-letrado, desenhava o nome. Era bom para a prática, diziam. Já não se constrangia mais.

– O próprio – respondeu, sem se virar, atento à criançada. – É pra quem?

Uma carteira oficial apareceu à sua frente. Demétrio não conseguiu saber o que era, mas a atitude era típica de autoridade. Resolveu aprumar-se. Os pais começaram a puxar seus filhos dali, em todo caso. Sem que pedissem, tinham uma certa privacidade, salvo por dois colegas de circo mais corajosos. O que puxara a carteira era o mais alto dos dois, encorpado para gordo, olhos miúdos, cabelos claros, crespos. Alto para a média do brasileiro, ainda assim olhava para cima ao falar com o mestiço de pele escura.

– Meu nome é Lourival Fagundes Filho e este é meu colega, Pascoal Motta. Representamos o governo federal e gostaríamos de ter uma palavrinha com o senhor. O que o senhor me diz de ajudar o Brasil contra o perigo nazi-fascista?

Ali ao lado de Turíbio, Maria notou a cara espanto do grandalhão e lhe bateu no cotovelo.

– É a guerra, Demétrio. Querem levar você pra Europa!

Lourival sorria, deu uma olhada para a pequena trapezista, tentando sua cumplicidade.

– Demétrio. Este é o seu nome, então?

– Sim, senhor. Demétrio Paixão do Nascimento, seu criado – veio o tom surpreendentemente humilde.

– Muito bem, Demétrio. Certamente você já serviu à Pátria?

– Sou reservista – confirmou, não sem uma ponta de orgulho.

– Demétrio, estamos selecionando um grupo de homens com habilidades especiais para lutar na Europa. O Doutor Pascoal aqui poderá lhe dar mais detalhes.

O outro tipo, franzino, de cabelos negros puxados com gomalina e um bigode não muito convincente, adiantou-se.

– É um prazer conhecê-lo, Demétrio. Sabe que existe mais gente, assim como você, pelo Brasil afora? Bem, acho que não tão forte. Pessoas com dons especiais, digamos assim. Nós estamos recrutando estes brasileiros em prol de um bem maior. Decerto já ouviu falar do Capitão Jônatas Tarquínio Neves, vulgo Bandeirante?

– Já, já! Gosto muito do programa no rádio.

– O Bandeirante? – Maria pulou. – Ele é tão bonito e corajoso, parece até galã de cinema!

– Mais do que isto, se a senhorita me permite. Ele é um soldado altamente treinado. Um verdadeiro herói nacional. Lutou contra comunistas e integralistas e é homem da mais elevada fibra moral. É uma honra poder lutar ao lado dele. E essa honra poderá ser sua, Demétrio.

Os dois homens continuaram a falar, mas tudo o que Demétrio sentia era a cabeça girando. Olhou para seus dois maiores amigos, como que pedindo orientação. Salvo o breve período de alistamento, sua vida sempre fora o circo. Não sabia viver outra vida. Antes de pisar no picadeiro como atração, trabalhara nos bastidores, limpando jaulas, ajudando a armar a lona (e depois praticamente armando a lona sozinho) e toda sorte de trabalho pesado. Nos olhos de Maria, encontrou um jeito anunciando a saudade. Estendeu-lhe a mão, momento em que os dois homens do governo pararam de tagarelar. Maria e Turíbio sorriram para o amigo.

– Vai, Demétrio – ela disse. – Mas depois volta pra gente!

Os dois homens se entreolharam, satisfeitos.

A despedida se deu dias depois, após uma apresentação final, conforme certos pedidos por parte de seu Morales. Sem sua atração principal, o circo correu a enfatizar que era a última apresentação do Grande Golias, pois chegara a hora do titã utilizar sua grande força em feitos épicos em terras distantes. Um fotógrafo oficial acompanhara aquela noite, quando Demétrio foi com Pascoal para a capital federal e conseguiu tirar uma foto inesquecível, onde ele levantava parte da arquibancada onde todos os seus amigos e colegas do circo se sentavam.

A viagem de trem transcorreu tranquila.

– O senhor o perdoou?

Reinaldo foi pego de surpresa. As reminiscências o envolviam.

– Hein?

– Eu perguntei, o senhor o perdoou?

Levou alguns segundos para entender ao que se referia a voz seca e contundente. Desconcertou-se ainda mais, quando se lembrou da câmera rodando.

– Afinal, o senhor se encontra nestas condições devido a ele...

– Foi um acidente. – Reinaldo cortou, abrupto. Sentia que o outro passara dos limites. Começava a se lamentar por ter concordado com aquela entrevista. – Foi um acidente. Ele nunca...

– Como o senhor está se sentindo? – O médico que o acompanhava nos exames perguntou mais uma vez.

Demétrio apenas respondeu com um meneio de cabeça, sem pronunciar um som. O médico anotou "o.k." e conferiu a pilha de metal sobre ele, marcando dez toneladas. Conferiu o relógio. Erguia fazia dez minutos. Olhou ao redor e viu chegar o Doutor Pascoal Motta, um dos chefes da operação. Acenou para Demétrio, que o brindou com um sorriso. O médico pediu licença a Demétrio e que aguentasse mais cinco minutos daquela forma, pedido respondido com outro meneio.

– E como ele vai? – Pascoal quis saber quando o médico se aproximou.

– Quebrou o recorde anterior. Dez toneladas por dez minutos. Na verdade, eu acho que ele está entediado.

– Eu vi este homem erguer três elefantes indianos com a equipe de trapezistas inteira de um circo, mais uma plataforma reforçada. E depois passeou com eles na minha frente. Dez toneladas não são nada para ele! – acrescentou, impaciente. – Por que os testes demoram tanto? Temos que descobrir quais os seus limites.

– Bem, na verdade... – o outro ficou sem jeito. – Não há pesos mais pesados do que aquele por aqui.

Ali, não. Mas no centro de treinamento do Exército, onde os 'especiais' da FEB estavam reunidos, não faltava. Carros, caminhões, blindados de assalto, com pesos extras, municiados e até com pessoas – especialmente porque a foto de despedida do circo havia criado fama. A soldadesca prontamente se voluntariava para as experiências sobre a força descomunal de Demétrio, com quem descobriam afinidade: eram também pessoas simples, de pouca ou nenhuma instrução, vindas do interior.

Durante um destes testes, Lourival apareceu no campo – aliás, Capitão Lourival Fagundes Filho, designado junto ao DIP, porque esta história de ir para a guerra é pra otário, opinião que guardava para si. Olhou para o teste ao ar livre em que um caminhão de transporte de tropas – lotado de soldados se divertindo mais do que o devido – era erguido por Demétrio.

Apesar de não ser exatamente sutil, conseguiu assustar Pascoal, que falhou em vê-lo se aproximar.

– De onde você surgiu? – bronqueou.

– Eu também tenho habilidades especiais.

– De aporrinhar qualquer vivente, isto eu não nego... – murmurou Pascoal.

– Psiu! Respeito à farda, antes de mais nada. Escuta, e aí?

– Não leu os relatórios?

– Pascoal, não enseba, desembucha logo, vai!

– Bem... O Bandeirante estava em ótima forma quando saiu para os Estados Unidos. Os conscritos Nascimento, Veloso, Cerqueira e Alencar gozam de excelentes condições físicas. Há problemas, entretanto.

– Que tipo de problemas?

– Porfírio Veloso não parece conseguir controlar o fogo gerado por ele, depois de algum tempo. Parece que desliga alguma coisa nele. Se a gente não berra, ele se deixa levar. Houve um acidente envolvendo dois soldados que foram para a enfermaria.

– Eu sei. Tivemos que segurar esta notícia.

– Não sabemos se o descontrole é de fonte fisiológica, psicológica ou etérea.

– Você e suas teorias. – O outro riu.

– Não fossem por elas, não estaríamos aqui.

– Não, não: não fosse por *mim*, nós não estaríamos aqui.

Pascoal engoliu a raiva que sentia do amigo nessas horas.

– Mais alguma coisa?

– Atanásio Cerqueira tem problemas em acatar a autoridade. Fica meio difícil pôr no xadrez um homem que pode sumir na sua frente... Nascimento não consegue receber vacinas porque sua pele aparentemente é impérvia a perfurações e Alencar, bem... Vera Alencar é mulher.

– "Apenas em caso de mobilização, as mulheres serão aproveitadas em encargos compatíveis com a sua situação e natureza." – Citou a Lei do Serviço Militar. – Estamos nos mobilizando.

– "Seja nos hospitais no serviço de assistência nosocomial, *fora das zonas das operações*, seja nas indústrias e misteres correlatos com as necessidades da guerra." – Pascoal completou.

– Você complica demais, Pascoal! Olha aí! "Misteres correlatos com as necessidades da guerra", pronto! E, pelo amor de Deus, ninguém vai pôr uma mulher no *front*! Além do problema que não existe, há algo a depor contra Alencar? Aliás, o que ela faz, mesmo?

– Aparentemente, ela tem uma forma de mediunidade que possibilita a captura de pensamentos de outras pessoas.

– Só uma mulher para ter fofoca como habilidade sobrenatural. Por que *aparentemente*?

– Às vezes vem sob forma de vozes, outras vezes, palavras, como se estivesse lendo.

– Tá, mas...

– Às vezes, é de alguém que não está lá.

– Hum... – Receoso, Lourival tentou aparentar a pose de sempre, mas Pascoal o conhecia havia tempo suficiente. – Então ela está... – Girou o indicador sobre a têmpora.

– Ela me perguntou, "Quem é Marília Fagundes?"

Lourival ficou branco e depois fechou a cara.

– Eu desconversei, é claro. – Não esperou pela resposta do outro. Certos assuntos constituíam tabu, mesmo entre velhos amigos. – Mas ela continua sendo um risco para o moral da tropa, desse jeito. Tive que limitar a presença dela nas instalações. Primeiro, que lugar de mulher não é em quartel. Segundo, que mais um pouco e tinha fila pra se consultar com a "Mãe Vera".

– Alguém que lê a mente do inimigo é de grande utilidade – grunhiu, seco.

– Se ela falasse alemão. Não fala nem inglês. Fala um pouco de francês, do colégio.

– Nós não vamos pra França, nós vamos pra Itália.

Pascoal devolveu-lhe um olhar de "não é problema meu".

– É uma pena. Mas todos vão.

– Hein? Mas os testes, o comportamento...

– Já está decidido. O primeiro embarque é em julho. Vão no primeiro Escalão da FEB.

– Julho? Julho agora?

– Eu sei, é o fim da picada. Vamos ter menos de um mês. Nem conseguiremos explorar direito o material promocional.

– Mas o incidente conhecido como a Batalha do Copacabana Palace é atribuído, em parte, à senhora.

Ela ri, ao ouvir a declaração. Baixa os olhos por mais um momento, pensa no tempo que passou.

– As pessoas dizem muitas coisas. Eu estava lá, de fato, quando aquele episódio lamentável ocorreu. Mas eu estava acompanhada.

– Não teria sido isto o estopim do incidente?

– O que aconteceu foi que dois homens formidáveis... que haviam lutado pelo Brasil na Europa... talvez tenham bebido um pouquinho além da conta naquele dia. – Ela ficou séria. – Uma tragédia o que aconteceu àquele outro, que não tinha nada a ver com o incidente...

– A senhora então nunca teve, como se diz, um envolvimento com o Grande Golias?

Évora Duncan joga a cabeça para trás numa gargalhada.

– Rapaz... Você é mesmo curioso, não?

Sob os protestos ignorados de Pascoal, a Tropa Auriverde, integrada ao Primeiro Regimento de Infantaria da Primeira Divisão de Infantaria Expedicionária da FEB, foi apresentada ao público numa grande cerimônia no Cassino da Urca. Aqueles homens e a mulher misteriosos, em farda, e com máscaras curiosas eram a promessa de, junto ao efetivo regular das Forças Armadas, acabar com as forças do Eixo e ajudar a liberdade a raiar na Europa. Seus codinomes eram pitorescos e apenas um tinha identidade pública: Bandeirante, ídolo das multidões e face jovial heroica do regime. Contava muito que fosse paulistano de origem, face à Revolução Constitucionalista de alguns anos antes. Os outros quatro foram apresentados apenas como Grande Golias, Visão, Combatente do Fogo e Espectro.

As perguntas dos repórteres credenciados foram, é claro, previamente selecionadas pelo Departamento Interno de Propaganda. Nada que revelasse demais. Mesmo a natureza de seus poderes fantásticos foi mantida em certo grau de sigilo, o que, obviamente, só aumentou a curiosidade. Celebridades do rádio, teatro e cinema, literatos e artistas, políticos e *socialites* preenchiam o recinto. O Bandeirante, para quem lidar com a mídia não constituía mistério, respondia ou intervinha na maioria das respostas, quando sentia que algum de seus subordinados precisava de ajuda.

Demétrio se sentia meio sozinho naquele tipo de situação. Acabrunhado num canto, metido num paletó desconfortável, embora feito sob medida para o seu tamanho, sentia falta de seus amigos do circo. Às vezes chegava uma carta, sempre queria responder, mas escrever ainda era uma dificuldade. Pedir que alguém o fizesse por ele se tornara humilhante, em algum momento que nem percebera. Não se sentia bem no meio militar, à exceção dos soldados. De seu batalhão, pressentia que Espectro era encrenca: desrespeitoso demais. O Combatente do Fogo parecia um sujeito decente, natural de Alagoas, de onde sabia que sua falecida mãe viera, mas simplesmente não tinham o que conversar. Visão o assustava e muito. E o Bandeirante... Bem, era capitão, vivia muito ocupado, sempre ao falar com ele – ou com algum deles – era para dar ordens ou corrigir algum defeito no que se fazia. Admirava-se como nunca perdia a linha com o deboche de Espectro, achava-o um líder de fato. Mas havia uma distância nítida ali e quanto mais percebia isso, menos gostava.

Estava com uma taça delicada na mão, ainda não se decidira se gostava da tal champanhe, quando ela se aproximou. Bonita, olhos claros, covinhas quando sorria, educada, exibindo boas maneiras e mesmo um ar reservado apesar de estar se atirando para ele, a jovem corista se apresentou a Demétrio. Chamava-se Évora Duncan, embora esse fosse, na verdade, seu nome artístico, quase como acontecia com ele. Ela propôs:

– Não quer me acompanhar até a varanda, onde está mais arejado?

Constrangido pela atenção recebida, imaginou o que aquela moça poderia querer com ele além de um autógrafo. Mas estava de braço dado com ela e se deixava conduzir não sabia bem para onde. Ao localizar um outro homem no salão, ela lhe deu uma piscadela significativa. Em resposta, Lourival ergueu um copo de *scotch*. Satisfeito consigo mesmo, brindou-se com um gole generoso e, ao seu lado, vislumbrou o olhar reprovador de Pascoal.

– O que foi?

No meio da lama, com a perna atingida, arrastando-se como podia, Reinaldo tentava sair dali. Balas espocavam no chão, próximo de onde estava. O motor diesel era onipresente, não sabia se estava se afastando ou o contrário. O terreno acidentado, as ruínas, a lama, a histeria, nada lhe indicava por onde o tanque do inimigo se aproximava. O barulho aumentava.

A patrulha havia sido pega de surpresa. Esperavam encontrar os inimigos, mas não tantos assim e, especialmente, não tão bem armados. Perdera-se dos demais na debandada desenfreada. Ledo engano, seu último. Por isso ia morrer e sabia bem o porquê.

Uma rajada perigosamente baixa e Reinaldo enterrou a cara na lama e na neve. Respirava de boca aberta, engasgou-se com a sujeira. Sangue empapava a perna da calça. Sua mente treinada lhe oferecia os piores prognósticos, como um pequeno anjo em seu ombro, mas ele tentava ignorar. O chão tremia com o desastre iminente. Algo cortou a luz. Virou o rosto e viu a parte inferior de um tanque de guerra se lançando por cima dele, com as esteiras a toda velocidade. Beijou o chão mais uma vez, protegendo-se com o braço e berrando o nome do Messias. Só esperava que fosse rápido.

Quando nada aconteceu, ainda demorou para olhar. Não tinha coragem.

O tanque continuava lá, só que mais alto. Do terreno, surgira um homenzarrão que o erguia sobre a cabeça, olhando ao redor, como se escolhendo onde pousá-lo. Não. Arremessá-lo!

Surpreso, o gigante se deparou com Reinaldo aos seus pés.

– Tudo bem aí? – perguntou, simpático, o esforço evidente na voz trêmula. – Só um momen.. tin... nho! – Arremessou as mais de 60 toneladas do *Panzer* em algum ponto. Reinaldo não o viu aterrissar, mas ouviu o estrondo, uma parede ruindo e a gritaria em alemão. Os tiros cessaram.

– É pra correr mesmo! – o gigante urrou, ameaçador, certo de que provocaria a debandada da tropa inimiga. – Que eu vou aí!

Olhou de volta para o soldado ferido, sorrindo como se tudo fosse acabar bem.

– Vixe, aquilo sim, era pesado. Quer ajuda aí, doutor?

Nervoso, o Segundo-Tenente Reinaldo Gomes dos Santos, oficial médico do Primeiro Batalhão do Sexto Regimento de Infantaria, Primeira Divisão de Infantaria da Força Expedicionária Brasileira sentiu-se renascendo, ou assim julgava.

Demétrio o ergueu o mais gentilmente possível, dentro da pressa óbvia, para voltar às linhas brasileiras. Alguns metros depois, sentiu algo explodir em suas costas, queimando sua pele e carne a ponto de deixá-lo de joelhos e fazê-lo derrubar sua carga preciosa. Não fora um disparo de canhão ou obus, antes fosse.

Não havia expectativa de que soldados com habilidades especiais do lado alemão pudessem ser encontrados na Itália, apesar da ambição inimiga de reforçar as tropas na França. Ledo engano.

Em 2 de Dezembro de 1944, pouco depois do início do engajamento que se tornaria conhecido como Batalha de Monte Castelo, a Tropa Auriverde teve seu primeiro encontro com um membro do correlato inimigo. Johannes Gottlieb, soldado do grupo de elite denominado *Reichordensritter* – Cavaleiros do Reich – , era capaz de voar mais rápido do que um caça e ainda disparava intensas rajadas de luz focalizadas em um ponto, gerando calor rápido o suficiente para criar explosões. *Sonnenkrieger* era seu codinome.

Demétrio voltou a si ouvindo a voz de Reinaldo. Encurvado sobre o oficial médico, que lutava para não gemer de agonia, tinha a face a dois palmos de distância da sua. Focalizou os olhos, e desta vez entendeu.

– Não se mexa! Tá me ouvindo?

Sussurrou, 'hu-hum'. Reinaldo virou a cabeça e indicou com o olhar, chamando a atenção do outro para mais adiante, onde uma sombra escura pairava sobre o branco do chão, naquele raro momento de sol.

– Ele voa. Deve achar que a gente já era. Como é que você tá?

O rosto do gigante se contorcia de dor. Nenhuma outra resposta era necessária.

– Segura as pontas. Acho que ele vai finalizar.

Flutuando acima, movido pela curiosidade em encontrar alguém que não explodisse ou se incendiasse sob suas rajadas de luz concentrada, ele se aproximou, cauteloso. Vestia uma farda modificada, negra, que não atrapalhava sua aerodinâmica, ainda que mantivesse o capacete da infantaria. Não carregava nada, salvo um coldre bem preso à coxa. Sob o capacete, óculos de proteção de aviador. Reinaldo pôde ver todos esses detalhes por cima do ombro de Demétrio, quando o alemão entrou em seu ângulo de visão. Percebeu que ele tinha uma espécie de jaqueta reforçada e não parecia ser para o frio que fazia.

O atacante descobriu Reinaldo sob o homenzarrão acocorado. Riu, satisfeito, e ergueu a mão, que começou a brilhar.

– Sai! – Reinaldo gritou.

Demétrio rolou para o lado. Com o braço livre, o tenente médico sacou a Colt do coldre e disparou o melhor tiro de sua vida.

Não demorou e o reforço avançou tardiamente até encontrá-los, estirados no chão, respirando com dificuldade e um terceiro sujeito logo ali – com um uniforme negro esquisito, insígnias alemãs, um tiro no queixo, uma perfuração no topo do capacete, sangue e miolos acompanhando. Oficializando o feito, o Alto Comando correu para condecorar Reinaldo e Demétrio por bravura e divulgar o ato na imprensa.

– Você deveria tentar... – Reinaldo declarou, com ar professoral.

Tímido, Demétrio baixou os olhos. Reinaldo suspirou, ergueu a carta, ajustou os óculos.

– Ok. Mas depois vamos ler juntos. "Querido Demétrio. Como você tem passado? Sentimos muitas saudades suas, porque não recebemos notícias, a não ser pelo que sai nos jornais. Seu Morales diz que você está muito ocupado. Turíbio também acha que guerra não é para passear. Aqui no circo as coisas vão bem. Dona Chiquinha teve o neném e ele pesava..." *Cem quilos*?

– Dona Chiquinha é uma elefanta. – Demétrio riu, logo acompanhado por Reinaldo, ao perceber seu engano.

Dentro do hospital de campanha, a luz era a do lampião. Alguém entrou, afastando a lona da entrada, o frio acenando lá fora, e logo estava ao lado deles, dando-lhes boa tarde. Demétrio se empertigou, Reinaldo prestou uma continência relaxada. Com um gesto, o recém-chegado dispensou as formalidades.

– Como está essa perna, Tenente? – o Bandeirante perguntou.

– Melhorando, Capitão. Vai melhorar!

– Que bom! E suas costas? – dirigiu-se a Demétrio.

– Sem problema. O doutor disse que eu devo receber alta ainda hoje.

– Muito bom. Muito bom mesmo. Soldado, um minutinho aqui, por favor.

Um pouco mais a sós, mas não tão longe da audição de Reinaldo:

– Você sabe que o que você teve foi sorte. – Não deixou o outro interrompê-lo. – Você recebeu ordens bem claras para não abandonar seu posto! Não pense que nós não sabemos da aposta se você conseguia ou não erguer um tanque de guerra alemão.

Demétrio engoliu em seco.

– O que você fez foi extremamente irresponsável. Você deu sorte do doutor ali ter dado o tiro que deu! Nós *precisamos* obedecer ordens, para cumprir nossa missão. Que tipo de exemplo você espera dar para o resto da tropa, agindo dessa forma?

Deu dois passos, deixando o outro, mas se deteve, completando:

– A guerra não é o circo para você se exibir. Se fizer asneira aqui, pessoas vão morrer.

Reinaldo olhou para Demétrio quando esse retornou, a cara azeda de criança repreendida por algo que não concordava. Evitou comentar. Demétrio começou a vestir o uniforme.

– Não quer continuar a carta?

Não queria. Ia dar uma volta para arejar. Já se sentia bem, de qualquer maneira.

– Ah, se você puder, vê se consegue com nosso amigo lá uma lata de pêssego em conserva. – Sugeriu um pequeno ato de indisciplina, como se o outro já não estivesse encrencado.

Demétrio saiu da tenda, sem dizer nem que sim, nem que não.

O tal do "amigo lá" era um tipo conversador da intendência, que acabara simpatizando com Demétrio e Reinaldo. De vez em quando, podia arranjar um agrado pros amigos.

Demétrio deu umas voltas bestas, até que decidiu ir à barraca de suprimentos. Esperava ver o intendente assim que entrou, mas, no lusco-fusco do lugar, a princípio achou que estivesse sozinho. Atrás de umas prateleiras mais adiante, havia um certo movimento. Curioso, aproximou-se, pensando que poderia ser um dos soldados, o próprio intendente, com alguma moça local. Aquilo acontecia, às vezes. Com molecagem na cabeça, tentou dar só uma espiadinha, ao invés de deixá-los na privacidade, pisando o mais de leve possível.

Por trás de dois pacotes de farinha da penúltima prateleira, tinha um bom ângulo de visão. O sorriso murchou quando viu o rosto com hematomas de Vera Alencar, num esgar de dor, com Atanásio Cerqueira por cima, forçando-lhe a entrada.

Demétrio deu um passo para trás, em choque, fazendo barulho. Espectro olhou diretamente para ele, logo percebendo quem era. Ao invés de fugir, riu.

– Chega mais! – Cerqueira atiçou o outro. – Olha só, que filé... Dá pra nós dois e sobra! Gostosinha branquela se fazendo de difícil, não dá conversa pra ninguém...

Demétrio gaguejou e ergueu o braço, tentando parecer firme:

– Sai de cima dela!

Espectro levou alguns segundos antes de entender que era o único ali que concordava com aquilo tudo.

– Hein? Que sai o quê?! Ainda não entendeu? Eu posso fazer o que eu quiser! – Olhou para sua vítima. – A gente pode fazer o que quiser!

O Grande Golias atropelou a estante para agarrar o outro, antes que sumisse. Saiu pela parede da tenda, rasgando a lona, com o colega de batalhão debaixo do braço, em uma gravata sufocante. Logo se juntaram diversos soldados, querendo ver o que ocorria e apostar em uma luta. Sempre por perto, a polícia militar americana logo interveio. No centro de tudo, Demétrio berrava para os soldados ao lado para que chamassem o Bandeirante. Segurava um homem que sumia e reaparecia repetidas vezes, debatendo-se inutilmente, chutando e socando seu captor.

De Espectro, não saberiam mais nada por algum tempo, exceto que fora enviado para corte marcial, sedado e posto sob forte esquema de segurança. Uma notícia daquelas seria péssima para o moral das tropas e para o povo que ficara em casa. Ainda mais, logo após um feito tão valoroso. Visão foi tratada e recebeu dispensa, também sumindo no anonimato.

A guerra, entretanto, continuava. A *Victory Brigade*, equivalente americano da Tropa Auriverde, cedeu um de seus membros, um americano de origem portuguesa chamado Henry Andrade, codinome Sonic, com o poder de atordoar o que se mexesse no raio de dezenas de metros com ondas sonoras altíssimas. Ganhara o apelido de *Berrô* entre os brasileiros que o adotaram e assim ficou.

À altura de Montese, houve outra baixa para os Auriverdes, quando Combatente do Fogo, em virtude de uma peculiaridade inerente a seus poderes, porém até então desconhecida, gerou e ampliou não somente chamas de seus pulsos como transformou pequenos focos de incêndios ao redor em fornalhas calcinantes, destruindo tanto o inimigo como parte do efetivo aliado. A ausência súbita de oxigênio acabou por asfixiá-lo. Morreu com uma expressão de êxtase estampada no rosto. Coube ao Grande Golias correr da zona conflagrada com o Bandeirante, o Tenente Reinaldo e mais dois soldados pelo pescoço, debaixo dos braços ou como pudesse.

De volta ao Rio de Janeiro, onde todos haviam partido no ano anterior para integrar o esforço de guerra aliado, os integrantes sobreviventes da Tropa Auriverde tiveram um desfile de carro aberto pelo Centro do Rio de Janeiro, enquanto as tropas regulares marchavam atrás. A Avenida Rio Branco era como um carnaval, com populares, autoridades civis e os comandantes da Primeira Divisão de Infantaria Expedicionária saudando sua joia mais cara, a Tropa Auriverde, unidade que, fora os pelotões de apoio, àquela altura se resumia ao Grande Golias e ao Bandeirante.

No carro, ainda acompanhavam velhos rostos conhecidos.

– ... fama e fortuna, rapaz! É o que virá por aí. Falam até de cinema! Já pensou no que fará com tanto dinheiro?

Demétrio parou de saudar os passantes. A pergunta o intrigara. O

Capitão Lourival Fagundes Filho levantara pontos importantes. Até então, julgara natural voltar para sua vida no circo.

– Você vai precisar de alguém de confiança, que o conheça e que saiba fazer as vezes de gerente financeiro, ou ainda... um agente de representação.

– E quem seria? – Também no carro aberto, Pascoal Motta não gostava nada do rumo daquela conversa. – Você, por acaso?

– E por que não? – Lourival sorriu, fingindo surpresa. – Eu também preciso de uma mudança de ares. A guerra terminou, nós salvamos o mundo. Sinto que meu trabalho aqui acabou. Se o nosso bom Golias aqui quiser – bateu-lhe, amistoso, no ombro –, aposento a farda e estamos às ordens!

Demétrio sorria.

Logo ficou evidente que Demétrio era analfabeto. O jeito era fazer com que decorasse as falas. Após isto, pronunciá-las de modo claro é que era a guerra.

O Grande Golias entra em cena, agarra e levanta o jipe que ameaçava cair contra o abismo cenográfico e salva Oscarito e Fada Santoro.

– Obrigado, primo! – O rapaz simples do interior agradecia ao herói da Pátria, com o qual tinha um parentesco insuspeito e que sempre aparecia para ajudá-lo na hora certa.

– Pode contar comigo! – E Golias saía de cena.

Havia sido dispensado de dizer "*Eu estava passando casualmente por aqui e ouvi seu chamado de socorro*", além de outras falas. O que, no caso, não era tão ruim, descontando-se a inverossimilhança em prol do tom de comédia do filme.

Do roteiro original, 20% das cenas iriam ser com ele. Depois, 10%. Ficaram com três aparições, para salvar o primo da morte certa e mais uma participação em um número musical, protagonizado pela estrela menor Évora Duncan, que era erguida, junto com parte do elenco, por Demétrio, num palco enorme cheio de lâmpadas acesas. *Grandes sonhos, grandes amigos* foi uma grande produção e um grande fracasso, apesar de um ótimo lançamento, dos nomes principais e da participação tão especial. Houve quem dissesse que a presença de Demétrio era o de menos. Outros, que era sintoma da preguiça criativa em busca de apelo fácil. Ao fim daquele último *take*, o agente de Évora abanou a cabeça negativamente e a atriz entendeu o recado.

– Vê lá, hein, Demétrio. – Reinaldo aconselhou, rindo um pouco do grandalhão com mais uma taça de champanhe na mão. Apesar do riso, havia certo tom de preocupação.

Com todo aquele tamanho, Demétrio era surpreendentemente fraco para a bebida. *Tem coisas que nem a ciência explica*, dissera-lhe uma vez um Pascoal Motta resignado, ao contemplar o gigante ficar levemente festivo na segunda garrafa de cerveja, numa comemoração anterior. Reinaldo vira outras vezes.

Após a guerra, Reinaldo abrira um consultório no Rio de Janeiro e ia bem. Já Demétrio alternava entre dois tipos de manchete: visitas a escolas para lições de civismo e recepções por esse ou aquele motivo que, na verdade, nunca entendia bem. Só entendia que Lourival lhe arranjava alguns trabalhos, levava-o ao local, dizia que tinha que ir e tudo bem. Não reclamava da atenção recebida, especialmente a feminina.

Quando podia, chamava Reinaldo para um "bem-bom". Na verdade, um adotara o outro. Aquela recepção no Copacabana Palace era mais um desses eventos. Mal chegara e já foi bem recebido, posava para fotos, todos vinham falar com ele, ainda que as conversas não deslanchassem. Mais algumas fotos. Reinaldo sorria, abrindo espaço o suficiente para não ser registrado. A modéstia o compelia, mesmo sendo também condecorado.

Procurando um canapé, ouviu a voz familiar por trás.

– Tenente, é bom revê-lo.

Virou-se.

– Igualmente, Capitão. Perdão: Major! Mas eu sou civil, agora.

– Uma perda para o Exército – o Bandeirante cumprimentou. – Você não ia montar um consultório?

– Já está montado, não posso reclamar. E o senhor? Como é ser o Bandeirante após a guerra?

– A guerra nunca termina. – sorriu, enigmático, enquanto sorvia uma taça.

Reinaldo riu. Jônatas localizou Demétrio, adiante, entre algumas senhoritas da sociedade. Risinhos nervosos, tocavam no bíceps contraído do gigante. O sorriso era um esgar. Jônatas não disse nada. Reinaldo percebeu e se calou. Até o fim do conflito, o Bandeirante havia repreendido Demétrio mais algumas vezes. O gigante lhe respondera das últimas feitas. Algumas testemunhas haviam opinado que a guerra terminara "bem a tempo". Jônatas entregou a taça a um garçom que passava e foi até ele, seguido por Reinaldo.

– Cabo...

Frisson entre as mocinhas. Demétrio não escondeu o muxoxo. Mas aceitou a mão que lhe foi estendida.

– Major, bom rever o senhor.

Retribuiu o cumprimento, mas uma pressão a mais sobre seus dedos o fez sacar a mão rápido:

– Igualmente. Senhoritas, com licença. – E se retirou.

Ao passar por Reinaldo, esse lhe cochichou:

– Ele não fez por mal.

– Ele já está bêbado. – Jônatas cochichou, sem se alterar, massageando discretamente a mão. – E ele nunca faz por mal. Dentro em breve não vai mais se contentar em ser apenas a atração pitoresca dessa gente. – Indicou os arredores com um meneio de cabeça. – Ou bem ele entende isso ou vai precisar passar por um aperto para finalmente perceber o papel constrangedor que está fazendo. Cadê o Lourival?

Reinaldo não sabia. Jônatas comprimiu os lábios em desaprovação, como sempre fazia quando o assunto era Lourival. Seu olhar se cruzou com o de dois militares de patente mais elevada, que lhe acenaram.

– Perdão, mas eu tenho...

– Até mais tarde, Major. Sem problemas. – O médico se despediu num tom gentil.

Olhou para Demétrio. O gigante parecia amuado, pois seu séquito se dispersara. Foi até o amigo, que buscava apoio numa nova taça de champanhe. Lançou um olhar significativo para a taça.

– Não vai me encher o saco você também, né, Reinaldo?

– De forma alguma! – O ex-oficial médico arregalou os olhos para enfatizar.

É. Aquilo era novo. Não teve tempo para mudar de assunto, Demétrio segurou seu ombro e apontou adiante. Reinaldo lhe cutucou o braço em nome da discrição. Évora Duncan entrara no saguão, acompanhada por um industrial trinta anos mais velho.

– Demétrio, deixa a moça. Ela tá acompanhada.

– Ih, eu só vou lá dizer oi.

– Demétrio, volta... – Foi inútil. Desde o fracasso do filme que ela, estranhamente ou nem tanto, afastara-se dele. Criançāo apesar do tamanho, o outro não entendia o porquê.

A ordem exata dos eventos a seguir é alvo de especulação até hoje. Os resultados, entretanto, foram inegáveis. E injustificáveis.

Na impossibilidade de evitar Demétrio, Évora lhe sorriu. Apresentou seu novo amigo, que se sentiu genuinamente impressionado em conhecer o Grande Golias. Entabularam cinco minutos de conversa. Porém, aparentemente, Demétrio não soube captar a dica de deixá-los a sós. Ao menos, essa foi a percepção de Jônatas, quando olhou para trás, percebendo a expressão preocupada de Reinaldo e o motivo dessa preocupação. Resolveu intervir quando, na verdade, talvez já não fosse tão necessário assim. Intrometeu-se na conversa. Primeiro de modo gentil. O que foi dito, não ficou registrado. Mas, como argumento, puxou levemente Demétrio pelo braço. O gigante se desvencilhou com um gesto um tanto brusco demais. Évora se assustou. O Bandeirante segurou com mais firmeza. Então, o outro se esquentou.

Reinaldo viera por trás, totalmente fora do campo de visão de Demétrio. Este, ao reagir contra o segundo toque de Jônatas, atingiu Reinaldo em cheio com o cotovelo e as costas do antebraço. O médico rodopiou, atravessou meio salão e aterrissou de costas contra a quina de um vaso ornamental maciço. Lá ficou. Não sabiam ainda, mas levantaria dali para uma cadeira de rodas.

Estático, Demétrio percebeu que machucara seu melhor amigo. O Bandeirante disparou para acudi-lo, especialmente ao ver que o homem não se mexia. Comoção no resto do salão, abrindo espaço para saírem de perto da violência e melhor apreciarem o espetáculo.

– Médico! – o herói comandou, arqueado sobre Reinaldo. – Chamem um médico!

Assustado, o gigante foi até os dois, tentando ajudar de algum modo, mas estacou quando Jônatas pulou de pé contra ele, o rosto avermelhado.

– Se quer ajudar, afaste-se! Você já fez *muito* por ele, sua aberração de circo!

O golpe foi mal desferido. Contudo, tamanhas foram a fúria e a força empregadas que Jônatas não logrou evitá-lo totalmente. Atravessou a vidraça do hotel, indo parar na praia em frente, rolando bastante pela areia. Reconheceu que saíra no lucro. Afinal, testemunhara em primeira mão na Europa o que Demétrio era capaz de fazer contra a blindagem de veículos e fortificações. Ergueu-se. Doía quando respirava, mas não parecia ter nada quebrado e precisava voltar a si. Forçou o mundo a parar de girar, focalizou a vista, o Grande Golias já saíra do hotel, correndo em sua direção com olhar assassino.

Em sua vantagem, o fato de que Golias não era um lutador, aliás, jamais o fora. Além disso, estava bêbado e furioso. A receita para se cometer erros. E Jônatas era mestre em combate corporal em mais de um estilo e, não obstante as dores e pontadas, estava sóbrio. Em sua desvantagem, Demétrio era um ogro. O pior é que estava sem granadas, ou qualquer outra peça do seu equipamento especial. O jeito era fazê-lo comer areia e cansá-lo. O jeito era...

Parte dele se acharia um covarde mais tarde, mesmo o soldado sabendo que era questão de vida ou morte. Posicionou-se, levando-o até onde queria, cada vez mais longe da rua. A carga veio, foi fácil desviar. Embalado, Demétrio caiu direto na água. Não estava raso para um homem comum, mas a altura dele compensaria. Antes que o outro se equilibrasse, pulou-lhe nas costas, jogando com o peso e afundando a cabeça do oponente na água. A areia não era o mais firme dos apoios e o mar bravo puxava muito com ondas fortes e rápidas. Aplicou-lhe um mata-leão. A fúria de Demétrio se transformou em desespero, pois morria de medo de entrar na água funda, já que não sabia nadar – e o Bandeirante sabia disso. O gigante poderia ter se livrado do oponente facilmente, apenas puxando-lhe os braços com sua força, o problema é que parara de pensar. Cada vez que tentava aspirar, abria a boca e engolia água salgada, o que o fazia querer tossir, e o mata-leão do Bandeirante ali, disposto a não soltá-lo por nada neste mundo. Como um peão sobre o touro bravo, empinou e encurvou. Levou quase dois minutos inteiros até que o outro desmoronasse.

Derrotar o Grande Golias fora metade do problema. Arrastá-lo, grogue de dor e cansaço, através da correnteza até a areia seriam outros quinhentos. Na praia, testemunhas do início do conflito haviam avançado pela faixa de areia, mantendo uma distância cautelosa. Quando o resultado se decidiu e em face do novo drama, alguns dos presentes que se sentiam aptos largaram sapatos, ternos, camisa e se atiraram n'água, ajudando os dois a sair. Recobrando o fôlego, Jônatas foi até Demétrio, semi-inconsciente, todo encolhido. Percebeu que o gigante chorava.

Ainda teve forças para apontar o dedo em riste para os fotógrafos presentes no evento original, que aguardavam ali para tirar a foto do ano:

– Sem fotos!

Foi obedecido, mas nem precisava ter ordenado. O DIP havia sido extinto no fim do Estado Novo, mas a Tropa Auriverde, oficialmente debandada junto com o restante da FEB, ainda era um instrumento de propaganda valioso do governo, não importando quem estivesse no poder. Qualquer ameaça que arranhasse sua imagem era prontamente censurada. Não houve, entretanto, como abafar a "Batalha do Copacabana Palace".

A sociedade carioca, então, fez a única coisa que podia: virou as costas para Demétrio. Convites para festas e eventos sumiram de uma hora para outra. Nas poucas a que compareceu, quando a maior parte da vergonha passou, esteve só. As raras palavras que lhe foram dirigidas eram de uma polidez fria e dolorosa, na melhor das hipóteses. O pior eram os olhares de esguelha. Não se demorava muito nesses eventos.

Quando soube do escândalo, Lourival fez o que todos previram que fizesse desde o início: sumiu levando o dinheiro que Demétrio ganhara e que ele, tão generoso, administrava. Deixou mulher e filhos para atrás. Dali por diante, foi ladeira abaixo.

Corria o governo Dutra, o Brasil mantinha a paz em suas fronteiras e não se envolveria em conflitos internacionais. Aos poucos, a Tropa Auriverde foi deixada de lado, exceto quanto à exploração da imagem do Bandeirante. Não se teve mais notícia de Demétrio, apesar da baixa probabilidade de se ignorar um homem de mais de dois metros de altura, com a força de um deus olímpico e fama de herói de guerra. Era como se houvesse um acordo tácito para não se falar sobre ele. Aqui e ali era visto em trabalhos como estivador, lavrador, peão de obras. Mas nunca durava muito, pois, cedo ou tarde, os demais se ressentiam de um homem que fazia o trabalho de vários. Diziam que andava pelos estados da Região Sudeste, mas também em Goiás, Bahia e Amazonas. Ninguém sabia ao certo.

O Gran Circo Internacional das Américas havia entrado em decadência, depois que Seu Morales faleceu, após trinta e seis anos de picadeiro. Não tendo quem conseguisse administrá-lo, o circo faliu, virando pouco mais do que um show de mafuá numa cidade no interior das Gerais.

Um dia, Demétrio apareceu por lá à procura de emprego.

Não esperava ser recebido por meia dúzia de seus velhos amigos. Muito menos, de braços abertos. De trapezista adolescente, Maria havia crescido e se tornado uma bela moça, casando-se com Turíbio, o domador. Havia muito o que conversar, mas Demétrio se calava, começando a se retrair, não se achando merecedor daquela sorte. Mas os amigos jamais o deixaram partir novamente.

O trabalho era simples e ele o fazia mais do que de bom grado, como o fizera no velho circo. Também resolveram ressuscitar de imediato sua rotina de levantar pesos assombrosos. O Grande Golias se reerguia. O show não era tão completo como nos velhos tempos, mas, mesmo assim, erguer um caminhão, ônibus ou o que estivesse à mão impressionava.

O problema foi que, nesse meio tempo, Demétrio havia desenvolvido um gosto exagerado pela bebida. Os amigos só notaram algo de errado naquele primeiro fim de semana de casa cheia, quando a notícia sobre o homem que erguia o que aparecesse se espalhou. O lucro da feira de diversões foi bom e todos comemoraram. Demétrio bebeu quase todo o salário, feliz e contente. Maria lamentou ao ver aquilo, mas guardou para si. Sabia que ninguém voltava o mesmo da guerra e acreditou que aquilo não se repetiria.

Turíbio deu de ombros, penalizado.

– O jeito vai ser cancelar e devolver o dinheiro.

Menezes fechou a cara. O paranaense fazia a movimentação do caixa, não gostava de devolver o valor dos ingressos. As contas precisavam ser pagas, afinal. Grunhiu, pois não era a primeira, nem a segunda vez que o problema se dava. Aliás, nos últimos meses, ressurgia com uma constância preocupante.

O show prosperara. Um dia, três ônibus com devotos fazendo peregrinação passaram pela cidadezinha em que o mafuá estava. Na parada para almoçar, souberam da feira e quiseram ir ver o Grande Golias. Eram três ônibus cheios de gente humilde, sem muito dinheiro. Algumas pessoas disseram ser parentes de veteranos da FEB que o haviam conhecido, alguns morreram em combate. Duas ou três viúvas. Demétrio se emocionou com aquilo. Levantou três ônibus de graça, um por um, para susto e assombro dos peregrinos. Golias ganhou bênçãos, orações e muitos santinhos. Santinho não pagava conta, Menezes rosnou. Mas enquanto Demétrio rezava o terço de mãos dadas com os romeiros, veio a ideia do ônibus. Adquiriram um só para o show. A ideia dera certo, pelo menos no último ano. A feira faturava, todos ganhavam algum, Demétrio bebia sua parte ou gastava com as *meninas* de bordéis vizinhos.

Naquele dia, por quarenta e cinco minutos, o ônibus lotado suspenso em dois reforços aguardara, ansioso, pelo número do homem-forte que erguia a tudo e a todos. Os palhaços já não tinham mais palhaçadas e haja improviso. Era exigida a presença do herói, *Go-li-as! Go-li-as!* E tome-lhe vaia nos palhaços.

Não sabiam que sua atração favorita roncava, de máscara torta e boca aberta, com algumas garrafas vazias ao redor, atrás de uma das barracas mais isoladas da feira. Tentar acordá-lo havia sido inútil.

Com muito tato, Turíbio, que passara a fazer também as vezes de Mestre do Picadeiro, tentou explicar a situação.

– Senhoras e senhores. É com grande pesar que informamos que o show hoje da atração internacional do Grande Golias – desviou-se de um tomate arremessado –, será cancelado. – As vaias cresceram ameaçadoramente. – Mas não se preocupem, o dinheiro será devolvido!

Que dinheiro que nada, o povo queria circo. Mais um pouco era sangue.

Menezes perdeu as estribeiras e começou a bater boca com alguns exaltados mais próximos, do alto da porta do ônibus. O pessoal da feira se aproximou da escada, ainda indeciso quanto ao que fazer. O calor dentro do ônibus aumentava o mau humor. Mulheres desacompanhadas, apenas com filhos ou netos, tentavam sair, mas boa parte temia partir e perder um show que, ainda acreditavam, iria acontecer, aumentando a confusão e o nervosismo. Algumas crianças choravam.

A situação parecia piorar, quando alguém apontou firme adiante, de uma janela do ônibus, *É ele!*, e o coro recomeçou: *Go-li-as! Go-li-as! Go-li-as!*

Não perceberam, ou não quiseram perceber que ele não dava quatro passos em linha reta. Os palhaços tentaram alertar quanto ao que ocorria, fazendo gestos de bebedeira pelas costas do homenzarrão. Todos começaram a rir, acreditando que era parte do número, assim como a máscara torta. Demétrio percebeu um dos palhaços, que sorriu amarelo. Também riu e lhe deu um empurrão amistoso, mas que o fez rolar pelo chão metros e metros. As risadas viraram gargalhadas.

O pessoal do circo tentou intervir.

– Demétrio, para! Você não tem condições...

Ele os ignorou.

– Deixa comigo, deixa comigo – garantiu com a voz enrolada.

Não se interpuseram em seu caminho. Ninguém queria ser o próximo a rolar pelo chão. Enfiou-se sob os apoios, procurou onde devia agarrar com as mãos e firmou os pés. Ergueu-se com as costas e depois com os braços. *Ohs* e *Ahs* dos passageiros. Turíbio não apresentou o número. Murmurava uma prece. Era mais do que o resto dos circenses logrou fazer, ninguém sequer respirava.

Ainda torta, a máscara não favorecia seu já comprometido senso de equilíbrio. Demétrio saiu do vão entre os descansos, deu meia dúzia de passos e vacilou. Os circenses correram para longe. Reequilibrou-se e tropeçou em meio a um passo mal dado. Turíbio ainda teve tempo de arrancar Maria, estática, da frente do ônibus que voou das mãos de Demétrio e capotou como uma lancheira.

Com ou sem DIP, foi uma semana de trabalho duro para a censura federal. O ônibus capotado numa estrada no interior de Minas Gerais perdia detalhes quanto mais a notícia se afastava do ocorrido. Porém, na área, corria solta a história do gigante bêbado que matara alguns e pusera muitos mais nos dois hospitais da região.

O delegado local, homem grisalho de compleição média chamado Floriano Mamede, foi frio o suficiente para lhe dar voz de prisão. Mão pousada no coldre e dois auxiliares armados, receio estampado em seus rostos. Mas Demétrio se entregou prontamente, sem oferecer resistência. Corroído pela culpa e pela vergonha.

Três dias depois, o delegado sentia seus cabelos se tornarem ainda mais brancos, ao observar sua delegacia ser alvo de mais atenção do que gostaria. Não esperava ver alguém com aquelas credenciais ali, algum dia. Não esperava *vê-lo*, algum dia.

– Se o senhor veio até aqui em pessoa por ele, isto chegou ainda agora.

O delegado estendeu-lhe o telegrama. Era oficial, "lá de cima", como dizem. Solicitando que liberassem o Grande Golias. O alvará de soltura, com dois ou três advogados, chegaria no dia seguinte. O visitante leu o documento, confirmando. Tinha um casaco escuro de bom corte, um chapéu de abas sobre o semblante, evitando que pudesse ser reconhecido. Acabara de chegar de viagem, portava uma maleta funcional. Mas já fora reconhecido pelos auxiliares, os quais o delegado julgou por bem despachar para seus afazeres.

– Telegrama não é alvará, mas, se o senhor responder por ele, posso soltá-lo agora.

O delegado sugeriu isto antes por pragmatismo do que por adulação. O outro lhe devolveu o papel.

– Telegrama não é alvará – Jônatas Tarquínio Neves concordou. – Não é necessário soltar hoje.

– Muito bem. O senhor deseja vê-lo?

Numa cela escura e pequena, ainda mais para o seu tamanho, passada a ressaca, Demétrio dormitava entre a vergonha e o pesadelo acordado. Não comeu. Ninguém insistiu. Os ratos não reclamaram. Não reparou quando o delegado abriu a porta e alguém entrou. De pé ante o brutamontes, acabou por lhe chamar a atenção. Estava deitado no chão, não cabia no catre, de costas para a porta. Passou algum tempo até virar o rosto e alguns segundos até, na penumbra, entender que era o Bandeirante. Evitou o olhar. Não o via desde aquele dia fatídico. Sem falar nada, voltou-se para sua escuridão.

Jônatas suspirou. Sentou-se em um banquinho ali.

– Eles vão soltá-lo. – Quebrou dois minutos de silêncio.

Obteve uma reação do outro. O branco dos olhos, tomado por um tom amarelo, não se distinguiam muito ali. Mas a curiosidade era óbvia. Revirou-se.

– Não pega bem para um veterano e herói da pátria ir preso.

Demétrio não sabia o que responder. Desviou novamente o olhar.

– Eu fiz uma coisa muito ruim – falou, por fim. A voz acabrunhada, o sotaque carregado.

– Eu sei e você sabe. Eles também. Se dependesse de mim, cumpria a lei.

– O senhor sempre foi linha-dura, Major. Mas o senhor é justo.

– Eu sou um homem, Demétrio. Eu também erro. – Suspirou. *Vamos lá.* – Você não é uma aberração de circo. Eu estava completamente errado naquele dia. Desculpe-me.

O outro digeriu aquilo em silêncio. Ainda vestia a roupa da apresentação, uma toga imitando pele de onça. Esgarçada, remendada, suja. Passava os dedos lentamente sobre o tecido num gesto automático.

– O senhor veio até aqui só pra me dizer isto?

– Não. Na verdade, não tinha ideia do seu paradeiro nos últimos anos. Ninguém tinha. Pelo que vimos, há diversos homens fortes por ai em circos e parques de diversão, erguendo sempre alguma coisa, mas com a ajuda de correntes e polias, ou algum outro truque. É um tal de Golias Brasileiro, Super Golias, Golias Atômico, Golias isto, Golias aquilo... fica difícil investigar. Mas quando a imprensa quer noticiar que um deles virou um ônibus cheio de gente, com as próprias mãos, o governo me mandou aqui para confirmar sua identidade e... reconvocá-lo.

O outro procurou entender.

– Outra guerra?

– Não. Não como a que você conheceu. É mais uma... vigilância. Contra inimigos de fora, talvez dentro do nosso país.

Ficou sem entender. Mas não importava.

– Major... A não ser que aconteça outra guerra, o senhor me desculpe... mas eu fiz um crime e tenho que pagar. Então... obrigado pela sua visita, mas vou ficar por aqui mesmo.

No fundo, Jônatas torcia por aquela resposta improvável. Mesmo assim, pegou-se desconcertado.

– É louvável da sua parte, Cabo. Eu comunicarei sua decisão.

Ainda que não gostasse de estar presente na hora que tentassem convencê-lo a sair da cela. Já teria demasiado trabalho quando se apresentasse com a negativa inesperada àquela convocação. Levantou-se e se despediu. Chamou pelo delegado e partiu.

Demétrio obteve algum conforto daquela visita, ainda que não o admitisse. Mas o resto da noite foi atribulado. As imagens voltavam com o passar das horas. O ônibus capotando. As pessoas feridas, empilhadas umas sobre as outras. Seus amigos de circo, horrorizados olhando para ele. Com medo dele. Turíbio. Maria.

E havia aquelas vozes. Vozes que gritavam de medo e dor, vozes que chamavam um médico, por Deus, Jesus, por alguém.

Uma voz, em especial, dizia que ele havia feito uma coisa muito ruim. Que ia pagar por seus crimes e que seus amigos iam sofrer. Uma voz que destoava das outras. Maligna. Veio no sono mais profundo, perto da meia-noite. Uma voz conhecida, mas, ao mesmo tempo, estranha. Uma voz nova.

No dia seguinte, mais visitas. Até se levantou. Advogados, homens do governo, cheios de sorrisos e *habeas corpus*. Demétrio não sabia o que era *habeas corpus*. Sabia que havia feito algo de errado e que tinha que pagar por seus crimes. Os homens não esperavam por aquilo. Viraram-se para o Bandeirante, como se ele pudesse dar um jeito. O herói, entretanto, olhava preocupado para algo que não notara na visita anterior. Os olhos amarelados, a barriga estranhamente inchada, um ar geral de desleixo, um tom amarelado suspeito na pele escura, quase impossível notar na penumbra da cela. Pediu licença e puxou o delegado de lado.

– Pois não?

– Gostaria de lhe fazer um pedido, Delegado. O senhor poderia, se essa cela não lhe fizer falta, deixá-lo ali mesmo até amanhã?

O delegado não respondeu. Olhava para o outro com semblante inquisitivo.

– Aquele homem está doente.

O delegado concordou. *Barriga d'água* não era nenhuma novidade.

– Mas, devido a certas condições especiais do seu organismo, creio que só haja um médico que possa cuidar dele. O problema é encontrá-lo, neste momento. Não há como tirar Demétrio daqui para um hospital adequado e agora o trem só passa amanhã. Tirá-lo daqui agora é expô-lo desnecessariamente. Pela manhã eu volto aqui e o convenço a vir conosco. Só mais um dia.

O delegado suspirou e respondeu, após pensar um pouco:

– Prisão não é hotel, o senhor bem sabe, mas tudo bem. Ele por aí... Acho que não vai dar muito certo, de qualquer forma.

O Bandeirante comunicou a ideia aos participantes. Demétrio não se importou muito, achava que merecia qualquer punição. Os advogados se entreolharam e, não havendo muito o que discutir, foram à estação de trem, atrás do telégrafo. Tinham muito o que tratar, para o dia seguinte.

O dia seguinte virou outro e virou outro e virou mais um. Uma ponte ruíra, interrompendo o fluxo ferroviário. Um carro seria mandado, mas as condições das estradas eram péssimas, as chuvas castigavam. Do lado de fora, o boato sobre Demétrio estar lá dentro se espalhava. Irritado, pois aconteceu o que previra, o Delegado Mamede de tempos em tempos tinha que ir convencer a turma que se aglomerava à sua porta a seguir com suas vidas. Cada vez mais, ouviam-se vozes clamando por justiça. O delegado e os assistentes descansavam a mão sobre o coldre, dando ênfase à ordem de dispersar. Coube ao Bandeirante intervir. Isto somente piorou as coisas, com a notícia de que ele estava nas redondezas. *O circo agora é outro*, resmungava Mamede. Na cela, Demétrio mal se movia. Comera pouco. Jônatas não o deixara só. Mesmo quando não havia assunto entre eles. Por duas noites, as vozes clamavam por justiça e o chamavam de criminoso. Especialmente aquela voz. Tarde da noite, quando mesmo o mais curioso já se havia recolhido.

A quarta noite caíra mais cedo, escura e tempestuosa. Os ventos de chuva espantaram a multidão com mais eficácia do que o delegado e seus homens. Fora um dia pior do que os outros para Demétrio. Maria e Turíbio o haviam visitado. Se pudesse, ele tinha sumido dali. Não conseguiu encará-los, nem responder a nada.

Demétrio agora dormitava. Nem por isso deixou de rever e ouvir seu pesadelo pessoal. Nada que presenciara na guerra se comparava aquilo. Ao menos, pensava quando ela o deixou, aquela voz não durou muito. *Criminoso, criminoso, vai pagar por tudo, por tudo o que fez*, ameaçava. *Nunca mais vai conseguir proteger seus amigos, você só magoa seus amigos. Você nunca vai ficar em paz.* O vento do lado de fora parecia afastar a voz que, com um espirro, ainda ameaçou uma última vez: *você não vai conseguir proteger tua amiguinha.*

A autocomiseração e a depressão retardaram a reação de Demétrio. Mas, finalmente, no fundo de sua cela escura, um brilho de compreensão surgiu em seus olhos amarelados.

O Bandeirante foi acordado no meio da noite. Balbúrdia na cidade: o Grande Golias havia escapado.

Um mensageiro chegara, por parte do Delegado Mamede. O Major aceitara se hospedar na casa do prefeito para não causar uma comoção pública, se ficasse na pousada local. Vestiu-se às pressas, pôs um capote, chapéu de aba e botas para a chuva, conferiu seu equipamento e rezou para quem pudesse ouvir para que não houvesse um segundo confronto físico. Trouxera suas armas e alguns truques exatamente para o caso de ter que enfrentar o Grande Golias. Não havendo mar por perto, teria que confiar no equipamento. Mas não somente repudiava a ideia em si, como o Demétrio que encontrara naquela prisão o quebrara por dentro.

Um carro logo foi posto à sua disposição. Dispensou o motorista, agarrou o volante e seguiu pela estrada, rápido, debaixo de muita chuva.

Na cidade, viu várias pessoas correndo pela chuva com ar de pânico. Todas as casas iluminadas àquela hora da noite. Mau sinal. Ao chegar na delegacia, Mamede e seus homens o aguardavam, armados. A parede externa da cela de Demétrio ruíra, arruinando parte do telhado acima. Saíra numa explosão de força, a julgar por parte do reboco e os tijolos encontrados pelo chão a mais de dez metros de distância.

– O bicho saiu louco, *dotô*! – um dos assistentes encarregados da vigia noturna contou, ainda trêmulo pelo ocorrido. – O bicho saiu louco!

O Delegado Mamede traduziu o que já levantara, sem esconder a irritação pelo seu subordinado. Segundo o relatado, Demétrio começara uma gritaria, implorando para que abrisse a porta, que tinha que salvar alguém. Havendo-lhe sido negado, não aguentou esperar e saiu pela parede. Havia um tom de desculpas no que Mamede contava: apenas instruíra o assistente para tomar conta dele. Não ficara claro que Demétrio poderia sair quando quisesse. *Mas podia ter arrombado a porta de grade, não precisava ter destruído minha delegacia!*

– Alguma ideia do paradeiro?

– Ele passou na pousada da dona Constância. – Apontou para a casa comprida de um andar, perto dali. – Queria saber da tal da Maria de hoje à tarde.

– Aqueles amigos do circo?

– Isso, o casal. Mas eles não estavam lá. Partiram de carro de volta pra Boqueirão. Ele roubou a caminhonete de dona Constância e seguiu o mesmo caminho.

– E o que nós estamos esperando? – exigiu.

Um grupo se aproximou de onde eles estavam. Todos com armas de fogo.

– 'tão aqui os homens, *Dotô* Mamede! – um deles informou, drástico, tomando a frente.

O Bandeirante arregalou os olhos. Nem pensar.

– Doutor Mamede, com todo o respeito – impostou a voz, ergueu a palma virada, aberta e firme –, requisito seu veículo para uma operação do Exército Brasileiro!

Os recém-chegados não entendiam nada, mas o cochicho sobre quem era logo esclareceu a situação. O delegado levou alguns segundos, os olhos por trás dos óculos de fundo de garrafa mirando firme nos do Bandeirante, deixando claro que sua hesitação não era por qualquer dúvida sobre jurisdição, mas sobre ser tratado como um matuto. Por fim catou no bolso as chaves do jipe e entregou. Jônatas pulou no veículo e deu a partida. Floriano indicou para onde ir.

– Vai pela igreja naquela direção, tem duas estradas, pegue a da direita. Não tem como errar. Fica a menos de uma hora daqui.

– E a gente? – quis saber um do bando, subitamente se sentindo preterido e achando que todo aquele gás fora por nada.

– Vão para casa! – antecipou-se o Bandeirante ao delegado, num tom que não admitia contraordem.

Bem mais apropriado para estradas de terra e lama, como aquela, do que o carro cedido pelo prefeito, o utilitário gasto corria pela estrada indicada, cego de um farol e saltando como um cabrito selvagem.

Devido a um deslizamento de lama, Demétrio largara a caminhonete onde a estrada de terra ruíra, ao lado de um carro que lhe era estranho e do caminhão do show, que ostentava as cores e o nome nas laterais. Correu, berrando por Turíbio e Maria. A voz se perdia um pouco na chuva grossa que caía. Abriu a porta do caminhão. Deitado no banco, lá estava Turíbio, o sangue descendo pela testa. Trêmulo, conferiu o pulso. Parecia ainda vivo. Deixou-o ali, procurou por Maria. Do lado dela, nada – salvo pedaços de suas roupas. Gelou de medo. Olhou ao redor. O único caminho era ribanceira abaixo, paralelo ao deslizamento de lama. Desceu, sem muito cuidado. A única luz mal vinha dos faróis dos carros largados na estrada e de eventuais descargas elétricas entre as nuvens. Ouviu gritos femininos. Correu vários metros abaixo. Perto do vulto de uma encosta, um relâmpago iluminou tempo suficiente para revelar uma cena dantesca: com as roupas rasgadas, Maria debatia-se contra o paredão, suas pernas sendo afastadas – por alguma força invisível.

Chutou a lama. Mais do que por raiva, um movimento calculado. Cavou um bocado de lama com a lateral do pé e chutou, atingindo Maria e o homem não mais invisível.

– Espectro, larga ela!

Atanásio berrou de ódio, largou Maria no chão e puxou uma arma da cintura, encostando o cano na cabeça de sua vítima.

– Ela vai morrer!

– Não!

– Você tem que sofrer, seu filho da puta! Porra, me mandar pra cadeia? Me entregar? A gente era da mesma tropa!

– 'cê 'tava machucando a Visão...

– Você não entendeu mesmo, não é? – Assumiu um tom de alguém corrigindo uma criança. – Eu faço o que quiser! Gente como a gente... gente especial, a gente faz o que quer! Você fez aquelas merdas lá no Rio de Janeiro, você foi preso? Você *matou várias pessoas* naquele teu show, você ia preso? Não! O governo quer gente como eu e você... trabalhando pra eles! É só aprender as regras do jogo, e...

... e a voz sumiu por alguns instantes, a visão ficou turva. Quando recobrou, notou que tinha um dos joelhos no chão. Respirava com dificuldade.

– ... métrio... Demétrio!... Tá bêbado ainda, porra? Veio salvar a mocinha bêbado? – Atanásio começou a rir. Sacudiu Maria pelo pescoço. – Que mocinho que fostes arranjar, hein, ô minha filha?

Uma nova luz, vindo do alto, da estrada, chamou a atenção. Outro carro chegara. Espectro sorriu:

– Ótimo!... Dois assuntos pendentes de uma vez.

Bateu com a coronha na cabeça de Maria que caiu, desmaiada.

Removeu o resto de lama, a chuva ajudava, devolvendo sua invisibilidade. Subiu a barranqueira, percebeu alguém passando por um único farol, cuja luz se projetava para frente, acima de onde estava. Ouviu passos pesados descendo perto de si, mas não iria se arriscar a atirar a esmo. Não se fosse o Bandeirante, como julgava ser. Fosse quem fosse, passou por ele. O farol não foi ofuscado novamente e tampouco outros surgiram, não parecia haver mais ninguém. Percebeu que parara mais adiante, havia encontrado Demétrio. Ligou a lanterna, para ver melhor o que ocorria. Ótimo. Mataria o Bandeirante e, depois de se saciar, Maria, jogando todos pela torrente de lama. Incerto de conseguir arrastar Demétrio, que se lixasse. O tolo ainda levaria a culpa do ocorrido. Ergueu a arma e preparou o tiro. Puxou o cão. A lanterna se apagou na última hora.

Espectro deu três tiros, em meio segundo de susto. Nenhum pegou no Bandeirante. Pegara em Demétrio, que se erguia naquele momento. A visão de Jônatas, entretanto, não fora totalmente obstruída e ele pôde ver os clarões dos disparos. O soldado veterano devolveu fogo e ouviu um baque no chão enlameado. A lanterna revelou o corpo ao reaparecer. Estarrecido, reconheceu quem devia estar preso há muito. Partiu para cima de Cerqueira, que agonizava.

– Como você escapou?

O outro se dividia entre rir e tossir sangue.

– Mas eu nunca estive preso...

– Quem são seus superiores? A quem você responde?

– Vixe... quanto drama. Como se você não os conhecesse... Mande lembranças a Lucíola. Ela é bem jeit... – E expirou ali mesmo.

Jônatas respirou fundo, afugentando a raiva – e o medo. Sabe-se lá quantas vezes Atanásio estivera perto dos seus entes queridos. Largou o corpo, que a correnteza começou a levar. Demétrio se recompusera e fora acudir Maria, metade da face na lama. Jônatas desceu até eles e a encontrou ainda desfalecida.

– Cabo, vamos sair daqui. Nós...! – O raciocínio foi interrompido pelo troar pavoroso de algo pesado se deslocando morro abaixo. A lanterna revelou um vulto enorme se soltando do morro, rolando direto para eles. Só tiveram tempo de se jogar para trás, contra o paredão.

O pedregulho bateu contra a encosta e ali ficou. Demétrio protegia Jônatas que protegia Maria, um sobre o outro, um último gesto que sentiam ser inútil. A verdade é que não foram sequer tocados pela pedra, foi só a lama que os respingou. Gastando segundos preciosos para entender a sorte que tiveram, demoraram a concluir que mal tinham espaço para se mexer, que dirá sair dali. Para piorar, a pedra, ao descer, modificara o leito do deslizamento de lama, que agora também batia no canto da encosta e subia, ameaçando afogá-los.

Sem jamais desistir, o Grande Golias pôs toda a força nos ombros para afastar a pedra. Sem outra opção, Bandeirante segurava Maria em seus braços, quase submersa. Do tamanho de um prédio de quatro andares, a rocha se afastou, a correnteza protestava batendo cada vez mais. Golias bufava. Passando Maria sobre o ombro, Jônatas galgava a coisa mais parecida com um caminho para o alto da encosta, onde estariam a salvo, procurando se afastar de qualquer terreno escorregadio. Lá de cima, viu o pedregulho se agitar e rolar estrondosamente adiante pelo resto da ribanceira, seguindo para onde o corpo de Espectro havia deslizado. Maria recobrava os sentidos a tempo de ver a pedra rolando. Dali a pouco Demétrio surgiu, engatinhando os últimos metros. O herói paulistano foi ajudá-lo.

O trio se entreolhou, imundo de lama, ainda assustado pela morte que quase os agarrara repetidas vezes. Demétrio respirava ruidosamente. Retomaram o fôlego. Ela abraçou Demétrio com força:

– Cê tá salva, cê tá salva – ele lhe dizia. E então compreendeu: missão cumprida.

– Todos salvos, graças ao seu amigo – Jônatas confirmou, para tranquilizá-la.

Demétrio não discerniu o restante. Só que tinham que ir logo. Algo sobre Turíbio. Confirmou com a cabeça e soltou Maria. Ergueu-lhe a mão quando ela se afastou. A jovem não notou a despedida.

Procuravam agora, no meio da noite, um caminho de volta para a estrada. Não demorou dez passos para ela e Jônatas notarem que havia algo errado. Olharam para trás.

Ainda viram a silhueta enorme de Demétrio, no meio da noite e da chuva sem trégua. Não dera um passo sequer. Então, dobrou-se lentamente até cair. Um relâmpago revelou a mão levada ao peito num último esgar de dor.

– Nome?

– Demétrio Cardoso da Cunha. – O homem de certa idade sorriu. Os dentes amarelados, a barba por fazer de alguns dias, a tez morena clara e o sotaque revelavam uma simplicidade e simpatia interiorana.

– Profissão?

– Artista circense. Mágico, palhaço, já fui até domador. Aprendi com meu pai.

– O senhor sabe por que se chama Demétrio?

– Sei, sim senhor. – Respondeu, agora com um grande sorriso, superando a timidez. – Fui chamado assim pelo meu pai, Turíbio da Cunha, e minha mãe, Maria Cardoso da Cunha, em homenagem a um amigo querido que lhes salvou a vida, chamado Demétrio Paixão do Nascimento.

– E quem era Demétrio Paixão do Nascimento?

– Ora! Era um herói de guerra, o homem mais forte do mundo e também artista circense. Ele era o Grande Golias!

PELA TERCEIRA IDADE

INÊS MONTENEGRO

ANOS MAIS TARDE, nos abastados estados norte-americanos, as bandas desenhadas que proliferariam num negócio produtivo justificá-lo-iam com experimentos, mutações, origens noutras galáxias ou, simplesmente, com qualquer coisa que contivesse a menção "radioatividade".

Diogo Salgueiro, que desde a primeira infância fora ensinado a guardá-lo como um hediondo segredo de família, uma genética, sim, mas já esperada e longe da mutação, não saberia bem como lidar com a questão. Se por um lado o divertia ver assim chapadas em aventuras de super-heróis o que o cidadão comum julgava que os "superpoderes" traziam ao seu detentor, por outro repugnava-o notar as dramatizações em que aquelas vidas eram tornadas. As mulheres, em especial, era uma vergonha o modo como eram representadas! Diogo crescera num meio e num ambiente onde a decência e o recato eram bem vistos e incentivados, contrariando em muito aqueles desenhos seminus em poses cuidadosamente provocantes.

Mas isso seria, como desde o início ficou claro, anos mais tarde, quando a Revolução atirasse o país numa desordem eufórica e rebentasse com as fronteiras que o mantinham à parte do restante do mundo.

Diogo era um pirralho quando a Segunda Grande Guerra estalou. Excitadíssimo, quisera alistar-se, ainda que muito longe se encontrasse em idade. Quem melhor do que ele para se tornar um soldado, um supersoldado? O pai tratara de lhe tirar as vontades com um arraial de porrada que o rapaz dificilmente iria esquecer. "Queres que te descubram, que te apanhem e façam-te sabe-se lá o quê?" vociferara, entre cada chibatada com o cinto. Ocultava o medo do que de mal poderia acontecer ao filho demonstrando a rudeza e disciplina férrea que na altura apenas se conheciam. "O nosso defeito não é um orgulho, é uma anormalidade! E será assim que te irão tratar!"

O serviço manejara para lhe arrancar lágrimas, gritos e tristezas, mas não o desejo ou o fervor. Esses lhe foram roubados quando, numa atitude que, embora humanitariamente indigna, muito de bom trazia para o país, António Salazar decretara que Portugal não participaria da Guerra. Uma abstinência! Que vergonha, quando tantos heróis ali se poderiam fazer... Aqueles, naturalmente, que de fato o eram não se deixaram acanhar, agindo de bom-tom e coração, tudo arriscando para o máximo de almas salvar; e quantas não foram, por leigas vias, os que ali encontraram salvação e passagem para destinos mais esperançosos?

Assim, na corda bamba, vivendo sobre "Deus, Pátria, Família", passou a juventude de Diogo, a qual bem excedeu também o fim da guerra e seu genocídio, que em muito abalou o mundo, sobretudo a Europa.

Passaram-se os anos, lentos e estáveis, sem que Diogo lhes acrescentasse muito. Conhecera uma menina, um típico menino conhece menina, e acabara por cortejá-la. Por lhe amar o irmão. Talvez não tão típico, afinal.

Mas Luísa não era falha de encanto. Uma alma além do seu tempo e, por isso, Diogo começou a admirá-la. A cada conversa trocada com ela, temia que um dia a perdesse, que a polícia do Estado a levasse, pois era, afinal, uma revolucionária, um crime hediondo, tão hediondo!

– Tão hediondo quanto um cravo! – Luísa diria, anos passados, com um sorriso amarelecido pelo tempo. Referia-se, notoriamente, à revolução sem morte que em 25 de abril de 1974 cuspia a ditadura de Portugal, prometendo um novo começo, uma nova igualdade e uma nova liberdade. Se cumpriu ou deixou de cumprir, pouco importa ou pouco importará: a euforia dominaria! Era um novo tempo, um tempo de heróis até então renegados; e, se eles podiam, por que não poderia, então, Diogo? Os pais haviam falecido há muito, enrugados na velhice, e Luísa, após a descrença e estupor iniciais, apenas o incentivara na sua vontade.

– Pois se tens tais dons, seria um egoísmo não os utilizares! – declarara, mantendo a opinião inabalável ainda depois do tempo livre que compartilhavam ter sofrido um revés pelo "passatempo" de Diogo.

Porque se há super-heróis que tudo dão ao cruel ofício, Diogo não era desses. O trabalho de escritório, fonte de sustento da família a criar, constituía prioridade. Os salvamentos, Deus o acuda, seriam relegados ao segundo plano, restringindo-se a um horário pós-laboral, férias e fins de semana. Quem reclamasse, bem o fizesse, Diogo pouco se importava e não lhe dava a mínima. Era homem de justiça, sim, mas não de perdições. Ora essa, que aquele trabalho era voluntário e nada lhe podiam exigir!

Ainda que com estas condições pouco estimadas no meio, Diogo tornou-se conhecido. Porque, afinal, Portugal não era uma América do Norte e ali os super-heróis escasseavam. À falta de nome, interesse ou escândalos, as manchetes denominaram-no o Super-Sem! Sem nome, sem fracasso, sem êxito, sem moral, sem piedade. Todo o "sem" que se quisesse e para o qual o público se encontraria mais virado. Numa semana amado, noutra odiado, Diogo muito se divertia na sua vida civil ao escutar as conversas, teorias e divagações de amigos, companheiros, desconhecidos e conhecidos. Todos sabiam de tudo, sem no fundo nada saber. Era assim Portugal e ainda o é, bendito seja.

Contudo, nem sempre a vida são rosas. Casado com a irmã, apaixonado pelo irmão, veio o tempo em que Diogo, por muito que gostasse e respeitasse a esposa, teve que lhe falar com honestidade. Mentes abertas, mentes abertas, há coisas que uma mulher não tem, nem pode suportar. Luísa não recebeu com simpatia a noção de que Diogo houvesse feito uso de si! Abandone já as ideias quem de entre vós a julgou capaz de exposição vingativa. Luísa poderia ser uma revolucionária, mas era, também, uma senhora e como tal se comportou. Exigiu o divórcio em todos os seus trâmites legais, portando-se sempre com frieza desapontada e foi isso, acima de tudo o mais, que tanta desmotivação trouxe a Diogo. Um herói caído em depressão! Uma alegria para aqueles que a lei não lhes ajeitava cumprir!

– E é assim que te colocas à disposição do teu povo? –Luísa

ralhara quando, saturada dos noticiários em que a polícia não se via capaz de, sozinha, conter os crimes, decidira pagar uma visita ao ex-marido. – Deixando que problemas pessoais te estorvem o cumprimento da justiça?

Foi o renascer! O Super-Sem encontrava-se de volta, voando pelos céus, a superforça em ação e os sentidos apuradíssimos de novo presentes. Tratou-se, diriam depois, dos anos de ouro da criatura, uma época frutuosa sem igual...

E é agora, meus senhores, que verdadeiramente começa o que nos interessa. Porque a juventude de um herói, toda a gente a conhece, quando o conhece. Mas a velhice? Sorte dos que lá chegam, sorte quando aquela se apresenta.

Pai de filhos, avô de netos, Diogo já pouco estofo guardava quando o pesadelo começou.

– Esperavas o quê, uma saúde de vinte anos? – Luísa resmungava, que acabara por se tornar numa amiga de toda a vida. – Todos nós envelhecemos, Diogo. Não há razão para seres especial.

– Mas há! – o Super-Sem vociferava. – Eu sou um super-herói! Sempre tive mais que todo o resto, mereço...

– Menos arrogância e mais paz – Luísa interrompera. – O teu filho herdou a tua genética, os teus netos também, deixa-os prosseguir com o teu legado. Não lhes roubes o tempo que é agora deles...

– Não o posso fazer, os poderes cada vez me falham mais...

– Vês, então? Problema resolvido!

Mas não estava. Diogo não se convencia.

Havia um episódio tão típico entre os salvamentos de super-heróis, que se tornara uma das maiores fontes de piadas internas entre eles... A mulher em apuros! Em especial num beco escuro, onde a dita cuja se fora enfiar sabe-se lá por que manhas, quase pedindo que a assaltassem... Diogo já não encarava uma dessas havia muito tempo. Em vez disso, as mulheres, com aspecto, imagem e atitude cada vez mais jovens, saíam pela escuridão em grupos mistos, já não se encontrando na noite de passagem num regresso à casa, mas propositadamente para diversão. Em termos de segurança, esta aumentava exponencialmente. Mas não completamente. Super-Sem já tivera sua quota de salvamentos grupais, em que as jovens eram ameaçadas com uma variedade de cenários pouco agradáveis, desde a leveza das carteiras ao forçar de uns "beijinhos".

Patrícia, ou Patty, era uma dessas jovens. Finalista, encontrava-se, enfim e já sem tempo, em vésperas de terminar o curso de Engenharia Informática. A época de exames, no entanto, ainda se encontrava consideravelmente longe e, como qualquer estudante portuguesa mediana que se preze, o semestre era devidamente preenchido com a chamada "vida social".

Naquela noite, era o aniversário de uma amiga. "Vamos ser só mulheres!", a aniversariante decidira, recentemente saída de um mau término de namoro. As amigas haviam acatado e ali estavam elas, bêbadas que nem Baco, acabadinhas de sair do café-tasca onde se celebrara o jantar e prontas a prosseguir pelos bairros estudantis.

"O problema de tudo isto", Patty decidira, "foi termo-nos separado." Porque, enquanto umas tinham amigos à espera em locais opostos, outras argumentavam com o "ide andando que já lá vou ter" para fazer soubesse ela lá o quê – tarefas internas, com certeza – e, de desmantelamento em desmantelamento, acabaram por ser três, ela, a aniversariante e a desconhecida que era amiga da aniversariante.

– Não podemos entrar na discoteca com isto – Clara, a desconhecida, declarara, erguendo a garrafa de seven-up que haviam enchido com a sangria que sobrara do jantar.

– Deita fora! – A aniversariante soluçou, aparentemente sem se dar conta de que caminhava em círculos. – Onde é que estamos?

– Na praça – Patty respondeu, sentando-a num dos bancos da dita cuja. – Não se deita nada fora, bebemo-la aqui e depois continuamos.

Um plano que não seria mau. O local era movimentado, passando outros grupos como o delas, e já antes o haviam feito sem nunca terem enfrentado problemas.

Por que, então, sempre uma primeira vez?

O problema de uma multidão era que ninguém se apercebia de ninguém. Não se queria saber. Não se saberia saber. Diogo já o vira vezes incontáveis: pessoas passando lado a lado de um assalto, não se apercebendo de que tal coisa ocorria. E por quê? Não o esperavam. Não raciocinavam sobre o que viam. O ladrão, discretamente, mostrava uma navalha às vítimas. Estas não se atreviam a ripostar. Dois gorilas, não de espécime, mas de aspecto, forçavam suas presenças a uma rapariga. As recusas desta eram tomadas como brincadeiras entre amigos por quem passava. A mentalidade do ser humano levava a que não estivesse à espera de encontrar aquele gênero de situação. Por consequência, quando acontecia, limitava-se a não a *ver*. Instintivamente, o cérebro traduzia-lhe uma situação mais inocente e mais credível. A pessoa acreditava no que sua mente lhe dizia. Os olhos nada mais podiam fazer. E, assim, aqueles que poderiam representar certa segurança passavam na inocência de quem se julga a si e aos outros seguros.

Patrícia viu-se nessa situação desagradável. A praça onde se encontravam era pequena, sem árvores ou muros que estorvassem a visão de quem cruzava o passeio. Um passeio que se encontrava pertíssimo e enganadoramente cheio àquela hora da noite. Ainda assim, nenhum dos transeuntes ruidosos se apercebeu da sua aflição quando o homem – que ela jurava não sem razão ser um drogado – aproximou-se delas, repetindo incessantemente "dá-me uma moedinha para comer, dá-me uma moedinha para comer!"

Pois, para comer. "Não temos" respondeu. E novamente o homem insistia...

– Não me obriguem a fazer isto! – replicou, finalmente impaciente. Não lhe durara muito a calmaria. – Vocês não me obriguem, que a culpa será toda vossa!

Patrícia sentiu a audição fechar-se-lhe quando o homem lhe apontou a navalha por baixo do casaco. Teve uma vaga noção do arquejo de Clara e da súbita imobilidade da amiga, cujos soluços haviam parado. O batimento cardíaco ecoava-lhe nos ouvidos. Precisava pensar, recusar o pânico que apenas lhe aconselharia erro atrás de erro. Poderia tentar desarmá-lo, fazer com que ele investisse contra ela e, nessa altura, prender-lhe a navalha na carteira. Ficaria com a dita estragada, mas pronto, paciência... Ora que porra, como tal ideia lhe passava pela cabeça? E se tudo corresse mal? Bem mais hipóteses tinha de acabar com a lâmina na carne! E nessa altura, como seria? Não sabia, também, se o raio da arma não tinha SIDA ou qualquer outra doença que lhe pudesse transmitir...

"Foda-se! E agora? Eu sabia, *sabia*, que devia ter arranjado uma lata de spray de pimenta! E o raio das aulas de taekwondo a que não fui..."

– Boas noites.

E o mundo parou.

Ou assim o pareceu a Patrícia. Como dois bonecos de corda controlados em simultâneo, Patty e o drogado viraram a cabeça, seguindo o som desconhecido. Algures, registrou um "Oh, meu Deus!" da aniversariante, que com o susto tivera a bebedeira evaporada. Teve vontade de a imitar. De onde lhe saíra esse personagem?

Não era inusual que Patrícia desconhecesse o Super-Sem. Afinal, havia anos que suas intervenções eram esporádicas, algo devido à irregularidade que os seus poderes agora apresentavam. A figura de traje e gravata azuis, acompanhados por uma máscara rubra, acabara por se tornar mais um mito corrente na geração acima da sua do que algo em que pudesse verdadeiramente acreditar.

Até aquele momento. Porque, agora, Patrícia acreditava piamente estar na presença de um louco.

O drogado parecia partilhar da sua opinião, olhando com incerteza para o Super-Sem, a navalha algo frouxa pendendo-lhe entre os dedos.

Ou porque interpretou erroneamente os olhares, ou porque se encontrava pura e simplesmente nas tintas, Diogo Salgueiro não se deixou abalar.

– Parece-me, e corrija-me se assim não for, que sua presença não é bem-vinda a estas jovens.

– Hã? – O drogado permaneceu estupefacto. Patrícia ter-lhe-ia feito eco, não fossem os princípios que a impediam de acompanhar fosse no que fosse o tipo que acabara de tentar assaltá-la. Quem raio utilizava aquele tipo de palavreado?

– Disse – Diogo insistiu – que a não ser que me encontre em erro...

Foi quando o drogado recuperou o espírito. Cuspindo, literalmente, uma torrente de palavrões dúbios, atirou-se de encontro ao velho herói. Surpreendido pela rudeza e má-criação da investida, Diogo teve apenas tempo de se desviar no último momento, poupando a pele enrugada, mas não o casaco, companheiro de tantas aventuras.

Foi o início do que Patrícia mais tarde viria a descrever como uma refrega curta, mas intensa. O drogado, furioso, investia aleatoriamente a navalha, acertando mais no ar que em Diogo, mais por pura incompetência do que por falta de oportunidade. Por sua vez, o Super-Sem se desviava do seu opositor, limitando-se a retribuir com breves empurrões no ombro ou onde lhe calhava, ignorando os arfares com que a respiração lhe alertava o cansaço e o esforço, enrugando a testa numa frustração de causar piedade!

"No que me vim meter!" Patrícia pensava, lúgubre. Observava nervosamente a escaramuça, temendo pelo velho que, apesar de louco, aproximara-se em seu auxílio. E, como ela, outros o faziam, gritando e gargalhando enquanto lançavam apostas ao ar. Pois que se um assalto discreto pouca atenção chamava, o grito de "Porrada!" alertava para o inverso.

– Posso? – perguntou, aproximando-se de um estudante, que se limitou a fixá-la com olhar nublado. Ante a falta de resposta, Patrícia agarrou-lhe na garrafa de vodca, ignorando os protestos imediatos.

Trás!

O vidro quebrou-se na nuca do drogado e, embora o golpe não fosse fatal, para boa sorte da rapariga, revelou-se, como esperado, forte o suficiente para que a consciência o largasse. Ainda no banco onde as deixara, Clara e a aniversariante não retiveram o entusiasmo, orgulhosas pelo feito da companheira.

– O senhor está bem? – Patrícia perguntou, fazendo orelhas moucas tanto às amigas quanto ao grupo de observadores, que de silenciosos nada tinham.

Até então de olhos fixos no drogado inconsciente, o velho os ergueu em sua direção, afogando-a num choque de melancolia e piedade.

"Ah, não!" pensou.

Para seu desespero, o louco chorava.

Patrícia questionara-se não poucas vezes o porquê de invariavelmente acabar em situações como aquela. A verdade é que se tratava de uma boa pessoa. Alguém que se via preocupada com quem não conhecia. Alguém que tinha de fazer o que estivesse ao seu alcance para aliviar a dor daqueles que a deixavam transparecer à sua frente. E aquele pobre louco tinha tido, afinal, a coragem e a atenção de tentar libertá-la daquele drogado.

Assim sendo, Patrícia garantira às amigas que ficaria bem, que regressaria sã e salva para casa, mas que perdera qualquer desejo que pudesse ter tido de continuar a noite. Em vez disso, perguntara ao estranho velhote se não se importava de escoltá-la parte do caminho, pedido ao qual Diogo educadamente acedeu.

"É louco, é louco, é completamente louco!" a rapariga pensava, enquanto Diogo lhe destilava suas mágoas. Sempre fora uma boa ouvinte. Algo na sua postura levava as pessoas a se sentirem à vontade para desabafar consigo e, embora Patrícia nunca na vida o fosse admitir, tratava-se de um hábito que lhe agradava.

Diogo não se manteve imune. Após algumas palavras de conversa mundana, começara a contar-lhe a história da sua vida, alongando-se agora no desânimo que era ter seus superpoderes afetados pela idade.

Enfim, um velho completamente chanfrado. Mas de bom coração, o que, mais do que qualquer outra coisa, enterneceu Patrícia. Por que não poderia, afinal, aceder em acatar a fantasia inofensiva?

– Senhor...

– Sem, Super-Sem.

– Senhor Super-Sem. – Segurou o riso que aquele título e tratamento lhe causavam. – Não sei muito sobre super-heróis, o meu irmão é que é fã do Homem-Aranha, Hulk, essas coisas...

– Esses são ficção, minha cara! – Diogo interveio, incapaz de deixar de lhe chamar a atenção para esse pormenor de sobeja importância.

– Sim, acredito que sim – Patrícia apressou-se em concordar. Estava certa de que os citados eram, de fato, ficção e nunca outra coisa lhe passara pela cabeça. – Mas veja, onde eu quero chegar é que... Talvez o senhor esteja a dar demasiada importância aos seus... hum... poderes.

Diogo reprimiu um suspiro de cansaço, pressentindo um argumento similar ao de Luísa.

– Hoje salvou-me e às minhas amigas. – Sentiu a estupefação do idoso sobre si, pronto a contra-argumentar. – Não, veja, toda a gente teve a oportunidade de fazer o que o senhor fez. Todos eles passaram por nós, olharam para nós e, no entanto, nada viram. O senhor viu. E veio em nosso socorro. Poderia ter-se magoado seriamente, mas, se teve medo disso, veio na mesma. E veja – Patrícia continuou, enlevada no próprio discurso –, se não tivesse interferido, a sequência de acontecimentos que nos permitiu livrarmo-nos daquele drogado asqueroso não teria sido aquela. Quem sabe o que teria acontecido? Eu podia estar agora no hospital! Ou uma das minhas amigas! Não, o senhor nos *salvou*! Sem seus superpoderes! Foi um super-herói! E sabe por quê? Porque o heroísmo não são poderes. O senhor provou hoje que é mais do que isso, provou que é uma questão de *atitude*!

Parou, inquieta com as suas próprias palavras. De onde raio lhe saíra aquela epifania? Não importava. Sabia que acreditara em cada vírgula do que acabara de dizer. Que inusual!

Diogo começou a rir. Um riso rouco, enrugado, que arranhava a noite sem a magoar. Patrícia gostou daquele som, era livre, espontâneo. Esperançado.

– Obrigado, minha menina. – O homem murmurou, batendo-lhe suavemente na mão, que pegara entre as suas. – Muito obrigado pelo bem que me fez.

Patrícia quis dizer que não foi nada, que não precisava agradecer. A expressão de Diogo, no entanto, impediu-a de o fazer. Porque foi preciso, porque ele o quis e era o mínimo que lhe devia.

O heroísmo era, afinal, uma atitude.

SETE HORAS

GIAN DANTON

1.

Naquele dia, Marcos acordou estranho. A realidade parecia bizarra, como se ele tivesse tomado algum tipo de alucinógeno. Quando se levantou, percebeu que estava com uma dor de cabeça terrível. Para piorar, o vizinho tinha colocado o rádio no volume máximo.

Marcos foi até o banheiro, tomou banho, molhando bastante a cabeça, na esperança de aliviar a cefaleia, mas a dor só aumentava e o som do vizinho parecia cada vez mais alto. Voltou para o quarto com a toalha enrolada na cintura, desligou o ar-condicionado e colocou a roupa lentamente, como se qualquer movimento brusco pudesse piorar as coisas.

Sua mulher estava na cozinha, terminando de preparar o café.

– Oi querido. – Ela o cumprimentou com um sorriso. – Tudo bem?

– Não. Acordei com uma dor de cabeça terrível. E esse vizinho não abaixa esse rádio...

– Que rádio?

Marcos olhou para ela como se olhasse para um palhaço e tentasse descobrir se ele estava tentando ser engraçado ou não.

– Como assim, que rádio?

– Eu não estou ouvindo nada.

– Surdez é um problema sério...

Seu braço bateu na xícara e ela caiu no chão, quebrando em mil pedacinhos que pareciam reluzir, refletindo a luz da lâmpada.

– E cegueira é pior ainda – Cristina rebateu, mas logo percebeu que algo sério estava acontecendo.

Marcos abaixou-se para recolher os cacos.

– Desculpe, é essa dor de cabeça...

A mulher adiantou-se a ele, pegando a pá e uma vassoura.

– Deixa que eu limpo. Tem certeza de que pode ir trabalhar? Não quer tirar o dia de folga e aproveitar para ir ao médico?

– Não. Não é nada. Já vai passar.

– Vocês homens acham que são super-heróis. Só começam a se cuidar quando estão para morrer...

Marcos ouviu o comentário em silêncio, enquanto tomava café com biscoitos.

Separaram-se no portão. Cristina trabalhava em uma escola e ele num banco. Em locais diferentes, ônibus diferentes.

No ônibus, o som do rádio parou, mas alguém estava mascando chiclete e fazia um barulho escandaloso com a boca. Marcos olhou à volta, esperando que alguém se manifestasse contra o mal-educado, mas ninguém dizia nada. Era como se não estivessem ouvindo o barulho alto que alguém estava fazendo com a boca.

No banco a dor diminuiu um pouco, mas o barulho o deixava irritado e assustado. Era o *slap-slap* mecânico de alguém contando dinheiro, era alguém com sarna, cuja coceira fazia barulho como uma lixa.

Um homem na fila estava vestido de preto e de óculo escuros. Quando ajeitava os óculos, produzia um barulho irritante. Na hora em que se aproximou e entregou a conta para pagar, as mãos dos dois se tocaram. Foi como um pequeno choque. No mesmo momento, Marcos ouviu uma voz: "Tudo pronto para o assalto?".

Ele olhou à volta, tentando identificar a origem do som, mas não era ninguém no banco. Olhou para os outros caixas. Ninguém parecia ter ouvido. De onde saíra aquela voz? Instintivamente, apertou o botão de alarme abaixo do balcão e, ao mesmo tempo, chamou o gerente. O cliente vestido de preto olhava-o, intrigado.

– O que foi? – o gerente perguntou.

– Uma intuição. Peça para os seguranças redobrarem o cuidado.

– Você virou mãe Diná? Está vendo alguém suspeito?

– Não, mas faça o que eu disse.

– Está bem. Se isso deixa você mais calmo, vou falar com os seguranças.

Uma velhinha entrou pela porta lateral, carregando uma sacola. Dali a pouco três homens entraram pela porta giratória e se aproximaram dela. Já iam tirando as armas da sacola quando o vigia encostou a pistola na nuca de um deles.

– Quietinho aí – o vigia ordenou. – E você aí, vovó: coloque a sacola no chão, bem devagar.

A velhinha se abaixou lentamente e depositou a sacola no chão. Um dos bandidos ainda tentou pegar a sacola, mas foi atingido por um tiro vindo de outro vigia. Os outros talvez fossem resistir, mas desistiram quando ouviram as sirenes.

Na hora do almoço, os outros congratulavam Marcos:

– E aí, rapaz, conta como você desconfiou do assalto.

– Sei lá, não dá para explicar.

– Está se fazendo de estrela...

Marcos riu e continuou a comer. A dor de cabeça tinha passado quase que completamente e os ruídos já não o incomodavam tanto.

À tarde, quando voltava para casa, passou por uma igreja e, por algum motivo, resolveu entrar. Não era católico ou religioso, mas a igreja estava vazia e ele precisava de paz. Sentou-se num banco na frente do altar e rezou uma oração sem palavras. Os últimos acontecimentos rodopiavam em sua mente, como um turbilhão.

Então, uma voz masculina sussurrou dentro de sua mente:

– Não se acende uma vela para colocá-la sob a cama.

Um arrepio percorreu seu corpo e ele sentiu uma presença à sua esquerda.

– Aqueles que estavam perdidos serão achados – uma voz feminina murmurou em sua mente.

Um novo arrepio o percorreu e ele sentiu outra presença à sua direita.

– O que aconteceu hoje é apenas uma amostra dos talentos perdidos e encontrados.

Uma parte de Marcos dizia que era só imaginação, criação de sua mente, mas outra parte sentia que era verdade. Então as vozes pararam, mas ele sentiu como se não estivesse sozinho na igreja.

2.

Marcos sonhou que estava voando. Seu corpo deslizava suavemente pelas partículas de ar, quebrando barreiras, ignorando a gravidade. Atravessava nuvens e comungava com as estrelas, respirando liberdade.

Acordou. Não abriu os olhos, mas adivinhou que ainda era noite. Sentia frio, mas, curiosamente, o frio vinha de baixo, não de cima. Era como se a cama tivesse desaparecido. Debateu-se entre duas tendências opostas: a vontade de continuar dormindo e a necessidade de abrir os olhos para puxar a coberta. Finalmente, abriu os olhos e espantou-se com a proximidade do teto. Era como se a parede tivesse encurtado. Então, teve a ideia de olhar para baixo e descobriu o que realmente estava acontecendo: ele estava flutuando quase meio metro acima do colchão. O lençol se elevara com ele, mas continuava cobrindo Cristina.

Marcos entrou em desespero, mas ouviu uma voz sussurrando em seu ouvido, acalmando-o.

Desejou estar de volta à cama e, como se respondesse a um comando secreto, seu corpo foi descendo até pousar calmamente no colchão.

No banco, no dia seguinte, Marcos deparou-se com os colegas lendo as manchetes da *Gazeta Popular*. Pediu para olhar e leu, enquanto um colega dizia "Só faltava essa!":

LADRÕES DORMEM DURANTE ASSALTO

Dois menores, que assaltavam e tentavam violentar uma mulher na quinta-feira à noite, no bairro de São Francisco, dormiram enquanto praticavam o crime. A vítima também dormiu. Os dorminhocos foram encontrados ontem de manhã pela polícia, depois de denúncias de vizinhos. Entrevistados, os acusados disseram que não sabiam o que havia acontecido. *É, pelo jeito o assalto estava tão monótono que deu sono...*

– Era só o que faltava, hein? Ladrão dormindo no serviço – um colega falou.

– Olha só quem fala! Até parece que você não dorme no banheiro – outro lembrou.

– Aquilo não é sono, é meditação.

O vigilante se aproximou.

– Seu Marcos, deixaram um bilhete para o senhor.

E entregou um pedaço de papel dobrado e grampeado, com seu nome em um dos lados.

– Como assim? Quem deixou?

– Não sei. Devem ter jogado por debaixo da porta... Tem seu nome aí.

Marcos abriu o grampo. Havia apenas uma frase, em letras maiúsculas:

EU SEI TUDO.

Marcos dobrou o papel e colocou-o no bolso, olhando à volta para se certificar de que ninguém mais havia lido seu conteúdo.

– O que foi? – Um colega perguntou.

– Nada, trote.

– Sei. Viu a história do garoto que foi sequestrado?

– Garoto sequestrado?

– Onde você estava, na Lua?

– Que garoto?

– Sequestraram o filho de um comerciante. O garoto tem cinco anos. Estão pedindo três milhões. O pai diz que não tem esse dinheiro. Eles cortaram um dedo do garoto e mandaram para o pai...

– E a polícia?

– Nenhuma pista. Agora vamos para o trabalho que o gerente está chamando.

À tarde, quando saiu do trabalho, Marcos pegou um ônibus que não pegava normalmente. Ele sabia que, com isso, ia dar uma volta muito maior. Mas não se importava. Era como se vozes o influenciassem em sua decisão.

Quando chegou a um terminal, pegou outro ônibus e foi à janela, atento aos sons que chegavam da rua. Era uma miríade de sons variados que se misturavam num todo caótico, que Marcos separava em pequenas partes e as analisava uma a uma. Ouviu cachorros latindo, ouviu o choro de bebês, ouviu um casal brigando por causa de um controle remoto, ouviu um fusca velho tossindo e escarrando, incapaz de sair do lugar.

De vez em quando ouvia uma música agradável e concentrava a atenção nela, mas depois voltava a rastrear os sons, como se procurasse a sintonia no dial de um rádio.

Já estava muito longe de casa e do banco quando ouviu algo que chamou sua atenção. Desceu na parada seguinte. Ia concentrado, com medo de perder a voz.

Finalmente parou na frente de uma casa que parecia abandonada. Mas não estava, como atestava o cadeado novo na grade do portão. Era uma casa ampla, de classe média, com telhado de telhas de barro.

Marcos olhou para o lado, para se certificar de que não havia ninguém na rua e então se elevou no ar. Pousou sobre o telhado, com cuidado para não fazer barulho. Levantou uma das telhas e olhou para baixo. Era um quarto pequeno, com a porta trancada. Tinha um garoto ali, sentado em uma cama com os braços enlaçados nas pernas dobradas. O garoto chorava e tremia.

Marcos recolocou a telha no lugar e se elevou no céu, descendo novamente em outra rua, ao lado de um orelhão. Fez uma ligação, utilizando o último crédito de seu cartão, e voltou a se elevar no céu. Quando pousou novamente, estava sobre o telhado da casa. Procurou a telha que havia retirado antes e afastou-a. depois outra e outra, até abrir um espaço suficiente para poder entrar.

O garoto ouviu o barulho e olhou para cima. Marcos levou o dedo aos lábios, em sinal de silencio, e piscou para ele.

– Vou tirá-lo daqui. – Afirmou ao pousar do lado da cama.

Os olhos do garoto brilharam.

– Meu pai mandou você? Não... Eu sei quem foi. Minha avó. Ela apareceu num sonho e disse que um anjo ia me salvar.

– Silêncio, agora.

Marcos pegou o garoto no colo e começou a flutuar no ar, na direção do buraco no teto. Nisso ouviu o barulho de um trinco e o rangido da porta.

– Ei, o que está acontecendo?

O homem sacou uma arma e começou a atirar, mas Marcos e o menino já tinham desaparecido. Ouviam-se sirenes.

À noite, Marcos assistia o noticiário com a esposa. A principal notícia era a libertação do garoto.

{REPÓRTER} O garoto foi liberado após quarenta dias de cativeiro. O sequestro teve momentos dramáticos, como quando os pais receberam uma caixa com o dedo do menino, mas acabou bem. O cativeiro foi descoberto graças a uma denúncia anônima, mas, quando a polícia chegou ao local, Rodrigo já havia fugido e estava a duas quadras de distância. Estamos aqui com o delegado responsável pelo caso. Delegado, como o menino conseguiu fugir?

{DELEGADO} Realmente não sabemos. Aparentemente ele fugiu pelo telhado, mas a parede era muito alta e não havia nada para ele subir. É um mistério...

{REPÓRTER} O que o garoto diz?

{DELEGADO} Ele afirma que foi salvo por um anjo enviado pela avó. Essas fantasias infantis são comuns em casos de estresse como esse. A pessoa cria uma fantasia para fugir da realidade.

{REPÓRTER} Rodrigo passou por uma avaliação psicológica?

{DELEGADO} Sim. Ele está bem, apesar do que aconteceu. Achamos que a fantasia do anjo e a lembrança da avó morta o ajudaram a lidar com a situação.

{REPÓRTER} Obrigado, Delegado. Voltamos agora aos nossos estúdios.

{ÂNCORA} É, parece que temos um anjo cuidando da cidade.

3.

Marcos dormia. Em seu sonho, ele era criança e tinha amigos invisíveis. Eles falavam com ele, aconselhando-o. Falavam de seus sentidos e de como eles não eram bem usados. Poderiam ser muito melhores, se ele aprendesse. Poderia ouvir melhor, ver melhor, sentir sabores que jamais havia imaginado e cheiros tão frágeis que um cachorro se enganaria com eles.

Eles lhe disseram que poderia voar também... e ele voou. Seu corpo elevou-se acima do solo, voando acima das casas.

Em seu sonho, lembrou-se da mãe lhe contando uma história. Uma parábola da Bíblia:

Um senhor muito rico ia viajar. Ele chamou três de seus servos. Para o primeiro, entregou cinco talentos. Para o segundo, dois e para o último, um.

Depois de muito tempo, ele retornou e mandou chamar os servos. O primeiro chegou e disse: Senhor, investi os cinco talentos que me confiaste e com eles lucrei mais cinco. E entregou o dinheiro, mas o senhor devolveu a ele dizendo: Foste um bom servo e tens direito a teus talentos.

Então o senhor chamou o outro servo. Senhor, disse o servo, investi os dois talentos que me entregaste e ganhei mais dois. Mais uma vez, o senhor entregou todo o dinheiro ao servo, elogiando-o.

Finalmente, entrou o último servo, trazendo na mão apenas um talento. Senhor, disse o servo, fiquei com medo de ti e enterrei o talento que me deste. Aqui está.

O senhor o amaldiçoou: Eu te dei o talento para que o multiplicasse, não para que o enterrasse. Servo mau. Ficarás preso onde haja choro e ranger de dentes.

Marcos se lembrava de sua mãe lhe contando essa história. Ela estava sentada à beira da cama, falando com sua voz calma e tranquilizadora... No instante seguinte estava morta!

– Querido, o que foi?

Marcos olhou à volta, tentando descobrir onde estava. Por um instante pareceu-lhe que estava em seu quarto de infância e só percebeu o engano quando viu Cristina ao seu lado. Apesar do ar condicionado, ele suava e sua testa estava molhada.

– O que aconteceu? Você deu um grito...

– Nada. Um pesadelo, só isso.

De manhã, enquanto tomavam café, Cristina perguntou se estava tudo bem.

– Tudo ótimo. Foi só um pesadelo.

– Bem, talvez eu tenha uma razão para deixá-lo feliz. Você chegou tão tarde ontem e depois pareceu tão interessado nas notícias sobre o fim do sequestro do garoto, que acabei não contando.

– Contando o quê?

– Uma novidade.

– Eu sei que é uma novidade. Apenas me conte o que é.

– Eu... bem... eu estou grávida!

– Grávida?

– Minhas regras estavam atrasadas há uma semana e você sabe o quanto meu ciclo é regular. Então eu fiz um exame e deu positivo.

Marcos ficou olhando para ela, perplexo.

– Grávida...

Por alguma razão, o bilhete que recebera no dia anterior veio à sua mente: EU SEI TUDO.

– E então, não está feliz?

– Claro, estou muito feliz!

Levantou e foi beijá-la. Depois ajoelhou-se e beijou a barriga da esposa.

Quando saía de casa, lembrou-se que não havia olhado a caixa de correspondência no dia anterior. Abriu a caixa e lá dentro encontrou contas para pagar, catálogos e uma estranha carta, sem remetente e sem carimbo do correio. Marcos estava já no ônibus quando abriu a carta e suas mãos ficaram trêmulas. No papel havia apenas uma frase: EU SEI ONDE VOCÊ MORA.

Maria Rita estava molhando uma toalha para colocar ao redor do pescoço quando começou a ouvir passos. Sua visão estava turva em decorrência da fumaça. Ela estava sufocada, tossindo e mal podia manter-se de pé, mas mesmo assim conseguiu distinguir um homem se aproximando dela.

– Estou aqui para salvá-la – o desconhecido falou, e sua voz tinha o timbre da esperança.

– Não há como. Estamos mortos. – A voz estava embaçada pela fumaça e o esforço de falar parecia inútil. – Os andares de baixo estão pegando fogo. Não há como subir. O fogo tomou as escadas. Só nos resta pular da janela, mas são dez andares...

O homem pegou em seu ombro e tranquilizou-a:

– Não se preocupe. Você vai ser salva.

Ele a tomou pela mão e saiu com ela do banheiro. A fumaça subia, tomando conta de tudo e tornando impossível avançar sem tropeçar ou bater nos móveis. As instalações elétricas começavam a pipocar em estalos prateados. A encanação de gás explodiu e a cozinha foi tomada pelo fogo.

Maria Rita recuou, aterrorizada.

–Vamos. Se esperarmos mais, estaremos mortos.

A mulher deixou-se arrastar até a sacada. Ar, ar puro. Ela respirou profundamente, aproveitando seus últimos momentos de vida.

– Segure-se em mim – pediu o homem. Vamos sair daqui.

– Não, eu não vou pular. Prefiro morrer queimada.

Histérica, a mulher fechou os olhos, sentou no chão da sacada e começou a chutar a perna do desconhecido.

– Vá embora! Vai embora! Eu não vou pular!

De repente seus pés não alcançaram mais nada. Ela abriu os olhos, lutando contra as lágrimas e a ardência, procurando o homem, mas só o encontrou quando olhou para cima. Ele estava flutuando no ar, como se suspenso por linhas invisíveis e mágicas.

– Você não vai cair – ele afirmou.

Ela se levantou chorando – as lágrimas já não eram apenas devidas à fumaça – e se agarrou a ele. Os dois flutuaram e em questão de segundos seus pés tocavam o chão da rua. Muitas pessoas a cercaram, tentando ajudá-la. Depois de algum tempo ela olhou à volta, mas seu salvador havia desaparecido em meio à multidão.

Marcos chegou em casa exultante naquela noite. Ele pensava seriamente em falar para a esposa como havia salvado a vida daquela mulher no incêndio, mas não havia ninguém em casa.

A bolsa de Cristina estava sobre o sofá, mas a casa estava silenciosa. Preocupado, andou até a cozinha. Havia um papel branco dobrado sobre a mesa. Marcos abriu o papel. Havia apenas uma frase nele:

VOCÊ NÃO SABE ONDE ELA ESTÁ.

4.

Eram sete horas da manhã.

Ele acordou com a mãe sacudindo-o e dizendo que ele se atrasaria para a escola.

Eram sete horas da manhã.

O homem tirou a venda e as trevas que enchiam seus olhos se transformaram em luz, mas isso não alegrou Cristina. Ela tentou falar, gritar por socorro, e a fita adesiva em sua boca só lhe permitia alguns gemidos.

Cristina estava sentada numa cadeira de madeira, as mãos amarradas ao encosto.

Quando seus olhos se acostumaram à claridade, olhou em volta, tentando se situar. Percebeu que estavam numa espécie de porão. Não havia janelas, apenas uma porta, logo à sua frente. O piso era de madeira envernizada, velha, mas em bom estado.

Um cheiro forte e decrépito tomava conta do ambiente.

Uma lâmpada incandescente acima de sua cabeça era a única iluminação.

Olhando para um dos lados do porão, viu seu raptor e sentiu um calafrio. Era um homem calvo, vestido de preto, com óculos escuros. Não tinha sobrancelhas e seus lábios eram muito finos e brancos, como se não corresse sangue em seu corpo. *Talvez ele esteja morto.* Mas ele estava vivo e lhe dirigiu um sorriso estranho, demoníaco.

Do outro lado, havia uma cama. No lugar do colchão, um estrado de faixas de borracha entrelaçadas. Amarrada sobre a cama estava uma mulher loura, de cabelos anelados longos e desalinhados. Estava nua e sua pele estava branca como se há muito tempo não visse o sol.

Ao pé da cama, presa numa coleira, com uma corrente fixada na parede, estava outra mulher, de quatro Tinha traços orientais e cabelos pretos muito curtos, mas cortados por um cabeleireiro inábil. Também estava nua e sua pele era ainda mais branca que a da outra.

– Seja bem vinda à sua nova casa. – O homem de preto falou e seu sorriso se tornou ainda mais doentio.

Eram sete horas da manhã.

Ele colocou as calças com os olhos fechados e quase dormiu de novo enquanto calçava as meias.

Eram sete horas da manhã.

Marcos ficou alguns segundos estático, parado com o papel na mão:

VOCÊ NÃO SABE ONDE ELA ESTÁ.

Suas mãos se crisparam sobre o papel, amassando-o e transformando-o numa bolinha que arremessou no chão e se afastou como se ela estivesse contaminada. Recuou andando de costas, na direção da porta, as lágrimas escorrendo de seu rosto.

Quando chegou ao quintal, alçou voo, gritando como um louco. Ficou lá em cima, rodopiando entre as nuvens e gritando.

Depois começou a voar em desespero por todos os locais, rastreando os sons na tentativa de encontrar sua esposa, até perceber que isso era inútil.

Eram sete horas da manhã.

Ele usou o tato para amarrar o cadarço dos sapatos enquanto a mãe se despedia dele e saía pela porta.

Eram sete horas da manhã.

O homem parou de sorrir e olhou para as duas mulheres nuas.

– Deixe-me apresentá-la às suas novas colegas. Vocês passarão muito tempo juntas. São as minhas cachorrinhas e você logo será também.

Ele se aproximou das mulheres e, abaixando o tronco, acariciou a cabeça da mulher no chão. Ela lhe fez festas e lambeu sua mão.

– Esta é Sereia. As pessoas do interior gostam de batizar seus cachorros com nomes marinhos como forma de prevenir contra a hidrofobia. Eu gosto disso, acho poético. Não é mesmo, Sereia?

A mulher respondeu com um som que parecia um latido.

– Eu capturei Sereia há cinco anos e levei mais de dois anos para domesticá-la. É um trabalho lento, de condicionamento. Demorado, mas compensador. É preciso muito cuidado, inclusive com a saúde. Devo compensar a falta de sol com vitaminas, mas isso não impede a brancura da pele. Seria, de fato, um inconveniente, se eu não gostasse assim.

Ele ficou novamente ereto, sentou no estrado da cama e tocou na mulher que estava amarrada. Ela afastou a perna com repugnância, como se tivesse sido tocada por uma cobra.

– E esta é Pérola. Eu a capturei há um ano e ela está em treinamento. Ela fica amarrada o tempo todo, mas eu a solto uma vez ao dia para que ela se acostume a andar de quatro e, ao mesmo tempo, se exercite. Pérola é um pouco arredia e seu treinamento vai durar muito. Talvez eu me canse dela antes disso e faça com ela o que fiz com as outras. Você pode sentir o cheiro? Pode ouvir os ossos estalando? Elas estão aí, embaixo de você. Aquelas que me desobedeceram.

E o homem de preto olhou para o piso debaixo da cadeira.

Eram sete horas da manhã.

Ele lavava o rosto quando ouviu um guincho fino, como de borracha sendo arrastada por uma superfície sólida e áspera. Depois o grito de uma mulher e o som seco de ossos se quebrando. A voz de sua mãe.

Eram sete horas da manhã.

Marcos aterrissou no quintal de sua casa e entrou pela porta da frente, que havia ficado aberta. Penetrou na sala e se deparou com uma foto de Cristina acima da televisão. Aproximou-se e tocou-a com o dedo, cuidadosamente, como se lidasse com algo extremamente frágil, capaz de quebrar ao menor toque.

Depois, foi para a cozinha e pegou o papel amassado no chão. Abriu-o lentamente, tateando-o, tentando encontrar alguma pista tátil. Todos os seus sentidos concentravam-se no papel, à procura de algo, e foi o seu nariz que encontrou alguma coisa estranha. O cheiro. Que cheiro era esse?

Marco levou o papel ao nariz, aspirou profundamente e em seguida afastou o papel, enojado. Fedor.

Que tipo de fedor? Lixo? Fezes?

Curtume.

Era isso. Curtume. Onde já Marcos já sentira esse cheiro antes? Procurou na memória.

Sua mãe. Ônibus. Fedor. Curtume.

Um dia, ele tinha oito anos, estavam no ônibus. Ele sentiu o fedor e tapou o nariz. Sua mãe lhe explicou que aquela era a Rua do Curtume.

Rua do Curtume.

Marcos procurou um mapa. Lá estava ela.

Eram sete horas da manhã.

Ele saiu de casa correndo e atravessou a rua, o rosto molhado de água e lágrimas.

Eram sete horas da manhã.

O homem de preto se deitou sobre a mulher loura e a violentou. Ela tentava gritar, mas era impedida por uma mordaça de couro que cobria sua boca e seu queixo.

Quando terminou, ele se levantou e deixou a mulher chorando sobre a cama. Então andou até a prateleira do outro lado do porão e pegou uma faca.

– Você deve estar se perguntando por que ainda não fiz nada com você. – Ele se aproximou de Cristina. – Sabe por quê? Porque quero primeiro capturar seu marido. Quero que ele veja tudo que vou fazer com você.

Os olhos de Cristina se arregalaram. Ele aproximou a faca de sua blusa e a usou para arrancar, um a um, os botões de sua blusa. Depois cortou o sutiã e os seios saltaram. Então Cristina sentiu o gume frio da faca passeando por seus seios e roçando em seus mamilos.

–Ele é uma pessoa especial e por isso terei um prazer especial em capturá-lo. Oh, sim! Eu me esqueci! Você ainda não sabe sobre os dons de seu marido... Você ainda não sabe que ele pode ouvir mais e melhor que qualquer pessoa, que pode ver como uma águia, pode sentir texturas e sabores melhor que você poderia imaginar. E ele descobriu recentemente que pode voar. Como sei disso? Vamos dizer que também possuo minhas habilidades. Ao focar uma pessoa, eu posso sentir um pouco do seu passado, presente e futuro. Eu estava na fila do banco quando houve o assalto e sei que foi seu marido que impediu a ação. Entenda, eu só precisei juntar as peças. Seu marido é um escolhido, um homem com habilidades especiais, como eu. E, o que é melhor, tem uma esposa linda...

O homem de preto ergueu a faca e a passou pela face de Cristina.

– Você deve estar pensando: se meu marido tem mesmo essas habilidades, ele irá me salvar. Vai descobrir onde estou e vai me salvar, como o príncipe encantado que salva a princesa prisioneira do dragão. Mas eu tenho más notícias. Isto não é um conto de fadas. O dragão é mais esperto que o príncipe. Eu posso senti-lo chegar. Posso me antecipar a cada ação dele. Aliás, posso senti-lo agora. Ele está chegando. Está caindo na minha armadilha!

Eram sete horas da manhã.

Várias pessoas se amontoavam ao redor do corpo. Uma mancha rubra se alastrava pelo asfalto. Ela ainda respirava.

Eram sete horas da manhã.

Marcos percorreu voando o caminho entre sua casa e a Rua do Curtume e ficou lá em cima, rastreando as casas, até ouvir a voz de sua esposa gritando por socorro.

Era uma casa velha, isolada entre o curtume e um terreno baldio.

Marcos passou por uma varanda e se aproximou da porta, pronto para arrombá-la, quando percebeu que estava aberta.

A porta abriu com um rangido e Marcos ouviu um murmúrio em sua cabeça: "Cuidado".

Deu um primeiro passo e a madeira velha gemeu sob os seus pés. A voz de sua esposa, chamando por socorro, continuava forte à sua frente. Um novo passo e a madeira tornou a gemer. Estava numa sala ampla. A voz da esposa vinha de uma mesa, mas não havia ninguém lá.

Olhando à sua volta, ele se aproximou da mesa. Era um gravador. Um gravador.

Marcos apertou o *stop* e os pedidos de socorro cessaram. Então girou ao redor de si mesmo, os ouvidos atentos para qualquer barulho.

Um homem falando.

Onde?

Abaixo de seus pés.

Devia haver um porão. Marcos andou pela casa, procurando o acesso. Encontrou-o na cozinha: um corredor estreito com uma escada e, no fim, uma porta. "Não vá, não vá", dizia a voz em seu ouvido, mas ele desceu. A madeira rangia e estalava sob seus pés. Seus ouvidos estavam atentos. O homem tinha parado de falar. Onde estaria?

Marcos abriu a porta e entrou. Viu sua esposa amarrada e amordaçada em uma cadeira e foi a última coisa que viu. Sentiu o impacto de algo duro na testa... Depois, dor. Então ficou tudo escuro.

Eram sete horas da manhã.

Marcos tinha certeza de que a mãe iria sobreviver e afagava seus cabelos manchados de escarlate, mas ela deu seu último suspiro e morreu.

Eram sete horas da manhã.

Marcos acordou desnorteado. Onde estava? Por que tudo estava tão escuro? Aos poucos, a memória foi voltando e ele percebeu que estava caído no chão. A visão demorou mais a voltar e a primeira coisa que ele viu foi o rosto de um homem calvo de óculos escuros. O homem sorria.

– Não pensei que fosse tão fácil. Achava que ia me divertir um pouquinho... – Marcos podia sentir a respiração do homem em seu rosto. – Vamos, levante-se, seu idiota. Levante-se!

Com muito esforço, Marcos se levantou. Seu olhar estava embaçado, mas mesmo assim ele voou sobre o homem, que desviou no momento exato e, pegando-o pelo pé, jogou-o contra a parede.

– Vamos, me ataque! Salve sua linda esposa! Venha, seu idiota!

Marcos se levantou novamente e ficou frente a frente com o oponente. Tentou pegá-lo de surpresa com um soco, mas o homem desviou com facilidade.

– Você é muito lento! – O homem riu, mas de repente seu riso foi substituído por uma expressão de dor.

O homem se dobrou sobre si mesmo, levando as mãos à virilha. Atrás dele, Cristina. O vilão podia antecipar cada movimento de Marcos, mas não contava com a possibilidade de sua vítima reagir com um chute entre as pernas.

Marcos aproveitou o desnorteamento momentâneo do homem de preto e lhe desferiu um golpe na cabeça. Com o impacto, ele caiu de costas no chão e Marcos pulou sobre ele, desferindo socos. Os óculos escuros quebraram e revelaram olhos azuis muito claros.

Marcos pegou-o pelas orelhas e bateu sua nuca no chão até que ele parasse de se mexer. Então se levantou e começou a chutar o homem entre as pernas e nas costelas.

Quando se cansou, foi até a esposa, ajoelhou-se, tirou a mordaça de sua boca. Abraçou-a, chorando. Choraram os dois juntos, beijando-se entre lágrimas.

Então ele se levantou e a desamarrou. Em seguida foi até a mulher nua na cama e também a libertou. Ela olhou para as próprias mãos, não acreditando que estava livre.

A mulher no chão foi libertada da coleira, mas não se levantou. Ao contrário. Foi de quatro até o homem e preto e cheirou-o.

– Ele está...? – Cristina perguntou.

– Não. Apesar de merecer morrer, ele vai sobreviver. Agora vamos embora.

Cristina apontou para as mulheres.

– E elas?

– Vamos chamar as autoridades. Elas precisam de mais ajuda do que podemos dar.

Foram andando até a varanda. Depois Marcos levou-a voando para casa.

Ela ficara presa sete horas.

Sete horas.

5.

No dia seguinte, Marcos e Cristina não foram trabalhar. Dormiram até tarde e conversaram pouco. Ainda era difícil lidar com o que havia acontecido: o sequestro de Cristina, o homem de preto. Marcos quase o matara. Pela primeira vez em sua vida, ele quase tirara a vida de uma pessoa e esperava jamais precisar voltar a fazer isto.

Foi o primeiro a acordar e se sentiu feliz por ter Cristina ao seu lado. Só damos valor ao que perdemos e ele quase perdera a esposa. Como forma de demonstrar seu carinho, beijou-a na testa. Cristina acordou desesperada e o afastou com um safanão. Então percebeu quem era e o abraçou, chorando. Seus olhos ainda estavam vermelhos quando tomaram café e ela não disse uma única palavra. Na verdade, evitava o olhar do marido.

Na hora do almoço, Marcos quebrou o silêncio.

– Sabe, ontem, enquanto procurava você, eu pensava o tempo todo em minha mãe.

– Você me falou muito pouco da sua mãe. – Cristina suspirou, aliviada por ele ter finalmente tomado a iniciativa da conversa.

– É verdade. Falo muito pouco dela. Ela morreu muito cedo. Quando era pequeno, eu podia ouvir, sentir, cheirar, perceber o gosto das coisas de forma, vamos dizer... diferente. E eu podia voar. Levei algum tempo até descobrir que as outras pessoas não tinham as mesmas habilidades que eu tinha. Lembro das crianças caçoando de mim quando eu perguntava se elas podiam voar.

– É sério? Você achava que todo mundo podia voar?

– Achava. Eu não me sentia especial. Para mim, eu era como qualquer outro.

Cristina segurou sua mão e apertou-a, como se lhe dissesse, através de gestos, que sim, ele era especial para ela.

– Poucos meses depois que descobri esses talentos, comecei a ouvir vozes. Há algum tempo li um livro segundo o qual crianças costumam conversar com pessoas desencarnadas e pensei: Era isso! Era isso que acontecia comigo. Eu falava com espíritos e eles me davam conselhos, me antecipavam o futuro. Uma vez eles me disseram para não pegar um ônibus e depois descobri que esse ônibus havia sofrido um acidente.

– E a sua mãe?

Marcos baixou os olhos.

– Um dia ela acordou, disse que o café estava pronto e saiu para trabalhar. Eu estava lavando o rosto quando ouvi seu grito. Saí correndo. Havia várias pessoas olhando assustadas para um corpo estendido no chão. Abri caminho entre elas e encontrei minha mãe caída, o sangue escorrendo de sua boca. Ela morreu em meus braços. Nem deu tempo de chegar ao hospital. Naquele momento, eu tive ódio das vozes que falavam comigo. Por que elas não haviam me avisado? Eu teria voado e tirado minha mãe do caminho do carro... Por que me avisaram quando eu ia pegar o ônibus que sofreria o acidente, mas não me avisaram quando minha mãe ia morrer? Por quê?

Marcos ficou em silencio, como se remoesse essa pergunta dentro de si.

– Talvez ela devesse morrer – foi a reposta de Cristina. – Talvez fosse algo que elas não pudessem lhe contar.

– Sim, talvez – Marcos concordou, fungando. – Mas na época eu só podia pensar que minha mãe estava morta e elas não haviam me avisado. Eu era um menino de dez anos, sozinho no mundo. De certa forma, amaldiçoei meus talentos, assim como amaldiçoei as vozes. De que me adiantava poder voar, se isso não servira para que eu salvasse minha mãe? De que adiantara minha superaudição se eu não escutara o carro se aproximando dela?

Marcos tampou os olhos, tentando esconder as lágrimas.

– Depois disso, nunca mais ouvi as vozes. Também nunca mais usei meus poderes. Até um ponto em que eu me esqueci completamente deles. Isso até uns dias atrás, quando acordei com uma dor de cabeça terrível...

– Você tinha me falado do orfanato, mas nunca tinha me contado sobre sua mãe.

Cristina pegou as mãos de Marcos e olhou com ternura.

– Estou muito feliz ao seu lado. Para mim, você é especial. E estou mais feliz ainda por você estar, finalmente, se abrindo comigo.

Os dois se beijaram e ele a levou para o quarto. Fizeram amor durante várias horas, como se o tempo não existisse e quisessem aproveitar cada segundo.

À tarde, Marcos foi à banca de revistas ver se algum jornal havia noticiado os acontecimentos do dia anterior. Descobriu que a *Gazeta Popular* publicara uma edição extra, vespertina, para contar os fatos da prisão do chamado "maníaco do porão". Era uma edição magra, com apenas 12 páginas, letras garrafais e muita propaganda. Mas ainda assim estava "vendendo como banana", como disse o jornaleiro.

O jornal informava que fora encontrado, inconsciente, na noite anterior, o homem que provavelmente era o responsável pelo desaparecimento de várias mulheres em Santa Helena nos últimos anos. Estavam num porão. O delegado responsável pelo caso dizia que a prisão só fora possível graças a uma denúncia anônima.

"Junto com ele", dizia a reportagem, "foram encontradas duas mulheres. Uma delas, identificada como Wilma Aparecida dos Santos, 31 anos, havia desaparecido há um ano no estacionamento da empresa em que trabalhava. Ela estava desnutrida e com ferimentos nos pulsos e nas pernas. A outra mulher não foi identificada e, segundo os policiais, parece ter desaprendido a andar e a falar".

A matéria continuava falando sobre as condições em que as mulheres foram encontradas e tinha declaração de um perito da polícia, segundo o qual a mulher não identificada havia sofrido sérios distúrbios de personalidade: "Esse psicopata conhecia fundamentos de psicologia comportamental e usou isso para condicionar suas vítimas e fazer delas o que bem entendesse".

Sob o porão os policiais haviam encontrado vários corpos em decomposição e até esqueletos. Aparentemente, o cheiro do curtume disfarçava o fedor dos corpos em decomposição, razão pela qual os vizinhos nunca desconfiaram de nada.

A matéria trazia declarações de vários vizinhos dizendo que o maníaco parecia absolutamente normal. Uma mulher lembrou que ele a ajudava a cuidar do jardim e sempre oferecia suco e biscoitos para as crianças da rua.

Segundo o jornal, o psicopata havia sido derrotado pelo marido da vítima mais recente, mas não sabia dar informações sobre quem era esse salvador misterioso.

Marcos não leu o resto. Dobrou o jornal, colocou debaixo do braço e rumou para casa.

Decidiu abandonar a vida de vigilante. O que acontecera na noite anterior o deixara preocupado. Ao utilizar suas habilidades, ele teria contato com assassinos, ladrões, traficantes, corruptos... pessoas que poderiam ter gana de se vingar. Não temia por si, mas por sua esposa grávida.

Marcos havia discutido o assunto com Cristina e ela concordou. Temia pelo futuro e queria ter o marido ao seu lado, e não voando pela cidade à noite, deixando-a sozinha em casa.

Ele protegeria a cidade, mas quem protegeria sua esposa? As imagens de sua mãe morta, estendida no chão, ensanguentada... Marcos jamais se perdoaria se algo assim acontecesse a Cristina.

Um *hare krishna* o parou. Falava rápido e sua voz parecia vazia de significado. Em certo momento ele estendeu a Marcos um livro grosso. Meio a contragosto e mais para se livrar do assédio, ele pegou o livro. Chamava-se *Bagavad-Gita*. Marcos abriu uma página ao acaso e leu:

"Dedica-te à obra exclusivamente, jamais aos seus frutos. Tuas ações não devem ser motivadas pelo proveito que possam trazer; não deves tampouco te abandonar à inação. Firme na ioga, executa tuas obras sem apego nem interesse, permanecendo o mesmo, qualquer que seja o resultado, feliz ou adverso".

Marcos devolveu o livro e voltou a andar, como que hipnotizado. As palavras que lera haviam causado uma impressão profunda em sua alma. Da mesma forma que antes estava decidido a abandonar sua atividade como vigilante, agora estava decidido a continuá-la.

Mas para isso precisava de algo que encobrisse sua identidade. Chegando em casa, conversou sobre isso com Cristina e decidiram-se por um capote e um capuz levantado.

À noite, quando assistia ao telejornal, viu uma matéria especial sobre um homem que estava salvando pessoas na cidade.

A reportagem dizia, inclusive, que o estouro do cativeiro do maníaco do porão talvez se devesse ao tal herói misterioso.

Nas ruas, algumas pessoas já começavam a lhe dar um nome: Anjo.

O Anjo. Era assim que o chamavam. Precisava estar à altura.

BARLAVENTO 1807

VITOR VITALI

AQUELA ERA UMA manhã esfomeada, tão semelhante a todas as outras que poderia ser tomada como estranha se dessa forma não fosse. Embora, devido a toda agitação no porto, houvesse carne em cada taverna de Lisboa, aos miseráveis de poucos dentes restava apenas o odor salgado que vinha do estalar da pele do porco e do fritar do peixe, pois em seus pratos de barro não pousava mais que pão um tanto endurecido. Quem comprava carne em época sem festa eram só os abastados, quase sempre da nobreza real, daquele começo de século conturbado por um senhor nascido *Napoleone* pelo sangue italiano – mas crescido *Napoléon* pelo blasonar francês – que, quando perguntado o quanto desejava a destruição do império britânico, só respondia:

– Deveras pra caralho.

Naquela manhã, duas notícias de igual importância haviam chegado. Uma delas – trazida por dois cavaleiros batedores, apressados sobre suas montarias, que estalavam ferraduras sobre o chão de pedra da cidade – dizia que o general francês Junot havia seguido com suas tropas após descansar em Santarém – a dez léguas dali – e que seguia para Lisboa naquele exato momento rumo à invasão. Porém, a segunda nova não precisava ser contada, pois todos percebiam que o vento estava soprando de nordeste, o que permitiria a partida das embarcações no dia seguinte rumo à colônia, levando a família real e sua corte. Iam como fugitivos, embora dissessem os britânicos em seus fraques que "*não passava de uma retirada estratégica política e comercial contra a insensatez e tolice francesas.*"

Em sua cadeira bamba, o Bobo tomava meio pedaço de seu pão e atirava ao cachorro meio vesgo que se sentava ao seu lado, olhando fixamente, com a cabeça sobre as patas, em direção às muitas fragatas, naus e escunas já carregadas de tudo que levariam para o outro lado do Atlântico. Diziam que quinze mil homens partiriam para a colônia e, embora os que ficassem sentissem-se apreensivos, tementes aos franceses, o Ladrão, sentado do outro lado da mesa, se importava pouco. Passava a maior parte do tempo fitando de soslaio cada soldado, nobre escoltado ou serviçal que lhe passava próximo, guardando na memória tudo que reluzia ou pesava em seus corpos, fosse o pequeno saco de moedas, os brincos, os anéis, o torque no pescoço de uma dama qualquer ou seus sapatos caríssimos.

Embora o Ladrão sempre lhe repetisse que "tudo daria certo", que "daqui pra frente seriam ricos de sobejo", que "vomitariam dinheiro de tanto que teriam", o Bobo ainda se lembrava da última empreitada fracassada no interior. Em sua pele repousavam pequenas queimaduras e vários cortes ainda mal sarados, lembrança de quando se atiraram das ameias da torre do castelete de um conde português, antes da explosão destruí-la com grande estrondo e atirá-los sobre a sebe com apenas algumas moedas nos bolsos e os cabelos e sobrancelhas chamuscados.

– Aquela escuna, próxima ao farol – o Ladrão recomeçou, indicando com um olhar que apontava. – Aquela acolá será nossa desforra, nosso alvo, nosso tesouro. Pelos céus, contei cousas ali que não poderíamos carregar nem mesmo se tivéssemos trinta braços. Haveremos de ter que deixar um punhado de bens para trás... ou, se arranjarmos umas putas feias, podemos usar-lhes os espaços dos vestidos para que carreguem algo.

– Não acho que vá dar certo. – Precavido, o Bobo olhou ao redor na taverna, buscando alguém que lhes pudesse ter ouvido a conversa. O lugar, porém, estava quase vazio, preenchido apenas por algumas moscas e cães que, embora possuíssem orelhas atentas, não pareciam ter jeito de delatores. – Algo desta maneira é impossível, é arriscado, insanidade, loucura. Nunca devia ter deixado a corte e saído pelo mundo com você.

– De fato, parece arriscado. Esqueçamos as putas.

– Me referia a tudo isso. Há todo um batalhão no porto, entre eles uma guarnição de lanceiros ingleses em cavalos anormais, gigantescos. Não podemos fazer isso. Talvez devêssemos desistir, digo, de tudo, desta vida. Daí, poderíamos nos dedicar à arte! – O Bobo tomou sua flauta de madeira de cardo às mãos. – À música!

Sem nem mesmo olhá-lo o Ladrão não respondeu. *Como um artista poderia ser rico? Absurdo, arte não vale um tostão.* Continuou a observar precisamente cada transeunte que passava. Podia ver que logo seria noite, pois o sol já descera bastante do zênite e os estorninhos adejavam, indo embora do porto para algures, onde talvez ainda fosse dia.

Era hora de se prepararem. Na saída da taverna, o Ladrão atirou uma moeda sobre o balcão, mas em seguida se ouviu um estalar de dedos e as lamparinas de óleo que iluminavam o ambiente se apagaram de repente, como se um vento estranho as houvesse atingido todas duma vez. No meio da confusão, seguindo seu caminho para acendê-las, tentando não tropeçar nos malditos cães que se agitaram em latidos, o taberneiro ouviu alguns ruídos. Quando, apressando-se o quanto podia, iluminou o ambiente, notou que os dois sujeitos não estavam mais ali. Não havia mais moeda sobre o balcão e uma de suas garrafas de vinho havia sumido.

Embora ainda se ouvisse o som de muitos instrumentos vindo de dentro de algumas das embarcações maiores, como a do príncipe dom João, e de algumas das tavernas nas ruelas próximas ao porto, era noite. Noite portuguesa, sempre tão cheia de música que nada daquilo era estranho ou indevido. Vez ou outra ainda se podia ouvir um solitário pela noite, tocando sozinho suas cordas da maneira mais honesta possível, olhando apenas as estrelas e lembrando-se de algo do passado, fosse do gado, da galinha, das dívidas de morte ou da moça que deixara para trás no campo. Sua música podia ser ouvida distanciando-se, sumindo aos poucos como o solilóquio de um velho bêbado que murmurava e resmungava para si próprio cousas da vida, até que desmaiasse de fome ou morresse de demência num beco asqueroso até mesmo para suas pulgas e piolhos.

Sobre uma amurada parcialmente caída, um tanto distante do porto, Bobo e Ladrão se sentavam ouvindo os sons distantes da noite e tomando vinho direto da garrafa antes lacrada por cera. Quando se deram por satisfeitos, guardaram o casco de barro, colocando-o no saco de batatas que levavam consigo para os objetos furtados. Ladrão havia indicado uma embarcação das pequenas num canto do porto, próximo do farol. De todas as opções aquela parecia a melhor, pois na doca havia pouca guarda, embora para chegarem até lá tivessem que ultrapassar uma série de guarnições dispostas por todo lado, com soldados agrupados junto a fogueiras para afastar o frio e contar seus causos de cousas comuns, fosse da teta da puta sem teta, fosse do garoto de Espanha que diziam poder curar enfermidade com saliva e azeite, fosse da invasão francesa.

Caminhando sobre a amurada até onde puderam, por fim ambos se jogaram para trás, deixando-se cair sobre um monte de palha numa estrada de carroças, um carreiro. O Ladrão apagou as chamas pequenas das lanternas próximas com um estalar dos dedos e logo estavam no escuro. Não sabia como fazia o que fazia, tampouco o sabia Bobo, que, por mais irônico que parecesse, conhecia mais das letras e das cousas do mundo que Ladrão. De qualquer maneira, fosse como fosse, nasceram daquela forma, cada um com seu talento, seu poder. Decerto era dádiva abençoada por algum santo que não exigira nada em troca, um cavalo dado, como diziam por aí. Não era dever de nenhum deles olhar-lhe os dentes, tampouco seria educado para com o cavalo.

Seguiram pela rua na ponta dos pés, quase como gatos. Embora Bobo ainda fizesse algum ruído, fosse pela flauta que levava à cintura, fosse pela longa capa vermelha de bufão que o cobria e balançava ao vento, o Ladrão não fazia som algum. Era um bicho da noite, um tanto bêbado naquele dia, mas ainda assim um bicho da noite, silencioso e paciente. No fim de uma pequena avenida, seguiram incólumes, saltando por telhados e muros como sombras noturnas, apagando luzes pelo caminho, movendo-se quase sempre pela escuridão até por fim, após quase meia hora, chegarem ao porto, tendo evitado a maior parte dos soldados espalhados pelas ruas e becos, embora alguns pudessem jurar aos outros que haviam visto algo com os cantos dos olhos.

Porém, naquele ponto, a concentração de soldados era maior. Passar pelas sombras não era opção, já que muitas fogueiras alumiavam o chão de pedra; com o fogo daquela magnitude, Ladrão nada podia fazer a não ser mudar sua intensidade. Foi a vez de Bobo cumprir seu papel e acordo, como sempre se dava naquelas situações. Tomando em mãos a flauta de cardo que ele próprio fizera, fechou os olhos, e logo, ali no porto, surgiu dele uma cópia em igual proporção, uma cópia perfeita, a tocar e saltitar, a balançar e sacudir a capa enquanto ria como um animal demente, chamando a atenção dos soldados para sua bobagem.

Reduzindo o alumiar do fogo, Ladrão e Bobo seguiram, enquanto o fantoche se divertia, esquivando-se dos soldados e atraindo--os para longe dali. Caminharam devagar para uma região mais escura, onde viram passar um pequeno grupo de homens armados com lanças e trajados em suas fardas da cavalaria inglesa. Quando já não aparentava perigo, seguiram em direção à embarcação que planejavam roubar e ali respiraram mais aliviados. Deram por si observando um soldado cortejando uma criada ou puta mal vestida, não saberiam dizer, embora, por sua pele mais escura que a do povo português, pudessem afirmar que era espanhola e provavelmente serviçal.

Diminuindo o fogo das lanternas próximas, não as apagando inteiramente para não chamar atenção, seguiram para a pequena embarcação pela rampa apoiada no costado. Do convés principal vazio, seguiram para os inferiores, onde vários dormiam em redes mal posicionadas de qualquer forma, seguidos por vários cães deitados entre eles. Com um sopro leve de sua flauta, Bobo deixou que os que dormiam continuassem a dormir, aplicando-lhes violenta sonolência, pois não podia fazer mais do que isso. Movendo-se entre os adormecidos, tomaram tudo que puderam em seus sacos, fossem moedas, talheres, baralhos, enfeites, enfim, apoderaram-se de tudo e partiram para outro convés. Neste encontraram objetos mais valiosos. Pegaram tudo que puderam de cima da penteadeira e Bobo abriu uma enorme arca cheia de joias e roupas. Tomaram algumas delas e todas as joias que puderam e seguiram dali para fora, pois, infelizmente, a sala do comandante estava fortemente protegida.

Acatando os pedidos de Bobo para que, por fim, fossem embora, seguiram ambos de volta pela rampa, já esboçando sorrisos exultantes. Porém, gemidos e gritos de socorro lhes chamaram a atenção.

Viram mais ao lado, próximo ao fim da doca, o soldado e a criada espanhola se debaterem contra um poste de madeira, pois ele tentava à força bruta lhe levantar as saias e possuí-la ali na orla, ao lado do mar. Ladrão voltou-se, querendo ir embora, mas Bobo não pôde apenas assistir. Lembrou-se do castelete do conde, onde ajudara a condessa a se livrar do marido que a torturava a ferro quente e a impedia de sair do quarto por ciúmes. Lembrou-se de seus olhos agradecidos e do que sentira naquela hora. Explodir sua torre com ajuda do recém-conhecido Ladrão – que, fugido da Confraria da Costa, tentara roubar a festa da corte – fora um pedido de demissão extremamente rude para com o conde, constatou depois. Mas ao menos a condessa estava bem, fugira para longe, longe de todo aquele luxo, de toda aquela comida. Talvez estivesse passando fome. De todo modo, voltando a si, acabou por fim segurando as vestes do Ladrão, que parou, embora em sua face repousasse um certo pesar por estragar um furto tão bem-sucedido. Sem trocar palavras, decidiram o que fariam para ajudar a pobre moça.

De uma vez, Ladrão reavivou as lanternas com um brilho repentino, chamando a atenção do soldado que os fitou curioso, mas que, em seguida, voltou-se para sua ocupação anterior: tentar atravessar a saia de poucas anáguas, mas, ainda assim, de entrada árdua, da criada que se debatia e gritava:

– *¡No! ¡No, dejame ir!*

Correndo na direção do soldado com sua flauta em mãos outra vez, Bobo tentou acertá-lo. Percebendo isso, o soldado desferiu um murro que, no entanto, não atingiu nada a não ser uma nuvem de fumaça que logo se desfez. Vindo por trás, Bobo deu-lhe com a flauta na cabeça, não causando no soldado mais que um sangramento que lhe escorreu pela face e olhos. Erguendo o saco de furtos sobre a cabeça, Ladrão tentou acertar o oponente, mas errou quando este, um tanto desequilibrado, caiu ao chão. Ao reerguer-se, puxou sua arma já carregada e apontou para Ladrão. Este estalou os dedos e suprimiu a faísca da pederneira, impedindo que fosse feito o disparo.

Mas já haviam chamado atenção de mais gente. Logo, sobre a doca havia inúmeros soldados portando armas de fogo, lanças e sabres curtos. Vários deles tentaram atirar, mas Ladrão continuava a apagar as faíscas das pederneiras, até que por fim apagou todas as lanternas de uma vez, esperando que assim pudessem fugir. No entanto, estavam quase aos pés do farol e sua luz os denunciou. No meio da confusão da fuga, esbarraram nos soldados e logo, ameaçados pelas muitas lâminas afiadas, desistiram e se entregaram. Ao menos a criada havia fugido e, de uma forma tola, aquilo os deixou felizes.

Sem muita demora foram espancados com cabos de machado e empunhaduras de espada, e então levados ao farol. Tomaram-lhes tudo que haviam conseguido furtar e também seus pertences pessoais. Diziam que neles havia algo de bruxaria e que seria um representante da Santa Sé que os julgaria por seus pactos endemoniados. Levaram-nos amarrados por grossas cordas ao farol, onde os manteriam até que alguém chegasse, enquanto, no céu, avançava a noite.

Foram mantidos durante horas no último andar habitável do farol, no nível superior, onde jazia a enorme chama de azeite que iluminava o porto e guiava as embarcações. Ali Ladrão ouviu a conversa dos soldados vinda de baixo enquanto bebiam do vinho tirado de Bobo, que jazia ao seu lado, desmaiado das pancadas que tomara, com a face completamente marcada e cortada pelos golpes. Dali a pouco tempo iria amanhecer e decerto a corte partiria junto com sua escolta antes que o sol se mostrasse sobre Lisboa. Tinham de se apressar, pois antes mesmo do almoço haveria franceses por toda parte, inimigos sem qualquer ferimento ou cansaço, uma vez que a cavalaria portuguesa se renderia quando se defrontassem. Erguendo os lenços brancos daquela forma, os franceses poderiam achar que estavam diante de sua própria gente em pleno solo português.

Ladrão respirou fundo. Seus pulsos doíam apertados pelas cordas absurdamente grossas utilizadas para amarrar a carga à proa. Para passar o tempo em meio àquelas arcas e caixas, brincava com a intensidade da chama do farol, querendo assustar algum senhor ou senhorinha que poderia nessa brincadeira julgar ver sinais apocalípticos. Embora aquela perspectiva o alegrasse um pouco, não lograva desviar sua atenção por muito tempo do rosto ensanguentado de Bobo ao seu lado. Temeu pelo pior, pois, de alguns minutos para cá, o amigo não parecia sequer respirar. Ladrão tentou novamente cutucá-lo com o pé, mas na posição em que estava era uma tarefa impossível, mesmo para seu corpo ágil e esguio. Tentou então chamá-lo, mas não houve resposta. Porém, notou que do andar de baixo já não havia conversa dos soldados, certamente haviam dormido após o vinho que lhes pesava na barriga. Deu-se então o som apressado de passos pela escadaria circular do farol. Ladrão buscou observar quem subia e deu de cara com Bobo olhando-o com um olhar safado e risonho. Ao seu lado, o fantoche tornou-se fumaça, deixando as cordas tombarem soltas sobre o chão.

– Os soldados caíram no sono, bêbados do meu vinho, babando e roncando, embora não pareçam de forma alguma estar num sono profundo – explicou, apressando-se a desatar o nó que prendia o Ladrão. – Venha. Vamos embora enquanto dormem. Deve haver alguma saída daqui. – Bobo encarou o Ladrão. – Havia lhe dito que esse assalto era uma péssima ideia. Olha só onde viemos parar. Devíamos deixar esta vida, sair por aí, cantando e ajudando donzelas em atos heroicos. Como fizemos ainda há pouco, vê?

– Não devemos cousa alguma. – Ladrão esfregou os pulsos e se pôs de pé. – Estou por demais enraivecido com você por termos sido capturados! Ou, ao menos, por eu ter sido capturado, seu... seu... E tire este sorriso do rosto. Paspalho! – gritou para o companheiro, mas então notou que havia feito barulho e que acordara os soldados no andar inferior. Prenderam a respiração, esperando pelo pior. Por sorte, os soldados permaneceram por lá e continuaram a conversa sobre as nádegas de uma dama que trabalhava nas redondezas, pois aparentemente era só sobre o que conversavam.

– Droga! – o Ladrão murmurou com cara de culpa para o Bobo, que o olhou irritado.

– Como faremos para sair daqui agora? – o Bobo perguntou junto ao ouvido do amigo. – O bispo deverá chegar logo e nós com toda certeza vamos para o patíbulo, já que, por questões sanitárias, a Igreja abandonou as fogueiras há algum tempo.

– Venha – o Ladrão chamou, subindo para o andar seguinte.

Tomando cuidado para não esbarrar no grande recipiente onde queimava o azeite que guiava os barcos ali de cima do farol, ambos olharam por cima da mureta baixa por onde passava a luz, e viram, vindo ao longe, antes mesmo do sol nascer, a carruagem nas cores vermelha e dourada da Santa Sé. Sentaram-se novamente, entristecidos, crendo que, com a aproximação dos franceses, aquele não era um bom dia para morrer, pois não haveria maneira de explicar o ocorrido de forma satisfatória a quem quer que os recebesse do outro lado da vida.

– Acho que lhe devo desculpas – o Bobo falou, aceitando afinal o fim trágico.

– Também as devo a você – o Ladrão se desculpou, entregando-se à mesma derrota.

Após algum tempo de contemplação, apertaram as mãos, beijaram-se no rosto e se abraçaram por fim, mas então o Bobo se tornou fumaça outra vez e se esvaneceu, deixando para trás um Ladrão perdido, olhando as espirais se perderem no ar. Logo veio do andar de baixo o sussurro do Bobo chamando-o de volta. Descendo apressado, o Ladrão o encontrou ali, rodeado por diversas caixas que o Bobo já abrira e olhava curioso. Havia pelo menos duas dúzias delas arrumadas entre as vigas de ferro que sustentavam o farol, onde antes haviam sido amarrados.

– Você me enganou de novo – o Ladrão sussurrou. – Filho da puta.

– Só queria que se desculpasse comigo ao menos uma vez. – O Bobo sorriu. – De qualquer forma, olhe tudo isto. – Apontou para as caixas recheadas de incontáveis polvarins e pequenas sacas de pólvora utilizada em canhões. – Vamos, vamos fazer de novo! – o Bobo sugeriu, com um brilho piromaníaco nos olhos. – Nós nos saímos bem, podemos fazer de novo. Sei que podemos. É a única saída daqui.

– Podemos só saltar, homem! É necessário estardalhaço?

– Sempre! Vamos nos livrar dessa. Prometa que iremos correr o mundo, ajudando quem pudermos, sem roubar... Sem roubar muito, que trabalhar eu não vou.

Após pensar por algum tempo, o Ladrão assentiu, prometendo com um olhar animado:

– Talvez possamos ir para a colônia, começar vida nova. Seremos heróis, contarão histórias sobre nós! Cada donzela esperará por nossa ajuda e cada oprimido aguardará nossa chegada! Se não pudermos ajudar, ao menos não estaremos sóbrios para nos arrepender e essa, meu amigo, é uma promessa! Viveremos pela aventura, pelo heroísmo, pelas recompensas e pelos prostíbulos, que um dia ainda hei de ser pai!

Alertados pelo estardalhaço feito pelos dois prisioneiros, os soldados pararam de conversar e seus passos agitados se ouviram nas escadas. Apressados, Bobo e Ladrão subiram. Com um chute veloz e bem posicionado do Ladrão, o largo recipiente cheio de azeite se inclinou, derramando sobre a escada o líquido seguido pelo fogo. Não se ouviu grito algum dos soldados atônitos com a ameaça medonha, apenas o crepitar das chamas chegando ao andar inferior e saltando para as muitas caixas. De uma vez o Bobo e o Ladrão gritaram:

– Isso é para Napoleão, que de Portugal não queremos mais nada!

E se atiraram de ponta-cabeça do farol em direção ao mar, seguidos pela explosão que atirou chamas e tijolos para todos os lados com estrondo absurdo, iluminando a manhã mal nascida de Lisboa naquele dia agitado em que dom João fugia da guilhotina francesa com os bolsos de sua casaca repletos de coxas de galinha.

VERDADE SOBRE RAIO VERMELHO - UMA BIOGRAFIA

LUCAS ROCHA

GRAVAÇÕES CEDIDAS PELO jornalista e biógrafo Ricardo Rocha em comemoração aos dez anos de lançamento do livro *A verdade sobre Raio Vermelho – uma biografia* (incluindo uma revelação bombástica nunca antes publicada)

#GRAVAÇÃO 3 - 21/11/11 - 19:25H ~ 19:40H#

Sabe, vocês acham que ser um super-herói é uma grande coisa, mas na verdade não é. É claro que ter superpoderes ajuda em determinadas situações, mas é pior do que um emprego comum: você tem hora para entrar e não tem para sair, você se estressa, se frustra, quer ir embora antes da hora e fica doido para chegar o fim de semana. Só que super-heróis não têm folga. Acho que foi por isso que decidi me aposentar da luta noturna contra o crime: porque cansa. É edificante e bonitinho para minha biografia, mas pense comigo: passar a noite inteira acocorado nos tetos, olhando para os bandidos e escolhendo qual você acha que tem menos chance de te matar. Porque, no fim das contas, eu também sou feito de carne e osso. Se me derem um tiro, a bala perfura minha pele. Não sou de Krypton. Aí você escolhe o cara, dá umas porradas nele, recebe um sorriso da vítima, uma passada de mão e um beijo se ela for mais abusada e vai embora, de volta para os telhados. Ninguém te paga sequer o dinheiro do Red Bull que você tomou a noite toda pra ficar aceso. É cansativo pra caralho.

As crianças me adoram e as velhinhas batem palmas quando me veem passando pela rua. Não vou dizer que eu não gosto. É claro que gosto. Mas isso não é bastante, sabe? Quem vive de aplauso é a Sininho, não eu. Eu ainda preciso comer e pagar a conta de luz. Todo mundo critica minha opção, falando: "você se vendeu ao capitalismo, esqueceu o que significa o uniforme que seu pai te passou e tudo o que ele construiu como paladino no Rio de Janeiro", mas ninguém se preocupa em perguntar como vai meu cheque especial ou quantas vezes a companhia de água já me ameaçou de corte. Essa nova oportunidade vai ser boa para mim. É claro que eu não vou ter mais tempo de ajudar os cidadãos que andam pela noite como se o perigo não existisse – um recado para vocês: tenham cuidado, porra! –, mas servir como segurança particular do sr. Tavares vai ser bom para mim. A opinião pública vai gostar? É claro que não. Ninguém gosta do sr. Tavares. Falam que ele enriqueceu ilicitamente, que explora mão de obra infantil e já ouvi até dizer que é envolvido com pedofilia. A verdade é que as pessoas falam mais do que as bocas delas podem falar. Nada foi provado contra o sr. Tavares. Se ele está limpo com a Justiça, é limpo para mim. Por mais que a opinião pública odeie minha nova opção, não são eles que pagam meu pão de manhã cedo. Então, tudo o que eu espero deles é que respeitem minha decisão e, se não quiserem me dar suporte e apoio, pelo menos calem as merdas das bocas e voltem mais cedo para casa.

#GRAVAÇÃO 15 - 10/02/12 - 11:10H ~ 12:00H#

Se eu tenho alguma boa memória dos meus tempos de paladino mal pago? Porra, é claro que sim! Veja bem, eu não nego meu passado e não me arrependo dele. Minha identidade secreta é uma mera formalidade. Tenho filhos, esposa e família. Eles sabem quem sou. Meu filho vai estar no meu lugar quando eu morrer. Isto é, se ele quiser, é claro. Ele entra na faculdade agora, vai fazer economia e não tenho certeza se está empolgado com a perspectiva de ser pobre como o pai. Mas a minha parte está feita: ensinei o garoto a usar e lidar com os poderes, falei desde que ele tinha uns três anos quem eu era e o que fazia – diferente do que meu pai fez comigo – e ele sempre soube guardar segredo. Mas não sei. Talvez ele decida que ser um super-herói é uma idiotice e que a especulação da bolsa de valores dá mais lucro. Isso é uma decisão dele.

Mas bem, vamos às boas memórias de quando eu comecei com essa vida dupla. Eu devia ter o quê? Uns catorze, quinze anos, quando os poderes começaram a aparecer. Meu pai fazia o estilo durão, que só precisava falar uma vez para ser ouvido e obedecido. Eu tinha uma irmã, Isabel, mais velha que eu e metida a artista. Ela estava na França naquela época, fazendo uma pós-graduação em História da Arte ou qualquer merda dessas. Eu tinha acabado de entrar no Ensino Médio, aquela confusão de hormônios, pelos aparecendo em tudo quanto é canto e paixonites pelas meninas que eu achava que seriam as mulheres da minha vida. Enfim, lembro que estava no colégio, usando o banheiro, quando o primeiro raio saiu dos meus olhos. Foi direto para o vaso sanitário e a água estourou na minha cara, completamente quente. Eu sabia que aquilo era mais quente do que qualquer um podia suportar, mas, de alguma maneira, não me queimei. Fiquei fedendo a mijo e o barulho foi alto pra caralho, mas foi só. Todo mundo veio correndo, perguntando que merda estava acontecendo e eu fiquei lá, trancado no banheiro, imóvel, sem saber como reagir. Percebi que havia algo errado, mas não sabia o que. Então eu pensei: "caralho, caralho, caralho, tenho que sair daqui!" e a próxima coisa de que me lembro é de estar no quintal de casa, com o coração batendo forte, ensopado de mijo quente. Eu tinha me teleportado sem nem ao menos me esforçar.

Meu pai já não trabalhava naquela época. O safado conseguiu uma aposentadoria por invalidez depois que o maquinário da fábrica cortou fora o mindinho e o anular da mão esquerda dele. Ele estava lá, vendo o Globo Esporte e reclamando da zaga do Fluminense pro Golias – nosso cachorro, não o gigante – quando me viu pela janela. Saiu que nem um raio e me pegou, me puxando pelo braço e perguntando o que tinha acontecido. Eu estava assustado, não conseguia falar uma palavra que fosse compreensível. Ele me arrastou pra dentro de casa e me deu um copo de água, e voltou a perguntar o que tinha acontecido. Ao invés de responder, outro raio saiu dos meus olhos, direto no peito do velho. A camisa dele ficou com buracos do tamanho de moedas de um real, mas não pareceram machucá-lo. Ele olhou para mim com a cara mais assustada que eu já o vi fazer na vida e tudo o que ele conseguiu dizer foi "Ah, não..."

Mesmo com o cheiro de mijo – que deixou o Golias doido, me lambendo e colocando aquele pinto rosado para fora como se eu fosse uma cadela no cio –, meu pai me fez sentar no sofá da sala e foi para a cozinha. Trouxe um pedaço de bolo de chocolate e um copo de coca-cola com gelo e me mandou comer enquanto ele tentava organizar os pensamentos. Falou assim mesmo, de um jeito meio poético que eu nunca o tinha visto usar. Com ele eram sempre resmungos e reclamações, mas naquele dia ele foi a pessoa mais gentil do mundo comigo. Acho que estava com medo da minha reação, de que eu fosse dar uma de filho rebelde que grita "por que você escondeu isso de mim durante tanto tempo?", que nem acontece nos filmes adolescentes. Enquanto eu comia, ele contou, olhando para o chão e para o Golias, nunca para os meus olhos, sobre o que tinha acontecido.

– É uma coisa que acontece na nossa família, Diego. A gente nasceu com esse gene que nos dá esses poderes. Seu avô também tinha isso, mas não seu bisavô. Seu trisavô tinha, eu também tenho. Eu estava esperando que você não tivesse, mas não é o tipo de coisa que a gente possa controlar.

– Superpoderes? – perguntei com uma sobrancelha erguida, meio incrédulo.

– É, mais ou menos isso, mas a gente não é alienígena. Não sei como isso acontece, só sei que acontece.

Ele sorriu para mim depois disso. Com aqueles dentões amarelados e cheios de marcas de nicotina, as gengivas arroxeadas pela falta de cuidado e com um canino faltando que ninguém dava muita bola. Você pode rir de mim, falar que isso é papo romântico pra engordar a biografia, mas essa é a melhor memória que eu tenho do meu pai. Se eu pudesse congelar aquele sorriso e colocar em um porta-retratos, acho que não enjoaria de olhar para aquilo nunca. Eu sorri de volta e ele pareceu ficar aliviado.

– Você tá puto comigo? – Ele odiava palavrões, mas acho que se esqueceu disso naquele dia.

– Puto com você? Como é que eu ia ficar puto porque tenho superpoderes? Isso é sensacional, pai!

Eu era adolescente, logo imbecil. É claro que eu achava que ter superpoderes era o máximo. Eu ia poder pegar as meninas, ter uma identidade secreta, uma vida cheia de aventuras e ser igual ao Clark Kent ou o Barry Allen! Ia enfrentar supervilões, combater o crime, salvar pessoas do perigo e ser famoso. Quem não queria isso?

– Talvez tenha mais uma coisa que você precisa saber – meu pai me disse logo depois que eu dei a última garfada no bolo. – Agora que já sabe uma parte, é mais do que justo que saiba logo de tudo.

Ele me levou até o quarto dele e empurrou a cama de casal para o lado. Eu estava tão eufórico com tudo aquilo que nem mesmo desconfiava o que mais ele tinha para me mostrar Kriptonita, bat-sinal, o que era? Eu esperei ele abrir uma portinha que ficava embaixo da cama – *Legal, uma porta secreta!*, pensei comigo naquela hora – e tirar de lá uma caixa de sapato. Ele a abriu e puxou uma roupa branca com o raio vermelho que começava no ombro direito, atravessava toda a camisa e só parava na coxa esquerda.

Eu quase não podia acreditar no que estava vendo. Era o uniforme do Raio Vermelho.

– *Você* é o Raio Vermelho? – Meus olhos se arregalaram quando eu falei e ainda me pergunto como outro raio não saiu deles e incendiou a porra toda.

– Em carne, osso e raio. – Ele falou, sentando na cama e estendendo o uniforme no colchão para que eu visse melhor.

O Raio Vermelho apareceu no Brasil lá pelo finzinho do século XIX. Ninguém sabe muito bem os comos ou os porquês, mas parece que meu tataravô decidiu, da noite para o dia, combater o crime na cidade. O pai dele (meu tatatataravô, sei lá) também tinha poderes e os odiava: era um devoto da Igreja e achava que os raios eram um artifício do demônio. Mas não meu tataravô. Ele achava que os poderes serviriam para um bem maior. Uns dizem que era abolicionista, outros dizem que era apaixonado por outro homem e malvisto pela sociedade, uns outros tantos que era simplesmente um homem de bom coração que odiava criminosos. Enfim. Ele colocou uma máscara negra com furos nos olhos e começou a soltar raios nas bundas dos estupradores e assassinos daquela época, e a fama começou a ser montada a partir disso.

Acho que até os anos quarenta ninguém desconfiava de que o Raio Vermelho era o ofício que passava de geração para geração. Foi meu avô quem veio a público e contou toda a história da nossa família, quando Getúlio fez questão de que ele fosse para a Segunda Guerra Mundial e ele recusou. Ele disse que tinha um filho e uma esposa e que não iria nem que o governo o obrigasse e, se tentassem intimidá-lo, ele iria queimar os ovos de todos os engravatados. Deve ter sido engraçado.

É mais ou menos isso o que eu sei sobre a história do Raio Vermelho. Mas qual era a sua pergunta mesmo? Boas memórias, não é? Definitivamente, são as do meu pai depois que me contou a verdade sobre o Raio Vermelho. A partir daquele dia, ele passou a ser um dos meus melhores amigos: me acordava de madrugada e treinava comigo no quintal, me fazendo acertar as latas que ele enfileirava sobre a mesa, ou me ensinava a me teleportar até o telhado e voltar para o chão com a velocidade de uma respiração. Foram bons tempos. Divertidos. Eu até servi de ajudante dele uma vez! Meio Batman e Robin, sabe? Ele era o líder e eu só obedecia ao que ele me mandava fazer. Foi legal quando nós dois unimos nossos raios e derretemos a arma na mão do cara que estava assaltando umas putas na Praça Tiradentes. É claro que não foi politicamente correto e o cara perdeu a mão, mas quem se importava? Eu estava com meu pai e ri pra caralho naquele dia. Tá entre os melhores dias da minha vida.

#GRAVAÇÃO 22 - 13/03/12 - 17:30H ~ 19:00H#

A pior besteira que já fiz como Raio Vermelho? Você quer dizer uma merda que eu tenha feito, alguma coisa assim? Tá bom, vamos lá, deixa eu pensar...

Já sei. Definitivamente, foi quando eu derrubei o Teatro Municipal. Meu Deus do céu, isso faz quase dez anos! Haha, foi uma lambança da porra. Todos os jornais caíram em cima de mim na época, o governador queria até que a polícia me prendesse, mas é claro que ninguém conseguiu me achar. Tive que ficar um tempo trabalhando na encolha, mas no fim todo mundo esqueceu, o Teatro foi reformado e tá bonito pra caralho de novo.

Deixa eu contar como é que tudo aconteceu, porque eu acho que ninguém nunca soube contar a história direito.

Eu estava olhando a cidade de cima do Teatro Municipal, lá do lado daquela águia. Acho que você não é carioca, né? Se nunca viu o Teatro, ele é uma das coisas mais bonitas do centro do Rio de Janeiro: tem umas colunas cilíndricas logo na frente, três cúpulas esverdeadas e cheias de detalhes e uma águia de metal coberta com dourado. Bonito pra caralho, depois procura umas fotos na internet, vale a pena. Enfim, eu estava lá em cima, vendo as pessoas passando pela Cinelândia e lotando os bares; os mendigos deitando nos bancos e trocando goles de cachaça; e a fila do Odeon crescendo conforme ia ficando mais tarde. As menininhas entravam com seus namorados ou namoradas, os menininhos com suas namoradas ou namorados e tudo mais. Eu estava olhando para a cidade à espera de que alguma coisa acontecesse quando vi um grupinho de cinco moleques andando em direção ao cinema. Eles estavam quebrando garrafas, chutando lixeiras e perturbando mendigos desde o início da praça e eu sabia que eles estavam ali para perturbar o pessoal, que não queriam ver filme, nem trepar no escuro, mas tinham uma sede meio psicopata de sangue. Antes que eles pudessem se aproximar, desci do teto do Teatro e apareci lá, com os olhos brilhando e aquela cara de poucos amigos que faço sempre que alguém metido a besta acha que pode fazer o que bem entende na cidade que aprendi a proteger. As pessoas em volta olharam para mim com admiração. Todo mundo curtia ter um super-herói tomando conta do centro da cidade e eu acho que todos estavam meio assustados com aquele grupinho de imbecis. Talvez já soubessem que eu iria aparecer e só estivessem esperando para abrirem o sorriso de orelha a orelha.

Eu só não sabia que um daqueles garotos também tinha poderes.

É aquilo: eu sempre me achei o fodão. Até então, eu só havia conhecido uma meia dúzia de pessoas com habilidades especiais, e nenhuma delas tinha os colhões para colocar uma roupa cafona e ostentar uma identidade secreta. Alguns eram gente boa, se ofereceram para me ajudar a combater o crime, começar uma Liga da Justiça ou coisa assim. Diziam que tinham medo de sair por aí sozinhos, mas queriam me ajudar. Eu sempre fui muito narcisista para aceitar ajuda, admito isso. Sempre achei que eu me bastava, que era bom demais para acabar com uns ladrõezinhos que infestavam o centro. Nunca imaginei que pudesse existir gente que tivesse poderes e que os usasse para foder com os outros. Na verdade, nunca pensei que existisse isso de supervilões fora das histórias em quadrinhos. Acho que meu pai sempre me ensinou a ter ética acima de qualquer poder, então por isso acabei me surpreendendo um pouco.

O tal cara com poderes se tornaria uma das figuras mais chatas que já passaram pela minha vida: o Manipulador.

Foi tudo muito rápido. Antes que eu pudesse mandá-los embora, o Manipulador me deu um soco que me fez sair voando pelos ares. Assim mesmo, sem nem anunciar ou falar qualquer palavra. Eu literalmente saí do chão e podia sentir que muito se devia não à força do soco, mas ao vento que ele manipulou e que arrancou uma lixeira do chão junto com meu corpo. Cara, como eu fiquei puto com tudo aquilo! Não com o soco. Doeu, mas eu me recuperaria. Fiquei mais puto com o fato de estar sendo desmoralizado no meio da minha cidade. O soco no ego foi pior do que o soco na cara. Com aquilo eu não podia lidar.

Consegui controlar meu corpo no ar e, mesmo tonto, parei antes que me chocasse com algum prédio. Recuperado, voei em direção ao cara que havia me dado o soco. Era a primeira vez que alguém me enfrentava frente a frente, com um sorriso despreocupado nos lábios. O filho da puta era baixinho, com cabelo espetado e barba por fazer e tinha uma tatuagem de dragão ao longo do braço esquerdo, nu por conta da camisa sem manga. Além disso, seus olhos eram completamente negros.

– Ei, que porra é essa, cara? – Perguntei, indignado, enquanto esquentava o fundo dos meus olhos para dar uma lição naquele imbecil.

– Tá vendo esse cara aqui? – Apontou para um carinha menor do que ele, mais magro e mirrado. – Ele tava aqui numa boa semana passada, tentando fazer um ganho e você cortou o barato dele. Ele é meu irmão, seu filho da puta. Ninguém perturba o meu irmão.

Eu ainda não sabia, mas o Manipulador tinha uma das habilidades mais poderosas com que já me deparei: manipulação de matéria.

Ele usava as mãos de uma forma estranha, contorcendo-as e moldando figuras no ar. Enquanto me encarava com os olhos completamente negros, senti o chão tremer sob meus pés. Algumas pessoas caíram, outras se seguraram nos bancos e estátuas. Ali, no meio do chão da Cinelândia, uma rachadura do tamanho de um elefante se abriu e, de dentro dela, saiu uma das coisas mais estranhas com a qual já lutei em toda minha vida.

Tinha o corpo todo de barro, braços do tamanho de prédios de três andares e uma bocarra cheia de dentes amarronzados, além de olhos que brilhavam como duas esmeraldas. A criatura que só podia ter vindo da mente daquele lunático, criada com o barro que ficava embaixo da *minha* cidade, urrou e avançou sobre mim, juntando as duas mãos e tentando me pegar no ar como se eu fosse a porra de um mosquito.

Eu nunca tinha visto aquilo na minha vida, mas não tinha tempo para ficar tentando entender como diabos ele conseguia fazer aquilo.

Desviei a tempo e me transportei para a sacada do Odeon. O cara ficou um tempo me procurando, tentando guiar a criatura de barro, e esse pequeno momento de distração me deu tempo de acertar um raio bem no meio dos olhos do bicho. É claro que ele não ficou cego nem atordoado – eu, imbecil, ainda não tinha percebido que tinha que acertar o baixinho de barba e não a criatura que ele controlava. Ao invés disso, a criatura virou e avançou mais uma vez sobre mim, jogando-se contra o prédio e enchendo o saguão do cinema de lama. Voei mais uma vez por sobre a cabeça dele e acertei outro raio no corpo do bicho. Só dessa vez eu percebi que o calor que saía dos meus olhos endurecia o barro e o inutilizava.

Estava ali uma boa oportunidade.

Sabia que tinha que resolver aquilo o mais rápido possível. O lugar já estava cheio de curiosos querendo ficar perto da ação e eu tinha certeza de que a imprensa ia aparecer a qualquer hora, atraindo ainda mais gente. O ser humano é curioso pra caralho, até quando a vida dele tá em jogo. Então o que eu fiz foi o seguinte: comecei a voar ao redor do bicho de lama, cada vez mais rápido, e soltei os raios dos meus olhos sem parar um segundo. Mirando no chão, fui solidificando o bicho até ele ficar preso, completamente impedido de se arrastar. Eu sentia que o Manipulador tentava puxar água do chão para dificultar meu trabalho, mas o calor que saía de meus olhos era maior do que a força dele. Antes do que eu havia previsto, o demônio de lama estava completamente solidificado no meio da Cinelândia, com a bocarra escancarada e os dentes apontados ameaçadoramente em minha direção.

Todo mundo aplaudiu quando percebeu que o jogo estava pendendo pro meu lado. O povo me amava e o cara ficou puto com isso.

– Acha que acabou? – gritou para mim, os olhos ainda negros como petróleo. – Eu só tô começando, filho da puta!

Tentei acertá-lo com um dos meus raios, mas ele era esperto e colocou uma placa de trânsito na direção, fazendo-a receber o impacto do raio e ricochetear pelo ar.

As mãos dele se contorceram de novo e, às minhas costas, ouvi um guincho estridente que só podia ter saído da boca de um pássaro.

Eu estava tentando me esforçar para não acreditar, mas o filho da puta estava controlando a águia dourada que ficava em cima do Teatro Municipal.

A águia mexeu o pescoço e perscrutou a praça a minha procura. Batendo suas asas pesadas, desgrudou-se do teto e espalhou o concreto que antes estava sob seus pés. Com outro guincho de triunfo, alçou voo e esticou o pescoço em minha direção, preparando-se para me acertar.

Voei para cima, longe da praça. Só Deus sabe dizer o estrago que aquele bicho causaria se se chocasse com um prédio ou se resolvesse dar um rasante por entre as pessoas. Eu precisava ganhar a luta no ar, longe de qualquer um que pudesse se machucar. Eu olhava da águia para o seu controlador, tentando acertá-lo para que aquilo acabasse logo. Mas eu estava muito longe. Os raios que soltei passaram longe dele e quase acertaram uma mulher que olhava para cima, curiosa. Não havia alternativa: eu tinha que acabar com aquela águia se quisesse ter a oportunidade de acertar o Manipulador antes que ele começasse a controlar outra coisa.

Esquentei meus olhos para acertar um raio que a derreteria, mas ela foi mais rápida e me obrigou a desviar os olhos no momento em que os raios saíam. O lampejo vermelho voou para cima e dissipou-se no espaço, dando tempo para a águia dar a volta pelo meu corpo e me acertar nas costas. Senti seu bico chocando-se contra mim e vi todas as estrelas do céu. Doeu pra caralho. Cambaleei no ar, perdendo a concentração no voo e caindo. Antes que atingisse o chão, consegui me equilibrar no ar e me teleportei para a calçada que ficava na frente do Teatro Municipal. De quatro, tentando esquecer a dor nas costas para voltar à luta, praguejei e olhei para a águia, que tinha os olhos da cor de esmeraldas, assim como o monstro de barro.

Ela deu a volta pela praça e vinha em minha direção mais uma vez, em um rasante que por sorte não acertou ninguém. Ninguém além de mim, é claro.

O bico da criatura metálica enterrou-se pelo chão e levou junto consigo asfalto antes de me atingir em cheio. Ela continuou seu voo frenético e se enfiou pelo Teatro, quebrando as grades e a porta do lugar com a mesma facilidade com que se quebra um palito de dentes. Senti que o Teatro estava prestes a se esfacelar por conta do impacto recebido.

Por sorte, a águia ficou presa no emaranhado de pedras, concreto e vigas metálicas que havia derrubado em sua tentativa desesperada de me matar. Dentro do saguão principal do Teatro – eu me lembro dos vitrais se quebrando, dos sofás vermelhos completamente sujos de reboco e das obras de arte que nunca mais seriam restauradas depois daquela noite –, com o sangue escorrendo pela minha testa e preenchendo minha boca depois de um par de dentes quebrados, usei toda minha concentração para acertar um dos raios mais poderosos que já usei. Minha cabeça girou e eu sentia vontade de vomitar, mas tinha que ir até o fim. O bicho se debatia nas vigas metálicas e batia as asas freneticamente. Meu raio derreteu-a aos poucos, fazendo escorrer o metal que a constituía. Logo, o cobre derretido tomava conta de todo o chão e tive que voar para que não me atingisse. Como se não me bastasse toda a destruição, o metal provocou pontos de incêndio dentro do Teatro, agravando ainda mais a situação.

Saí voando por uma abertura na lateral do prédio, na direção do cara que estava fazendo aquela merda toda acontecer. Ele contorcia as mãos mais uma vez, – Deus do céu, ele era incansável! – provavelmente manipulando mais alguma coisa que iria tentar me matar. Usei outro de meus raios nele, mas ele ergueu uma das estátuas da praça e fez com que ela esfacelasse a sua frente.

– Você não tem como acabar comigo, imbecil! – gritou, sem parar de retorcer as mãos. – Hoje é o dia em que eu vou te ensinar o que é respeito!

Eu estava ficando puto com tudo aquilo e também sem opções. Então, fiz a única coisa que me veio à mente: me teleportei até o irmão dele. O desgraçado com cara de rato estava rindo de orelha a orelha, se sentindo o dono do mundo. Agarrei-o pela gola da camisa, voando até uma altura consideravelmente mortífera. O Manipulador estava tão preocupado com a própria segurança e com seus próprios monstrinhos que se esqueceu do irmão. Eu sabia que eu não era o único narcisista daquela noite.

Os olhos dele voltaram imediatamente à cor normal quando ele percebeu o que estava acontecendo.

– Você vai parar com essa porra e vai parar agora! – gritei, meus olhos brilhando mais pela fúria do que pelos raios vermelhos. – Se não quiser que eu largue seu irmãozinho, filho da puta, acho melhor ir embora da minha cidade e nunca mais voltar!

– Larga ele! Larga ele, caralho! – O cara levantou voo.

Porra, ele também voava?

– Como quiser. – Soltei o cara.

Larguei-o no ar e o carinha gritou desesperadamente, um berro feminino do qual me contorci de rir no fim da noite. Enquanto o Manipulador mergulhava no ar para pegar o irmão mais novo, eu mergulhava para pegar o Manipulador. Consegui puxá-lo ao mesmo tempo que ele pegou o irmão, e caímos os três no chão em um emaranhado de mãos e pés. Com velocidade, segurei o Manipulador com uma chave de braço, certificando-me de que todos viam o que eu iria falar a seguir.

– Essa é a última vez que eu quero ver seu rabo na minha cidade, está entendendo? – Sacudi-o e apertei o pescoço dele com mais força. Fiz meus olhos ficarem vermelhos. – Só volte aqui se tiver certeza de que pode me matar, seu filho da puta!

Aliviei a força no meu braço e ele caiu de cabeça baixa, tossindo. A cidade prendia a respiração, talvez esperando que a luta tivesse mais um capítulo, mas tudo o que ele fez foi erguer o braço e pedir ajuda para o irmão mais novo. Ele se levantou e, mordendo as mandíbulas para não dizer uma palavra, arrastou-se para os becos mais escuros da cidade.

Todos se rasgaram em aplausos. Me senti em um final de filme. O verdadeiro herói de toda a cidade.

O único problema foi o saldo de quase cem milhões em destruição do patrimônio público. A imprensa fez um escarcéu, falando sobre a minha atuação na cidade e a forma exagerada com a qual eu apareci. Falaram sobre o rombo no orçamento que eu estava causando e tudo mais. Conversaram com analistas de segurança, Secretário de Segurança, chefe da Polícia Civil, Militar e Federal. Tentaram até uma declaração do presidente, mas ele estava ocupado demais em alguma viagem pela Europa. Foi um inferno. Alguns que estavam lá me defenderem, falaram que eu estava ajudando o pessoal que estava por ali, mas a imprensa tem o poder de fazer o mundo amar vilões e odiar heróis. Ninguém mencionou o Manipulador. Ninguém mencionou o monstro de lama ou a águia de metal viva. Se a gente vivesse nos dias de hoje, com internet, celulares com câmera, Twitter, Facebook e essas merdas todas, tenho certeza de que minha credibilidade não seria abalada. Mas ainda era o início dos anos 90. Nada disso existia. Só existiam as emissoras de TV, a manipulação do governo e o ódio que eles nutriam por eu ser o garoto-propaganda dos partidos de oposição.

Então, se vocês ainda não sabiam da história como ela aconteceu, agora já sabem: só destruí metade da Cinelândia para evitar que um monte de gente morresse. E não me arrependo do que fiz. Foi o dinheiro mais bem gasto do governo, esse alocado para reconstruir o Teatro. Eu não ganhei um puto e as obras devem ter custado metade do valor das licitações. O resto foi para o bolso daqueles que me criticaram. Deviam estar me agradecendo pela casa de praia que conseguiram às custas da minha destruição.

#GRAVAÇÃO 40 - 20/05/12 - 20:03H ~ 20:48H#

Se tenho problemas com álcool? Puta que pariu, será que vocês não cansam desse assunto? Tá bom, esta é minha biografia e eu também tenho que passar pelas partes ruins. Tenho que meter um sorriso na cara e fingir que nunca falei sobre esse assunto antes, por mais que esteja cansado dessa merda. É foda, sabe: você passa a vida inteira dedicado a proteger uma cidade e, ao invés de fazerem um monumento em homenagem ao seu trabalho voluntário, eles especulam sobre sua vida pessoal. Não estou interessado em me estender muito sobre esse assunto, mas vamos lá.

Em primeiro lugar, não sei de onde as pessoas tiraram a ideia de que sou alcoólatra. Gosto de beber, e daí? Não acho que isso seja um problema. Isso não faz de mim um viciado. É claro que já me embebedei e você não? Acho isso tudo uma grande hipocrisia. Pergunte aos jornais quantas vezes eles noticiaram minhas noites insones protegendo os cidadãos. Pergunte quantas vezes estavam lá quando eu entortava os dedos dos bandidos e os fazia soltar os braços das mulheres que eles estavam a fim de levar pra um beco escuro. A imprensa é podre. É essa a minha opinião sobre eles, quer você goste ou não. Sei que você é jornalista, espero que não se ofenda.

Vou falar apenas uma vez o que aconteceu naquela noite e quero que fique bem claro que não voltarei ao assunto. Só falo aqui porque respeito seu trabalho e sei que é um dos tópicos indispensáveis na biografia. A imprensa esgotou esse assunto na época. Foi um episódio marcante na minha vida, mas não quero que ele seja mais importante do que todo o trabalho que fazia patrulhando o centro da cidade. Esse deveria ser o foco de suas entrevistas, não os escândalos que a imprensa ajudou a disseminar. Mas, se vai me ajudar a vender livros, vamos lá. Pra alguma coisa essa merda tem que servir.

Eu estava deprimido pra caralho quando meu segundo filho tinha uns doze anos, essa é a verdade. Depressão daquelas que faz a gente não ter vontade de sair da cama nem de ver a vida. Eu tinha descoberto uns podres sobre a minha irmã mais nova. Ela disse que tinha ido para o exterior de férias, mas na verdade estava se prostituindo na Espanha e usando heroína. Meu pai tinha morrido havia uns dois meses e só agora a ausência dele começava a pesar e, além disso, eu estava passando por problemas financeiros. Resumindo, minha vida era uma merda. A falta de grana foi a pior que já passei. Nunca tive tempo de fazer faculdade. Acho que nunca tive interesse também, não depois que descobri que podia ser um herói e imaginar que me tornaria milionário. Minha mulher me apoiava, achava que era bom manter a lenda do Raio Vermelho viva no coletivo popular, mas essa visão poética não nos alimentava. A verdade era que ela era a grande provedora da casa e eu tinha vergonha de não ter dinheiro para ajudá-la. Sempre que brigávamos, ela jogava na minha cara que eu tinha que colocar dinheiro dentro de casa. Por mais que ela pedisse desculpas e o sexo reconciliador fosse bom pra caralho, eu sempre sentia uma faca cada vez mais funda entrar no meu peito quando ouvia esse tipo de coisa.

Foi aí que comecei a beber regularmente. Foi um período bastante obscuro da minha vida. Eu acordava ao lado da garrafa de cachaça e ia dormir ao lado do uísque. Fiz amigos de copo que pagavam minha bebida e gastava o pouco dinheiro que ganhava nos bares da cidade. Devo ter contado para alguns bêbados que era o Raio Vermelho, mas, ou eles não acreditaram no papo de bêbado, ou simplesmente não se lembravam de nada no dia seguinte.

Foi numa dessas noites bêbadas que sobrevoei a cidade e saí disparando raios como um retardado mental, rindo como nunca havia rido na vida. Não sei o que me levou a fazer aquilo: pensei que destruir tudo pudesse ser um tipo de terapia, que nem estourar plástico-bolha ou apertar massa de modelar. Não tenho uma justificativa coerente. Foi coisa de bêbado. Uma coisa inocente, devo ressaltar. Ninguém se machucou quando fiz aquilo. Desci na cidade umas duas vezes, peguei alguns bêbados pelo braço e fiz com que eles voassem agarrados nas minhas costas. Também levei umas crianças que estavam perdidas na madrugada, cheirando cola e afanando dinheiro das carteiras desavisadas. Todo mundo se divertiu.

No dia seguinte, acordei na calçada com um cachorro me lambendo, uma ressaca da porra e meia cidade destruída ao meu redor. Eu estava perto do Arquivo Nacional, quase na Central do Brasil, e um grupo estava ao meu redor, todos com medo de tocar em mim. Acho que pensaram que podiam encostar no meu interruptor de liga/desliga e me fazer soltar raios involuntários. Também tinha uma repórter que falava ao vivo e um câmera que fazia filmagens de mim. Quando me dei conta, estava sentado sobre a calçada – por sorte, a máscara ainda estava no meu rosto – e a repórter estendia o microfone para mim, perguntando o que havia acontecido e por que eu havia destruído a cidade.

Quando percebi que todas as atenções estavam voltadas para mim e que a cidade estava cheia de buracos, fiz a única coisa que poderia ter feito: entrei em pânico e me teleportei para casa.

Foi tudo uma grande bagunça. Os jornais fizeram uma cobertura minuciosa daquele fato: acionaram psicólogos, psiquiatras, consultores de segurança pública, chefes de Polícia Civil, Militar e Federal, o Secretário de Segurança, o prefeito e o governador do Rio de Janeiro. Armaram mesas-redondas, falaram sobre meu papel na segurança da cidade, sobre minhas atitudes recentes e sobre o perigo que eu representava. Fui defendido por uns que disseram que aquilo havia sido um ato isolado, fui acusado de vandalismo por outros tantos que não me aguentavam mais. Jornais, emissoras de TV, rádios, todos pareciam olhar para o fato do Raio Vermelho ter destruído a cidade.

– Você precisa dar uma explicação para eles – minha esposa argumentou, agoniada enquanto via todos se voltarem contra mim. – Já faz três dias que você fez toda essa merda e não apareceu para dar explicações a ninguém.

– O que eu vou dizer? Que estava bêbado e desocupado e que resolvi destruir a cidade para me divertir?

– Se isso é a verdade e é o que você precisa para conseguir sua credibilidade de novo, é o que você vai dizer.

Mesmo a contragosto, fui até uma emissora de TV com meu uniforme, e disse que concederia uma entrevista e que precisava esclarecer tudo o que havia acontecido. Eu tinha bebido algumas doses de uísque, mas não o bastante para sair dos trilhos e sair quebrando tudo novamente.

Senti toda a pressão quando vi a luz da câmera se acendendo e a jornalista olhando para mim com cara de quem está ali contra a vontade. Ela era uma das muitas *especialistas* que não queriam mais minha presença na noite carioca. Enfrentei a saraivada de perguntas com a maior educação que tinha. Não falei um palavrão, não fui irônico nem soberbo. Na maior parte das vezes, mal encarava a câmera. Pedi desculpas públicas aos governantes e ao povo, admiti minha fraqueza ante a bebida e disse que estava me tratando contra aquele problema. É claro que não estava, mas o público queria ouvir mentiras e foram mentiras o que contei.

Disseram que umas quinze clínicas de reabilitação ligaram para a emissora me oferecendo internação gratuita. As melhores e mais caras do país, todas dispostas a me fazer levar uma vida centrada e longe do álcool. Imbecis. Tudo o que eles queriam era um garoto-propaganda.

#GRAVAÇÃO 51 - 30/06/12 - 15:40H ~ 16:10H#

GRAVAÇÃO EXCLUSIVA! REVELAÇÕES BOMBÁSTICAS QUE FICARAM DE FORA DA BIOGRAFIA OFICIAL!

Essa é uma das nossas últimas gravações, não é? Tem uma coisa que eu preciso contar para você. Uma coisa que precisa entrar em algum momento da minha história, mas não quero que entre nesse livro. Será que você consegue me entender? Não quero que você escreva sobre o que vou te contar. Mas é uma coisa que preciso falar. É um dos meus fantasmas, talvez o maior deles. Sabe, passar todo esse tempo aqui, conversando com você, me fez sentir alguma coisa... diferente. Me senti bem enquanto falava. Passei pelos bons e pelos maus momentos, pelas alegrias e dificuldades, mas escondi o que estou para te falar. Talvez tenha escondido de mim mesmo, colocado as memórias amargas numa gaveta distante e fingindo que nada havia acontecido. Mas não posso mais deixar isso para lá. Tenho que falar com alguém sobre isso e quem melhor do que um desconhecido para ouvir sobre os fantasmas de um homem?

Espere eu morrer para que isso seja revelado. Reserve essa gravação e deixe-a apodrecer em sua estante, assim como deixei a memória apodrecer dentro de mim. Quem sabe ela valha mais daqui a algum tempo, como os vinhos. Depois a reviva como a estou revivendo hoje. Traga a público apenas quando o Raio Vermelho não for mais uma figura amada pelo povo. Leve tudo a público apenas quando ele estiver pronto para ouvir.

Por que estou contando isso? Não sei. Talvez seja aquele princípio de falar um segredo em voz alta e esperar aprovação, tentar se sentir mais leve depois de revelá-lo. Sei que isso não acontecerá comigo. Todos ficarão perplexos. Talvez, para alguns, seja a morte do Raio Vermelho. Mas não me importo mais. Não me preocupo mais com nada disso. Por mais que isso doa, acho que o Raio Vermelho morreu dentro de mim já há algum tempo. Agora tudo o que resta é este homem velho que pode disparar raios com os olhos.

Mas vamos às memórias.

Isso aconteceu durante a época em que eu me embebedava. Eu estava completamente bêbado na noite em que devia ter salvado aquela garota. Não me pergunte o nome dela. Nunca cheguei a saber. Eu estava patrulhando a cidade ao lado de uma garrafa de cachaça, sentado no telhado de um prédio de uns dez andares, balançando as pernas e pensando em como o Rio de Janeiro ficaria chocado se eu me jogasse lá de cima e me espatifasse em algum carro parado no meio-fio. Cheguei a levar aquela possibilidade em consideração e me atirei, mas parei no ar antes de chegar ao chão e estava voltando para cima quando vi a garota sendo arrastada por dois caras. Estupros são mais comuns do que a gente imagina, principalmente de madrugada. As meninas bebem demais, os caras também e eles acham que tudo não passa de brincadeira. Falam que elas estão pedindo por sexo, que estão se fazendo de difíceis só para deixar as coisas mais excitantes. Aí eles rasgam as roupas delas, dão tapas na cara e fodem as meninas como se elas fossem um pedaço de carne morta. E elas não falam nada. Elas choram e se escondem, falam que foram assaltadas, abortam os bastardos que tentam crescer dentro delas e fingem que a vida pode continuar a ser a mesma depois de uma coisa como essa. Deve ser foda passar por isso.

Essa garota tinha uns quinze anos: era negra e tinha os cabelos crespos e sujos, e sua magreza deixava claro que era uma viciada. Devia ser uma das mendigas que andam no centro atrás de dinheiro pra *crack* e os homens também pareciam ser moradores de rua. Um dos caras tampava a boca dela e o outro estava abaixando as calças e rasgando as roupas da menina quando eu cheguei. Minha visão estava turva e meu corpo se balançava, completamente torpe pelo álcool. A garrafa de cachaça estava segura na minha mão.

É difícil reviver esse dia. De tudo o que já me aconteceu, das merdas que fiz, do bem que trouxe, da dor que fiz outros sentirem, essa é minha pior lembrança. Depois desse dia, me perguntei sobre minha função na noite carioca. Super-herói. É um nome bonito pra caralho, um título que poucos têm o privilégio de levar para vida toda. Mas eu não me senti um super-herói depois que vi os olhos daquela garota cheios de pânico. Era como se não fosse eu. Era como se o álcool levasse embora o melhor de mim e me fizesse achar graça da dor que ela sentia. Eu me lembro de pequenos fragmentos daquela noite, mas os olhos dela me assombram até hoje. Eram olhos que me suplicavam, que pediam socorro. Olhos que eu ignorei, olhos dos quais ri quando devia ter salvado e que morreram na minha frente enquanto meu pau estava duro dentro das calças.

Deus do céu, vamos logo terminar com isso.

A primeira reação deles foi a de largar a garota seminua no meio da calçada e correr. Mas eu os impedi.

– Ei! – Fiz um raio voar por sobre a cabeça deles e acertar o chão em que pisavam. Os dois congelaram. – Aonde estão indo? – Depois disso, falei as palavras das quais me arrependeria por toda minha vida. Palavras das quais me arrependo até hoje. – Não se incomodem com a minha presença. Continuem!

Tentei justificar para mim mesmo o que me levou a falar aquelas palavras. Não era o que meu pai havia me ensinado. Não era o que o mundo havia me ensinado. Mas o que era aquele mundo em que eu estava vivendo? Aquele mundo podre e cheio de desesperança que eu tentava proteger e que sempre me retribuía com mais crueldade. Por que eu devia benevolência a esse tipo de mundo? Por que não pagar na mesma moeda toda a crueldade a que fui submetido? Puta que pariu, não sei. Sinceramente, nunca consegui me entender naquele dia. Depressão, tristeza, falta de grana, que merda era? Talvez fosse porque ela era uma mendiga e não uma garotinha loura que cheirava a Boticário; talvez fosse porque ninguém daria falta dela no mundo. Só mais uma viciada sendo estuprada em um beco escuro. Coisa normal de acontecer numa madrugada metropolitana. Eu era só um *voyeur*, um admirador do sofrimento, um desses pervertidos que compram vídeos de tortura para satisfazer seus próprios desejos de dor e se masturbam com cintos no pescoço para ter mais prazer.

Meu pai disse que não éramos alienígenas, mas eu fui a criatura menos humana do mundo naquela noite. E me arrependo até hoje por isso.

Espero que meus filhos não se decepcionem com o pai que têm. Espero que minha esposa não me odeie depois de ler isso. Mas foi o que aconteceu. São meus fantasmas, minhas sombras particulares que nunca pensei ser capaz de compartilhar. E chega. Isto é tudo o que falarei sobre esse assunto. Desculpe por chorar na sua frente. Lágrimas imbecis. Desculpe, desculpe. Acho que tenho que ir embora. Semana que vem terminamos tudo. Última entrevista, certo?

#GRAVAÇÃO 52 - 02/07/12 - 00:00H ~ 00:10H#

Como eu acho que o Rio de Janeiro ficou depois de um ano em que me aposentei da vida noturna? É uma pergunta simples de responder. Acho que ficou fodido. Mas coloquei na minha cabeça que isso não é problema meu. Estou velho e cansado. Não tenho mais estrutura física de passar noite após noite longe de uma boa cama e um bom ar-condicionado. O meu lado "super" já morreu faz tempo, muito antes de começar a trabalhar para o sr. Tavares. Mas eu ainda insisti em tentar ser um "herói" durante um bom tempo. Agora não tento mais. Desisti. É, essa é a palavra. Não tenho vergonha de admitir: desisti, me vendi, abdiquei, cansei, caguei e andei, use qualquer um desses verbos. Todos eles, se preferir. Deixei de me importar com o que pensam de mim há algum tempo. Seguirei minha vida e a cidade seguirá a dela, sem o Raio Vermelho para tomar conta das madrugadas cariocas. É uma pena, mas estou pensando no que é melhor para mim. Estou sendo individualista, eu sei. Mas a cidade também é. Ela cobra seu preço e não retribui na mesma proporção. Gostaria que sorrisos e agradecimentos me bastassem, mas não bastam. Dinheiro é o que me basta. É o que me alimenta, me traz conforto, me faz feliz. Alguma hora temos que ser individualistas, do contrário a cidade nos engole, nos mastiga e depois nos cospe, fracos e cheios de cicatrizes. Já estou cheio da saliva dessa cidade sobre meu corpo. Agora só busco um pouco de paz e conforto. Infelizmente, a luta contra o crime não me proporciona isso. Mas meu salário, sim, esse me conforta. É com ele que me preocupo agora.

JAYA E O ENIGMA DE PALA

ANTONIO LUIZ M. C. COSTA

MADRUGADA NO MORRO

Numa quitinete de São Paulo, uma caloura muito antenada da Escola de Comunicações e Artes redigia um relatório sem usar caneta, papel, teclado ou computador. Na poltrona, de olhos fechados, compunha palavras e imagens em sua mente para gravá-las e enviá-las para muito longe. De lá seriam retransmitidas ao seu destino final por uma distância mais de um trilhão de vezes maior.

Na faculdade, havia quem lhe admirasse a perfeição das formas e da pele e quem a invejasse, mas ninguém duvidava que aquela loura miúda de olhos verdes era humana. Mas se um colega mais antenado (desta vez no sentido figurado, bem entendido) com os debates sobre a pós-modernidade soubesse de seus segredos, talvez a considerasse uma ciborgue. Ou uma neo-humana. Em todo caso, uma transumana.

O corpo de Jaya era o resultado da aplicação de dois mil anos de nanotecnologia e engenharia genética a humanos basais como os que ali a cercavam. Nanobôs em perfeita simbiose com suas células modificadas reforçavam ossos e músculos e lhe aceleravam e multiplicavam a regeneração de tecidos e os recursos de seus sistemas imunológico, nervoso e sensorial, além de lhe conferir capacidades adicionais de controle do corpo, manipulação de energia e transcepção de ondas de rádio, como as que se preparava para enviar pelo portal dimensional aberto na sala-quarto a seu parceiro totalmente inumano.

Anael – oficialmente ANL-626 – era uma inteligência artificial nível 2 acoplada a um caça estelar Jaguar, um ovoide achatado de sessenta metros de comprimento e cerca de três mil toneladas em órbita geoestacionária sobre Macapá, protegido por um campo de invisibilidade. Um portal que podia ser remanejado para qualquer parte do planeta ligava seu interior à quitinete de Jaya. E quando lhe agradava, Anael se manifestava com um avatar tridimensional pseudomaterial mantido por campos de força eletromagnéticos, o que na linguagem técnica da Terra-1 se chamava pediograma.

Como todas as verdadeiras mentes artificiais de sua civilização, era livre e consciente, comparável em inteligência a seus criadores, tinha uma capacidade de manipulação de dados muito maior e controlava, entre outras geringonças, uma bateria laser, seis mil minimísseis de trinta megatons e dois supermísseis de cem gigatons, mas portava-se para com Jaya como um irmão caçula. Muitas vezes do tipo irritante, pois essa missão lhe exigia uma longa imobilidade, o que o deixava entediado e de mau humor.

Dedicava muito de sua enorme capacidade de processamento a jogos e simulações, pois nada tinha a fazer além de ajudar a agente Jaya a coletar, processar e transmitir informações para a sede da Solidariedade Galáctica no sistema Velox, onde se estava para decidir como agir em relação àquele planeta peculiar que chamavam de Terra-2.

Descoberta há poucos anos pela organização, era uma cópia da Terra-1, perfeita a ponto de conter fósseis e camadas geológicas idênticas, num sistema estelar também idêntico ao Sistema Solar original, minúcias à parte. Depois de obter amostras de humanos paleolíticos num escambo científico com pesquisadores de Prócion, uma espécie mais avançada as usou para conduzir uma experiência em escala gigantesca, reproduzindo o curso da história humana, defasada em dois mil anos, para observá-lo em detalhes.

Alguns séculos antes, os autores da experiência, atacados pelos trantorianos, invasores agressivos vindos da região central da galáxia, tiveram de suspendê-la para concentrar seus recursos em evacuação e defesa. A história da Terra-2 passou a seguir um curso divergente, mais caótico e conflituoso que o de seu original. Cosmonautas da Terra-1, naquele ponto da cronologia, já faziam sua primeira exploração interestelar, mas os da Terra-2 haviam se limitado a uma breve incursão na sua Lua. O império português não tivera ali a mesma importância e o Brasil não conduzira a unificação política do planeta no seu século XIX.

Após duas guerras mundiais, a Terra-2 continuava dividida entre potências rivais, a maior das quais no norte do continente equivalente ao que no mundo original era chamado de Colômbia, mas ali era América. Os dados já coletados por Jaya e Anael levaram os sociólogos da Solidariedade Galáctica a concluir que, com 90% de probabilidade, essa civilização se autodestruiria em 50 anos, caso não interviessem.

Obviamente interviriam, mas como? Julgavam precisar ainda de uma ou duas décadas para tomar a melhor decisão, mas não dispunham de tanto tempo. A nota do Jornal Internacional era o primeiro sinal de problemas muito maiores do que os previstos.

"E atenção, o Jornal Internacional informa em edição extraordinária: o presidente Calevala, em visita ao Brasil para buscar apoio para seu plano de paz no Oriente Médio, foi sequestrado a caminho do aeroporto do Galeão. Mascarados armados com bazucas e metralhadoras pesadas cercaram a comitiva, mataram vários seguranças e levaram o presidente de Pala para destino desconhecido.

Minutos depois, a polícia recebeu um telefonema nos quais os supostos sequestradores avisaram que o presidente está em seu poder e em breve voltarão a ligar para negociar o resgate. A polícia acredita serem criminosos comuns, sem motivação política. O principal suspeito é Josias Doido, chefe do tráfico na Rocinha".

Jaya ouviu – não, ela não estava com a TV ligada, não precisava disso –, abriu os olhos e se ergueu. Com três passos, dois de sessenta centímetros, o terceiro de trinta e seis mil quilômetros, deixou a quitinete cuja localização escolhera por ser muito próxima ao lugar correspondente ao bairro da megalópole de Pindoretama na qual crescera, na Terra-1. Subiu para dentro de Anael e começou a investigar.

Ela mesma acabara de concluir em seu relatório que aquele homem era importante para o futuro da Terra-2. Pala era uma pequena ex-colônia portuguesa no Oriente, à qual só as reservas de petróleo davam certa importância, mas o prestígio de Calevala e sua dedicação ao bem-estar de seu povo e à paz mundial eram uma das chaves da estabilidade internacional. Há poucas semanas, ele fora indicado para o Nobel da Paz pela bem-sucedida mediação na guerra entre Índia e Paquistão.

Por que não começar pela suposição da polícia? Jaya mandou Anael monitorar a internet e todas as frequências de celular sobre Josias Doido ou Calevala. No meio de milhões de conversas por telefone e internet, surgiu uma pista: alusões demais a Josias Doido partiam de uma favela no morro do Dendê onde a polícia não o procurava.

Jaya pegou sua mochila de utilidades, apetrecho favorito para missões de campo complicadas. Com peso de mais de cem quilos, estava cheia de metal vivo, uma massa de nanobôs capazes de construir em segundos qualquer coisa que ela conseguisse programar. Então pediu para Anael abrir o portal no Rio de Janeiro, ao pé do morro.

Era quase meia-noite e quatro sujeitos guardavam a entrada da favela de AK-47 em punho. Parecia que o tal do Josias já estava esperando encrenca.

"Legal, até que enfim um pouco de ação! Qual é o seu plano?" Anael indagou por radiotelepatia.

"Pedir licença e entrar, ora. Agora, fique quieto."

– Moço, dá licença de subir? – Perguntou para um dos seguranças.

– Qualé, tchutchuca? Esta noite ninguém entra, ordem do dono da boca.

– Que pena. Boa noite, então.

Enquanto se afastava, Jaya programou mentalmente a mochila para fabricar uma cápsula de gás sonífero, abriu-a, sacou e lançou no meio dos quatro. Bum! Começaram a atirar no meio da fumaceira. Antes que se dessem conta de que Jaya saltava por cima deles, despencaram no mundo dos sonhos.

A pedido dela, Anael se pseudomaterializou. Tomou uma forma curiosa para participar da aventura, que chamou de Virtual Boy. Um garoto usando óculos escuros copiados de um filme *cyberpunk* na moda e um smoking branco de um espião britânico do cinema.

Jaya subiu a ladeira aos saltos e Virtual Boy a seguiu, imitando a pose de um famoso super-herói voador dos gibis da Terra-2. Não era muito difícil adivinhar onde estava o chefe: em todas as casas, as pessoas apagaram a luz e se esconderam quando ouviram os tiros. Exceto numa casa grande, bem no alto.

Cinco ou seis sujeitos saíam pela porta armados e com cara de assustados. Nada bom. Se houvesse tiroteio, balas perdidas podiam atingir inocentes. O que poderia ser mais eficaz que gás paralisante? Ah! Jaya lembrou-se de algo que vira na TV da Terra-2.

"Vejamos, como fazer isso sem ter sido mordida por uma aranha transgênica? Preciso de um tubo com válvula, microbomba de pressão, misturador, sintetizador biônico de fibroína e sericina... Nanobôs, trabalhem!"

Quinze segundos e o lançador estava pronto para ser sacado da mochila, na forma de uma pistola cor-de-rosa.

– Apontar, disparar, fogo! Digo, teia!

– Ei, vamos brincar de aranha? – Anael sorriu. – Vou trocar de uniforme!

Numa fração de nanossegundo o smoking do Virtual Boy virou um colante azul e vermelho e seus óculos escuros uma máscara aracnídea. Mas aquela meia dúzia de capangas já estava presa, grudada e devidamente apertada dentro da teia lançada por Jaya, sem conseguir mexer sequer um dedo para apertar o gatilho das submetralhadoras.

"Agora, abrir a porta e entrar. Mas antes, uma precauçãozinha. Mochila, um mini-escudo de força, para usar no pulso!"

"VOU NA FRENTE!" o Aranha Boy afirmou.

Deu de cara com um magrelo com cara de nervoso, ladeado por dois brutamontes com cara de brutamontes. Atiraram no que parecia ser um moleque fantasiado, sem fazer perguntas. Os primeiros projéteis atravessaram o pediograma etéreo do menino-aranha, resvalaram no campo de força que protegia Jaya e se cravaram no chão.

Os projéteis seguintes não chegaram a sair dos canos, entupidos com a teia de aranha que saltou da pistola de Jaya. Mais dois segundos e os dois estavam amarrados, grudados à parede e inconscientes, depois de uns petelecos bem dados no ponto certo do pescoço. Sobrou o magrelo, que só podia ser o tal do Josias.

– Você é o tal do Josias? – Jaya perguntou, depois de lhe amarrar as mãos e os pés com os canos dos dois fuzis.

– Qualé, musa? Todo esse auê porque mandei malocar uns trocos duns manés e passei uns bagulhos pra galera? Libera aê, pô, na moral...

– Você sabe do que estou falando. Todas as TVs estão dizendo que você mandou sequestrar o presidente Calevala. Quero saber o que houve e por quê!

– Maior cascata, deusa! Foram uns alemães baludos que passaram aí, alopraram o pedaço e nóis levou a culpa porque os zome é tudo lóqui, estão por fora, não sabem de nada e culpam o primeiro mano que lembram o nome... Chaparam o coco, todos...

– O que você sabe dessa história, afinal?

– É o seguinte: chegaram uns gringos aí, armaram a maior cama de gato lá pro negoso e sentaram a mamona. Os manos que andam na rua é que sabem das coisas.

– Que gringos? Onde eles estão?

– Fala sério! Me chamo Josias Doido, não Zé Mané! Aquilo é profissa, tudo marombeiro, fera no gatilho e com umas bocas de ferro desse tamanho. Entrar nessas erradas é dar nó no sapato! Tretou com eles, ficou pequeno: abotoou o paletó de madeira! Só lamento! Prefiro ir pra gaiola!

– Não estou oferecendo essa opção. Pra gaiola você vai mesmo e isso se contar tudo direitinho. E ninguém vai ficar sabendo o que você me disser. Mas se não contar tudo o que sabe vai...

– Acordar com a boca cheia de formiga! – completou o (de novo) Virtual Boy.

– Nada disso. Vai dormir sentado na antena mais alta do morro do Sumaré.

– Tá bom, santa. Vou te pôr na fita, mas não vai dizê que não avisei. Essa treta é fita forte... Vacilou, dançou!

Minutos depois...

– Você ia mesmo pendurar ele na antena do Sumaré?

– Claro que não, era só para assustar. Se não desse certo, íamos ter de levá-lo à base para aplicar uma sonda mental, mas ia ser mais demorado.

As rádios da madrugada já estavam dizendo que o conhecido traficante Josias Doido e seu bando haviam sido presos graças a um telefonema anônimo, mas o meliante negava de pés juntos (até porque o serralheiro ainda não havia conseguido cortar o cano que os prendia) qualquer participação no caso Calevala. Sem novas pistas, o delegado encarregado do caso aguardava as exigências dos sequestradores.

Josias contou que soube de uns gringos mal-encarados e armados até os dentes que haviam aparecido uma semana antes e rodado pelas imediações, provavelmente para se familiarizar com os caminhos. Tinham sido vistos na estrada para Maricá. Anael localizou na internet uma menção a um sítio naquelas bandas alugado para gringos que tinham um helicóptero.

PASSO EM FALSO

O portal dimensional se abriu junto de uma porteira velha. Estava escuro como breu, mas a visão infravermelha de Jaya percebia claramente vários homens se movimentando em torno de um helicóptero prestes a decolar, um deles algemado.

– Anael, não vai dar tempo para sutilezas. Tente distraí-los, enquanto eu resgato o tiozinho.

– É pra já! Aqui vai o Virtual Boy!

Ao ver uma espécie de capetinha luminoso esvoaçando sobre suas cabeças, os gringos começaram a disparar como doidos.

– *Hurry, It's some kind of crazy ass attack!*

Enquanto partia para cima dos adversários, escudo de força e espada de plasma em punho, Jaya observou que os gringos eram realmente grandões e fortões, dois negrões e três louros com o cabelo cortado à escovinha, incluindo aquele que parecia ser o chefe e arrastava o presidente Calevala algemado.

Os caras eram mesmo profissionais. Sem se abalar, um deles disparou um tiro certeiro de fuzil contra ela, quase à queima-roupa. Acertou nas costas, um pouco acima dos rins. Jaya perdeu o equilíbrio e caiu de cara na lama quase aos pés de Calevala, jorrando sangue.

– Jaya! – Anael gritou.

– *She's dead. Hurry up!*

Mas agentes da Terra-1 são rijos, principalmente se foram treinados pela Solidariedade Galáctica para controlar a dor e os ferimentos. Enquanto os guardas protegiam o helicóptero que decolava, ela se levantou segurando o ferimento, saltou para cima do telhado e de lá para o helicóptero em pleno voo, agarrando-se no trem de pouso.

Com um golpe da espada de plasma, arrombou a porta do helicóptero e invadiu a cabine. O gringo que levava Calevala preso puxou uma automática, mas a espada foi mais rápida. Cortou a arma e a corrente da algema com dois golpes e puxou o grandão para fora do helicóptero, para cair no lago quinze metros abaixo. Estapeou o piloto aturdido e o mandou fazer companhia ao chefe.

Agora agarrado àquela figura estranha, cheia de lodo, sangue e raiva, que tentava controlar as piruetas de um helicóptero enlouquecido e sem uma porta, um Calevala confuso se perguntava se poderia cair numa encrenca ainda maior quando, de repente, um garoto de branco apareceu ao seu lado.

– Jaya, você está bem?

– Não exatamente. Uma bala de M-16 não é o que há de melhor para a saúde, mas acho que vou escapar. Já estou sentindo o formigamento da cicatrização. E você, senhor presidente?

– Quem... Quem são vocês?

– Depois explicamos. Quem eram aqueles sujeitos?

– Mercenários! Ex-*marines* contratados por uma companhia petrolífera para dar apoio a um golpe de Estado no meu país!

– Golpe? Mas disseram que iam pedir dinheiro!

– Deve ter sido para despistar. Queriam levar-me a um navio que espera perto da costa e ali arrancar-me uma carta de renúncia... Disseram-me que já controlam o país.

– Será? Anael, consegue pegar alguma coisa de Pala?

– Sim, na TV de lá, um tal de general Curibon acusa o presidente Calevala de ter tentado roubar o tesouro do país e de agora estar simulando o sequestro para fugir. Diz que assumiu o governo em nome da Federação da Indústria e do Comércio e que vai conceder os direitos de exploração do petróleo de Pala à New Texan Oil e abrir o caminho a um futuro brilhante de verdadeira prosperidade...

– Estou vendo. Anael, precisamos chegar lá e já!

– Tem certeza que não quer vir pra mim, primeiro? Seria bom fazer um curativo!

– Não, já vai cicatrizar. – Levantou a camiseta ensanguentada, mas com suas nanofibras já se autorreparando, para mostrar que a ferida, ainda bem visível, já havia parado de sangrar e estava fechando.

– Tudo bem, espere um minuto enquanto preparo as coordenadas... Tailândia, Malásia, Indonésia, ah, achei, aqui está! Pala, lá vamos nós!

Um portal brilhante se abriu na frente do helicóptero e Jaya o conduziu diretamente para dentro, mergulhando numa velocidade cegante dentro do que parecia um túnel brilhante e multicolorido.

Segundos depois, estavam sobrevoando a capital de Pala sob um brilhante sol da tarde. Calevala não entendeu como um helicóptero estropiado fez dezessete mil quilômetros num piscar de olhos, mas não era hora de perguntar. Tanques bloqueavam a avenida principal e soldados se entrincheiravam em volta do palácio do governo. Ouviam-se tiros nas ruas periféricas. O país estava em perigo e ele precisava decidir o que fazer.

Agora, também Jaya podia ouvir as transmissões com seus neurônios nanogeneticamente modificados.

– Presidente, o general Curibon está dizendo ao povo para permanecer calmo e aguardar os próximos comunicados do novo governo.

– A TV Pala é fundamental e seu presidente deve estar apoiando o golpe. Os palenses nunca enfrentaram essa situação antes, devem estar confusos e desorientados. Conheço vários oficiais que com certeza estão dispostos a me apoiar, mas foram apanhados de surpresa. Devem estar com dificuldades para se articular contra seus superiores e reagir. Se pudéssemos tomar o controle da emissora... É aquele prédio perto da praia, com um heliporto no alto. O estúdio fica no penúltimo andar.

– É pra já.

Jaya deu um jeito de pousar aquele helicóptero avariado enquanto segurava o presidente com uma das mãos.

GOLPE E CONTRAGOLPE

Ao ouvir o pouso inesperado do helicóptero, dois soldados saíram para o heliporto a fim de ver o que havia. Havia uma criatura aparentemente perigosa coberta de lodo verde, com uma espada flamejante e sua pistola cor-de-rosa, junto a um garoto de smoking branco e ao presidente Calevala, que supostamente estava escondido em algum canto do Brasil.

Em vez de atirar, ficaram parados, boquiabertos. Jaya, que não estava para arriscar mais brincadeiras com fuzis, disparou a teia e os deixou amarrados. Os dois seguranças armados dispararam instintivamente, mas ela foi mais rápida: saltou por cima de suas cabeças e os alvejou por trás, grudando-os na parede.

O presidente chegou em seguida, acalmando os técnicos do estúdio apavorados:

– Calma, não vamos lhes fazer mal algum. É apenas o seu presidente que quer falar ao povo.

– Mas... como? O que houve? Sua Excelência não estava no Brasil?

– É uma história complicada, que prefiro explicar depois. O importante agora é contar a verdade ao povo. É hora de acabar com as mentiras do general Curibon. Por favor, coloquem-me no ar!

– Perdão... o doutor Roberto Surimavo... o diretor da emissora... nos deu ordens de... – um operador de câmera gaguejou, apavorado.

– Deixa de ser covarde, ô banana – um colega zombou. – Não vê que ele é o nosso presidente, que ele vai ajudar a nos livrar desse general maluco?

– Mais tarde acertaremos as contas com o senhor Surimavo – o presidente afirmou. – Quem apoiar a democracia não vai se arrepender, podem ficar tranquilos quanto a isso. Mas agora, preciso falar.

– Pode contar conosco, presidente! Coloque-se deste lado, olhando para cá, eu mesmo vou cortar o sinal do general e operar a câmara. Um, dois, três, no ar!

De repente, três milhões de palenses grudados no televisor viram o longo discurso de posse do general, transmitido do palácio, ser interrompido pela fala do presidente supostamente deposto.

– Povo de Pala! Companheiras e companheiros! Sou o presidente que escolheram, João Calevala, e falo a vocês do estúdio da TV Pala, tomado por cidadãos leais. Todos nós estamos sendo vítimas de uma conspiração mentirosa de um general e um punhado de piratas que só quer nos arrancar nossa liberdade, nossa paz e nossas riquezas! Militares leais ao povo! É hora de declarar sua fé na democracia! Gente de nossa ilha! Recusemo-nos a obedecer a esse general-fantoche e afirmemos nossa liberdade...

Enquanto falava, Jaya, vigiando os arredores, viu um tanque se aproximar, esmagando carros estacionados junto à calçada e começando a girar o seu canhão. Não era preciso tentar interceptar a transmissão dos militares: ficou claro que o general havia dado ordem para disparar contra a emissora.

A teia não ia funcionar contra um canhão daquele tamanho e estava muito longe para saltar e alcançá-lo com a espada. Era preciso uma solução mais drástica.

O presidente e o operador da câmera estavam concentrados demais para perceber o que estava acontecendo, mas os outros ficaram pasmos, sem entender como se tira um cano de dois metros de uma mochila de quarenta centímetros. Pois Jaya só conseguiu pensar numa coisa simples e rápida o suficiente para resolver o problema a tempo: uma bazuca.

Os nanobôs a sintetizaram em vinte segundos. Jaya levou meio segundo para estabelecer a mira. O artilheiro do tanque teria levado vinte e dois para disparar se o micromíssil hipersônico da Terra-1 não tivesse levado menos de meio segundo para voar da janela até a boca do canhão a três quarteirões de distância.

A explosão foi um susto para quem estava no estúdio, mas o recado estava dado. O povo começou a sair de suas casas, descer os morros, jogar pedras e garrafas do alto dos apartamentos sobre os blindados nas ruas. Anael conseguiu sintonizar e decodificar as frequências militares:

– Presidente, outras bases militares atenderam a seu chamado. Estão preparando suas tropas para ir para a rua.

– Você também pode transmitir para eles, Anael? – Calevala perguntou.

– Faz de conta que tenho um microfone! – Fez aparecer um microfone virtual na mão.

Calevala se comunicou com os militares legalistas e articulou o contragolpe. Em minutos, aviões da Força Aérea sobrevoavam os tanques dos golpistas, uma fragata se posicionava em frente ao palácio e soldados legalistas cercavam a zona central.

Quinze minutos depois, uma rápida negociação e os golpistas se renderam. O general Curibon desceu a rampa do palácio e entrou no camburão, encerrando o governo mais breve da história de Pala: exatamente cinquenta e nove minutos. Calevala estava de volta.

– Jaya, você nos ajudou a salvar nossa democracia quase sem derramar sangue...

– Além do dela... – Anael brincou.

– Peça o que quiser.

– Joia. Que tal um bom banho bem quentinho? Estou imunda e morta de cansada!

Foi um banho de hora e meia na banheira de hidromassagem do palácio presidencial, com muita espuma. As roupas de Jaya tinham se autolimpado, mas quando saiu da banheira viu que as criadas haviam deixado para ela um sarongue de seda novinho e achou que seria uma desfeita não usá-lo.

Seguiu-se um banquete no qual Jaya, para surpresa do cozinheiro, devorou onze pratos cheios das mais típicas iguarias de Pala: salada picante, carne assada com creme de coco na folha de bananeira, macarrão de arroz com camarão e shoyu, porco assado no forno de terra com raiz de taro e batata-doce, pastéis de mel recheados com amendoim, passas e açúcar...

Anael ficou só olhando. Transumanos da Terra-1 conseguem gastar um bocado de energia num dia e repô-la com a mesma rapidez. Só pediogramas podem viver de brisa.

Quando acabou o banquete, o presidente Calevala tinha uma porção de perguntas a fazer. Mas Jaya pediu licença, foi ao banheiro e não voltou. Depois de quinze minutos, uma criada foi bater na porta e viu que não estava trancada. Abriu. A janela era pequena demais para alguém passar, mas Jaya tinha desaparecido e deixado um bilhete.

Senhor presidente e querido povo de Pala: agradeço suas atenções e peço desculpas pela grosseria, mas há segredos que ainda não posso revelar e agora precisamos ir. Mas contem conosco se voltarem a precisar de ajuda.

Beijos, Jaya e ~~Anael~~ Virtual Boy.

Enquanto isso, no interior de Anael...

– O que você achou de tudo isso, Anael?

– Como assim? Achei um barato! Nós nos saímos muito bem, não acha?

– Médio. Preciso estar mais bem preparada da próxima vez. Talvez o próximo me acerte com algo mais pesado que um fuzilzinho à toa... Mas não é isto que eu queria dizer. Você não acha que aí tinha algo mais do que um punhado de gringos gananciosos e um general metido a besta?

– Como assim? Por quê?

– Todo o golpe foi sincronizado com muita precisão, até demais. O general agiu como se tivesse absoluta certeza do que estava acontecendo no Brasil, a milhares de quilômetros dali.

– Bem, isso não é tão estranho. A Terra-2 está bem atrasada, mas já tem meios de comunicação globais.

– Até aí era só intuição, mas não é só isso. Pesquisei nos seus bancos de dados sobre a tal New Texan Oil. Foi comprada há três meses, por um tal Walker G. Tuft. Esse cara surgiu literalmente do nada.

– Como, do nada?

Anael verificou seus arquivos e viu que ela tinha razão. Quatro meses antes, não havia um só registro dele. Nem na Câmara de Comércio do Texas, nem na de qualquer parte do mundo. Nem em agências bancárias, nem em hotéis, nem em hospitais, nem em parte alguma. Apareceu de repente e de um dia para o outro tinha comprado várias companhias de bilhões de dólares, incluindo a New Texan, uma empresa de software, uma rede de TV norte-americana e um provedor de internet. E os jornais e os sócios dessas empresas, não quiseram saber quem ele era? Isso soava ainda mais estranho. Todos os jornais publicaram a mesma coisa, um *press release* divulgado pelo próprio Tuft sobre sua biografia, junto com um monte de matérias pagas por suas companhias.

– Até onde consegui checar, é cascata, da primeira à última linha. E alguns sócios, que se opuseram à venda, morreram de repente, um de infarto, outro de uma queda de avião, um terceiro baleado por um desconhecido, um quarto atropelado..

– Agora entendi, Jaya. Isto quer dizer que temos caça grossa.

– Pois é. Nesse angu tem dedo de Trantor, pode apostar. Vamos ter que dar um passeio nos States e passar essa história a limpo. Mas não agora, uaaah... tenho que dormir. Amanhã à tarde preciso passar na faculdade. Pra casa e pra cama, Anael.

POR UM PUNHADO DE LIXO

Jaya sentou-se em frente ao espelho e se concentrou. Pouco a pouco, os olhos e os cabelos escureceram, as maçãs do rosto salientaram-se um pouco mais, os olhos se amendoaram. Dois ou três minutos e se tornara uma mestiça mexicana.

– Pra que tanto trabalho? – Anael implicou. – Eu posso te colocar dentro do escritório do Walker Tuft num segundo!

– Não, Anael. Poderia dar certo se Tuft for um humano normal, mas é exatamente isso o que temos de investigar. Se for um trantoriano, ou coisa que o valha, deve haver detectores de portais dimensionais no prédio ou nas vizinhanças.

– E então?

– Há uma vaga de faxineira no prédio da Tuft Corporation. Vou me candidatar para ver como é por dentro. Agora, me teleporta para um cantinho discreto do Central Park, em Nova York.

O portal se abriu no meio de um arvoredo. O lugar era tão discreto que um casal de namorados que se beijavam escondidos tomou um tremendo susto com a moça que saiu do nada e tropeçou neles. Pularam e correram, ajeitando a roupa.

– *Oops! I'm sorry. I didn't see you.*

"Anael, eu te pego!"

"Desculpe, deve ter sido uma falha dos meus sensores."

"Mais uma dessas e teus sensores vão ver mais estrelas do que há nesta galáxia."

"Calma. Você não tem senso de humor?"

"Agora, escute! Talvez tenha que passar alguns dias aqui. Assuma meu lugar na faculdade e represente meu papel. Use o padrão de pseudomaterialização, use minha matriz de personalidade e tome cuidado para não estragar minha reputação. Não faça nada que eu não faria."

"Nem colar na prova? Eu não tenho registro dos seus estudos..."

"Pode usar todos os bancos de dados que quiser. Agora, suma!"

"Terra-2, se prepare para a Virtual Jaya versão 2.0!"

"Anael!"

"Brincadeirinha! Pode ficar calma, vou me comportar."

Ser contratada como faxineira não foi tão fácil quanto havia pensado. Primeiro, preencher um formulário enorme e absurdo:

(...)

13) Tem algum problema físico que a impeça de levantar mais de 20 kg?

Não. Levanto até 1.500 kg, sem problemas.

(...)

17) Você tem habilidades especiais?

Sim. Dê-me uma resma de folhas de sulfite que faço um resumo.

(...)

32) Quem você preferiria enfrentar numa luta livre – o Super-Homem ou o Homem-Aranha?

O Super-homem. Não gostaria de machucar o Homem-Aranha. Mas é preciso fazer isso para ser faxineira?

(...)

57) Pretende praticar atividades subversivas ou terroristas, ou qualquer outra atividade ilegal? É membro ou representante de alguma organização socialista, comunista, anarquista, subversiva ou terrorista?

Depende. Em qual dessas categorias vocês classificariam a Solidariedade Galáctica?

(...)

82) Já consumiu substâncias controladas (drogas)?

Você não imagina as porcarias que servem na lanchonete da faculdade. Mas se quer dizer psicotrópicos, não faria diferença. Sou imune a todos.

(...)

85) Alguma vez distribuiu ou vendeu ilegalmente substâncias controladas (drogas), praticou ou foi agenciador de prostituição?

Ajudei a distribuir cerveja numa festa da universidade. Isso conta?

(...)

92) Alguma vez foi preso ou condenado por qualquer crime, ainda que posteriormente tenha sido perdoado ou anistiado ou beneficiado por outra ação legal?

Uma vez fiquei de castigo. Foi no maternal, quando montei uma espada de plasma no laboratório e cortei um buraco na parede. Tive que ajudar a consertar.

(...)

99) Já injuriou, difamou, maldisse ou dirigiu palavras chulas a alguma autoridade?

Não. Mas nos últimos minutos bateu uma vontade danada de fazer isso.

100) Você declara que leu e entendeu todas as perguntas deste formulário, e que todas as respostas são verdadeiras e corretas, no melhor do seu entendimento e convicção?

Bem, tente provar que não.

Depois, uma entrevista interminável com uma selecionadora carrancuda que não fazia questão nenhuma de esconder que não gostava de latinos.

– Juanita Hernández García. Você veio de muito longe, não é?

– Sim, madame. *Para ser exata, de 5.032 anos-luz.*

– Do México, diz o *green card.* De onde, exatamente?

– De Xochimilco.

– Uma dessas aldeiazinhas miseráveis do interior, com certeza.

– Desculpe, madame, mas é um famoso bairro histórico e turístico da Cidade do México, a segunda maior cidade do mundo. Maior que Nova York. *Você devia ver minha verdadeira cidade natal, sua anta.*

– Espertinha, hem? Se é tão bom por lá, o que veio fazer aqui?

– Vim principalmente estudar. *Seu planeta, quero dizer.* Preciso de um emprego para ajudar a pagar a faculdade de inglês.

– Quem mandou nascer no país errado? É como minha mãe dizia: se Deus quisesse que as pessoas falassem outras línguas, não teria escrito a Bíblia em inglês. É uma piada, você entendeu? Não, aposto que não. Bem, responda este teste e vamos ver. Você tem quarenta minutos.

Quando Juanita trouxe o teste em menos de cinco minutos, a doutora Ethel Claughton pensou, aliviada, que ela tinha desistido. Mas foi conferir e o queixo caiu até lhe dar cãibra: todas as respostas estavam corretas.

Por alguma razão insondável, o quociente de inteligência era decisivo na seleção de faxineiras. Não tinha jeito. Juanita tornou-se a primeira e última diarista com QI 502 na história da Tuft Corporation.

O primeiro dia não foi muito produtivo. Nem o segundo. Nem o terceiro. Nem o quarto. Limpou centenas de privadas, espanou milhares de cubículos, esvaziou incontáveis cestas de papéis, mas não conseguiu chegar nem perto da mesa do chefão.

No quinto dia, teve sua oportunidade. A faxineira que normalmente cuidava do andar da Presidência, reservista da infantaria, havia sido convocada para três dias de treinamento. Juanita ofereceu--se para substituí-la.

– Está bem, disse o zelador. Hoje você cuida do andar do *big boss* depois do trabalho regular e ganha uma hora extra. Deixe tudo um brinco! Parece que hoje está fora, mas nunca se sabe quando vai aparecer. Vem trabalhar nos horários mais estranhos e faz questão de não encontrar um só grão de poeira!

O conjunto ocupava todo um andar. Havia sala de espera, antessala,

sala de reuniões, sala de jantar, biblioteca, banheiros, quarto de dormir e até um escritório propriamente dito, tudo muito moderno e luxuoso.

Mas nada do outro mundo, pelo menos no sentido que teria interessado a Jaya. Tudo parecia ser produto autêntico da Terra-2. Ficou com muita vontade de mexer nas gavetas, mas era claro que haveria um monte de sensores e alarmes, principalmente se o homem fosse quem ela achava que era.

A esperança tinha ido para o lixo. Literalmente. Recolheu cada pedacinho de papel, copinho de plástico e grão de poeira, meteu em um saco. Levou-o para o depósito, marcando-o com uma fita amarela.

À noite, quando chegou o caminhão do lixo, Jaya ficou de tocaia, no alto da marquise do prédio vizinho. Assim que apareceu o saco marcado, saltou, arrancou-o das mãos dos lixeiros perplexos e correu para o Central Park. Um policial viu a cena, mas, quando apitou, ela já havia saltado a cerca e sumido na escuridão. Tchau, tchau, Juanita.

UMA REUNIÃO DO OUTRO MUNDO

Segundos depois, Jaya estava dentro do laboratório, esvaziando o conteúdo do saco de lixo sobre a mesa. Havia poeira, restos de comida e copinhos com restos de líquidos que valia a pena analisar. Mas, primeiro, o mais rápido: os papéis.

Havia um monte de relatórios e memorandos da Tuft. Todos bem picados, é claro, mas, com os recursos de Anael era facílimo reconstituí-los.

Dois dos papéis mencionavam falcatruas cabeludas. Um vice-presidente responsável pela divisão de petróleo pedia mais seiscentos mil dólares para subornar um senador e deter uma investigação da Agência de Proteção Ambiental que complicaria a manutenção do "Projeto Especial X-07". Outro avaliava que custaria mais três milhões persuadir o Secretário da Defesa da necessidade de um novo míssil. Nada excepcional para uma grande transnacional da Terra-2, lógico.

Havia outro ainda mais interessante. Mencionava o fracasso da operação em Pala e propunha um plano B: convencer a Casa Branca da necessidade de invadir a ilha e "libertar" o seu povo. O Presidente Calevala não ia gostar de saber.

Outro, ainda, era uma página arrancada de uma agenda. Havia uma lista de horários e telefonemas, feitas por uma secretária e anotações que deviam ser do próprio Tuft: OK, não, adiado etc. Na margem inferior, a mesma caneta fizera uns rabiscos engraçados:

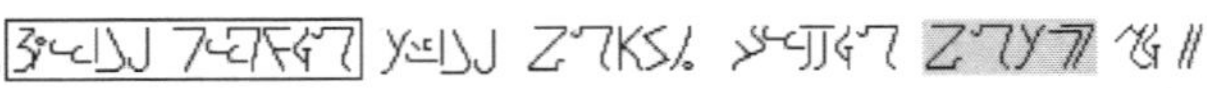

– Achei, Anael! Já o pegamos!

– O que é isso? Algum código?

– Que código, que nada! Isto é trantoriano clássico, com vocabulário e caligrafia bem refinados. Estamos lidando com um agente de alto padrão.

– Você sabe trantoriano?

– A língua clássica, a popular e mais sete dialetos regionais. Você pensava que para ser espiã da Solidariedade Galáctica só é preciso aprender a dar sopapos e usar engenhocas?

– Muito dez, mas o que diz aí?

– *"Kleon Betgahr uyon irihmuh zetyahr irubb dah!"*

– Hã...?

– Isso significa, mais ou menos: "O dia de reverenciar respeitosamente o *imperador Kleon* é amanhã!" O nome do imperador está cercado por um retângulo. É costume fazer isso com nomes de trantorianos importantes, mas não em anotações pessoais. Deve ser um milico bem caxias.

– Incrível.

– Não. Elementar, meu caro Anael.

– O que é incrível é um babaca como esse ter se tornado espião. Mas para que time ele torce, sabidona?

– Continuando, a penúltima palavra, que significa "amanhã" foi destacada com amarelo. Era uma comemoração que ele não queria esquecer. Consulte o calendário trantoriano no banco de dados. Houve algum dia do imperador Kleon em data recente?

– Os trantorianos comemoram quatro aniversários do imperador durante o ano de Trantor que equivale a 582,7 dias terrestres. Dia do nascimento, da confirmação, do casamento e da coroação. A mais recente foi o dia do nascimento, uma espécie de Natal para os trantorianos. Em termos do calendário terráqueo, hora de Nova

York, começou às 23:05 de 10 de maio e acaba às 13:09 de 12 de maio, sábado – ou seja, hoje –, pois o dia deles tem 38,068 horas...

– Então Kleon é taurino, como você? Eu devia ter imaginado...

– Isso não faz sentido. Nem o ano, nem o zodíaco da Terra-2 se aplicam a Trantor...

– Claro que não. Brincadeirinha. Então, foi por isso que ontem ele não apareceu na Tuft. Bom, trate de processar um curso de trantoriano, vai ser útil. Enquanto isso, vou entrar em contato com a base para ver o que eles acham da situação.

Jaya ligou o transceptor quântico e pediu o mestre Aléxis, na base do sistema Caramuru, a mais próxima da Terra-2. O holograma surgiu quase instantaneamente.

– Companheiro Aléxis, temos um probleminha...

Explicou o que tinha descoberto. Aléxis achou melhor consultar a grã-mestra Sanape, no centro setorial do sistema Ilion. O segundo holograma apareceu.

Sanape o ouviu e resolveu consultar o centro principal no sistema Velox. Mostrou-se o arquimestre Jacques, que decidiu pedir a opinião dos outros membros do Pequeno Conselho, que chamaram alguns assessores para participar.

A holoconferência já preenchia toda a sala com figuras flutuantes. Entre elas, estava KRXT-98,65, o presidente do Pequeno Conselho, que ao flutuar pela nave parecia uma lula alaranjada. Em miniatura, pois o cigniano não caberia ali em seu tamanho natural, com mais de um quilômetro de comprimento de ponta a ponta.

"O assunto é importante demais para ser resolvido aqui e agora." – KRXT-98,65 se expressou em sua linguagem radiofônica. – *"Proponho ao Pequeno Conselho adotarmos uma orientação provisória até que o caso possa ser discutido no Grande Conselho. De acordo?"*

Os demais concordaram. Jacques, o humano, tomou a palavra.

– Esse não é o procedimento usual dos trantorianos. Quando querem conquistar um planeta, não costumam usar muita sutileza. Enviam uma frota e acabou-se.

"♪♫ Mas não fariam isso no espaço em que está a Terra-2 ♫♪" – o arquimestre centauriano Dochiwinaremibosifalasolyu cantou em sua língua musical. – *"♪♫ Está mais perto das bases da Solidariedade Galáctica que da fronteira trantoriana. Correriam o risco de serem enfrentados e dizimados ♫♪."*

– Devem estar tentando um golpe de propaganda – Jacques observou. – Se um mundo na fronteira da Solidariedade Galáctica pedisse voluntariamente sua anexação ao Império de Trantor, seria uma vitória moral para eles e um grande incômodo para nós.

"É possível" – KRXT-98,65 concordou. – *"Esse planeta é adequado. Apesar de primitivos, seus habitantes se enquadram no que os trantorianos consideram um padrão biológico superior. Talvez se sentissem honrados por serem incorporados ao Império."*

– Não só isso – o arquimestre YPE-7878662865 afirmou. – O padrão sociopolítico da Terra-2 torna especialmente sedutoras as promessas de riqueza e poder que os trantorianos podem oferecer a seus chefes e mesmo para muitos do seu povo.

"Podemos fazer melhor" – o arquimestre prociônida E8D4-A50FF-FF4A-89A9 transmitiu telepaticamente. – *"Podemos oferecer cooperação, igualdade, liberdade e solidariedade."*

– Esses valores importam para muitos nativos da Terra-2 – Jaya opinou. – Mas poucos em posição de poder pensam desse jeito. A maioria dos terráqueos é submissa, tende a seguir seus líderes sem pensar. Nós também éramos assim há menos de dois mil anos.

– Teremos então que disputar seus corações e mentes com os trantorianos – o robô dendroide fractal YPE-7878662865 concluiu. – No momento em que eles fizerem sua proposta, os povos terráqueos terão de saber que existe uma alternativa.

"Tomara que seja assim, sem a necessidade de travar uma batalha interestelar" – KRXT-98,65 comentou. – *"Enquanto o Grande Conselho não definir uma estratégia mais ampla, proponho orientar Jaya a desbaratar os planos dos trantorianos que representem perigo imediato, mesmo com o risco de revelar a presença da Solidariedade Galáctica na Terra-2 aos trantorianos e aos terráqueos."*

O Pequeno Conselho aprovou a proposta por consenso.

– Voltaremos a contatá-la em breve, Jaya. Contamos com você! – Jacques se despediu.

Todos os hologramas fizeram uma reverência e desapareceram instantaneamente, deixando-a sozinha com seus pensamentos. Por um microssegundo.

– Jaya! – o pediograma bradou.

– Que foi, Anael? – Ela pulou. – A frota trantoriana nos atacou? O Sol explodiu?

– Veja só o que eu consegui!

Anael havia analisado fios de cabelo e células de pele misturadas à poeira recolhida do escritório de Tuft. Identificou os códigos genéticos de dezenove diferentes indivíduos e simulou sua provável aparência e personalidade. Claro que não era infalível: aquilo em que as pessoas se tornam não depende apenas dos genes, mas também de como e onde são criadas, do que se alimentam, como se exercitam, dos acidentes e doenças que sofrem, de cirurgias plásticas e implantes biônicos. Mas era um bom palpite.

Quinze eram terráqueos comuns. Um deles Jaya reconheceu como um dos diretores que vira passar pelo escritório: bastava raspar a barba, cortar o cabelo do jeito certo e colocar um par de óculos para ficar perfeito. Havia oito mulheres e seis homens que não conhecia, mas provavelmente encontraria nos registros da companhia.

Os outros quatro eram muito mais interessantes. Pareciam-se superficialmente a humanos, mas a disposição de seus músculos era quase tão esquisita quanto a de um desenho de Rob Liefeld, os únicos pelos em seu corpo eram o cabelo, sobrancelhas e cílios e sua fisiologia alienígena os tornava tão fortes quanto os humanos nanogeneticamente modificados da Terra-1, apesar de menos versáteis.

O número um parecia ser um tipo comum, sem características físicas ou mentais particularmente notáveis. Cabelos louros, olhos azuis, 1,85 m de altura, 90 kg, inteligência média para um trantoriano. Um ajudante de ordens, talvez?

O número dois era mais alto e com uma estrutura óssea e muscular muito mais robusta. Possivelmente nativo de uma colônia trantoriana num planeta de gravitação elevada. Cabelos negros, olhos azuis, 1,90 m de altura, mais de 130 kg de ossos e músculos, inteligência média. Um segurança, talvez, mas alguém para se tomar cuidado. A julgar pela simulação, devia ser dez vezes mais forte do que ela. Poderia erguer uma jamanta.

O número três era fisicamente menos desenvolvido: cabelos negros, olhos cinzentos, 1,80 m de altura, 82 kg, mais inteligente que a média trantoriana, mas frágil do ponto de vista emocional. Seu código genético continha um gene raro que nos trantorianos, segundo Jaya sabia, estava associado tanto a perturbações mentais quanto a estranhos poderes paranormais, como telepatia e clarividência.

O número quatro era louro, olhos castanhos, tinha 1,88 m de altura, 87 kg, inteligência acima da média e personalidade forte e agressiva. Provavelmente o chefe. Seria esse o rosto do misterioso Mr. Tuft? Segundo a única pessoa que dissera a Jaya tê-lo visto de perto, uma copeira, era rígido e severo, mas surpreendentemente jovem, louro, bonito e musculoso, "*a big hunk*", um gatão. O retrato falado era compatível com o genético.

Bom, já sabia o bastante. Agora era a hora de descansar. Amanhã haveria muito o que fazer. Pediu a Anael para programar o jantar: salada de lagostim com palmito e agrião, frigideirada de frutos do mar, arroz com pequi, suco de graviola e folhado de chocolate aromatizado ao limão, com gomos de laranja. Uma coisinha simples, só para matar as saudades da comidinha da Terra-1.

JAYA FICA BRAVA, - MESMO -

O Projeto X-07 se abrigava num deserto montanhoso do Texas, uma área enorme, longe da estrada e cercada por uma cerca eletrificada com seis metros de altura e guaritas com guardas armados a cada duzentos metros.

Não havia sinais evidentes de poluentes químicos. O que poderia causar problemas com a fiscalização ambiental era a morte de animais selvagens eletrocutados pela cerca e consumo d'água excessivo, que drenava o lençol freático da região.

Jaya vestiu o manto da invisibilidade. Muito parecido com um *shinobi* de ninja do cinema, mas o capuz cobria também os olhos e o tecido tinha a propriedade de transmitir o panorama que se via das costas para a frente, da esquerda para a direita e vice-versa, tornando o usuário totalmente transparente. Além disso, absorvia cheiros e sons. Mesmo um sabujo não a perceberia.

Anael flutuava logo atrás dela, com a forma invisível de Virtual Boy.

Pareceu fácil demais pular a rede sem ser vista. Ignorou o que se assemelhava a um complexo de galpões e escritórios e saltou sobre as pedras diretamente para onde os sensores de Anael indicavam haver uma construção oculta, no meio das rochas.

"É aqui, Anael?"

"Sim, bem debaixo daquela pedra avermelhada."

"Pense mais baixo. Não sabemos que sensores eles têm."

Havia um portão meio oculto na sombra das pedras, ladeado por dois guardas que seguravam rifles pesados. Trantorianos? De roupa, não era fácil dizer. Talvez fossem apenas terráqueos bem barbeados e fanáticos por musculação.

Era preciso saber, antes de usar o paralisador. Se fossem terráqueos e usasse uma descarga adequada a trantorianos, iria matá-los. Só havia uma maneira de ter certeza.

– 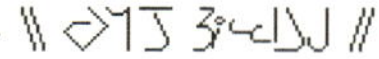 – Jaya bradou, com uma voz máscula e autoritária de sargento trantoriano.

Os guardas, mecanicamente, colocaram-se em posição de sentido e esticaram os braços direitos, repetindo em resposta a saudação trantoriana:

– 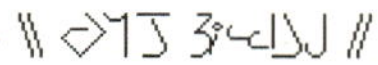 *Kail Kleon!* – ou seja, Salve, Kleon!

No ato, Jaya disparou e os dois se petrificaram naquela mesma posição, como que transformados em estátuas romanas. Assim ficariam por uns sessenta segundos. Pulou e examinou o portão. Havia um teclado como o de um telefone. Com certeza, o abriria se digitasse a senha certa.

Um projeto terráqueo simples. Anael atravessou o portão, analisou os circuitos e achou facilmente a senha vigente, por sinal não muito criativa: "*tuftwin*". Brincadeira de criança. Jaya a digitou e o portão automático se abriu.

Ela entrou e caminhou silenciosamente por um longo corredor subterrâneo. Olhou por uma janela e viu uma espécie de laboratório com uma porção de pessoas de avental branco. Terráqueos, sem dúvida: dois deles até tinham bigode.

Um faxineiro passou com um carrinho de lixo, sem vê-la. Dirigia-se para o portão, já fechado. E se visse os guardas petrificados?

Mas, não. Digitou a senha, o portão se abriu e o trabalhador passou, assobiando. Os guardas haviam se recuperado da paralisia como de uma tontura momentânea, sem lembrar nada nem desconfiar de que algo anormal havia acontecido.

Jaya e Anael prosseguiram. Havia outros laboratórios, escritórios, depósitos e salas com equipamentos científicos, aparentemente construídos dentro de padrões terráqueos, mas ligeiramente avançados demais.

Chegaram, então, a um corredor guardado por dois seguranças corpulentos – terráqueos, era evidente pelos rostos ásperos – que não a perceberam. Dentro, havia uma fileira de jaulas. Olharam dentro de uma delas.

Eles já haviam enfrentado um bocado de experiências desagradáveis. Mas era a coisa mais pavorosa que já tinham visto.

Havia pessoas dentro daquelas jaulas imundas: homens, mulheres e crianças. Rostos sofridos, febris, apavorados. Alguns, deitados, gemiam baixinho. Outros sussurravam em diferentes línguas. Uma delas, Jaya podia entender: era árabe. Outra, não. Curdo, talvez?

Alguns deles tinham próteses estranhas: braços mecânicos, pernas de aço. Outro tinha orelhas peludas e grandes demais, rodeadas de cicatrizes vermelhas, como se tivessem sido implantadas há pouco. Alguns estavam com a pele cheia de manchas escuras, outros com bolhas vermelhas. Muitos estavam com febre.

Pelo que conseguia ouvir dos sussurros em árabe, pôde deduzir o resto. Haviam sido sequestrados por homens da Tuft durante a guerra no Oriente Médio. No meio do caos e das ruínas provocado pelos bombardeios, fora fácil. Mesmo que alguém sentisse a falta dessas pessoas, teria suposto que haviam sido mortas e soterradas.

Os prisioneiros não compreendiam direito o que estava sendo feito com eles, mas Jaya e Anael podiam imaginar. A Tuft os usava como cobaias de experiências com drogas, implantes, transplantes e, talvez, também com armas biológicas. Provavelmente, parte do plano para incorporar Terra-2 ao Império de Trantor.

Haviam visto e ouvido o suficiente. Hora de sair. Fizeram o caminho de volta e esperaram, colados no corredor junto ao portão. Três minutos depois, um grupo de homens de avental chegou, um deles digitou a senha e o portão abriu. Jaya e Anael saíram no meio deles, sem que nenhum suspeitasse que estavam sendo acompanhados.

Retornaram pelo mesmo caminho sem incidentes e já haviam pulado sobre a cerca quando algo enorme caiu sobre Jaya.

Seus reflexos ultrarrápidos a salvaram. Com um arremesso de *mbotyjuatim* ("o espinho da flor", arte marcial desenvolvida pelas icamiabas da Terra-1 há mais de dois mil anos) ela jogou o gigante contra a pedra mais próxima, que estalou e rachou com o impacto.

Ele se levantou de pronto, como se nada houvesse acontecido.

Sem dúvida, o trantoriano número dois, o mais robusto da simulação genética.

Socou-a uma vez. Ela se esquivou. Saltou atrás dela e socou-a de novo, com um som de chicotada. Tornou a se esquivar, pulou por cima e tentou um rabo de arraia na nuca. Soou como um bate-estaca, mas o titã nem chegou a perder o equilíbrio e ela ainda ficou com o pé doendo. Virou-se, socou de novo e, dessa vez, acertou.

Ao perceber que não conseguiria evitar o golpe, Jaya se arremessou para trás para receber apenas uma fração do impacto, ainda assim o suficiente para deixar sua barriga dolorida. Deu um salto mortal para trás e caiu de pé.

Como ele a percebera? O único meio seria o calor, mas os trantorianos não têm visão infravermelha. Nem voam. Aquele devia estar bem turbinado. Implantes biônicos, com certeza.

Os olhos do brutamontes lançaram uma espécie de laser, chamuscando seu manto invisível de raspão e fazendo uma pedra ao lado explodir em fagulhas. Aquilo podia acabar muito mal.

"Quando pensei que preferia enfrentar o Super-homem, não imaginei uma coisa dessas! Anael, velhos truques ninjas dois e cinco!"

Ainda invisível, Anael produziu uma nuvem de fumaça que desconcertou o trantoriano por um instante. Jaya aproveitou para saltar para longe, enquanto Anael imitava sua forma no infravermelho.

– Você não me pega! Você não é de nada!– Anael provocou, imitando a voz de Jaya.

O titã disparou seu laser várias vezes contra a forma transparente de Anael, conseguindo apenas atravessá-la e espalhar mais faíscas, até notar a outra Jaya saltando já a dezenas de metros de distância. Foi atrás da verdadeira, já escondida numa gruta entre rochas caídas. Era perigoso, mas não havia tempo nem espaço para abrir um portal.

De volta à forma de Virtual Boy, o pediograma tentava distrair o monstrengo que revirava as rochas atrás da jovem, mas era como uma mosca tentando chamar atenção de um touro furioso.

Jaya sentou-se em posição de lótus, esvaziou a mente e meditou, concentrando suas forças ao extremo. Um, dois, três segundos.

De repente, o grandalhão ergueu a pedra atrás da qual se escondia. Jaya arrancou o capuz e se levantou entre as sombras da gruta, não mais invisível. As reservas de energia em seu corpo haviam sido excitadas a tal ponto que um campo de força brilhava em torno de sua cabeça, que parecia flutuar na escuridão.

Surpreendido com a cena, o trantoriano hesitou. Jaya saltou com uma força terrível e, com o estrondo de um trovão, acertou-lhe um martelo voador.

O homenzarrão caiu inconsciente. Jaya, exausta e ofegante, aproximou-se cautelosamente, massageando o pé dolorido. O trantoriano era duro como aço.

Mas o corpanzil estrebuchava. O peito estava afundado e sangue escorria pelo nariz e pela boca.

– Jaya, essa doeu até em mim. – Anael soou impressionado. – Às vezes você me dá medo.

– Você ainda não tinha me visto realmente brava. Agora que sabe como é, comporte-se.

– Como é bom ser virtual...

– Vamos, abra um portal já. Precisamos levá-lo pra nossa enfermaria.

– Tem certeza? Ele quase te matou!

– Deixá-lo morrer não resolve nada. Tem muito mais de onde esse veio e se ele sumir, vai causar um rebuliço.

Vinte segundos depois, estavam de volta à nave, Jaya com o trantoriano às costas. Tirou-lhe as roupas, colocou-o dentro da banheira de reconstituição, colocou-lhe uma máscara com oxigênio e anestésico, ajeitou no lugar as costelas quebradas e banhou-o em nanofluido, procedimento padrão para ferimentos graves em seres sem regeneração acelerada. Os nanomecanismos contidos dentro do fluido reconstituíam as células danificadas, os vasos rompidos e os ossos quebrados com uma velocidade espantosa.

A identificação do trantoriano estava codificada numa placa escondida dentro do crânio. Capitão Ster-puh, natural do planeta Mudru, sangue Z negativo, número de identificação 123.989.909.678.498, do 3.677° regimento de fuzileiros espaciais. Uma tropa de elite, totalmente formada de ciborgues. Este, além de olhos biônicos, tinha armadura dérmica, placas antigravitacionais e processadores implantados no corpo.

Em meia hora, Ster-puh estava novinho em folha, apenas desacordado. Jaya apagou-lhe a memória dos últimos cinco minutos antes de desmaiar, vestiu-o de novo com as roupas já limpas e pediu a Anael para deixá-los de novo na Terra, perto da cerca.

Deixou o homem à sombra de um penhasco e ali ele acordou, pensando que sentara para descansar e cochilara. Apesar da bagunça, ninguém na Tuft percebera a espionagem.

E A TORCIDA FAZ O GOL!

Como agir? Cogitaram explodir aquela instalação, mas o procedimento não seria muito eficaz. Os trantorianos poderiam erigir outra, mais camuflada. O ideal era fazer humanos da Terra-2 descobrirem o que a Tuft estava fazendo e botarem a boca no mundo.

Jaya selecionou três jornalistas que haviam estado na última guerra do Oriente Médio, sabiam árabe e eram corajosos, inteligentes e críticos.

Mudou seu cabelo para ruivo e encaracolado, os olhos para azuis, produziu sardas e rugas na pele e tomou a identidade falsa de Anne Gauge, uma cientista da Tuft Genomics, com peso e altura adequados, que Jaya havia descoberto estar em casa, de licença por um infarto recente, e da qual registrara a voz e a aparência.

Contou-lhes que descobrira que a Tuft estava envolvida em atividades ilegais terríveis, envolvendo o uso de cobaias humanas. Não podia contar todos os detalhes de como descobrira a trama, mas podia levá-los até lá com ajuda de um amigo, Bob Fields. Anael disfarçado, é claro.

Convenceu-os a encontrarem-na em San Antonio no dia seguinte. Com "Bob", levou os três repórteres até o deserto do Texas com uma perua de excursões, que estacionou em um canto discreto e seguro. Já era noite.

Dali, os cinco foram a pé, de aventais brancos, com Anne à frente. Ela preparara um túnel sob a cerca eletrificada e os fez passar. Levou-os para perto da instalação secreta e lhes disse para esperar um momento, enquanto via se não havia guardas presentes.

Os mesmos da outra vez. Deu-lhes uma forte descarga do paralisador, suficiente para deixá-los inconscientes por um bom tempo. Escondeu seus corpos rígidos num canto escuro, voltou e disse à turma que a barra estava limpa.

Bob examinou rapidamente a fechadura.

"TUFTISTHEREALTHING." – Soprou para *Anne*.

Ela digitou a nova senha e o portão se abriu. Os cinco entraram e se dirigiram diretamente ao corredor secreto, sem olhar para os lados. Anne chegou aos guardas da masmorra, explicou que já havia se recuperado e havia trazido alguns novos colegas para examinarem os *pacientes*.

– Não se preocupem. Respondo por todos eles.

Os jornalistas entrevistaram as vítimas em árabe e curdo, fizeram gravações e filmagens sem os guardas desconfiarem e saíram tranquilamente, pela porta da frente.

Já iam saindo da boca do túnel quando alguém os viu de uma das guaritas e abriu fogo. A italiana caiu ao chão, ferida. Anne colocou-a nas costas e saiu em disparada, com os outros correndo atrás. Enquanto isso, Bob fingia atirar de volta: havia sacado de baixo de seu avental uma metralhadora virtual suficientemente assustadora para manter todos os guardas à distância. Contanto que o grandalhão não aparecesse...

Quando chegou à perua, Anne percebeu que a jornalista estava muito mal. Um tiro de metralhadora havia lhe perfurado o baço e ela estava sofrendo uma grave hemorragia. Não havia tempo para levá-la a um hospital.

Anne sacou da mochila dois elásticos e uma sonda com agulhas nas duas pontas. Sob os olhos espantados dos outros dois jornalistas, enfiou uma delas em seu braço e outro no braço da moça ferida.

– Você está louca? Vai fazer uma transfusão assim? – Um jornalista se indignou.

– Você nem sabe qual o tipo de sangue dela! – O outro reclamou, assustado.

– Calma, sou médica e doadora universal, sei o que estou fazendo.

O sangue de Jaya passou pelo tubo e entrou pelas veias da mulher. Não era uma transfusão comum. Junto com suas células vermelhas e plasma, passavam nanobôs regeneradores capazes de reconstruir rapidamente o baço destroçado e acelerar a produção de sangue. Um procedimento heterodoxo, mas eficaz com seres humanos.

Passou menos de meio litro de sangue pelo tubo, mas o bastante para o corpo frio e pálido de Oriana se aquecer e recuperar a cor.

Anne tirou o tubo. Sob os olhos arregalados dos colegas, a enorme ferida começou a mudar de aspecto e a cicatrizar.

Em cinco minutos, Oriana estava desperta e curada. Os nanobôs não durariam muito tempo no corpo dela, mas seu trabalho estava feito.

Bob já havia chegado, disparando rajadas de metralhadora virtual para trás. Subiu na perua e dispararam pela estrada, com Anne no volante. Depois de tantas coisas espantosas, os jornalistas nem estranharam quando a perua chegou a San Antonio em menos de uma hora. Haviam feito mais de duzentos quilômetros por hora. E daí?

No dia seguinte, *Anne* e *Bob* haviam sumido do mapa e o caso estava nas manchetes de todas as mídias do mundo que não estavam no bolso da Tuft Corporation. As que estavam não eram poucas, mas seu silêncio não bastou para calar o escândalo.

Apanhada de surpresa, a subsidiária de biotecnologia foi tomada por agentes do FBI. Os arquivos foram apreendidos. Os funcionários (incluindo a espantadíssima Anne Gauge) foram presos e os prisioneiros, hospitalizados.

A matriz conseguiu escapar. Pagou advogados, jornalistas, deputados e senadores para convencer o mundo de que não estava a par do que se passava na Tuft Genomics, "uma divisão completamente independente". Mas alguns jornais começaram a investigar os laços da Tuft com a New Texan Oil e suas ligações com os acontecimentos de Pala.

– Viu, Anael? – Jaya exibiu o jornal. – Mesmo em Terra-2, pode ser melhor trabalhar em equipe. Se tivéssemos tentado resolver tudo sozinhos, não obteríamos resultados tão bons. Agora, Tuft perdeu seu braço biotecnológico e metade do povo da Terra-2 nos ajudará a vigiar os trantorianos.

– A outra metade continua a trabalhar para eles. Mas tem razão.

– Quero ver a cara do pessoal de Velox quando souber.

– Vai ter promoção pra nós. Quer apostar? Um jogo novo pra mim se eu ganhar. Se não, camarão com trufas e aspargos frescos ao molho de Sauternes pra você!

– Pra que apostar? Sintetize o camarão e jogue o que quiser. A hora é de comemorar!

AS IDENTIDADES SECRETAS

ROMEU MARTINS

Jornalista, especializado em divulgação científica, e autor de literatura fantástica. Começou escrevendo ficção em 2008 para o próprio blog, Terroristas da Conspiração, por onde também publicou algumas dezenas de outros escritores. Hoje tem textos nas páginas de livros por três editoras nacionais, e um excerto de conto seu foi selecionado e traduzido para o inglês para a *Steampunk Bible*, dos americanos Jeff VanderMeer e S. J. Chambers. Na Draco, estreou como contista em *Sherlock Holmes – Aventuras Secretas* (2012).

ALEX RICARDO PAROLIN

Nasceu em Araras, interior de São Paulo. Formou-se Técnico em Processamento de Dados em 1998 na Escola Técnica de Comércio de Araras e foi lá onde escreveu seu primeiro livro, *O Príncipe das Galerias*, vencedor do I Concurso Literário da ETCA. Formou-se em 2001 em Tecnologia em Informática. Atua na área desde 2004. É responsável pelo blog Louco das Ideias, onde posta não seus contos e resenhas literárias e cinematográficas

PEDRO VIEIRA

É carioca e cursa mestrado em Literaturas de Língua Inglesa na UERJ, onde pesquisa ficção científica e fantasia. Publicou dois romances, *Nerdquest* (2008) e a paródia *Memórias desmortas de Brás Cubas* (2010), além de estar presente nas antologias *Brinquedos mortais* (2012), *Super-heróis* (2012) e *Cyberpunk* (2010). Seu próximo romance, o *thriller* de zumbis – e *heavy metal – Metal contra os mortos* tem publicação prevista para o início de 2013. Mora em Copacabana com a esposa e um *dachshund* chamado Croquete.

Blog nerdquest.wordpress.com Twitter @nerdquest

GUSTAVO VICOLA

Formado em Psicologia pela USP em 2004, atuou na área durante alguns anos em Araraquara, sua cidade natal, mas trocou a poltrona de analista pela caneta – e o teclado – quando se mudou para São Paulo, em 2008. Foi autor do blog sobre quadrinhos SOC! TUM! POW! e atualmente é redator da revista mensal *Mundo dos Super-Heróis*, em que escreve resenhas, artigos e matérias sobre HQs. Leitor de quadrinhos de super-heróis há mais de vinte anos, tem sempre a cabeça povoada por superseres voando, correndo e combatendo o mal.

JOÃO ROGACIANO

É engenheiro eletrotécnico, nasceu no ano de 1966, em Alverca do Ribatejo, Portugal. Adora ler e tem um gosto especial pela escrita. Desde 2006, vem apresentando textos a concursos literários e a jogos florais, em Portugal e no Brasil, tendo sido premiado em alguns desses certames. Possui contos em diversas antologias.

BLOG entrelivroserascunhos.blogspot.pt

ROBERTA SPINDLER

Nasceu em Belém do Pará, em 1985. Graduada em publicidade, atualmente trabalha como editora de vídeos. Nerd confessa, adora quadrinhos, games e RPG. Escreve desde a adolescência e é apaixonada por literatura fantástica. Tem contos publicados em e-book e em diversas antologias, incluindo *Super-Heróis* (2013) e *Meu amor é um mito* (2012) da Editora Draco. É co-autora do romance *Contos de Meigan – A Fúria dos Cártagos.*

BLOG www.rspindler.tumblr.com TWITTER @robertaspindler

GERSON LODI-RIBEIRO

Autor carioca de FC e história alternativa. Publicou *Alienígenas Mitológicos* e *A Ética da Traição* na edição brasileira da Asimov's. Autor do romance *Xochiquetzal - uma princesa asteca entre os incas* (2009), e participou das coletâneas *Outras Histórias...* (1997), *O Vampiro de Nova Holanda* (1998), Outros Brasis (2006), *Imaginários v. 1* (2009) e Taikodom: Crônicas (2009). Pela Draco editou as antologias *Vaporpunk* (2010), *Dieselpunk* (2011) e *Erótica Fantástica v. I* (2012). Foi consultor da Hoplon Infotainment, sendo um dos criadores do universo ficcional do jogo online Taikodom.

DENNIS VINICIUS

Mora em São Paulo com esposa e filha. É formado em Publicidade e Propaganda e pós-graduado em Comunicação Visual. Desde criança, cria histórias com um toque de fantástico. Escreveu *A Grande Criação de Nicolas* (2011), seu primeiro romance de fantasia urbana, publicado pela Llyr Editorial.

SITE www.dennisvinicius.com.br

LUIS FELIPE VASQUEZ

é carioca, designer gráfico de formação, e apaixonado por Ficção Científica desde que se dá por gente, em qualquer mídia que apareça. Em 2013 co-organizou a *Super-Heróis*, pela Draco. É ainda fã de quadrinhos e animação, tendo por hobby o RPG (role-playing game).

INÊS MONTENEGRO

nasceu em Novembro de 1988, na cidade do Porto, Portugal, onde estuda atualmente. Formada em Direito pela FDUP, encontra-se agora a tirar o segundo curso, em Línguas, Literaturas e Culturas, na Faculdade de Letras da Universidade do Porto. Tem publicados ou em vias de publicação uma diversidade de contos que se espalham por antologias e fanzines, quer portuguesas quer brasileiras, além de participar no Fantasy & Co, um espaço dedicado à publicação de contos fantásticos.

BLOG www.talesofgondwana.blogspot.pt

GIAN DANTON

é roteirista de quadrinhos desde 1989. É autor da premiada graphic novel Manticore, ganhadora dos prêmios HQMix, Ângelo Agostini e Nova. É roteirista da webcomics *Exploradores do Desconhecido*, desenhada por Jean Okada, finalista do prêmio HQMix. É autor dos livros *Watchmen e a teoria do caos*, *Ciência e quadrinhos* e *O roteiro nas histórias em quadrinhos*, pela editora Marca de Fantasia, e *Grafipar, a editora que saiu do eixo* (Kalaco).

BLOG ivancarlo.blogspot.com

VITOR VITALI

Nasceu em Brasília e cresceu na década de noventa numa cidade de interior onde assistia Tartarugas Ninjas e jogava Chrono Trigger. Numa convergência de demônios passou para Filosofia numa universidade católica, mas deixou o curso para trabalhar numa livraria e escrever, o que lhe rendeu prática na escrita e desgosto por trabalhar de pé. Eventualmente ingressou para História da Arte noutra universidade, onde pouco a pouco foi chafurdando no submundo das zines e histórias em quadrinhos.

LUCAS ROCHA

Gosta de dias chuvosos de ócio dentro de casa, música nos fones de ouvido e café, muito café. Escreve sem nenhuma periodicidade sobre os livros que leu e reclama constantemente da vida nas redes sociais. Está quase sempre conectado, então não é muito difícil encontrá-lo.
BLOG leituraseresenhas.blogspot.com TWITTER @lucasdlrocha

ANTONIO LUIZ M. C. COSTA

Sempre gostou de literatura, fantasia e ficção científica em especial, mas formou-se em engenharia de produção e filosofia, fez pós-graduação em economia e trabalhou como analista de investimentos antes de reencontrar sua vocação na escrita, no jornalismo e na ficção. Hoje escreve sobre a realidade na revista CartaCapital e sobre a imaginação em outras partes. Publicou sua primeira antologia *Eclipse ao pôr do sol e outros contos fantásticos* (2010) e o romance *Crônicas de Atlântida – O tabuleiro dos deuses* (2011), além de diversos contos.

ANGELO DE CAPUA

Nasceu em Cuiabá no Mato Grosso e aos 8 anos se mudou para Santa Catarina onde teve o seu primeiro contato com as Histórias em Quadrinhos. Aos 11 decidiu que seria desenhista profissional e iniciou seus estudos. Aos 16 anos, inspirado pelo artista Alex Ross, resolveu cursar pintura em tela por 3 anos e também ilustração. Desde 2009 vem trabalhando profissionalmente como Ilustrador *freelance* e como professor de desenho e pintura.
Facebook.com/angelo.decapua

ESTE LIVRO FOI IMPRESSO
EM PAPEL PÓLEN BOLD NA PSI7
EM DEZEMBRO DE 2013.